D1513272

LA COURTISANE DE VENISE

SARAH DUNANT

LA COURTISANE DE VENISE

*Roman traduit de l'anglais
par Jean Guiloineau*

belfond
12, avenue d'Italie
75013 Paris

Titre original :
IN THE COMPANY OF THE COURTESAN
publié par Little, Brown, Londres

Cet ouvrage a été traduit avec le concours du Centre national du livre.

Si vous souhaitez recevoir notre catalogue
et être tenu au courant de nos publications,
vous pouvez consulter notre site internet :
www.belfond.fr
ou envoyer vos nom et adresse, en citant ce livre,
aux Éditions Belfond,
12, avenue d'Italie, 75013 Paris.
Et, pour le Canada,
à Interforum Canada Inc.,
1055, bd René-Lévesque-Est,
Bureau 1100,
Montréal, Québec, H2L 4S5.

ISBN 978-2-7144-4265-9

PREMIÈRE PARTIE

1

Rome, 1527

M A DAME, FIAMMETTA BIANCHINI, s'épilait les sourcils et se mordait les lèvres pour leur donner un peu de couleur, quand l'inconcevable se produisit : l'armée du Saint Empire romain germanique réussit à percer une brèche dans les remparts de la Ville éternelle par laquelle s'engouffrèrent des soldats à demi affamés et à demi fous, bien décidés à piller et à punir la cité.

À l'époque, l'Italie était un échiquier vivant pour les ambitions de la moitié de l'Europe. Les menaces de guerre se succédaient aussi régulièrement que les moissons, les alliances conclues l'hiver étaient rompues au printemps et, à certains endroits, des femmes portaient chaque année un enfant d'un père différent.

Dans la magnifique et glorieuse cité de Rome, nous nous étions habitués à la douceur de vivre, sous la protection de Dieu, mais telle était l'instabilité des temps que le plus saint des pères lui-même concluait des alliances impies, et un pape qui avait dans les veines le sang des Médicis était toujours plus enclin à la politique qu'à la prière.

Au cours des derniers jours, avant que l'horreur ne s'abatte sur Rome, la ville n'arrivait pas à croire à l'imminence de sa destruction. Des rumeurs couraient les rues comme les mauvaises odeurs. Les maçons qui renforçaient les murailles parlaient d'une puissante armée composée d'Espagnols qui avaient exercé leur cruauté sur les sauvages du Nouveau Monde, renforcée de cohortes de luthériens allemands ragaillardis par le viol de nonnes au cours de leur voyage vers le sud. Cependant quand la défense romaine, conduite par le noble Renzo De Ceri, parcourut la ville en cherchant à enrôler des volontaires pour les barricades, ces mêmes géants assoiffés de sang furent métamorphosés en demi-morts marchant à genoux, le cul au ras du sol pour expulser la nourriture pourrie et le mauvais vin dont ils s'étaient empiffrés en chemin. Dans cette version, nos ennemis devinrent si pathétiques que, même s'ils trouvaient la force de lever leurs armes, ils n'auraient aucune artillerie pour préparer leur assaut, et si nous étions défendus par un nombre raisonnable de solides Romains, nous pourrions les noyer dans notre pisse et nos moqueries au moment où ils tenteraient d'escalader les remparts. Les joies de la guerre sont plus faciles à décrire qu'à vivre ; pourtant, la perspective d'une bataille remportée par l'urine et la bravoure se révéla suffisamment séduisante pour attirer quelques aventuriers qui n'avaient rien à perdre, y compris notre garçon d'écurie, qui nous quitta le lendemain après-midi.

Deux jours plus tard, l'armée arriva devant les portes de Rome et ma dame me demanda d'aller le chercher.

Ce soir-là, les rues mal famées et bruyantes de notre ville se refermèrent comme une huître. Ceux qui avaient assez d'argent avaient recruté des mercenaires en laissant les autres se débrouiller derrière des portes fermées et des fenêtres mal barricadées. Je marche peut-être à petits pas et de façon claudicante, mais je possède le sens de l'orientation d'un pigeon voyageur et, malgré le réseau compliqué des rues, j'ai le plan de Rome gravé dans la tête. Une fois, ma dame avait reçu un client, le capitaine d'un navire marchand, qui avait pris ma difformité pour une marque spéciale de la grâce de Dieu et qui m'avait promis la fortune si je pouvais lui trouver une voie maritime vers les Indes. Mais, depuis que je suis né, je fais le cauchemar récurrent d'un oiseau immense qui me prend dans ses serres et me laisse choir ensuite dans le vide de l'océan, et c'est une des raisons pour lesquelles j'ai toujours eu peur de l'eau.

Quand j'arrivai près des remparts, je ne vis nulle part de guet ou de sentinelles. Nous n'en avions jamais eu besoin, car nos fortifications, construites de manière anarchique, sont davantage destinées aux plaisirs des amateurs d'antiquités qu'aux généraux. J'escaladai un fortin, mes cuisses tremblant à cause de l'escalier très raide, et me reposai un moment pour reprendre mon souffle. Sur le chemin de ronde longeant le rempart, j'aperçus deux silhouettes affalées contre le mur de pierre. J'entendis alors une plainte sourde qui s'élevait au-dessus de nous, comme le murmure d'une congrégation qui récite une litanie à l'église. À cet instant, mon besoin de savoir prit le pas sur ma terreur de découvrir l'origine de ce bruit, et je me hissai du mieux que je pus sur un tas de pierraille pour voir ce qu'il y avait à l'extérieur des remparts.

Aussi loin que portait mon regard s'étendait une immense plaine obscure, constellée de centaines de chandelles à la lumière vacillante. La plainte s'élevait régulièrement comme le vent qui souffle dans la nuit ; le bruit d'une armée unie dans la prière ou parlant dans son sommeil. Je pense que jusqu'à cet instant j'avais partagé le mythe de notre invincibilité. Mais à ce moment précis je compris ce que les Troyens avaient ressenti quand ils avaient regardé par-dessus leurs remparts et qu'ils avaient vu devant eux le campement des Grecs et, dans le clair de lune, la promesse de la vengeance se refléter sur leurs boucliers. La peur me transperçait les entrailles tandis que je redescendais sur le chemin de ronde et, pris de rage, je m'avançai pour réveiller à coups de pied les sentinelles endormies. En m'approchant, je découvris deux moines à l'abri sous leurs

capuches, à peine assez âgés pour attacher seuls leurs corde-
lières, le visage terreux et crispé. Je me redressai de toute
ma faible hauteur en regardant le premier bien en face et
j'approchai mon visage du sien. Il ouvrit les yeux et poussa
un cri, pensant que l'ennemi lui avait envoyé en prévision
de sa mort prochaine un diablotin imbécile et souriant,
tout droit sorti de l'enfer. Sa panique réveilla son compagnon. Je posai un doigt sur mes lèvres en souriant largement à nouveau. Cette fois, ils hurlèrent tous deux. Je
m'étais déjà beaucoup amusé à faire peur à des ecclésiastiques, mais à cet instant j'aurais souhaité que ces deux-là
aient plus de courage. Un luthérien affamé les aurait
embrochés avec son épée avant qu'ils aient pu dire *dominus
vobiscum*. Ils se signèrent frénétiquement et quand je les
questionnai, ils me désignèrent San Spiritu où, dirent-ils, la
défense était plus forte. Même si la seule stratégie que j'aie
mise au point dans ma vie et perfectionnée au fil du temps,
c'est d'avoir toujours le ventre plein, je savais quand même
que San Spiritu était l'endroit le plus vulnérable de la ville,
avec les vignobles du cardinal Armellini qui jouxtaient le
chemin de ronde et une ferme construite dans les pierres du
rempart lui-même.

Je trouvai notre armée réunie par petits groupes autour
de la bâtisse. Quelques sentinelles de fortune essayèrent de
me barrer le passage, mais je leur dis que je venais
combattre à leurs côtés ; cela les fit tellement rire qu'ils me
laissèrent passer, et l'un d'eux voulut m'aider d'un coup de
pied qui rata de beaucoup mon postérieur. Dans le camp,
la moitié des hommes semblaient abrutis par la peur et
l'autre moitié par l'alcool. Impossible de dénicher notre
garçon d'écurie, mais ce que je vis là réussit à me
convaincre qu'avec une simple brèche à cet endroit Rome
s'ouvrirait aussi facilement que les cuisses d'une femme
mariée à un séduisant voisin.

De retour à la maison, je trouvai ma dame éveillée dans
sa chambre et lui dis ce que j'avais vu. Elle m'écouta

attentivement, comme toujours. Nous parlâmes quelque temps puis, tandis que la nuit nous enveloppait, nous restâmes silencieux, et notre esprit dériva lentement de notre vie présente, remplie de chaleur, de richesse et de sécurité, vers les horreurs d'un avenir que nous pouvions à peine imaginer.

Quand l'attaque survint, au point du jour, nous étions déjà au travail. J'avais réveillé les domestiques avant l'aube, ma dame leur avait demandé de dresser la grande table dans le salon doré, et elle avait ordonné au cuisinier de tuer les cochons les plus gras pour préparer un banquet digne de ceux que nous réservions aux cardinaux et aux banquiers. Ils marmonnèrent leur désapprobation – ou peut-être leur désespoir – mais l'autorité de ma dame était telle que toute machination semblait réconfortante en ce moment précis, même si elle paraissait n'avoir aucun sens.

Trois ou quatre jours auparavant, on avait fait disparaître de la maison les objets les plus ostentatoires : les grands vases d'agate, les plateaux d'argent, les plats de majolique, les verres en cristal doré de Murano et les plus beaux linges. Ils avaient été enveloppés dans des tentures de soie brodée, elles-mêmes roulées dans les lourdes tapisseries flamandes, et le tout avait été remisé dans deux coffres. Le plus petit était tellement orné de dorures et de marqueterie de bois qu'on dut le recouvrir lui aussi avec une grosse toile, pour le protéger de l'humidité. Le cuisinier, le garçon d'écurie et les jumeaux ne furent pas de trop pour les traîner dans la cour, où l'on avait creusé un grand trou sous les dalles près des latrines des domestiques. Quand les coffres eurent été enterrés et recouverts d'une couche de fèces fraîches (la peur est un excellent laxatif), nous libérâmes les cinq porcs, achetés à un prix hautement exagéré quelques jours plus tôt, et nous les laissâmes aller et venir en grognant d'un plaisir que ces animaux sont les seuls à ressentir quand ils pataugent dans la merde.

Tout objet précieux ayant disparu à la vue, ma dame avait

pris son magnifique collier – celui qu'elle avait porté lors de la fête chez les Strozzi au cours de laquelle les pièces avaient été éclairées à l'aide de squelettes qui abritaient des chandelles entre leurs côtes, et où le vin, beaucoup l'avaient juré par la suite, avait la richesse et l'épaisseur du sang – et elle avait donné deux grosses perles à chacun des domestiques. Celles qui restaient, leur dit-elle, seraient partagées entre eux si l'on retrouvait intacts les coffres quand le pire serait passé. La loyauté est une denrée dont le prix augmente quand le sang menace de couler. En tant que maîtresse, Fiammetta Bianchini était autant aimée que crainte et, en agissant de la sorte, elle les empêchait de se trahir et de la trahir. Quant à l'endroit où elle avait caché le reste de ses bijoux, cela, eh bien, elle ne le révéla à personne.

Il ne subsista plus alors qu'une maison modeste, dont la modeste richesse tenait en quelques bibelots, deux luths, une madone pieuse dans une chambre et un panneau en bois sculpté représentant des nymphes bien en chair dans le salon ; une décoration suffisante étant donné la profession douteuse de la maîtresse de maison, et non grevée par cette puanteur de l'excès que dégageaient beaucoup de *palazzi* du voisinage. Quelques heures plus tard, alors qu'on entendait un cri immense et que les cloches des églises carillonnaient l'une après l'autre pour nous avertir que nos défenses venaient d'être enfoncées, le seul parfum qui s'élevait de notre maison était celui d'un cochon qui rôtissait lentement et devenait succulent dans son jus.

Ceux qui vécurent pour raconter ce qui se passa ensuite décrivirent cette première brèche dans les remparts avec une sorte d'effroi. Tandis que les combats s'intensifiaient à mesure que la journée avançait, un brouillard s'éleva du marais derrière les lignes ennemies, sombre et épais comme une soupe, et enveloppa les assaillants qui se massaient en bas, si bien que nos défenseurs ne purent tirer sur eux avec précision, jusqu'à ce que, telle une armée de fantômes, ils jaillissent du brouillard en hurlant et nous tombent dessus. En dépit de notre courage, nous ne fûmes pas de taille à lutter devant leur nombre. Nous accomplîmes néanmoins un bel exploit qui adoucit notre humiliation quand le tir d'une arquebuse fit un trou gros comme une hostie dans la poitrine de leur chef, le grand Charles de Bourbon. Plus tard, l'orfèvre Benvenuto Cellini se vanta de son tir miraculeux auprès de tous ceux qui voulaient bien l'écouter. Mais Cellini était un fanfaron. À l'entendre – et il ne se taisait jamais, des palais jusqu'aux tavernes des bas quartiers –, on aurait pu croire que la défense de la ville reposait entièrement sur lui. Auquel cas il aurait fallu le blâmer de ce qui s'ensuivit, car, privés de leur chef, plus rien ne pouvait mettre un frein à la folie de nos ennemis. Par cette première brèche, ils se déversèrent dans la ville comme une immense vague de cancrelats. Si les ponts au-dessus du Tibre avaient été détruits, comme De Ceri, le responsable de notre défense, l'avait conseillé, nous aurions pu les coincer dans le Trastevere et les y maintenir le temps nécessaire pour nous regrouper en une sorte de force de combat. Mais Rome avait choisi le confort au lieu du bon sens, et dès qu'ils eurent pris le ponte Sisto, rien ne put les arrêter.

Ainsi, le sixième jour du mois de mai de l'année de Notre-Seigneur 1527, commença le second sac de Rome.

Tout ce qui ne pouvait être rançonné ou emporté fut massacré ou détruit. Aujourd'hui, on dit communément que les lansquenets luthériens se rendirent coupables des pires exactions. Si le chef du Saint Empire romain germanique, Charles Quint, était le défenseur juré de Dieu, il ne dédaignait pas d'utiliser les épées des hérétiques pour grossir son armée et terrifier ses ennemis. Pour les hérétiques, Rome représentait un morceau de choix, le refuge même de l'Antéchrist, et, en tant que mercenaires que l'empereur avait de façon opportune oublié de payer, ils montrèrent autant de frénésie à se remplir les poches qu'à purifier leurs âmes. Chaque église devint un cloaque de corruption, chaque couvent le refuge des putains du Christ, chaque orphelin embroché sur une épée (leurs corps étant trop petits pour gaspiller une cartouche) une âme sauvée de l'hérésie. Même si cela est vrai, je peux dire que j'entendis autant de jurons en espagnol qu'en allemand mêlés aux cris des victimes, et je parierais que lorsque les charrettes et les mules finirent par quitter Rome, chargées de plats d'or et de tapisseries, il y en eut autant qui se dirigèrent vers l'Espagne que vers l'Allemagne.

S'ils avaient été plus rapides et s'ils avaient moins pillé dans cette première attaque, ils auraient pu s'emparer d'un prix de plus grande valeur : le Saint-Père lui-même. Mais, quand ils atteignirent le palais du Vatican, le pape Clément VII avait retroussé ses jupes (pour découvrir sans aucun doute un échafaudage de cardinaux coincés sous son gros ventre) et, chargé d'une dizaine de sacs remplis à la hâte de bijoux et de saintes reliques, détala comme s'il avait eu le diable aux trousses en direction du château Sant'Angelo, dont on releva le pont-levis *in extremis* au moment où les envahisseurs accouraient – une dizaine de prêtres et de courtisans restèrent accrochés aux chaînes, on dut secouer celles-ci pour les faire tomber ; ils finirent noyés dans les douves.

En sentant la mort si proche, ceux qui vivaient encore furent pris de panique en pensant à l'état de leur âme. Certains ecclésiastiques, voyant arriver l'heure du Jugement, entendirent gratuitement leurs paroissiens en confession et donnèrent des indulgences, tandis que d'autres se firent de petites fortunes en vendant les pardons à des prix exorbitants. Dieu les vit peut-être faire car, lorsque les luthériens les découvrirent, blottis comme des rats dans les recoins les plus obscurs des églises, leurs robes gonflées autour d'eux, leur courroux s'abattit sur eux et ils les éviscérèrent, d'abord de leurs richesses, ensuite de leurs entrailles.

Pendant ce temps, dans notre demeure, tandis que la

clameur de la violence enflait au loin, nous étions occupés à polir les fourchettes et à faire briller les plus beaux verres qui nous restaient. Dans sa chambre, ma dame, qui y avait accordé un très grand soin, mettait la touche finale à sa toilette avant de descendre. Par la fenêtre de sa chambre, on pouvait voir de temps à autre passer les étranges silhouettes d'hommes qui filaient en trombe dans les rues, regardant derrière eux comme s'ils avaient peur de la vague qui allait les engloutir. Il ne se passa pas longtemps avant que ces clameurs soient suffisamment proches pour que nous entendions distinctement chaque cri d'agonie. Le temps était venu de rassembler nos forces de défense.

J'avais réuni les domestiques dans la salle à manger quand ma dame entra. Je dirai plus tard à quoi elle ressemblait : tous connaissaient l'effet que produisait habituellement son apparition mais, en cet instant, ils étaient plus soucieux de sauver leur peau que d'admirer la sienne. Elle embrassa la scène d'un seul regard. À sa gauche, Adriana, sa cameriste, était accroupie et serrait si fort les bras contre sa poitrine qu'elle semblait ne plus pouvoir respirer. Dans l'embrasure se tenait Baldesar, le cuisinier, le visage et les avant-bras luisant de la sueur et de la graisse de sa broche. À l'extrémité de la table qu'on venait de dresser, les jumeaux, qui avaient tous deux la même taille élancée, tenaient chacun un verre à pied dans la main droite, et on ne pouvait les différencier qu'à leurs tremblements.

« Si tu ne peux le tenir correctement, pose ce gobelet, Zaccano, dit ma dame, d'une voix basse et assurée. Nos visiteurs ne vont pas apprécier de trouver des éclats de verre sur leurs sièges. »

Zaccano poussa un gémissement quand ses doigts lâchèrent le verre, lequel atterrit dans la main gauche de Giacomo qui avait anticipé, comme toujours, ce que son frère allait faire.

« Bravo, Giacomo ! C'est toi qui serviras le vin.

— Madame…, commença le cuisinier.

17

« — Baldesar ?

— Il y a trois arquebuses dans la cave et une boîte pleine de couteaux dans la cuisine. »

Il s'essuya les mains sur ses braies. « Si nous en prenons un chacun…

— Si vous en prenez un chacun, dis-moi, s'il te plaît, comment tu découperas les porcs ? » Et elle se tourna vers lui pour le regarder droit dans les yeux.

Il baissa la tête. « Veuillez m'excuser, madame, c'est de la folie. N'entendez-vous pas ce qui se passe au-dehors ? C'est nous qui allons faire office de porcs. Ils vont nous embrocher comme autant de tranches de viande.

— On peut le craindre, en effet. Cependant, malgré leur manque flagrant de manières, je doute qu'après nous avoir tués ils aient la témérité d'apaiser leur faim en nous faisant rôtir pour nous manger. »

À son côté, Adriana poussa un long gémissement et s'effondra sur le sol. Je fis un mouvement vers elle, mais ma maîtresse me retint du regard.

« Debout, Adriana, dit-elle sèchement. Il est bien connu que lorsqu'une fille est à terre, il est beaucoup plus facile de lui soulever les jupes. Aussi relève-toi. Immédiatement. »

Adriana s'exécuta, et sa plainte resta coincée dans sa gorge. La pièce vibrait de son angoisse.

Ma dame se retourna et je vis sa colère affronter la peur de ses serviteurs. « Qu'avez-vous, tous ? » Elle frappa la table des mains avec une telle violence qu'elle fit tinter les couverts. « Réfléchissez. Ils ne peuvent pas massacrer chacun d'entre nous. Ceux qui survivront sauveront leur peau par la ruse plus sûrement qu'avec des couteaux de cuisine émoussés. Je t'excuse, Baldesar, car la qualité de tes sauces compense ta façon désastreuse de découper la viande. Quand ils arriveront, il est probable que certains d'entre eux auront encore faim de cul et de sang, mais les autres en seront rassasiés. L'enfer finit par rôtir même ses propres diables et cette frénésie assassine peut rendre aussi malade que fou. **Nous allons donc les sauver d'eux-mêmes.** Nous allons leur ouvrir notre maison ; leur offrir notre hospitalité, un art dans lequel nous avons une grande pratique. En retour, bien que nous soyons assurés qu'ils emporteront – en réalité, nous les leur donnerons – l'argenterie, les verres, les tapis, les colifichets et tout ce qu'ils pourront arracher aux murs, il nous reste une chance de sauver notre vie. Lorsque l'on est resté sur les routes pendant des années, une maison où l'on se sent comme chez soi peut devenir une consolation ainsi qu'un endroit sûr pour cacher son butin, et la seule chose qui soit meilleure qu'une bonne putain, c'est un bon cuisinier. Et cette maison, je vous le rappelle, possède les deux. »

Dans le silence qui suivit, je pus presque entendre les applaudissements d'un autre public composé d'ecclésiastiques, de banquiers et de lettrés : des hommes puissants qui, après avoir mangé et bu tout leur saoul, prennent plaisir à l'art de la conversation avec une jolie femme, en particulier quand la crudité vient épicer l'élégance des propos – un talent dans lequel ma dame excellait. Mais il n'y avait personne pour applaudir aujourd'hui. Ceux qui se trouvaient là la croyaient-ils ? Je l'avais trouvée tout à fait convaincante. Quoi qu'il en soit, cela n'avait aucune importance dès lors qu'ils restaient, et personne ne bougea.

Elle inspira. « Aussi, pour ceux qui le souhaitent, voici la porte. »

Elle attendit.

Finalement, le cuisinier se retourna et grogna : « Je suis tout seul en cuisine. Si vous voulez un bon repas, j'ai besoin que la fille m'aide.

— Elle n'est pas prête. Il faudra te débrouiller avec un des garçons. Zaccano. Ne t'inquiète pas. Vous ne serez pas séparés très longtemps, Adriana et toi. Giacomo, prépare les chandelles. J'en veux sur tous les candélabres quand arrivera le crépuscule. Toi, Adriana, sers-toi de mes plus beaux vêtements. Prends dans mon coffre la robe bleue avec le haut col et une paire de mules en satin assorties. Mets un peu de rouge sur ton visage – un peu seulement. On doit te prendre pour une ingénue, pas pour une séductrice. Et n'y passe pas toute la journée. »

La jeune fille, partagée entre la joie et la terreur, se dirigea vers l'escalier. Quand la pièce fut vide, ma dame s'assit au bout de la table. La lumière me laissa voir un peu de sueur sur sa peau.

« Parfait, dis-je. Personne ne partira. »

Elle haussa les épaules et ferma les yeux. « Alors, ils vont sans doute tous mourir ici. »

Nous restâmes assis, l'oreille aux aguets. Au-dehors, la clameur augmentait. Bientôt, ces quelques âmes perdues se transformeraient en une meute de fous incontrôlables.

Pourtant le doute persistait. Je décidai de le formuler simplement : « Cela peut-il marcher ? »

Elle secoua la tête. « Qui sait ? S'ils sont aussi affamés et épuisés que le colporte la rumeur, il nous restera peut-être une chance. Prions pour que ce soient des Espagnols. Je n'en ai encore jamais rencontré un qui ne préfère les délices de la vie à la piété de la mort. Si ce sont des luthériens, alors le mieux sera de nous accrocher à nos chapelets et d'espérer finir en martyrs. Mais d'abord, je vais me remplir l'estomac de pierres précieuses.

— Pour quoi faire ? Pour les chier en enfer et en corrompre les gardiens ? »

Son rire jaillit comme une petite flamme d'espoir. « Tu oublies que je suis la courtisane d'un cardinal, Bucino. J'ai assez d'indulgences pour au moins me retrouver au purgatoire.

— Et où sera expédié le nain de la courtisane du cardinal ?

— Tu es assez petit pour te cacher sous la robe d'une pénitente. »

À ce moment précis résonnèrent au-dessus du brouhaha quelques mots estropiés mais reconnaissables :

« *Casas nobile... ricas. Estamos aqui.* »

Apparemment, l'ennemi arrivait. Si la grâce appartient à Dieu, certains disent que la chance appartient au diable et qu'il veille sur les siens. Moi je sais seulement que ce jour-là Rome fut le terrain de jeu de la destinée, et qu'on jeta dans les fosses autant d'innocents qu'on laissa vivre de coupables. Quant à savoir dans quelle catégorie nous ranger, je laisse à d'autres le soin d'en décider.

Ma dame se leva et défroissa ses jupons – une femme magnifiquement vêtue pour accueillir ses hôtes. « Espérons que leur capitaine ne sera pas trop loin derrière eux. Il ne me plairait pas de gâter mon meilleur brocart dans la cohue de la soldatesque. Va vérifier la tenue et l'allure d'Adriana. Si elle ressemble à la fille de la maison, elle peut survivre plus longtemps qu'une servante. D'un autre côté, une virginité trop ostentatoire peut tout faire rater. »

Je me dirigeai vers l'escalier.

« Bucino. »

Je me retournai.

« Sais-tu encore jongler ?

— Quand on apprend quelque chose très tôt, on ne l'oublie plus, dis-je. Avec quoi voulez-vous que je jongle ? »

Elle sourit : « Avec nos vies. Qu'en dis-tu ? »

Ils arrivèrent plus tard que nous ne l'avions pensé. Mais le viol et le pillage prennent du temps et il y avait beaucoup à faire. Le soir tombait presque quand, du toit, je les vis déferler dans la rue. Ils tournèrent au coin en hurlant, à neuf ou dix de front, l'épée dégainée, à demi nus, la bouche ouverte comme un trou noir, le corps agité de soubresauts sauvages, et l'on aurait cru qu'il s'agissait de marionnettes dont le diable tirait les ficelles en les faisant danser sur sa musique. À leur suite surgirent une bonne dizaine de soldats qui tiraient une charrette remplie à ras bord, et ensuite un homme à cheval qui, s'il était leur capitaine, ne marchait plus à leur tête.

Quand ils atteignirent notre place, ils firent halte un moment. La ville ne manquait pas de maisons de riches aux portes fermées à double tour et aux fenêtres à volets clos. Deux hommes titubaient : à Rome on trouvait un meilleur vin que dans la triste campagne qu'ils avaient ravagée, et ils avaient déjà dû en vider des tonneaux entiers. Derrière eux, un soldat immense poussa un rugissement, saisit une hache dans la charrette puis, les bras levés bien haut, s'élança en chancelant un peu avant de défoncer la fenêtre de la maison du marchand d'épices au coin de la place. On entendit le craquement dans toute la bâtisse et les cris aigus que le choc fit naître à l'intérieur. Les autres soldats accoururent comme des papillons de nuit attirés par une flamme. Il leur fallut une bonne dizaine de minutes pour défoncer la porte et entrer dans la maison. L'officier avait presque mis pied à terre quand je descendis voir ma dame. Mais la cour était déjà vide et je revins sur le bord du toit juste à temps pour entendre qu'on déverrouillait les portes et pour la voir sortir sur la place dans la lumière du soir.

Que pensèrent-ils quand elle parut sur le seuil ? À ce moment de sa vie, Fiammetta Bianchini avait reçu plus que sa part de compliments, la plupart suffisamment substantiels pour être entassés dans les deux grands coffres qu'on avait enfouis sous les excréments des porcs. Mais pour l'instant nous en resterons à l'essentiel, de même que les hommes qui lui faisaient face. Elle se tenait bien droite, comme seules le font les femmes riches habituées à dépasser la foule d'une tête, et sa beauté resplendissait. Elle avait une peau douce et blanche comme de l'albâtre et ses seins pointaient sous son corselet tressé de fils d'or d'une façon qui les révélait autant qu'il les dissimulait ; des attraits modestes et parfaitement adaptés à cette ville de riches célibataires qui ont besoin de feindre la vertu même lorsqu'ils marchent dans les rues le sexe dressé tel un mât sous leurs robes d'ecclésiastiques.

Elle avait les yeux verts comme de jeunes pousses, les

lèvres pleines et rouges, et une pruine recouvrait la peau de pêche de ses joues. Ce qui la distinguait de toutes les autres femmes, c'étaient ses cheveux. Parce qu'ils ressemblaient à une rivière de printemps aux reflets d'or, avec leurs nuances aussi riches que la course précipitée des eaux ; des flots d'or blanc et de soleil mêlés de miel et de châtaigne, si étranges et cependant si naturels que cela était clairement un don de Dieu et non l'effet des flacons de quelque apothicaire. Et parce qu'elle n'avait pas d'anneau au doigt ni de mari sous son toit, lorsqu'elle recevait, elle portait ses cheveux longs et ondulés, et le soir, quand l'envie lui en prenait et qu'elle rejetait la tête en arrière en riant ou en faisant semblant d'être froissée, cet opulent rideau suivait ses mouvements, et si l'on était près d'elle on pouvait jurer que le soleil se levait pour soi seul.

Ainsi, oui, ces paysans lourdauds, puant la mort et l'alcool, se figèrent sur place quand elle apparut. Rome était remplie de jolies femmes à cette époque, parmi lesquelles beaucoup devenaient plus jolies encore grâce aux mœurs légères de la ville, et chacune aurait été comme une gorgée d'eau fraîche pour des hommes mourant de soif. Mais peu avaient l'esprit de ma dame, plus pointu qu'un cure-dent, ni sa ruse quand un combat se préparait.

« Bonsoir, soldats d'Espagne. Vous avez parcouru un long chemin et vous êtes les bienvenus dans notre magnifique cité. » Elle parla d'une voix forte et avec un vocabulaire riche, acquis grâce à une poignée de généreux marchands espagnols et de religieux voyageurs. Un bon courtisan peut séduire dans de nombreuses langues et Rome avait formé les meilleurs d'entre eux.

« Où est votre capitaine ? »

L'homme à cheval de l'autre côté de la place se retourna, mais d'autres se trouvaient plus près. Maintenant qu'en parlant elle avait rompu le charme, ils commencèrent à avancer vers elle, et un homme qui souriait largement tendit les bras dans une supplique réjouie, et le couteau qu'il brandissait ajoutait à son magnétisme.

« Le capitaine, c'est moi, dit-il d'une voix épaisse, tandis que derrière lui les autres hurlaient et grognaient. Et toi, tu dois être la putain du pape. »

Il la touchait presque. Elle ne broncha pas, elle se redressa simplement jusqu'à le dominer de deux pouces. « Les putains, messire, vous les avez déjà eues. Ceci est la maison de Fiammetta Bianchini. Elle offre le vivre et le couvert aux hommes qui n'ont pas encore goûté à la véritable hospitalité romaine. »

Il grommela en la regardant comme si ses paroles lui avaient brouillé l'esprit. Trois autres mercenaires qui sentaient le meurtre s'avancèrent derrière lui. Le capitaine, qui avait mis pied à terre, se frayait un chemin au travers de sa troupe. À côté de moi, sur le toit, Zaccano tremblait si fort que je m'inquiétai de l'arquebuse qu'il tenait dans les mains. Vous auriez eu du mal à trouver dans Rome deux frères plus beaux, et l'équilibre de leurs caractères jumeaux était tel que les séparer représentait toujours un danger. Cependant, sans le garçon d'écurie, nous n'avions pas le choix.

Un autre soldat, le visage noirci par la poudre des coups de feu qu'il avait tirés, écarta son compagnon et s'avança vers ma dame, encore plus près cette fois. Il tendit la main vers elle. Elle resta de marbre jusqu'à ce que ses doigts ne soient plus qu'à un pouce de sa poitrine ; alors, à la vitesse d'une hirondelle dans le soir, la main droite de Fiammetta Bianchini assena un coup sur celle de l'homme. Il poussa un jappement d'indignation autant que de douleur.

« Je suis désolée, monsieur, dit-elle, et rapide comme l'éclair sa main gauche sortit un mouchoir brodé qu'elle lui tendit. Vous avez les mains sales. Quand vous les aurez lavées je serai ravie de faire votre connaissance. Je vous en prie... gardez-le. »

L'homme prit le carré de tissu et quand il se fut essuyé il

se tourna de nouveau vers elle. Était-ce pour lui rendre le mouchoir ou pour ajouter quelque chose, je ne l'ai jamais su, parce qu'à ce moment-là ma main fit un écart et Zaccano prit ce mouvement de panique pour le signal de l'action. Le coup passa heureusement au-dessus de leurs têtes. Ils levèrent les yeux. Au bord du toit, trois arque-buses et une demi-douzaine de manches à balai, grossiè-rement arrangés pour qu'on puisse les confondre avec des mousquets, visaient la rue. Cachée par la fumée du coup de feu qui flottait encore dans l'air, la maison pouvait appa-raître comme bien gardée. Lorsque nous en reparlâmes plus tard, ma dame et moi, nous ne tirâmes pas les mêmes conclusions de cet incident. Je pense que, puisqu'elle n'avait pas encore perdu la partie, la détonation les obligea à réfléchir. Pour sa part, elle soutint qu'elle les aurait convaincus de toute façon. En tout cas, l'hésitation dura assez longtemps pour que le capitaine rejoigne ma dame.

Il était aussi grand qu'elle mais assez maigre, son visage était même émacié, et bien qu'après s'être lavé il eût gagné dix ans d'âge, son regard ne s'était pas adouci pour autant. Tuer est une affaire d'adulte, même quand on s'y emploie jeune. Un plan grossier de la ville était glissé dans sa cein-ture. D'après la taille de la charrette, il avait fait de ses hommes de meilleurs chercheurs de trésor que ceux qui œuvraient avec une fureur aveugle. Il avait déjà réuni plus qu'il ne fallait de butin pour les rendre riches, et son statut et sa clairvoyance lui permettaient de choisir parmi les possessions celles qui étaient les plus précieuses. Et l'une d'elles se tenait à présent devant lui.

« Mon seigneur, dit-elle en souriant. Veuillez excuser mes domestiques. Ils font preuve de trop de zèle dans la protec-tion de leur maîtresse. Je suis dame Fiammetta Bianchini et j'ai le plaisir de vous inviter, vous et vos hommes, à partager un grand festin sous mon toit. Bucino ! » Et tandis que sa voix montait vers moi, ses yeux ne quittèrent pas un seul instant le visage du capitaine. « M'entendez-vous là-haut ? Nous sommes entre amis et nous n'avons plus besoin d'armes. Jetez-les et redescendez à la cuisine. »

Nous nous exécutâmes. Les trois vieilles arquebuses et les six manches à balai tombèrent sur le pavé de la cour ; les soldats glapirent de plaisir face à notre pathétique subterfuge.

« Messieurs, nous pouvons vous offrir du cochon de lait accompagné d'une sauce aux truffes, du chapon rôti, du brochet au sel et un choix des meilleurs salamis – leur taille va vous étonner. »

Leurs rires se transformèrent en acclamations et ma dame rit avec eux, sans toutefois cesser de se concentrer sur la proie qu'elle avait devant elle.

« Puis nous vous servirons du massepain, des gâteaux au lait, des fruits confits, et vous vous abreuverez des meilleurs flacons de notre cave. Nous vous éclairerons avec des chandelles de cire d'abeille aux huiles parfumées, et nous vous offrirons des intermèdes musicaux interprétés au luth, dignes de ceux qui ravissent tant le Saint-Père... Et quand vous aurez mangé et bu tout votre saoul, vous vous endormirez sur de la paille fraîche recouverte de linge propre dans les salles et les écuries du rez-de-chaussée. Quant à vous, capitaine... » Elle se tut une seconde. « ... Je vous ferai préparer un lit sculpté et un matelas de plumes d'oie doux comme un nuage. Notre maison sera la vôtre aussi longtemps qu'il vous plaira d'y rester. Quand vous partirez, vous pourrez emporter les richesses qu'elle possède. Tout ce que nous vous demandons, c'est votre protection contre ceux qui pourraient avoir envie de prendre pension ici. »

Si le capitaine avait été bien né, peut-être aurait-il déjà croisé une femme exerçant la même profession que ma maîtresse. Sans doute en avait-il rêvé jusque-là. Mais, aujourd'hui, cette femme était bien réelle. Tous ses hommes l'observaient. Peut-être avait-il moins tué que certains d'entre eux – ceux qui donnent les ordres abandonnent aussi une part du risque –, mais il était assez intelligent pour avoir gagné leur confiance. Et, au moins pour le moment, leur obéissance. Pourtant, même si cela pouvait avoir un rapport avec les arômes du cochon rôti qui sortaient par vagues des portes ouvertes jusque sur la place, je jure que, du toit où je me trouvais, je pouvais voir l'eau qui leur montait à la bouche et qui trempait leurs lèvres.

Le capitaine hocha la tête, regarda autour de lui et sourit.

« L'hospitalité romaine ! Ne vous l'avais-je pas dit ? hurla-t-il, et une clameur s'éleva autour de lui. Rangez la charrette dans la cour et remisez vos armes. Ce soir, nous dormirons dans des lits moelleux et dame Bianchini sera notre hôtesse. »

Puis il se tourna vers elle et lui tendit la main. Et, bien qu'elle ne fût pas moins tachée de sang et de saleté que celle qu'elle avait repoussée précédemment, elle y posa délicatement les doigts et inclina la tête.

Quant à moi, eh bien, je recommençai à jongler. Lorsque nos invités se furent gavés jusqu'à en être abrutis, je pris une demi-douzaine de pots d'onguents en cuivre ciselé de ma dame et je les lançai dans la lumière des chandelles, mais leur parfum musqué offrit un piètre soulagement devant l'haleine empestée qui s'échappait de tant de bouches ouvertes. Les hommes ivres deviennent facilement les pires ennemis d'un nain, leur curiosité pouvant se transformer très vite en animosité, mais ceux-ci avaient eu leur content de sang au moins pour le moment et ils voulaient seulement qu'on les divertisse. Aussi, ils applaudirent et acclamèrent mes tours d'adresse, ils sourirent devant mes grimaces de diable et s'esclaffèrent quand je me dandinai dans la pièce, une serviette sur la tête en forme de couronne papale, en bénissant ceux qui s'approchaient pour toucher ma robe, trop ivres et braillards pour savoir ce qu'ils rataient. Ce fut ainsi qu'Adriana conserva sa virginité, le cuisinier ses couteaux de cuisine, et notre maîtresse son collier de perles et ses plus beaux verres de Murano. Ce soir-là, du moins.

Mais tout le monde ne réussit pas à survivre. Avant la fin de la nuit, la soif de sang se fit de nouveau sentir et deux hommes s'embrochèrent sur la table du souper. Notre maison avait vu des cardinaux et des diplomates dilapider au jeu les revenus que leur procurait une petite ville afin de déterminer celui qui partagerait la couche de ma maîtresse, mais aucun n'était mort pour savoir qui boirait dans le verre à vin au lieu du gobelet d'argent. En quelques secondes, l'un d'eux avait serré la gorge d'un autre pendant que le premier le poignardait. Quand le capitaine descendit de la chambre, à demi vêtu et l'épée dégainée, tout était déjà fini et les deux hommes gisaient à terre dans leur sang qui se mêlait aux flaques de vin rouge. Ils étaient tellement saouls qu'aucun des deux ne se serait souvenu au matin de ce qui avait motivé leur querelle s'ils avaient eu la chance de s'éveiller. Nous les enveloppâmes dans de vieux draps et nous les précipitâmes du haut des escaliers jusque dans la fraîcheur de la cave. En haut, la fête continua.

Les excès finirent par épuiser les soldats. Dans la cour, même les cochons dormaient tout en grognant, leurs grandes carcasses allongées au-dessus de nos richesses. Dans la maison, les odeurs étaient les mêmes qu'à l'extérieur. Tout puait le vomi et l'urine. Dans chaque pièce des hommes ronflaient, certains sous des couvertures, d'autres allongés sur de la paille, d'autres encore à l'endroit même où ils s'étaient écroulés. Maintenant, il s'agissait au moins d'ennemis loyaux. Nos portes étaient fermées et verrouillées et elles étaient gardées par des sentinelles dans un état de semi-inconscience, un pichet vide à côté d'elles. À la cuisine, le cuisinier dormait sous l'évier ; Adriana et les jumeaux dans le cellier – leurs beautés s'évaluant de différentes façons mais toutes également tentantes –, à l'abri de toute mauvaise intention, tandis que moi, assis sur la table, je grignotais des os de porc tout en apprenant des jurons espagnols au perroquet de ma dame, que j'avais sauvé plus tôt dans la soirée, même s'il ne m'en remercierait jamais, au moment où un soudard s'apprêtait à le faire rôtir. À l'extérieur, un bruit d'enfer s'élevait de la ville : des coups d'arquebuse lointains auxquels se mêlaient des cris et des hurlements saccadés.

Au plus profond de cette nuit, l'horreur se rapprocha quand, dans un logis voisin, un homme se mit à hurler ; un long cri d'agonie suivi de gémissements et de hurlements, puis un nouveau cri, encore un autre, comme si quelqu'un lui découpait les membres l'un après l'autre. Ceux qui avaient verrouillé leurs maisons avaient quelque chose à sauver en plus de leur peau. À quel endroit un riche marchand pouvait-il cacher son or et sa femme ses joyaux ? Combien de coups de couteau pouvait-on supporter avant d'avouer où ils se trouvaient ? À quoi servent les bagues serties de pierres précieuses si on n'a plus de doigts pour les porter ?

Au même instant, on cogna à la porte.

« Bucino ? Adriana ? Ouvrez. Pour l'amour de Dieu… » Une voix rauque suivie d'une toux plus rauque encore.

Un des gardes grogna puis recommença à ronfler. J'ouvris la porte et Ascanio me tomba dans les bras, la poitrine haletante et le visage ruisselant de sueur. Je l'aidai à s'asseoir sur le banc et lui offris un gobelet de vin coupé d'eau. Sa main tremblait tant que le liquide déborda. « Mon Dieu, Bucino, dit-il en contemplant le chaos de la cuisine. Que s'est-il passé ici ?

— Nous sommes occupés, répondis-je d'un ton dégagé en lui coupant un petit morceau de viande. Et nous avons diverti l'ennemi.

— Fiammetta…

— … est là-haut avec le capitaine des gardes espagnols. Elle s'est servie de ses charmes pour acheter notre protection. »

Il rit mais s'étouffa, et pendant quelques instants il toussa sans pouvoir parler. « Crois-tu que lorsque la mort viendra, Fiammetta lui offrira aussi de baiser avant d'être emportée ? » Comme tout Romain, Ascanio désirait ma maîtresse. C'était l'assistant d'un des plus célèbres imprimeurs graveurs de Rome, Marcantonio Raimondi, un homme suffisamment important pour être un visiteur occasionnel des soirées de ma dame et, comme son maître, il connaissait la vie. Combien de fois avions-nous veillé, assis côte à côte, tandis que les puissants allaient au lit avec la belle, à boire le fond de leurs gobelets et à parler scandales et politique jusqu'au petit matin ? Aujourd'hui, on punissait Rome pour son attachement aux biens matériels et pour sa décadence, pourtant la ville avait aussi été un endroit d'émerveillement et de vitalité pour ceux qui avaient eu le talent ou l'esprit de pouvoir en faire partie. Mais plus maintenant.

— D'où viens-tu ?

— De l'atelier de Giambattista Rosa. Ces diables de luthériens ont tout pris. Je m'en suis tiré de justesse. J'ai couru tout le long du chemin ventre à terre. Je sais maintenant comment, de ta hauteur, tu vois le monde. »

Il recommença à tousser. Je remplis de nouveau son verre et le lui tendis. Il était originaire de la campagne, mais son esprit vif, ses doigts habiles à placer les lettres sous la presse et sa dextérité égale à la mienne, l'avaient fait avancer dans la vie plus qu'il ne l'avait espéré. On trouvait les livres de son maître dans les bibliothèques des plus grands érudits de Rome, et dans son atelier on gravait les œuvres d'art d'hommes que le pape lui-même employait afin d'embellir ses plafonds et ses murs sacrés. Mais les mêmes presses imprimaient des satires et des ragots pour la statue de Pasquino[1], piazza Navona, et quelques années plus tôt une série de gravures avaient été jugées trop sensuelles même pour l'œil

---

1. La « statue de Pasquino » est un torse antique trouvé sous la place Navona, à Rome, proche de la boutique du savetier Pasquino. À partir du xive siècle, on avait pris l'habitude d'y coller des épigrammes dénonçant les méfaits des personnages en vue. (N.d.T.)

résolument impie de Sa Sainteté. Ascanio et son maître avaient goûté de l'hospitalité d'une prison romaine, d'où ils étaient ressortis avec une faiblesse de poitrine. Une plaisanterie circulait selon laquelle, pour les lavis plus pâles, ils mélangeaient leurs crachats à l'encre. Mais cela était dit sans méchanceté. En fin de compte, ils avaient décidé de gagner leur vie en propageant les nouvelles plutôt qu'en en étant les instigateurs, et ainsi, ni assez riches ni assez puissants, ils ne restèrent jamais longtemps l'ennemi de quelqu'un.

« Doux Jésus, as-tu vu ce qui se passe dehors ? C'est un véritable charnier. La moitié de la ville brûle jusqu'aux remparts. Foutus barbares ! Ils ont emporté tout ce que possédait Giambattista puis ils ont mis le feu à ses peintures. La dernière fois que je l'ai vu, on le fouettait comme une mule, pour qu'il porte tous ses biens dans leurs charrettes. Ah ! Qu'ils soient damnés ! »

Sous l'égouttoir, le cuisinier poussa un grognement et tapa sur le sol avec une cuiller en bois ; Ascanio bondit de surprise comme un poisson qui saute hors de l'eau. « Crois-moi, Bucino, nous allons tous mourir. Tu sais ce qu'on dit dans les rues ?

— Que Dieu nous punit pour nos péchés ? »

Il approuva d'un signe de tête. « Ces Allemands hérétiques et puants récitent le texte sur la chute de Sodome et Gomorrhe en fracassant les autels et en pillant les églises. Je te le dis, je vois encore ce fou grimpé sur la statue de saint Paul pour fulminer contre le pape.

— "Voyez ce bâtard de Sodome. Pour ses péchés, Rome sera détruite" », déclamai-je d'une voix de poitrine. Pendant un temps, on n'avait parlé que de cela : l'arrivée de ce sauvage aux cheveux rouges et au corps nu et filiforme, venu de la campagne pour grimper sur les épaules de pierre de saint Paul avec un crâne dans une main et un crucifix dans l'autre, condamnant le pape pour sa conduite dévoyée et prédisant le sac de Rome dans les deux semaines à venir.

La prophétie est peut-être un art divin mais c'est un art imprécis : deux mois après il était toujours en prison.

« Quoi ? Tu penses que si Rome s'était rachetée, ceci ne serait pas advenu ? Tu devrais lire plus attentivement les ragots que tu imprimes, Ascanio. Cela fait des décennies que cette ville est devenue répugnante. Les péchés du pape Clément ne sont pas pires que ceux de la dizaine de saints escrocs qui l'ont précédé. Nous ne souffrons pas d'un dévoiement de la foi mais d'une politique mauvaise. Cet empereur ne tolère aucun défi, et tout pape qui s'attaque à lui – en particulier un Médicis – prend le risque de se faire écraser les couilles. »

Ascanio ricana en m'entendant et but une gorgée de vin. Les cris recommencèrent. À nouveau le marchand ? Peut-être le banquier cette fois ? Ou le notaire obèse dont la maison était plus grande que sa panse et qui gagnait sa vie en prélevant sa part sur les pots-de-vin qu'il déposait dans les coffres de la papauté. Dans la rue, il parlait d'une voix de bouc châtré, mais devant la mort les cris des hommes se ressemblent.

Ascanio eut un frisson. « Qu'as-tu de si précieux que tu ne voudrais à aucun prix le perdre, Bucino ?

— Rien, sauf mes couilles, dis-je en lançant en l'air deux pots d'onguents de ma dame.

— Toujours la repartie facile, hein ? Pas étonnant que Fiammetta t'aime. Tu es peut-être un horrible petit ivrogne, mais je connais à Rome une dizaine d'hommes qui échangeraient volontiers leur fortune contre la tienne, même aujourd'hui. Tu as de la chance.

— Une chance de damné... » Étrange de voir combien, alors que nous étions si proches de la mort, la vérité semblait facile à exprimer. « Depuis que ma mère m'a regardé pour la première fois et s'est évanouie d'horreur », dis-je avec un rictus.

Il m'étudia un long moment et secoua la tête. « Je ne sais que penser de toi, Bucino. Malgré tes membres difformes et ta grosse tête, tu es un sacré petit arrogant. Tu sais ce que l'Arétin disait à ton sujet ? Que ton existence même est un défi à la ville de Rome, parce que ta laideur est plus vraie que sa beauté. Je me demande ce qu'il dirait de tout ce qui est en train de se passer, hein ? Il savait aussi que cela devait arriver. Il l'a dit quand il a tiré à boulets rouges contre le pape dans son dernier *pronostico*.

— C'est aussi bien qu'il soit parti. Les deux camps auraient mis le feu à sa plume. »

Ascanio n'ajouta rien, il posa simplement sa tête sur la table comme si cela était trop pour lui. À une époque on aurait pu le trouver penché sur les presses, tard dans la nuit, imprimant de nouvelles feuilles de ragots afin de tenir la ville au courant des mouvements de ses intestins. Il aimait alors être sur la brèche, je pense que cela lui donnait l'illusion d'être un peu son propre patron. Mais une puante cellule de prison lui avait asséché l'esprit et instillé de l'amertume dans les veines. Il poussa un grognement et se leva. « Il faut que je m'en aille. »

Il tremblait encore.

« Tu pourrais rester ici, au moins pour quelque temps.

— Non, non, je ne peux pas... Je... Il faut que je parte.

— Tu retournes à l'imprimerie ?

— Je... Je ne sais pas. » Il était debout et ne pouvait tenir en place, agité et instable, l'énergie de la nervosité, le regard posé partout à la fois. Dehors, les hurlements de notre voisin étaient devenus des gémissements sporadiques et sauvages. « Tu sais ce que je vais faire dès que tout cela sera terminé ? Je vais emporter ma carcasse puante loin d'ici. M'installer et me mettre à mon compte. Goûter un peu la belle vie. »

Or la belle vie s'écoulait goutte à goutte autour de nous. Ses yeux firent le tour de la pièce. « Tu devrais venir avec moi, Bucino. Tu sais compter mentalement et tes doigts de jongleur feraient merveille pour la composition. Penses-y. Même si tu sors vivant de cette histoire, sache que les meilleures putains n'exercent que quelques années. Ensemble, nous nous en sortirons. J'ai de l'argent et, avec ta connaissance des ruelles de la ville, je suis sûr que tu trouveras un itinéraire pour que nous puissions nous enfuir sans problème cette nuit. »

Il y eut un bruit dans la maison. Quelqu'un s'était levé. Ascanio se retrouva près de la porte avant que j'aie eu le temps de lui répondre. Il suait à nouveau, il haletait. Je l'accompagnai jusqu'à l'entrée principale et, parce qu'il avait été un ami, en quelque sorte, je lui indiquai comment se rendre à San Spiritu où, hier encore, se dressait un rempart dont, aujourd'hui, il ne devait rester qu'un trou béant. S'il parvenait à l'atteindre, il aurait une chance de survivre.

Dehors, la place obscure était déserte. « Bonne chance », dis-je.

Il longea le mur, tête baissée, et, quand il tourna au coin, je pensai soudain que je ne le reverrais jamais plus.

Je retournai dans la cuisine et j'aperçus quelque chose par terre, sous la table, un objet qui avait dû tomber de sa veste quand il s'était levé pour partir. Je me glissai sous le meuble et m'emparai d'un sac de tissu d'où s'échappa un petit livre relié en cuir rouge – les sonnets de Pétrarque – au tannage parfait, repoussé de caractères d'or, avec des coins d'argent, et fermé par une serrure d'argent à barillet où était gravée une série de chiffres. Cet objet destiné à la bibliothèque d'un érudit aurait assuré la réputation de tout imprimeur qui eût désiré commencer une nouvelle carrière dans une nouvelle ville. J'aurais peut-être couru derrière Ascanio si je n'avais pas entendu des pas sur les dalles près de la cuisine. Je glissai le livre sous mon pourpoint une seconde avant que ma dame n'entre.

Sa robe de soie était en désordre, ses longs cheveux ébouriffés étaient relâchés, et ses lèvres rouges et gonflées à cause de la rugosité de la barbe du capitaine. Mais elle avait le regard clair. C'est un de ses grands talents : donner l'impression que son verre se vide à la même vitesse que ceux qui l'entourent, et garder la tête froide alors que le désir des hommes s'est dissipé dans l'alcool.

« J'ai entendu parler. » Elle regarda le désordre de la cuisine. « Qui était-ce ?

— Ascanio. Il revenait de l'atelier de Giambattista. Le peintre s'est fait prendre et ses œuvres ont été détruites.

— Oh ! Et Marcantonio ? Et l'imprimerie ? Quelles nouvelles ? »

Je secouai la tête.

« Mon Dieu... » Elle s'avança vers la table, s'assit à sa place et posa les mains à plat. Elle balança lentement la tête d'un côté et de l'autre, en tendant le cou comme si elle revenait à la vie après un long sommeil. C'était un geste que je lui connaissais bien et, parfois, quand la tâche était vraiment dure ou la nuit trop longue, elle aimait que je monte sur le banc derrière elle pour lui masser les épaules. Mais pas cette nuit. « Où est Adriana ? »

Je montrai le cellier. « Pelotonnée là, avec les jumeaux. *Virgo intacta*, tous les trois. Mais je ne peux pas garantir pendant combien de temps. Comment va notre capitaine ?

— Il dort par à-coups, en se débattant dans son sommeil comme s'il faisait encore la guerre. » Elle se tut. Je ne lui posai aucune question. Je ne le fais jamais. C'est pour cela, je crois, qu'elle se confie souvent à moi. « Tu aurais dû le voir, Bucino – espagnol jusqu'à son entrejambe. Tellement préoccupé de sa réputation que son angoisse lui a coupé tous ses effets. Peut-être son propre pouvoir le rend-il malade ? À mon avis, il était presque content que quelqu'un prenne la direction des opérations après tant de temps. » Elle esquissa un petit sourire sans aucune ironie. Les cris effroyables provenant de la rue devaient avoir traversé les volets de sa chambre aussi facilement que ceux de la cuisine. « Mais il est jeune sous sa crasse et je ne pense pas qu'on puisse compter bien longtemps sur sa protection. Nous devons contacter le cardinal. C'est notre seul espoir. Les autres sont des amis pour les beaux jours, mais s'il est encore en vie – et les soldats de l'empereur auraient suffisamment de raisons de se montrer bons avec lui puisqu'il a soutenu sa cause à la curie –, je suis sûre qu'il nous aidera. »

Nous nous regardâmes par-dessus la table, évaluant nos chances.

« Dans ce cas je pars dès maintenant, dis-je, parce que nous savions tous deux que, si quelqu'un devait s'acquitter de cette mission c'était moi. Si je me dépêche, je pourrai être de retour avant que la maisonnée ne s'éveille. »

Elle détourna le regard comme si nous pouvions encore en discuter, puis elle glissa la main sous sa robe avant de poser le poing sur la table devant moi. Dans sa paume, il y avait une demi-douzaine de rubis et d'émeraudes dont les arêtes étaient légèrement ébréchées après avoir été arrachées de leur monture.

« Pour le voyage. Prends-les. Elles sont à toi. »

Le silence régnait sur la place à présent, nos voisins morts ou bâillonnés. Autour de moi, Rome semblait prise entre le feu et l'aube ; dans l'obscurité, une partie de la ville scintillait comme des charbons ardents, et des nuages de fumée tourbillonnaient à l'est contre une bande de ciel gris et vaporeux, avec la promesse d'une nouvelle journée parfaite pour tuer. Je me déplaçai comme Ascanio, près du sol et le long des murs, avant de m'élancer dans la rue principale. Je passai près de plusieurs cadavres allongés dans le caniveau et brusquement une voix hurla dans ma direction, mais c'était si inattendu qu'il s'agissait sans doute du cri de quelque survivant aux prises avec un cauchemar. Plus loin dans la rue, une silhouette solitaire sortit de l'obscurité et s'approcha de moi, d'un pas vacillant, comme hébétée, apparemment sans me voir. Quand l'homme me croisa, je vis qu'il serrait sa chemise pleine de sang avec, dans les mains, ce qui était peut-être ses entrailles.

Le palais du cardinal se trouvait près de la via Papalis, là où les habitants de la ville ont l'habitude de se rassembler pour admirer bouche bée et applaudir les magnifiques processions qui traversent le Vatican. Ici, les rues sont si belles qu'on doit revêtir ses plus beaux atours pour les arpenter. Mais plus la richesse est importante, plus grand est le saccage et plus forte la puanteur de la mort. Dans la lumière de l'aube, on voyait des corps partout, certains démembrés et immobiles, d'autres agités de mouvements convulsifs ou gémissant doucement. Un petit groupe d'hommes se déplaçaient méthodiquement dans le carnage, furetant à la recherche d'un objet de valeur oublié, tels des corbeaux arrachant yeux et foie. Leur tâche les absorbait trop pour qu'ils me voient. Si Rome avait été Rome et non un champ de bataille, j'aurais dû faire preuve de plus de prudence dans la rue. J'ai beau avoir la taille d'un enfant, les gens remarquent ma démarche chaloupée de loin et, jusqu'à ce qu'ils aperçoivent la bordure dorée de mon habit – et même alors parfois –, ils peuvent avoir tendance à user de toutes sortes de plaisanteries cruelles. Mais ce matin-là, dans le chaos de la guerre, je devais paraître tout simplement petit et par conséquent ne représenter ni une promesse ni une menace. Pourtant, je pense que cela ne suffit pas à expliquer pourquoi je ne suis pas mort. Parce que je vis beaucoup d'enfants tués d'un coup d'épée ou coupés en morceaux. Et ce n'est pas non plus parce que j'étais particulièrement avisé, car j'ai enjambé les restes de toutes sortes d'hommes dont certains, d'après leurs vêtements – ou ce qu'il en subsistait –, avaient joui d'un statut supérieur ou d'une plus grande fortune que je n'en aurais jamais, même si cela ne leur profitait plus guère.

Plus tard, quand les survivants qui avaient entendu les hurlements dans la nuit nous racontèrent leur histoire, nous apprîmes les mille méthodes utilisées par la soldatesque pour arracher l'or à ceux dont elle brûlait ou transperçait la chair. Il devint alors clair que ceux qui avaient été massacrés lors de cette première nuit avaient sans doute été

37

les plus chanceux. Mais ce matin-là, ce ne fut pas ce qu'on ressentit. Car pour chaque mort que je rencontrai, il y en avait un presque mort, calé contre un mur, qui contemplait les moignons de ses membres ou qui essayait de réintroduire ses boyaux dans son ventre.

Cependant, de façon étrange, cela ne semblait pas totalement horrible. À moins que ce ne fût pas horrible précisément parce que c'était si étrange. À certains endroits, on avait presque l'impression d'une fête costumée délirante. Dans le quartier proche du Vatican, là où régnaient les Allemands, les rues montraient quantité de déguisements. On pouvait se demander comment les envahisseurs faisaient pour reconnaître leurs ennemis, vu qu'ils portaient leurs vêtements. Je vis des hommes de petite taille engoncés dans du velours et de la fourrure, le canon de leur arquebuse dressé en l'air et orné de bracelets de pierres précieuses. C'étaient surtout leurs femmes et leurs enfants qui assuraient le spectacle. Les filles qui suivent les armées mercenaires sont bien connues pour rôder comme des chattes en chaleur autour des feux de camp ; toutefois celles-ci étaient différentes : de vraies luthériennes, des harpies hérétiques attirées autant par Dieu que par la guerre, avec, accrochés à leurs basques, des enfants conçus et allaités sur la route, maigres et durs comme leurs parents, dont les visages semblaient aussi mal dégrossis que des morceaux de bois. Sur les corps décharnés des femmes, les tuniques ornées de perles et les jupes de velours tombaient à la façon de toiles de tente, des peignes incrustés de pierreries retenaient leurs cheveux gras et elles tiraient derrière elles des traînes de soie d'un prix inestimable, noircies de sang et de boue. On avait l'impression de contempler une armée de spectres sortie de l'enfer en dansant.

Pour les hommes, les vêtements sacerdotaux représentaient les plus belles prises. Je vis plus d'un « cardinal » déambuler dans les rues en robe écarlate, le chapeau repoussé en arrière, un magnifique flacon de vin à la main

– mais aucun n'avait pris la peine de revêtir une soutane de prêtre, car, même au milieu du chaos, la hiérarchie commande et ces simples robes n'étaient pas assez luxueuses. Les hérétiques peuvent voir le diable dans les ornements, mais ils sont aussi cupides que les autres quand tout ce qui brille est vraiment d'or. On ne trouvait aucun précieux calice ni aucun *monstranco* [1] orné de pierres dans la boue ce matin-là. Par contre des céramiques brisées et des objets de bois bouchaient les égouts : il y avait assez de statues démembrées de Jésus et de la Sainte Vierge pour donner du travail à la guilde des sculpteurs pendant le prochain demi-siècle. Et aussi des reliques. Sans la foi, une côte de saint Antoine ou un doigt de sainte Catherine ne sont que de vieux os jaunis, et ce matin-là des restes de saints jonchaient les rues, des reliques pour lesquelles, la veille, les pèlerins auraient marché pendant cinq cents lieues afin de les embrasser et de les honorer. Si elles accomplirent des miracles dans le ruisseau, je n'en entendis jamais parler, même si l'Église utiliserait ce mot sans tarder pour expliquer leur réapparition et si les châsses rouvrirent aussi vite que les boutiques ; si vite en réalité que je pouvais jurer que la prochaine vague de pèlerins crédules dépenserait ses *scudi* pour voir ce qui avait peut-être été le fémur d'une harengère ou le doigt d'une prostituée.

La maison de notre cardinal était la plus belle de Rome. Ma dame avait été sa favorite pendant des années et il lui était aussi fidèle que tout époux aurait pu l'être à son épouse. C'était un homme intelligent, un membre honoré du cercle des intimes du pape Clément VII, autant homme politique qu'homme d'Église ; jusqu'à la fin il avait joué sur les deux tableaux, soutenant le pape dans ses luttes de pouvoir tout en défendant la cause de l'empereur ; son habileté bien connue avait donc dû le garder en vie. En théorie...

---

1. Ostensoir. *(N.d.T.)*

Deux hommes armés d'arquebuses se tenaient devant l'entrée de son palais. Je m'avançai, dansant, souriant et caracolant comme un homme au cerveau aussi déformé que le corps. L'un d'eux me regarda et me piqua de son épée. Je poussai un cri aigu d'une façon qui semble toujours réjouir les hommes armés, puis j'ouvris la bouche en grand, y enfonçai deux doigts et en sortis un petit rubis scintillant que je déposai dans ma main ouverte. Je demandai ensuite si je pouvais voir le cardinal, tout d'abord dans un mauvais allemand puis en espagnol. L'un d'eux vomit une suite de mots puis il me saisit au collet et m'obligea à ouvrir de nouveau la bouche ; ce qu'il y vit lui fit lâcher prise aussitôt. Je répétai l'exercice jusqu'à ce qu'une seconde pierre précieuse se retrouve à côté de la première. Je reposai ma question. Ils prirent chacun une pierre et me laissèrent entrer.

Depuis la pièce principale, je pouvais voir la cour qui se trouve à l'arrière. Une grande partie des biens de Son Éminence y était entassée, prête à être emportée même si tout n'était pas d'un grand prix. Le cardinal de ma dame était un homme cultivé, à la tête d'une galerie d'objets dont la valeur tenait autant à leur ancienneté qu'à leur poids de métal précieux.

Au moment où je m'avançai, j'entendis un cri provenant des étages supérieurs et je vis un hercule de marbre basculer par-dessus la balustrade ; sa tête et son bras gauche se brisèrent quand il s'écrasa sur les dalles. Au milieu du couloir, un homme vêtu d'une blouse sale me tournait le dos et récurait le sol. Il s'assit, les yeux fixés sur la tête en morceaux. La sentinelle s'avança et lui donna un coup de pied, ce qui le fit tomber sur le côté. Au temps pour l'allégeance à Son Éminence... ! Quand une armée n'a pas été payée pendant si longtemps, que le butin vienne d'un ami ou d'un ennemi ne fait guère de différence.

Le cardinal se releva et se tourna vers moi. Il se déplaçait comme si ses jambes étaient aussi arquées que les miennes : rester à genoux si longtemps devait être nouveau pour un homme d'un rang aussi élevé dans la hiérarchie ecclésiastique. Il me reconnut aussitôt et l'espoir éclaira son visage. Quoi ? Pensait-il que je venais à la tête d'une armée composée de soldats romains remarquables, armée qui n'avait probablement existé que dans cette Antiquité qu'il aimait tant ? Mais l'espoir quitta bien vite ses traits. À la fois érudit et épicurien, il avait toujours fait montre d'une certaine noblesse d'allure. Pas en ce moment cependant. Ses cheveux rares restaient collés sur son crâne comme des touffes d'herbe sur un sol ingrat, et sa peau était presque jaune ; sa santé, sa fortune et l'assurance qu'apportent les biens de ce monde, parties en fumée. Il semblait tout à fait inutile de lui demander de l'aide. Il lui restait peu de temps à vivre. Mais, alors que son univers s'effondrait, son cerveau fonctionnait encore parfaitement.

« Ta maîtresse devrait savoir qu'il ne reste à Rome ni défenseurs ni protecteurs, dit-il rapidement. Le pape lui-même est assiégé. La basilique Saint-Pierre est transformée en écurie pour la cavalerie impériale et, après la mort du prince de Bourbon, personne n'est en mesure d'arrêter le massacre. Il nous reste un seul espoir : que les soldats espagnols et germaniques finissent par se battre entre eux et que, dans la confusion, nous puissions nous enfuir, pendant qu'ils s'entre-tueront pour le butin. Dis à ta maîtresse qu'elle a intérêt à feindre la piété ou à trouver une autre ville où l'on appréciera mieux qu'ici sa beauté et son esprit. Cette Rome... notre Rome... est finie à jamais. » Il se retourna brusquement pour contempler sa vie dévastée. « Dis-lui que je rêve encore d'elle en Marie-Madeleine et que j'intercède auprès de Dieu afin d'obtenir Son pardon pour elle et pour moi. »

Je revins aussi vite que je le pus mais je mis plus de temps qu'à l'aller. Peut-être à cause de mon désespoir, car sans protecteur nous devions maintenant affronter la perspective d'être pressurés et pressurés encore jusqu'à en éclater. Le monde s'effondrait mais, en ce matin rose et lumineux, le pillage avait repris avec entrain. Je passai par des rues où je vis se réaliser la prophétie du cardinal et où les deux armées rivalisaient de sauvagerie dans le meurtre. Je sautai d'une ruelle à l'autre jusqu'à ce que mes jambes ne me répondent plus et que je dusse m'arrêter pour me reposer. Entre le palais du cardinal et notre maison, un important groupe de luthériens marchait sur les traces de soldats espagnols, et ils se montraient d'autant plus violents qu'il ne leur restait que peu de choses à voler. Je pris le chemin le plus long pour les éviter, je fis un détour vers l'est et passai près de l'imprimerie et de l'atelier de Marcantonio, pour voir si tout le quartier était envahi ou la proie des flammes et ses habitants pris en otages ou assassinés. Quand j'atteignis notre quartier, le soleil était haut dans le ciel et la chaleur excitait la soif de sang. Nos envahisseurs cherchaient maintenant à se défendre les uns des autres : soldats espagnols et allemands s'affrontaient en hurlant. Cette fois, je ne tins pas compte de ma fatigue et, quand j'arrivai sur la place où se trouvait notre demeure, je tremblais autant à cause de l'engourdissement de mes jambes que de la peur qui m'avait gagné. Il n'y avait plus de sentinelles devant chez nous et les portes de la cour se seraient ouvertes en grand si une personne armée avait voulu y pénétrer.

À l'intérieur, les cochons poussaient des cris tandis qu'on les refoulait contre les murs, et un groupe d'hommes, dans lequel je reconnus le cuisinier, pataugeait dans la merde et les dalles pour déterrer les coffres. Tout à leur hâte de récupérer le trésor, aucun d'eux ne remarqua le nain qui passa à côté.

Je trouvai la cuisine vide. Les jumeaux étaient dans la salle à manger, assis contre un mur, entourés de verre brisé et de pots cassés. Quand je m'approchai, Giacomo leva les yeux, Zaccano, lui, resta tête baissée, avec un trou plus sombre que le velours rouge de sa veste sous le sein gauche, aux contours si nets qu'il ne semblait ni assez atroce ni assez profond pour avoir laissé s'échapper son âme. Je m'arrêtai face à Giacomo pour que nos regards soient au même niveau et je lui demandai ce qui s'était passé. Il me regarda, ouvrit la bouche, mais il n'en sortit qu'un filet de sang. Quant à Adriana, il n'y avait aucune trace d'elle.

Je m'avançai vers l'escalier. Une silhouette tremblante était affalée sur la première marche. Sous la saleté et la puanteur, je reconnus le garçon d'écurie. Il avait une balafre sur la joue et semblait avoir perdu la raison ; ses membres semblaient intacts et ses doigts jouaient nerveusement avec une perle sale. Il avait sans doute imaginé qu'en trahissant sa maîtresse et en révélant où elle cachait ses richesses il récupérerait le reste de son collier.

« Où est-elle ? »

Il haussa les épaules.

Je lui crachai en plein visage et je gravis l'escalier à quatre pattes comme un chien, car de cette façon je vais plus vite quand je suis fatigué.

Je répète que nous avons eu une chance immense en comparaison de beaucoup d'autres. Si la ville avait survécu au massacre, notre maison aurait été une des nombreuses demeures où l'on aurait donné une grande fête. Entre autres parce que Fiammetta Bianchini devait célébrer son vingt et unième anniversaire. Aujourd'hui, elle était dans la fleur de l'âge. Au cours des six années précédentes, depuis que sa mère l'avait conduite vierge à Rome, elle avait couché avec un très grand nombre d'hommes, parmi lesquels figuraient les plus riches et les plus cultivés de la ville. Et ils lui avaient appris des choses qui pouvaient lui être utiles maintenant. Si une épouse est la propriété de son mari et ne doit connaître qu'un seul homme en lui restant fidèle, une putain, elle, appartient à tous et est utilisée par tous ; mais ma maîtresse avait eu de la chance, car elle avait pu choisir certains de ses soupirants et, de cette façon, elle avait conservé un peu de sa vertu. Cela, ajouté à son intelligence, à son expérience et à son évidente beauté, lui avait permis d'acquérir une confiance certaine dans le domaine de la chair, confiance dont sont dépourvues la plupart des femmes. Aussi, si la fortune et les circonstances se retournaient contre elle maintenant, les talents qu'elle avait acquis dans la pratique de sa profession l'aideraient assurément à survivre à cette épreuve. En tout cas, c'est ainsi que je me rassurais en atteignant le palier.

J'entendis un murmure semblable au rythme d'une mélopée. Je tournai la poignée de la porte, pensant qu'elle était fermée. Elle s'ouvrit.

Ma dame était agenouillée près du lit, en jupons, la tête baissée et couverte sans que je puisse voir son visage, une bible aux pages déchirées et éclaboussées de sang ouverte devant elle. Une femme maigre avec un visage tanné comme une peau de cochon se tenait à son côté, remuant les lèvres dans une prière permanente, tandis que, derrière, une autre femme beaucoup plus grosse brandissait dans son poing une paire de ciseaux de cuisine. Des harpies luthériennes – aussi à l'aise avec un couteau qu'avec la parole de Dieu. Elles se tournèrent vers moi quand j'entrai et, dans l'instant de surprise mutuelle pendant lequel nos regards se rencontrèrent, j'aperçus sur le plancher une épaisse couche de cheveux d'or.

La grosse femme aux ciseaux s'avança vers moi en hurlant. Je claquai la porte et la contournai. Ma dame poussa un cri et son châle tomba. Je vis son visage couvert de sang, son crâne comme les chaumes d'un champ de blé, brûlé là où le feu avait attaqué les racines. Sa chevelure tout entière, cette merveilleuse rivière de beauté et de richesse, avait disparu.

« Oh, non ! Je vous en prie ! Ne lui faites pas de mal, s'écria ma dame, en agitant les bras comme une aliénée. C'est Bucino, l'homme dont je vous ai parlé : le doux et triste Bucino dont le corps porte un véritable stigmate mais dont l'esprit a toujours été simple et a toujours trouvé le réconfort dans l'amour de Dieu. »

La femme s'arrêta net et me regarda fixement. Je lui fis un grand sourire, écartant les lèvres pour découvrir mes dents et je me mis à baragouiner, alors elle recula d'un pas, effrayée par ma laideur.

« Oh, Bucino, viens t'agenouiller avec nous et écoute ce que j'ai à dire. » Ma dame tendit les mains vers moi et elle parla d'une voix changée, lentement, avec précision comme à un simple d'esprit : « J'ai été l'esclave de Baby-lone, mais ces bonnes dames m'ont montré la voie du vrai Christ. Nos richesses, nos vêtements, nos trésors cachés, nous donnons tout au Seigneur, ainsi que mon âme. On me retire de l'enfer de ma profession pour que je renaisse dans la miséricorde infinie de Dieu. Pour cela, j'ai avalé les derniers joyaux de mon orgueil. Et quand tu auras fait de même, alors nous pourrons prier ensemble, et ensuite, avec la grâce merveilleuse du Christ, nous entamerons notre voyage vers une vie meilleure. »

Je serrai les mains sur mon pourpoint puis sur ma bouche et, tâchant de produire le plus de salive qu'il m'était possible, j'avalai le reste des rubis et des émeraudes en tombant à genoux, m'étouffant à moitié et répétant le nom de Notre-Seigneur pour Le remercier de nous avoir accordé le salut.

Ainsi, la même nuit, quand l'obscurité fut le plus propice, alors que nos vainqueurs protestants dormaient du sommeil des justes et des rassasiés sur des matelas de plumes d'oie, nous, les hypocrites et les damnés, nous nous glissâmes hors de l'écurie où l'on nous avait enfermés avec les derniers porcs. Tandis que nos intestins malaxaient les pierres, nous traversâmes en silence les décombres de Rome jusqu'à ce qu'enfin nous puissions atteindre les remparts de San Spiritu, où la violence du premier assaut avait laissé de grands trous dans la maçonnerie, trop nombreux pour qu'on les surveille pendant la nuit.

Là où ils étaient entrés en foule, nous nous faufilâmes tous deux en catimini à l'extérieur, moi, l'être difforme, et elle, une putain au crâne rasé, courbés sous la défaite et puant la porcherie. Nous marchâmes toute la nuit et quand, à l'aube, l'obscurité se teinta de sang, nous nous fondîmes dans une file de réfugiés, certains déjà dans le plus grand dénuement, d'autres transportant sur leur dos ce qui restait de leur vie. Mais leur bonne fortune fut de courte durée, car des vautours arrivèrent en cercles avec la première lumière : des traînards de l'armée qui se dirigeaient eux aussi vers la ville et qui préférèrent prendre leur butin là où il se trouvait. Si ma dame avait été violée et qu'on eût préservé ses cheveux et ses atours, je jure qu'elle se serait bientôt retrouvée sur le dos et moi, sans aucun doute, à côté d'elle, livré aux épées. Mais sa tête en sang et les effluves porcins maintinrent les vautours à distance. Nous n'avions rien de valeur qui méritât d'être volé, à part le petit volume de Pétrarque. Comme de bons chrétiens, notre richesse était en nous. Nous restâmes purs aussi longtemps que nous le pûmes (ceux qui ne mangent pas ne chient pas ; telle fut la somme totale de la sagesse que j'acquis pendant ces journées mouvementées) et, le troisième soir, alors que nous ne pouvions plus tenir, nous quittâmes la route pour nous enfoncer dans la forêt jusqu'à un petit ruisseau au bord duquel, accroupis, nous attendîmes que le relâchement de nos intestins nous fasse, sinon riches, au moins à nouveau solvables. Et s'il s'agissait d'un bien petit triomphe, vu tout ce que nous avions perdu, cela valait mieux que la mort et nous permit de garder bon moral. Ce soir-là, nous fîmes un festin de baies sauvages et d'eau fraîche recueillie dans le ruisseau – en amont de l'endroit où nous nous étions soulagés – et nous comptâmes notre fortune, qui se montait à douze grosses perles, cinq émeraudes et six rubis ; ma dame avait dû enduire le plus gros avec son huile pour le visage afin qu'il passe dans sa gorge. Mon Dieu, dire qu'elle aurait pu s'étouffer en avalant son avenir, alors que les harpies cognaient à sa porte !

C'était une gorge dont elle pouvait être fière, et je le lui dis alors que nous étions pelotonnés l'un contre l'autre dans la pénombre, essayant de trouver anodins les bruits de la forêt amplifiés par notre imagination de citadins.

« Effectivement. Il s'agit d'un acte bien plus courageux que lorsque tu as avalé tes misérables émeraudes ! Et, m'avertit-elle avant que je puisse répondre, dispense-moi de tes plaisanteries à la Bucino sur le fait que ma grande expérience en la matière m'a sûrement aidée... »

Bien que cela ne fût pas particulièrement drôle, j'étais tellement moulu, tellement éreinté à force d'essayer de ne pas montrer ma peur, que je me mis à rire sans pouvoir m'arrêter. Quand le rire m'eut piqué, il sauta sur elle comme une puce et, ainsi, nous faisant signe l'un l'autre de nous calmer, nous fûmes bientôt pliés en deux, incapables de nous maîtriser, comme si, par notre rire, nous pouvions nous moquer du destin et assurer notre survie.

Quand nous eûmes recouvré notre calme, nous restâmes adossés aux arbres, le regard fixé vers le ciel, épuisés par notre acharnement à rester vivants.

« Alors, dit-elle enfin, que va-t-il se passer maintenant, Bucino ?

— Que va-t-il se passer maintenant ? répétai-je. Eh bien, vous feriez une ravissante nonne pendant quelque temps. Mais on s'interrogera peut-être sur la démesure de votre piété quand on verra avec quelle frénésie vous vous êtes rasé la tête. » En dépit de nos rires de tout à l'heure, son état ne donnait pas envie de plaisanter, et je sentis qu'elle frissonnait. Dans la pénombre, j'avais du mal à voir son visage, bien que la terreur de son regard fût suffisamment vive et les entailles sanglantes de son front assez visibles sur sa peau blanche. Je pris une grande inspiration. « Ou alors nous pouvons attendre notre heure en léchant nos plaies, et quand vous serez guérie nous pourrons retourner chez nous. La ville ne sera pas occupée indéfiniment et il y aura toujours des hommes de goût qui désireront ce que vous avez à offrir.

— Pas à Rome, répondit-elle, avec dans la voix une violence causée autant par la colère que par la peur. Je n'y retournerai pas. Jamais. Pour rien au monde.»

Une sage décision si l'on y réfléchit, car la plupart des hommes, en particulier ceux qui ne regardent pas à la dépense, préfèrent posséder une épouse douce et jeune comme un agneau de printemps. Et, de toute façon, si nous avions dû attendre que la situation rentre dans l'ordre pour revenir chez nous, nous aurions été trop vieux pour en recueillir les fruits. Donc, adieu Rome.

Je haussai les épaules et gardai une voix légère. «Alors où?»

Nous connaissions la réponse, bien sûr. Comme la guerre essuyait ses doigts sanglants sur tout le pays, il n'y avait qu'un endroit où aller. Une ville riche et stable, dirigée par des hommes ayant assez d'argent et de manières pour payer ce que les soldats prennent à la pointe de l'épée. Un État indépendant avec un œil pour la beauté et un talent pour le commerce, où des exilés astucieux et doués d'imagination pouvaient faire fortune. Certains pensent qu'il s'agit du plus bel endroit du monde ; le plus prospère et le plus paisible. Mais, malgré tous les contes enchantés et merveilleux, je n'avais jamais voulu m'y rendre.

Pourtant, ce n'était pas à moi de choisir. Ces derniers jours, ma dame avait risqué et perdu plus que moi, et elle méritait, si c'était de cela qu'elle avait besoin, de rentrer chez elle.

«Tout ira bien, Bucino, dit-elle calmement. Je sais que tu as peur, mais si nous parvenons à destination je crois que nous réussirons. Nous serons associés désormais, toi et moi ; nous partagerons tout, pertes et profits, nous prendrons soin l'un de l'autre. Ensemble, je te le jure, nous

48

réussirons.» Je la regardai fixement. J'étais fatigué jusqu'aux os d'avoir tant couru. Mon estomac était ratatiné et criait famine. Je voulais dormir dans un lit, manger du porc plutôt qu'en avoir l'odeur, passer du temps avec des hommes dont l'intelligence était au moins aussi développée que la soif de sang et pour qui la richesse ne se mesurait pas seulement à la taille du butin amassé. Et, par-dessus tout, je ne voulais plus courir seul sur les routes. Parce que, depuis que nous nous étions rencontrés, le monde était devenu un endroit beaucoup plus chaleureux.

« Très bien, dis-je. À condition que je ne me mouille pas les pieds.»

Elle sourit et prit ma main entre les siennes. « Ne t'inquiète pas. Je ne laisserai pas l'eau t'engloutir.»

Ils arrivèrent de nuit, sur une barque, depuis le continent. À Mestre, sur la jetée, l'homme trapu et difforme commença le marchandage. Vu l'état de leurs vêtements et leur maigre bagage, il semblait évident que ces deux-là venaient de loin. Le fort accent romain de l'homme, ajouté à son souhait de voyager sous le couvert de l'obscurité afin d'éviter les patrouilles qui contrôlaient les voyageurs atteints de la peste, incita le passeur à leur demander trois fois le prix du voyage. À ce moment, la femme intervint. Elle était grande et mince, la tête enveloppée à la turque, de manière à ce qu'on ne puisse voir son visage, mais elle parlait si parfaitement le dialecte et marchanda avec une telle ardeur que ce fut presque le passeur qui perdit dans l'affaire, car il accepta de n'être payé qu'après les avoir déposés devant une certaine maison de la ville.

L'eau noire clapotait sous d'épais nuages. Dès qu'ils eurent quitté le rivage, l'obscurité les enveloppa, et l'on n'entendit plus que le bruit des vagues contre la coque de bois. Pendant quelque temps, ce fut comme s'ils se dirigeaient vers la haute mer, comme si cette cité aquatique dont on parlait avec une crainte mêlée d'admiration n'était qu'une idée, une chimère inventée pour répondre à un besoin de miracles. Quand les ténèbres furent totales, ils distinguèrent la lueur tremblante de lumières posées sur l'horizon, tels les reflets iridescents des cheveux d'une sirène qu'aurait éclairés la lune. Le passeur ramant avec force et de façon régulière, les lumières grandirent et se multiplièrent jusqu'à ce que les premiers bâtiments prennent forme, suspendus au-dessus de l'eau comme un alignement de pierres tombales. Ils aperçurent un passage marqué par des balises de bois coloré qui les guida depuis la mer dans ce qui ressemblait à la large embouchure d'un canal, bordé de chaque côté par des cabanes et des entrepôts, leurs jetées encombrées de pierres, de bois de construction et de lourdes barges alignées au mouillage. Le canal tournait paresseusement pendant plusieurs centaines de toises jusqu'à rencontrer un autre canal beaucoup plus large.

Le passeur dirigea l'embarcation vers la gauche et le paysage commença à changer. Ils passèrent devant des habitations et une église sur une petite esplanade déserte dont la sévère façade de brique se dressait dans le ciel. Puis, alors qu'une demi-lune pâle sortait des nuages, des maisons plus grandes apparurent de chaque côté, et leurs façades ouvragées et dorées jaillirent au-dessus de l'eau. La femme, qui semblait avoir supporté la traversée sans broncher, comme s'il s'agissait d'un déplacement quotidien, restait maintenant assise, paralysée. L'homme difforme, en revanche, s'agrippait au plat-bord, son petit corps rabougri tendu comme celui d'un animal, tournant de chaque côté sa grosse tête, les yeux aussi effrayés par ce qu'ils voyaient que par ce qu'ils pouvaient deviner. Le passeur, qui toute sa vie avait observé l'émerveillement de ses passagers, ralentit l'allure, espérant que le spectacle lui vaudrait un pourboire. Là, le canal large et sombre ressemblait à un grand couloir rutilant dans une demeure encore plus grande. Malgré l'heure tardive, on voyait au loin d'autres embarcations, d'une forme particulière : lisses et fines, avec en leur milieu de petites cabines et à leur poupe une silhouette solitaire manœuvrant avec une seule rame très longue, si bien que ces curieuses barques se déplaçaient sans effort sur l'eau noire.

Dans la lumière cireuse, comme des palais fantômes, les bâtisses, hautes de trois ou quatre étages avec une entrée séparée du clapot par quelques marches de pierre, gagnaient en magnificence. Dans certaines demeures, des portes immenses s'ouvraient sur des couloirs profonds, et des rangées de fines embarcations étaient amarrées à l'extérieur, leurs proues argentées brillant à la lueur d'une lampe. La femme s'animait maintenant, les yeux fixés sur les étages supérieurs et leurs fenêtres aux arcs pointus dont la pierre sculptée comme une dentelle brillait au clair de lune. Beaucoup restaient plongées dans l'obscurité, c'était le cœur de la nuit, mais derrière quelques-unes le scintillement des chandeliers, dont le nombre indiquait une extraordinaire richesse, éclairait de magnifiques espaces où se répercutaient les sons ; et l'on distinguait alors le déplacement de silhouettes et des voix qui allaient se perdre au loin sur l'eau.

À intervalles plus ou moins réguliers, un espace entre les maisons et la pierre cédait la place à d'autres canaux, étroits comme des doigts, noirs comme l'enfer, qui se déversaient dans le canal principal. Après un trajet d'une vingtaine de minutes, la femme fit un signe au passeur, lequel modifia sa façon de ramer, faisant tourner sa barque et la dirigeant dans un de ces petits canaux auxiliaires. Le monde retomba alors dans l'obscurité, les murs des maisons, dressés comme les parois d'un gouffre, cachant la lumière de la lune. Ils avançaient plus lentement. Un peu plus loin, un trottoir de pierre bordait le canal. L'air sentait le renfermé, la chaleur de la journée restait accrochée à la pierre, et maintenant ils pouvaient distinguer les odeurs : celle de la pourriture et celle, âcre, de l'urine – les parfums de la pauvreté. Les bruits eux-mêmes paraissaient différents, le clapotis de l'eau

51

rendait un son creux, presque de colère, lorsqu'il se répercutait entre les murs étroits. Ils passèrent sous des ponts assez bas pour qu'ils pussent en toucher l'arche. Le passeur devait s'appliquer, ses yeux brillaient dans la nuit comme ceux d'un chat. Ces ruelles d'eau s'entremêlaient, formant des angles irréguliers, et parfois si brusquement qu'il fallait presque arrêter la barque avant de tourner et, en même temps, il criait pour avertir celui qui se serait dirigé vers lui dans l'autre sens. Ou bien quelqu'un lançait un cri avant lui, voix déformée qui se perdait dans la nuit. La règle exigeait que le premier qui s'égosillait passe pendant que l'autre embarcation attendait. Sur le pont de certains bateaux, il y avait des chandelles protégées par des globes de verre, et ils traversaient l'obscurité comme des lucioles dansantes ; d'autres restaient sombres, le soupir voilé de l'eau témoignant seul de leur passage.

Ils avancèrent ainsi dans ce labyrinthe jusqu'à ce qu'ils débouchent dans un canal plus large, où les maisons semblaient à nouveau plus cossues. Une de ces barques noires et lisses glissait vers eux, éclairée, elle, par une lanterne rouge. La femme fut aussitôt sur le qui-vive et recula à l'arrière de l'embarcation pour mieux voir. Devant eux, la silhouette à la poupe se fondait dans l'obscurité, sa peau et son costume avaient la couleur de la nuit, mais la cabine était plus colorée, décorée de rideaux et de pompons dorés ; quand les deux barques se rapprochèrent, une jeune femme richement vêtue apparut, les seins galbés, la gorge couleur du clair de lune. Près d'elle, un homme caressait ses cheveux. Au moment où les deux bateaux se croisèrent, une main baguée referma le rideau et, dans ce mouvement, l'air calme de la nuit au-dessus de l'eau se chargea d'une bouffée de lavande et de musc. Dans la barque, la femme ferma les yeux, la tête relevée comme un chien de chasse sur une piste, et elle resta ainsi bien après le passage de l'autre embarcation, perdue dans cet instant, inspirant profondément. À l'autre extrémité, le nain l'observait avec attention.

La voix du passeur brisa le silence. « C'est encore loin ? murmura-t-il, les bras douloureux à la pensée du voyage de retour. Vous avez dit que c'était dans Cannaregio.

— Nous y sommes presque, répondit-elle, puis, comme pour elle-même : Il y a si longtemps...» Quelques instants plus tard, elle lui indiqua un canal plus étroit. Il se terminait en cul-de-sac, et une maison de deux étages surgit devant eux, à côté d'un pont de bois branlant. « Ici ! Ici ! Nous y sommes ! s'écria-t-elle d'une voix joyeuse. Vous pouvez conduire la barque jusqu'aux marches. L'amarrage est à gauche. »

Le passeur attacha son bateau. La bâtisse avait l'air inhospitalière, le plâtre s'écaillait, ses volets en piteux état étaient fermés. La marée avait monté pendant la journée, et l'eau battait au-dessus de la plus haute marche. Il déchargea leurs sacs sur les pierres humides et demanda son argent avec brusquerie. Le nain essaya de le convaincre d'attendre que les portes soient ouvertes. Il ne voulut rien entendre et, quand ils frappèrent contre le vantail, il avait disparu dans la nuit sombre.

Le bruit de leurs poings contre le bois résonna alentour. « Ouvrez ! C'est Fiammetta. Ouvrez la porte, mère. »

Ils attendirent. Elle appela de nouveau. Cette fois, une lumière brilla au premier étage et un visage apparut à la fenêtre.

« Meragosa ? »

Une femme répondit en grognant.

« Ouvre la porte. C'est moi. » Là-haut, la femme sembla hésiter, puis elle referma le volet et ils entendirent quelqu'un qui descendait l'escalier. La grande porte de bois s'ouvrit enfin et une vieille femme corpulente apparut, essoufflée d'avoir couru, tenant une chandelle qu'elle protégeait de la main.

« Meragosa ! » Et la femme, qui se contenait depuis si longtemps, s'enflamma. « C'est moi, Fiammetta !

— Fia... Fiammetta... Par la Sainte Vierge ! Je ne te

reconnaissais pas. Que t'est-il arrivé ? Je me disais... Enfin...
Nous avons appris ce qui s'est passé à Rome. Tout le
monde en parle... Je pensais que tu étais morte.

— Il s'en est fallu de peu. Pour l'amour de Dieu,
laisse-nous entrer. »

La femme s'écarta légèrement, mais pas suffisamment
pour dégager la porte.

« Où est ma mère ? Elle dort ? »

L'autre poussa un petit gémissement, comme si
quelqu'un l'avait frappée. « Ta mère... Je... Mon Dieu ! je
croyais que tu savais.

— Que je savais quoi ?

— Ta mère est... morte.

— Quoi ? Quand ? Comment l'aurais-je su ?

— Il y a six mois. Nous... Je t'ai envoyé un message.
À Rome. »

Dans la pénombre, il était impossible de voir le regard
des deux femmes.

« Un message. Et que disait-il ? »

À nouveau, la réponse se fit dans une sorte de murmure.
« Seulement que... eh bien, qu'elle s'était éteinte. »

Il y eut un silence. La plus jeune des deux femmes baissa
les yeux et sembla hésiter un instant, comme si elle ne
savait pas ce qu'elle ressentait. Le nain s'approcha, le regard
fixé sur son visage. Elle inspira profondément. « Dans ce
cas, Meragosa, il semblerait que tu vives maintenant chez
moi.

— Non... Je veux dire... » La vieille femme bégayait. « Ta
mère... Elle est tombée malade brusquement et, sur son lit
de mort, elle m'a dit que je pouvais rester... en reconnais-
sance de ce que j'ai fait pour elle.

— Oh, *carina* ! » Et la voix de la jeune femme était plus
douce à présent, comme une caresse sur la fourrure d'un
chat. « Malgré toutes ces années de pratique, tu mens
toujours aussi mal qu'une vieille putain. Je paie avec mes
reins le loyer de cette maison, et nous sommes venus en

54

prendre possession. Bucino, apporte nos bagages à l'intérieur. Notre chambre est au premier étage, au-dessus de l'entrée...

— Non.» Meragosa bloquait le passage de sa masse imposante. «Tu ne peux pas rester. Je... J'ai pris des locataires... Pour l'entretien de la maison.

— Alors ils peuvent finir la nuit sur le palier et ils s'en iront demain matin. Bucino...»

Le nain passa rapidement près de Meragosa, qui poussa un cri quand il lui effleura la jambe et proféra une injure. «Hein ? qu'as-tu dit ? Un rat d'eau ? Tu devrais te méfier, Meragosa. Pour ce que j'en sais, tu es la seule créature repoussante qui vive dans cette maison.»

Il y eut un silence. Personne ne bougea. Puis, soudain, la vieille femme libéra le passage en grognant pour les laisser entrer.

Ainsi, la jeune femme et le nain s'avancèrent dans l'obscurité de la maison, laissant l'eau battre et ronger les marches derrière eux.

2

Venise, 1527

MON DIEU, QUE CETTE VILLE PUE ! Pas partout cependant – au sud, sur les quais, là où accostent les bateaux, l'air chargé de parfums d'épices fait tourner la tête et, sur le Grand Canal, l'argent achète, outre le luxe, un air frais – mais là où nous habitons, là où les maisons tombent en ruine au-dessus d'une eau répugnante et où des dizaines de familles s'entassent les unes au-dessus des autres comme des légumes en décomposition, la pourriture et la crasse brûlent les narines. Quand on vit comme moi, le nez collé au sol, on a parfois du mal à respirer.

Le vieil homme qui, chaque matin, mesure le niveau de l'eau dans le puits de notre *campo* dit que la puanteur est pire à cause de la sécheresse de l'été, et que si l'eau baisse encore il faudra en apporter dans des barges. Alors, seuls ceux qui ont de l'argent pourront boire. Imaginez : une ville construite sur l'eau dont les habitants meurent de soif ! D'après lui, cet été est très mauvais à cause de la guerre, qui a apporté un flot de réfugiés et avec eux la menace de la peste. Il dit qu'on a découvert que des voyageurs arrivaient par mer avec la maladie. La ville envoie des officiers à bord de chaque navire marchand pour rechercher d'éventuels passagers atteints par la fièvre et qui auraient le corps couvert de bubons, et, s'ils trouvent des sujets douteux, ils les expédient sur une île, au large. C'est pour cela qu'il n'y a plus de léproserie à Venise, il ne reste que quelques pauvres qui regardent leurs membres pourrir dans le vieil hôpital entouré d'eau. Mais on ne peut contrôler tout le monde, et en ce moment le danger vient autant du continent que de la mer.

Il me regarde fixement en disant cela parce qu'il se demande comment nous sommes arrivés ici. À Venise, les commérages se répandent plus vite que les odeurs. D'un bord à l'autre des petits canaux, les femmes jacassent et braillent comme autant de mouettes affamées, et la présence d'un nain éveille une curiosité de fouine jusque dans l'esprit le plus taciturne. Chaque commerçant, à des lieues à la ronde, me regarde bouche bée et, en face de notre maison, une vieille chauve-souris édentée qui louche horriblement reste assise derrière sa fenêtre des journées entières à regarder dans deux directions à la fois. Quand ma dame et moi parlons d'autre chose que de la pluie et du beau temps, nous devons fermer les fenêtres, car les secrets n'existent pas là où les paroles dansent librement sur l'eau.

Mais, quelles que soient les rumeurs, le vieil homme me parle encore ; comme il est seul et que les ans l'ont plié en deux, et comme je suis si petit que ma bouche arrive à la hauteur de son oreille sourde, il m'entend mieux que les autres. Il vit dans le même quartier depuis quatre-vingt-un ans et se souvient de tout. De l'effroyable incendie des chantiers navals, allumé par une étincelle sous le sabot d'un cheval, jusqu'à la grande bataille d'Agnadello [1], il y a près de vingt ans, quand une alliance des États italiens a vaincu Venise. Le gouvernement a eu tellement honte, m'explique-t-il, qu'il a engagé des poursuites contre ses

---

1. Agnadello, ou Agnadel, victoire de Louis XII, roi de France, allié du pape Jules II, sur les Vénitiens en 1509, où s'illustra Bayard. *(N.d.T.)*

propres généraux, et pendant des jours, dans les rues et sur l'eau, on n'a entendu que des gémissements.

Venise, comme il ne cesse de le répéter à tous ceux qui veulent bien l'écouter, était alors la plus belle cité du monde, mais aujourd'hui le nombre des prostituées risque de dépasser celui des nonnes, et il n'y a plus que blasphème, ridicule et péché. J'éprouverais un grand plaisir à le croire, car la ville qu'il décrit ferait sans aucun doute notre fortune, mais je sais que l'impuissance fait souvent ronchonner les vieillards ; lorsque la mort est proche, il est plus rassurant pour eux d'imaginer qu'ils quittent l'enfer pour le paradis plutôt que l'inverse.

Cependant, au cours de ces premiers mois, alors que ma dame restait confinée à la maison et que je me frayais un chemin entre les canaux, j'aimais écouter les bavardages de ce vieil homme ; ils faisaient de lui mon historien et mon premier guide.

Au début, il n'y eut que le sommeil ; un puits de repos sans fond, nos corps avides de l'oubli qui naît du sentiment de la sécurité. Dans la chambre au-dessus du canal, ma dame restait allongée comme morte sur le lit de sa mère. J'installai une paillasse devant sa porte, et mon corps repoussait la curiosité malveillante de la vieille servante. Aujourd'hui, je repense parfois à ce sommeil, car je n'ai jamais rien connu de tel ni avant ni après : il recelait tant de douceur que je fus peut-être tenté d'échanger le paradis contre la promesse d'un oubli aussi profond. Mais nous n'étions pas disposés à mourir et, au matin du troisième jour, les épées du soleil qui passaient entre les lames brisées des volets et le poignard de mon estomac me réveillèrent. Je songeai à notre cuisine de Rome ; le poisson grillé à la peau craquante sortant bouillant du four, la riche saveur du chapon farci de romarin et d'ail, et la façon dont le miel chaud suintait des gâteaux aux amandes que préparait Baldesar, à tel point qu'on se mangeait presque le bout des doigts pour faire durer le plaisir, et ma main alla caresser le renflement situé juste au-dessus de mon bas-ventre et qui avait la taille d'un petit volume de Pétrarque et d'une bourse d'émeraudes, de rubis et de perles – une forme plus rassurante pour moi aujourd'hui que n'importe quel frémissement de désir.

Ma dame dormait encore, le visage à demi enfoui dans le matelas, et son turban sale avait glissé de sa tête. En bas, dans la cuisine humide et froide, Meragosa accueillit mon arrivée avec le cri d'un perroquet que l'on pique, comme si un incube était entré dans la pièce. Dans une marmite posée sur le feu, il y avait un liquide fumant qui avait pu contenir autrefois de la moelle onctueuse, mais il ne restait plus guère qu'un infime fumet pour s'en convaincre. Quand je lui demandai ce qu'il y avait d'autre dans la maison, elle s'affola et poussa un nouveau cri, crachant des insultes dans son accès de panique. S'il y a beaucoup de choses cruelles dans la vie, rien n'est aussi mesquin qu'une vieille putain car, si son corps s'amollit, son appétit reste aiguisé et le souvenir de l'époque où elle mangeait à sa faim et portait de riches vêtements la tourmente encore parce qu'elle sait que ce ne sera plus jamais le cas. Aussi, quand je lui demandai qu'elle m'indique un bon prêteur sur gages, la lutte que se livraient en elle le soupçon et la cupidité apparut-elle clairement sur son visage.

« Pourquoi ? Qu'avez-vous à vendre ? me demanda-t-elle tandis que ses yeux rusés parcouraient mon corps.

— Suffisamment de choses pour mettre de la viande dans ton brouet.

— Seuls les juifs font des prêts, dit-elle fermement avant de me lancer un regard sournois. Tout le monde sait qu'ils volent les étrangers, vous devriez me laisser conclure l'affaire.

— Je prends le risque. Où puis-je les trouver ?

— Où ? Oh, ici, à Venise, ils vivent dans le Ghetto. C'est facile à trouver. » Elle fit un grand sourire. « Si vous connaissez la ville. » Et elle me tourna le dos pour s'occuper du fourneau.

Je parlerai plus tard du labyrinthe qu'est cette ville. De toute façon, sa légende regorge d'histoires de riches visiteurs trop avares pour engager un guide et qu'on a retrouvés flottant dans des canaux isolés, la gorge et la bourse tranchées. J'y allai à pied. Je sortis par la porte de derrière, qui donne sur une ruelle si étroite que deux personnes peuvent à peine s'y croiser. Elle me conduisit dans une rue plus large, puis je franchis un pont pour arriver dans une autre rue qui déboucha sur une place, un campo, comme on dit ici. C'est là que je rencontrai mon vieillard, assis près du puits qu'il aimait. Même s'il avait un accent très prononcé, ses gestes me parurent fort clairs. Plus tard, quand j'hésitai entre deux chemins, des gens qui allaient à l'église ou en revenaient et les marchands que j'interrogeai me renseignèrent avec précision, car j'appris qu'il n'était pas inhabituel pour les Vénitiens de passer directement de la maison de Dieu à celle d'un juif pour emprunter de l'argent ; le commerce étant, à sa façon, sacré pour une ville fondée sur le négoce.

Le Ghetto, quand je le trouvai, était comme une petite ville dans la ville, séparé d'elle par des murs et de grandes portes de bois avec, à l'intérieur, des maisons et des échoppes entassées tant bien que mal les unes sur les autres. Les boutiques des prêteurs sur gages avaient leurs façades surmontées d'un auvent bleu qui battait comme une voile dans le vent. Celle que je choisis était tenue par un jeune homme aux yeux noirs et doux, avec un long visage qu'allongeaient encore des boucles de cheveux en désordre. Il m'emmena dans l'arrière-boutique, où il étudia nos deux dernières émeraudes à l'aide d'une lentille spéciale, longtemps et minutieusement : Venise abrite les plus grands experts en optique et en contrefaçon. Il m'expliqua les termes du contrat défini par l'État, puis me donna un document à signer et compta mes pièces. Au cours de cette transaction, il me traita avec un respect extraordinaire, ne manifestant aucune surprise face à mon état physique (les pierres retenaient plus son attention que moi-même) ; quant à savoir s'il m'escroquait ou non, comment aurais-je pu le deviner sinon grâce à mon instinct, venu de mes entrailles, lesquelles en ce moment criaient famine ?

Avec la chaleur, l'odeur de mon corps non lavé devint aussi prégnante que celle de la ville qui m'entourait. Dans une boutique d'occasion, à la sortie du Ghetto, j'achetai une veste et un pantalon que je pourrais couper à mes mesures, et quelques jupons destinés à ma dame. Pour la nourriture, je choisis des choses faciles à digérer : du poisson blanc grillé, des légumes bouillis et du pain frais, des crèmes renversées à la vanille et une demi-douzaine de gâteaux au miel, moins moelleux que ceux de Baldesar mais assez cependant pour me faire venir l'eau à la bouche alors que je les tenais dans les mains. J'en mangeai un tout de suite et, le temps de retrouver le chemin du retour, le goût sucré me fit tourner la tête. Dans l'obscurité de l'escalier, j'appelai Meragosa, mais je n'obtins pas de réponse. Je laissai une partie de la nourriture sur la table de la cuisine et emportai le reste dans la chambre, avec deux verres ébréchés remplis de vin coupé d'eau.

Ma dame était assise dans son lit. Elle leva les yeux quand j'entrai puis détourna rapidement la tête. La lumière qui passait par les volets et les fenêtres ouvertes éclairait à contre-jour son corps découvert. Pour la première fois depuis de nombreuses semaines, elle se sentait assez en sécurité pour se dévêtir, et sa silhouette montrait claire-ment les ravages de notre odyssée. Là où autrefois sa chair était aussi rebondie qu'un oreiller en plumes, ses clavi-cules ressortaient aujourd'hui comme deux morceaux de bois et, sous sa chemise légère, on apercevait ses côtes, qui ressemblaient au squelette de la coque d'un bateau. Mais c'est surtout sa tête qui m'épouvanta : sans son turban, on ne pouvait détacher les yeux des croûtes de son crâne tondu et de la balafre qui zigzaguait de son front à son cuir chevelu.

Pendant des mois, nous avions été trop occupés à survivre pour penser à l'avenir. Le premier élan d'optimisme que nous avions connu dans la forêt avait disparu avec notre retour sur la route. Lorsque l'on ne vit plus l'armée, les réfugiés devinrent aussi avides de se voler les uns les autres que de sauver leur peau ; et quand nous atteignîmes le port, les soldats qui avaient pillé Rome avaient déjà réquisitionné la plupart des bateaux pour emporter leur butin. Dans les semaines étouffantes qui suivirent, la fièvre anéantit ma dame, et, si j'avais fait alors tout mon possible pour soigner ses blessures avec les baumes que j'avais pu trouver, il devenait évident aujourd'hui, dans la lumière plus cruelle de la sécurité, que cela n'avait pas suffi.

À son regard, je compris qu'elle le savait elle aussi. Dieu m'en est témoin, elle avait gardé une certaine beauté : le cristal taillé de ses yeux verts aurait attiré à lui seul l'attention de n'importe quel homme. Mais les grandes villes sont pleines de femmes qui peuvent gagner leur prochain repas en soulevant leurs jupes. Celles qui vous gardent sous leur emprise au-delà de l'étreinte amoureuse sont celles qui obtiennent les maisons et les robes dignes de les accompagner. Mais, pour cela, elles doivent d'abord s'aimer elles-mêmes.

Je m'occupai du repas, disposant le poisson et les légumes sur une assiette que je posai cérémonieusement sur ses genoux avec un couteau émoussé et une fourchette cassée, près de sa tenue de rechange. Autour du lit les rideaux avaient gardé dans leurs plis l'odeur de la maladie de sa mère. La matinée recelait bien plus que la perte de la beauté de ma dame.

« C'est dimanche, dis-je d'un ton joyeux. Et nous avons dormi pendant trois jours. Le soleil brille et, ici, les prêteurs sur gages sont des juifs qui paient les pierres un bon prix. » Je poussai l'assiette près de ses doigts. « La chair est tendre mais un peu fade. Mangez lentement. » Elle ne bougea pas, les yeux toujours fixés sur la fenêtre. « Vous n'aimez pas ? Il y a de la crème renversée et des gâteaux au miel, si vous préférez.

— Je n'ai pas faim », répondit-elle, et sa voix d'habitude si mélodieuse me parut plate et morne.

Un jour, peu de temps après notre rencontre, elle m'avait raconté comment, à confesse, elle se trouvait souvent en difficulté pour décider quel péché avouer en premier ; si la vanité et la fornication étaient deux fautes nécessaires à sa profession, elle considérait la gourmandise comme sa plus grande faiblesse, car depuis son enfance elle avait toujours aimé manger.

« C'est parce que votre estomac s'est rétréci. Les sucs vont l'aider à s'ouvrir de nouveau quand vous aurez commencé à manger. »

Je m'installai au bout du lit avec mon assiette et me mis à manger ; je me remplis la bouche de poisson, me léchai les doigts en me concentrant sur mon repas, mais sans quitter des yeux ses mains, pour voir si elles bougeaient. Pendant quelques instants, le seul bruit audible fut celui de mes mâchoires. Encore une bouchée et j'essaierais une nouvelle fois.

« Tu aurais dû me le dire. » Cette fois, il y avait de la sécheresse dans sa voix.

J'avalai. « Vous dire quoi ? »

Elle fit claquer sa langue. « Combien nous reste-t-il de pierres ?

— Quatre perles, cinq petits rubis, et le grand qui vient de votre collier. » J'attendis sa réaction. « Plus qu'il n'en faut.

— Qu'il n'en faut pour quoi ? Pour un miracle ?

— Fiammetta…

— Dis-moi. Pourquoi trouves-tu si difficile de me regarder, Bucino ?

— Je vous regarde, dis-je, en relevant la tête et en la fixant bien en face. C'est vous qui détournez les yeux. »

Elle me regarda à son tour, les yeux aussi verts et froids que les deux émeraudes que je venais de négocier pour notre nourriture.

« Et ? Que vois-tu ?

— Je vois une très belle femme avec une chance insolente et qui a besoin d'un bon repas et d'un bon bain.

— Menteur. Regarde mieux. Ou peut-être veux-tu qu'on t'aide ? »

Elle glissa la main sous le drap sale et en ressortit un petit miroir au revers en ivoire. À Rome, elle ne pouvait laisser passer une heure sans contempler sa beauté, mais lorsque l'on a le diable aux trousses on se déplace trop vite pour accorder du temps à la vanité, et les glaces sont rarissimes dans la cale d'un cargo. Elle fit pivoter le miroir entre ses doigts et le soleil lança dans la chambre des prismes de lumière. « Il semblerait que Meragosa ait vendu tout ce qu'elle pouvait arracher du sol, mais elle n'a pu voler ce dont elle ignorait l'existence. Ce miroir se trouvait entre les lattes du lit. Quand j'étais jeune, c'est là que ma mère cachait l'argent qu'elle avait gagné. »

Elle me le tendit. Il était lourd, et sa glace piquée pouvait encore remplir son office. Sous le grand dôme difforme d'un front j'aperçus un visage et, pendant un instant, je fus de nouveau surpris par moi-même car, contrairement au reste des hommes, je ne contemple pas ma laideur chaque jour. En comparaison, ma dame ressemblait encore à une Vénus sortant des eaux. Quoi qu'il en soit, ce n'était pas mon corps qui nous fournissait de quoi vivre.

« Je me suis regardée dans ce miroir toute mon enfance, Bucino. Étudier mon apparence faisait partie de ma formation. Ce miroir est un cadeau qu'un homme qui tenait une boutique dans la Merceria a fait à ma mère. Il était fixé au mur, près du lit, recouvert d'un petit rideau pour protéger l'argent des effets du soleil. Au-dessous, il y avait une étagère sur laquelle ma mère rangeait ses flacons d'huile et de parfum, et chaque jour elle me soulevait dans ses bras pour que je me voie...

— La faim déforme autant le monde qu'un miroir terni, dis-je. Mangez quelque chose, nous parlerons après. »

Elle secoua la tête d'un mouvement impatient. « Chaque fois que je me voyais, elle disait : "Je ne fais pas cela pour que tu deviennes vaniteuse, Fiammetta, mais parce que ta beauté est un don de Dieu ; tu dois l'utiliser et non le gaspiller. Étudie ton visage comme s'il s'agissait de la carte de l'océan, de ta route personnelle vers les Indes. Car il t'apportera la fortune. Mais crois toujours ce que te dira ton miroir. Parce que si d'autres pourront essayer de te flatter, il n'aura aucune raison, lui, de te mentir." »

Elle se tut. Je ne répondis rien.

« Alors, Bucino, me ment-il en ce moment ? Si c'est le cas, il vaut mieux me le dire, car nous sommes les seuls marins dans cette traversée. »

Je pris une grande inspiration. Si j'avais eu assez d'esprit, sans doute aurais-je brodé un peu pour occulter la vérité, parce que jusqu'à ce jour la crème onctueuse et parfumée des compliments avait rendu sa vie plus douce ; et, sans leur secours, son courage ne tarderait pas à s'affaiblir, comme son corps. Si j'avais eu assez d'esprit...

« Vous êtes malade, dis-je. Maigre comme une putain des rues. Les épreuves ont rongé votre corps, mais il ne s'agit que de chair et la nourriture vous rendra appétissante comme autrefois.

— Tu choisis bien tes mots, Bucino. » Elle me reprit le miroir et le tint brièvement devant elle. « Maintenant, parle-moi de mon visage.

— Vous avez la peau terne, la tête couverte de croûtes, il vous manque des cheveux et une estafilade traverse votre crâne. Mais vous retrouverez votre éclat et, quand vos cheveux auront repoussé, si vous vous coiffez comme il faut, ils cacheront aisément les imperfections qui resteront.

— Quand mes cheveux auront repoussé ? Regarde-moi, Bucino. Je suis chauve.» Sa voix ressemblait à la plainte d'une enfant.

«Vous êtes tondue.

— Non. Chauve.» Elle baissa la tête vers moi en promenant les doigts sur son crâne. «Regarde ! Touche ! Ici, et ici. Il n'y a plus de cheveux et ils ne repousseront jamais. Mon crâne est comme la terre craquelée pendant la sécheresse. Touche-le, regarde-le. Je suis chauve. Oh, doux Jésus ! C'est le résultat de la malveillance de ces vaches allemandes squelettiques. Les queues de deux douzaines de protestants auraient été plus faciles à supporter que cela.

— Vous croyez ? Et que serait-il arrivé lorsqu'ils vous auraient rendue responsable de leur péché ? Ils nous auraient tous massacrés pour apaiser leur âme coupable.

— Ah ! Au moins, nous serions morts plus vite. Maintenant, nous allons mourir lentement de faim à cause de ma laideur. Regarde-moi. Quel prix puis-je réclamer pour mes talents au lit, maintenant ? Je suis chauve, nom de Dieu, Bucino ! Et nous sommes perdus.

— Non ! dis-je en criant aussi fort qu'elle. Je ne suis pas perdu, contrairement à vous. Vous êtes, il est vrai, à moitié morte de faim, gagnée par la mélancolie et le mélodrame.

— Oh... et depuis quand t'ai-je donné la permission de m'insulter ?

— Depuis que vous avez commencé à vous insulter. Nous sommes associés, vous vous en souvenez ? Vous m'avez promis que si je parvenais à traîner ma carcasse jusqu'ici nous pourrions nous en sortir ensemble. Que signifie cet apitoiement sur vous-même ? Ce n'est pas ce que votre mère vous a appris. Vous pourriez être en train de nourrir les asticots comme la moitié des habitants de Rome. Avec des baumes adaptés à vos blessures et du cœur au ventre, nous pourrons manger dans des assiettes en argent avant l'été prochain. Mais s'ils ont rasé votre courage en vous rasant la tête, alors mieux vaudrait me le dire tout de suite. Je ne suis pas venu dans ce cloaque où les égouts coulent comme des veines ouvertes et où je suis à peine plus gros que les rats pour que vous nous abandonniez maintenant. »

Je descendis du lit. Certains disent qu'il est amusant de voir un nain en colère et que lorsqu'il tape du pied les rois et les aristocrates se contentent d'éclater de rire. Ma maîtresse ne riait pas. « Je reviendrai quand vous aurez autre chose que de la bile dans l'estomac. »

Je me dirigeai vers la porte et restai là un long moment. Quand je me retournai, elle fixait son assiette, les mâchoires serrées et, bien qu'elle n'ait pas voulu le reconnaître plus tard, des larmes lui coulaient sur les joues.

J'attendis encore. Elle leva la main et prit une bouchée de poisson. Je vis se former sur ses lèvres des filets de salive tandis qu'elle mâchait avec application. Elle renifla et but une gorgée de vin. Je restai près de la porte. Elle prit une autre bouchée, puis une nouvelle gorgée de vin.

« Quand ma mère a quitté Rome, elle avait les moyens de bien vivre ici, murmura-t-elle avec véhémence. C'était ce qu'elle voulait, revenir dans cette maison et vivre comme une dame. Mais il ne reste que la crasse et la maladie. Je ne sais pas ce qui s'est passé ici. »

J'ai quelques souvenirs de ma propre mère. Elle mourut quand j'étais encore jeune. Certains ont dit que c'était parce que le fardeau d'avoir donné naissance à une telle monstruosité était trop lourd à porter, mais je ne le crois pas ; dans le désordre brumeux du passé, je vois une femme au visage souriant, qui me tient dans ses bras, qui passe la main sur ma tête comme s'il s'agissait d'une chose digne d'étonnement et non de honte. J'avais connu la mère de ma dame pendant presque deux ans, et elle m'avait pris à son service à l'époque où elle éprouvait une nostalgie grandissante de sa ville natale et où elle avait décidé de quitter

Rome. Sans aucun doute elle avait été une beauté, autrefois, car elle avait encore le maintien d'une dame et non celui d'une putain, mais son visage était devenu maigre et anguleux à force de compter son argent. Pendant les six premiers mois, elle m'épia comme un faucon épie une souris dans l'herbe, attendant qu'elle sorte suffisamment de sa cachette pour fondre sur elle, et elle aurait donné mon foie aux chiens s'il avait manqué une seule pièce de monnaie dans la caisse. Certains diraient qu'elle avait voué sa fille unique à la prostitution uniquement afin de pourvoir à sa vieillesse. Mais tous les moralistes que j'ai rencontrés vivent de l'Église ou disposent d'assez de revenus pour nourrir leur morale, et dans mon milieu toute personne qui a un commerce rentable serait considérée comme insensée de ne pas le transmettre à ses enfants. Je sais que dame Bianchini était une forte femme et que son poing était aussi serré qu'un cul quand il s'agissait d'argent. Lorsqu'elle avait toute sa tête, il aurait fallu plus que Meragosa pour l'escroquer. Ma dame l'avait regrettée après son départ, mais on l'avait bien formée et elle n'était pas de celles qui s'attardent sur ce qu'elles ne peuvent avoir. On lui avait également appris cela. Parfois, cependant, le désespoir peut dominer la volonté, même chez ceux qui apprennent le mieux.

Je fis demi-tour et remontai sur le lit à côté d'elle. Elle s'essuya brutalement les yeux avec le dos de la main. « Tu te rappelles ce qu'on dit, Bucino ? finit-elle par demander. Quand on dort dans un lit où quelqu'un est mort, on est condamné, sauf si le lit est exorcisé avec de l'eau bénite.

— Oui, et les mêmes disent aussi que Dieu ne laisse pas mourir quelqu'un le jour où il est allé à la messe. Pourtant, la terre avale chaque jour des foules de veuves pieuses et de nonnes. Quoi ? Vous ne saviez pas cela ?

— Non », répondit-elle et, un instant, son sourire sembla lui redonner sa vivacité. Elle tendit son verre et je le lui remplis. Cette fois, elle but à satiété. « Tu ne crois pas qu'il s'agissait de la vérole ? Je n'en ai vu aucun signe chez elle et, si cela avait été le cas, elle m'en aurait sans doute parlé. Mais chacun sait que cette maladie existe dans cette ville, encore plus qu'à Rome. Les bateaux et les pustules se déplacent ensemble. C'est ce qu'elle me répétait toujours. » Elle leva les yeux vers moi. « As-tu vraiment pris ta décision, Bucino ? Je t'avais prévenu que les odeurs seraient pires en été. »

Je secouai la tête et mentis du regard. Un autre jour, elle l'aurait remarqué.

« Quand nous vivions ici, dit-elle, il y avait une jeune fille, peut-être plus âgée que moi de quelques années... Elle s'appelait Elena quelque chose, mais on avait l'habitude de l'appeler La Draga. Elle avait une difformité qui lui donnait une démarche étrange ainsi que de très mauvais yeux, mais elle était intelligente, connaissait les plantes et savait soigner. Elle fournissait des potions à ma mère. Dont un breuvage qu'on appelait le cordial des courtisanes. De l'eau bénite mélangée à un rein de jument pilé. Je jure que ma mère disait que c'était ce qu'il contenait. Cela faisait saigner si l'on avait du retard. La Draga pouvait fabriquer toutes sortes d'élixirs. Une fois, elle m'a guérie d'une toux fébrile alors que tout le monde pensait que j'allais mourir. » Elle passa les doigts sur sa balafre et remonta jusque dans ses cheveux tondus. « Si nous la retrouvions, je pense qu'elle saurait quoi faire avec ceci.

— Si elle est à Venise, je la trouverai.

— Qu'as-tu obtenu pour les émeraudes ? » Je lui indiquai la somme, et elle approuva calmement d'un signe de tête. « Je ne crois pas qu'il m'a escroqué. »

Elle rit. « S'il t'avait escroqué, il aurait bien été le premier. »

Dehors, une grosse mouette passa en poussant un cri dans le soleil. Ma dame regarda par la fenêtre. « Tu sais que l'air est plus sain sur le Grand Canal. Beaucoup de palazzi ont des jardins, avec des frangipaniers, des massifs de lavande et des tonnelles recouvertes de jasmin. Au temps de la gloire de ma mère, on l'invitait parfois dans ces demeures. Elle rentrait le matin et me réveillait. Elle se glissait dans mon lit et me parlait des riches invités, des vêtements et des mets qu'elle avait mangés. Parfois, elle me donnait des fleurs ou quelques pétales qu'elle avait cachés sous sa robe, mais pour moi ces fleurs avaient autant l'odeur des hommes que celle des jardins. Elle essayait de trouver les mots justes afin que je puisse tout imaginer. "Ce sont des lieux aussi doux que l'Arcadie", voilà ce qu'elle avait trouvé. »

Ma dame me regarda, et je sus que le danger était passé.

« "Aussi doux que l'Arcadie." Cela pourrait être notre but, n'est-ce pas, Bucino ? »

3

EN BAS, LA CUISINE EST TOUJOURS VIDE et la nourriture intacte. Dans le confinement de la pièce, lorsque mon estomac est rassasié, ma propre odeur corporelle me monte aux narines. Je coince une chaise cassée contre la porte, mélange quelques gobelets d'eau du puits avec un seau d'eau chaude, et j'enlève mes vêtements raidis par la sueur séchée. À Rome, nous nous lavions avec du savon importé de Venise, si parfumé et onctueux qu'on en aurait mangé, mais ici il n'y a qu'un morceau très dur avec lequel je me frotte fort pour produire une mousse légère qui suffit pour me débarrasser de quelques poux, bien que je doute qu'elle parvienne à atténuer mon odeur.

Le voyage m'a beaucoup marqué moi aussi, il a entamé les rondeurs de mon torse et amaigri mes cuisses au point que ma peau pend, flasque. Je me savonne les testicules du mieux que je peux et les tiens dans ma main pendant un instant, ainsi que mon sexe, ratatiné comme une limace recouverte de sel. Il y a un certain temps que je ne l'ai pas utilisé de manière aussi satisfaisante que mon esprit. Si je ne peux rien tirer de ma taille rabougrie (hormis les oh ! et les ah ! d'une foule blasée qui regarde un nain jongler avec du feu et sautiller comme s'il s'était brûlé), mon corps et moi vivons ensemble depuis une trentaine d'années et je me suis habitué à son aspect étrange qui, en fin de compte, pour moi, ne l'est pas tant que cela. Bossus. Estropiés. Nains. Enfants dont la bouche est jointe au nez. Femmes sans fente pour la grossesse. Hommes avec seins et couilles. Le monde est plein de récits de difformités diaboliques, mais en vérité la laideur est bien plus commune que la beauté et, en des temps meilleurs, je pouvais en général trouver du plaisir quand j'en avais besoin. Si les hommes sont gouvernés par leur queue, j'ai découvert que les femmes sont plus curieuses, qu'elles sont même des animaux malicieux, et si elles peuvent désirer et aspirer à une chair parfaite elles ont aussi un goût profond pour la nouveauté, elles sont sensibles à la flatterie et peuvent goûter certains plaisirs inconnus – même si elles n'aiment pas le reconnaître en public. J'ai donc pu en bénéficier.

Cependant, même dans les maisons les plus aventureuses, la saleté et la pauvreté ne font pas partie des aphrodisiaques naturels.

Une fois rincé, j'entreprends d'enfiler mes vêtements propres quand la chaise glisse contre le bois. Meragosa pousse la porte et entre dans la cuisine. J'avais posé ma bourse sur la table, près de l'assiette de nourriture. Ma main la recouvre vite, pas assez rapidement toutefois pour qu'elle échappe au regard de ses yeux étroits.

« Oh… Doux Jésus ! » Elle frissonne de dégoût, de façon théâtrale. « Le rat a quand même fini par se mouiller. Vous avez donc trouvé les juifs ?

— Oui. C'est pour vous. » J'indique l'assiette. « Si vous en voulez. »

Elle plonge le doigt dans le morceau de poisson. « Cela vous a coûté combien ? »

Je le lui dis.

« On vous a volé. La prochaine fois, donnez-moi l'argent, je m'en occuperai. » Mais elle est déjà assise et mange très vite. Je la regarde pendant un moment puis tire la chaise cassée près d'elle.

Elle s'écarte aussitôt. « Gardez vos distances. Vous vous

72

êtes peut-être lavé, mais vous puez encore comme un égout. »

Dans la bataille entre la nécessité de garder ouverts les cordons de la bourse et les haut-le-cœur de sa répugnance, elle a du mal à trouver le bon équilibre. Je me laisse prudemment aller en arrière sur ma chaise, tout en gardant l'œil sur elle tandis qu'elle mange. Sa peau ressemble à une vieille bourse en cuir ; quand elle mâche, je vois qu'il ne lui reste pratiquement plus de dents. On dirait qu'elle a toujours été laide. Du haut d'une chaire, sa laideur pourrait sembler la preuve de ses péchés, pourtant il a dû y avoir un temps où elle était jolie comme un cœur ; et alors ses clients devaient voir en elle la douceur et non le délabrement. Combien d'heures ai-je passées à contempler des vieillards au cou de poulet, essayant de ne pas saliver sur la chair de ma maîtresse alors qu'ils échangeaient des banalités platoniques et déclamaient que sa beauté était un écho de la perfection de Dieu ? Le mot « péché » ne franchissait jamais leurs lèvres. L'un d'eux lui adressait même des sonnets d'amour dans lesquels les vers rimaient avec *charnel* et *divin*. Nous les lisions tous deux à haute voix pour nous en moquer. Les tentatives de séduction peuvent être très amusantes tant qu'on n'en est pas dupe.

« Connaissez-vous une femme nommée La Draga ? demandai-je après un moment. Son vrai nom est Elena quelque chose...

— Elena Crusichi ? » Elle lève les yeux. « Peut-être. Peut-être pas. Que lui voulez-vous ?

— Ma dame a besoin de la voir.

— "Ma dame", hein ? Elle a besoin de voir La Draga. Très bien, quelle surprise ! Que va-t-elle lui faire ? Lui tresser une perruque ?

— Ce qu'elle va lui faire ne vous regarde pas. Et à partir de maintenant, si vous voulez continuer à vous mettre quelque chose sous la dent, vous devriez faire attention à ce que vous dites.

— Pourquoi ? À cause de la taille de votre bourse ou parce que j'ai hérité d'une célèbre courtisane romaine là-haut ? Je l'ai vue, souvenez-vous. Pendant votre absence, je suis montée et je l'ai bien regardée. Elle ne fera plus la fortune de personne. Oh, oh, elle l'a faite, pour sûr. C'était la plus affriolante petite vierge de Venise à une époque. Éduquée pour que les hommes bavent de désir à une centaine de pas. Mais c'est fini. Elle n'a plus de pouvoir et sa tête est couverte de chaume brûlé. C'est un phénomène de foire sans avenir. Comme vous, espèce de rat. »

Plus elle fulmine, plus je me sens calme. Parfois, c'est de cette manière que je réagis. « Qu'est-il arrivé à la mère de ma dame, Meragosa ?

— Je vous l'ai dit. Vous voulez savoir comment ? Elle a pourri à cause de maladies que lui avaient données des centaines d'hommes, voilà comment. » Elle plante de nouveau sa fourchette dans le reste de poisson et renifle. « Et j'ai dû rester près d'elle à respirer sa puanteur. »

Aujourd'hui, je comprends enfin pourquoi la mère de ma dame a quitté Rome à cette époque-là, alors qu'elle m'avait toujours semblé plus motivée par les affaires que par le mal du pays. Mais aucun homme ne désire jouir d'une chair rongée par la vérole. Elle devait se savoir atteinte. Mieux valait mourir dans la solitude et laisser le champ libre à sa fille.

J'attends qu'elle ait la bouche pleine.

« En réalité, Meragosa, vous vous trompez. »

Et je lève ma bourse afin que les pièces et les rubis s'entrechoquent. « Ce n'est absolument pas ainsi que les choses se sont passées.

— Que voulez-vous dire ?

— La mère de ma dame allait parfaitement bien quand elle est venue ici. En fait, elle a passé ses dernières années tout à fait heureuse et s'est bien occupée d'elle. Puis, il y a six mois, elle a attrapé une fièvre. Vous l'avez soignée et vous avez rendu ses jours aussi agréables que possible, étant donné votre loyauté à son égard, et elle est morte rapidement, sans souffrir. Une fin triste, mais pas affreuse. Vous vous en souvenez ? »

Elle reste bouche bée, des morceaux de poisson à demi mâchés collés aux quelques dents qui lui restent. Je secoue à nouveau ma bourse. Elle comprend vite. On peut voir qu'elle additionne les ducats, proposition et contre-proposition.

« Parce que, quand ma dame vous demandera comment les choses se sont passées, vous lui donnerez cette explication. »

Elle recrache une bouchée qui tombe sur la table à côté de mes doigts. Je l'ignore, je glisse la main dans ma bourse et j'en retire un ducat d'or que je pose entre nous.

« Si vous faites tout ce qu'il faut pour que ma maîtresse vous croie, alors je vous garantis, aussi vrai que la pièce que voici, que vous mangerez de la viande chaque jour de l'année et que je vous achèterai une nouvelle tunique avant la Toussaint. On s'occupera de vous jusqu'à votre mort. On vous soignera, plutôt que de vous jeter sur un tas d'ordures, comme pourtant vous le mériteriez. »

Meragosa fait un geste maladroit en direction de la pièce d'or.

« Cependant... »

Et parce qu'un jongleur, même peu entraîné, sait être aussi agile qu'un singe en cas de nécessité, je saute sur la table et colle mon visage au sien avant qu'elle ait pu pousser un cri. « Cependant, si vous ne le faites pas... » – et alors qu'elle hurle, elle écoute aussi, ma bouche étant trop près de son oreille pour qu'elle n'entende pas chaque mot – « ... alors je vous promets que vous mourrez en regrettant que je ne sois pas qu'un simple rat. À ce moment-là, vous aurez perdu tant de bouts de doigt et tant de morceaux de chair qu'on se demandera quel démon vous a sucé les seins pendant votre sommeil. » Et, tout en parlant, j'ouvre grand la bouche, de façon que, même en reculant d'épouvante, elle puisse voir les deux canines pointues et limées qui ont la place d'honneur dans mes mâchoires.

« Alors, dis-je en m'écartant et en poussant la pièce brillante sur la table, si nous parlions de La Draga ? »

Meragosa reste absente si longtemps que je me demande si elle ne s'est pas enfuie avec mon ducat. La menace de mes crocs de rat ne l'a pas convaincue de me laisser l'accompagner. Apparemment, cette guérisseuse ne viendra que si on lui adresse un message, et même ainsi, uniquement s'il s'agit de quelqu'un qu'elle a rencontré et qu'elle connaît. Lorsqu'elles arrivent enfin, c'est presque la tombée de la nuit. À ce moment-là, ma dame dort à nouveau, aussi viennent-elles d'abord me voir dans la cuisine.

J'ai passé la plus grande partie de ma vie à observer la réaction des gens quand j'entre dans une pièce. Cela m'est devenu tellement familier que je distingue la peur du dégoût ou de la pitié feinte avant que le visage l'exprime. Aussi, c'est pour moi une nouveauté de me découvrir observateur plutôt qu'observé.

Au premier regard, La Draga semble si petite qu'on pourrait la prendre pour une enfant, mais il apparaît vite que cela est dû en partie à une difformité de sa colonne vertébrale : elle est tordue sur la gauche, et elle doit se pencher pour compenser, puisqu'elle a une épaule plus haute que l'autre. Son âge est difficile à déterminer, une douleur permanente créant plus de dégâts qu'une vie dissolue, en particulier chez une jeune personne. Dans son cas, l'impact porte plus sur le corps. La vue même de son visage, pris entre la beauté et l'horreur, vous serre le cœur. Sa peau lisse possède une pâleur spectrale, et elle est suffisamment pleine et ronde autour des os pour en rendre les contours presque agréables. Jusqu'à ce qu'elle vous regarde. Car ses yeux semblent sortis de la tombe : deux abîmes de mort, vastes, farouches, grands ouverts, avec un voile de cécité laiteux.

Même moi, habitué à l'horreur, je me sens agressé par la folie que je ressens dans ce regard. Mais, contrairement à moi, La Draga n'a pas à souffrir de voir le monde contempler bouche bée sa difformité. En fait, cela ne semble pas la tourmenter. Si elle se rend compte de quelque chose, elle ne manifeste rien. Je me lève pour l'accueillir et je lui offre un siège qu'elle refuse.

« Je suis venue voir la dame Fiammetta. Où est-elle ? »

Elle reste plantée devant moi, sur le qui-vive à cause de l'endroit où elle se trouve, comme si elle pouvait en apercevoir les contours.

« Elle… Elle est là-haut. »

Elle hoche nerveusement la tête. « Alors je vais monter la voir. Vous êtes… son domestique, n'est-ce pas ?

— Eh bien… euh… oui. »

Maintenant, elle penche la tête sur le côté, comme pour mieux entendre ma voix, son front se plisse légèrement. « Vous êtes petit ? Vous mesurez combien ?

— Combien je mesure ? » Je suis tellement décontenancé par son franc-parler que je rétorque avant de réfléchir :

« Et vous, vous êtes aveugle à quel point ? »

Dans l'embrasure de la porte, je vois Meragosa et son petit sourire. Tudieu ! Bien sûr.

« Je sais déjà que vous êtes nain, monsieur. » Elle semble sourire, maintenant, bien que son rictus ressemble plus à une grimace. « Même si je ne le savais pas, je m'en serais rendu compte sans peine. La chaise a bougé quand vous vous êtes levé, mais votre voix vient toujours de la même hauteur. » Et elle tend la main, paume vers le bas, exactement à ma taille.

Malgré moi, je suis impressionné. « Alors, vous savez déjà que je suis petit.

— Ce sont vos membres qui sont petits, n'est-ce pas ? Votre corps est celui d'un homme.

— Oui.

— Et vous avez un grand front ? Comme si une aubergine poussait par-dessous. »

Une aubergine ? Dans les moments où je suis le plus fier de moi, j'aime à penser que mon front ressemble plutôt au dôme d'un casque de guerrier. Cependant, je dois reconnaître qu'une aubergine en décrit mieux la forme. « Excusez-moi. Ce n'est pas moi le malade, dis-je avec mauvaise humeur, car je ne vais pas donner à Meragosa le plaisir d'entendre citer la liste de mes difformités.

— Bucino ? » La voix de ma dame retentit dans l'escalier. « Est-ce elle ? Est-elle arrivée ? »

La Draga penche à nouveau la tête de côté, plus brusquement cette fois, comme pour localiser le bruit, ce qui la fait ressembler à un petit oiseau. Quand elle se retourne, elle m'a déjà oublié.

À l'étage, depuis la porte de la chambre, je les regarde se saluer avec un plaisir presque enfantin. Ma dame sort du lit avec difficulté et tend les mains vers la guérisseuse. La Draga est peut-être plus âgée que ma maîtresse, mais elles étaient sans doute encore enfants lors de leur dernière rencontre. Mon Dieu, quels événements ont dû se produire depuis cette époque ! Quoi que ma dame apprenne, elle me le racontera à coup sûr plus tard. Quant à La Draga, eh bien, ses doigts remplacent ses yeux, ses mains courent sur le corps et le visage de ma dame puis montent jusqu'à son crâne, découvrent les brûlures et les croûtes et trouvent la cicatrice mal soignée qui court des cheveux jusqu'au front. L'examen dure longtemps et, au fur et à mesure, l'atmosphère de la chambre se modifie. Nous sommes tous silencieux maintenant ; je sens Meragosa elle-même tendue à côté de moi, elle attend le diagnostic de La Draga.

Finalement, celle-ci laisse retomber ses mains. « Tu aurais dû venir me voir plus tôt. »

Elle parle d'une voix calme, et je vois la peur s'allumer dans les yeux de ma dame.

« Nous l'aurions fait, mais il nous fallait d'abord sauver

nos vies, dis-je avec fermeté. Cela signifie-t-il que vous ne pouvez pas nous aider ?

— Non. Elle se tourne vers moi avec ce petit mouvement sec de la tête que je reconnais déjà. Cela signifie que les remèdes mettront plus de temps à agir. »

À partir de ce soir-là, ma dame dort dans des draps propres, réconfortée par les mensonges de Meragosa (que cette dernière a débités avec la même verve que lorsqu'elle me disait la vérité) et soignée par une infirme, un moineau aveugle, dont les onguents et les pommades sentent tellement le rance que, chaque fois qu'elle arrive, je file immédiatement au-dehors dans l'air corrompu de la ville.

C'est ainsi que commence notre vie à Venise.

DEUXIÈME PARTIE

4

AU FUR ET À MESURE QUE LA SANTÉ de ma dame s'améliore et que ses cheveux repoussent, ma connaissance de la ville s'approfondit. Je commence par ce que je connais : les ruelles qui partent de notre maison ; la première dans la seconde, la seconde par-dessus un pont, la troisième dans le campo. Ses immeubles blottis les uns contre les autres, son petit puits de pierre, son église, le four du boulanger vers lequel l'odeur du pain frais attire chaque matin une petite foule ; tout cela fait penser à un village et non à une grande ville. Mais chaque ville doit commencer quelque part, et mon vieil homme me dit que Venise est née de la lagune, qu'au début il n'y avait que des dizaines et des dizaines d'îles minuscules, formées à partir de groupes de maisons perdues au hasard dans l'eau marécageuse, et que tout le monde se déplaçait en barque. Mais, quand les communautés ont grossi, chacune avec son église, son campo et son puits d'eau douce, elles se sont rejointes graduellement du mieux qu'elles ont pu, grâce à d'autres immeubles et à des ponts, jusqu'à ce qu'il y ait une ville dans laquelle les rues principales étaient liquides, et la mer a donné son sens à la vie.

Est-ce son imagination ou les faits, je n'en sais rien, mais cela me convient parfaitement, car maintenant je vois Venise comme une suite de cercles de plus en plus grands, qui se fondent et se recouvrent en partie, chacun comme un filigrane de terre et d'eau, comme les dentelles que fabriquent les nonnes en cadeau pour leurs familles. Chaque jour j'en parcours un nouveau jusqu'à ce que j'aie dans la tête l'essentiel du plan de la grande île du nord. Comme un moderne Thésée, je déroule des fils de mémoire pour m'aider : la façade d'une certaine maison ornée d'une mosaïque d'or, la châsse qui abrite une madone décapitée dans un angle, la rampe brisée d'un vieux pont de bois, l'arche d'un nouveau pont de pierre, les odeurs particulières d'une ruelle qui ne conduit qu'à une eau froide. De cette façon, je peux aller du Ghetto juif à l'ouest, faire le tour par les rues de la Merceria, traverser la piazza San Marco, passer au-dessus du couvent de San Zaccaria, et franchir une dizaine de petits canaux pour aller jusqu'aux grands murs des chantiers navals de l'Arsenal sans me mouiller les pieds – même s'il s'agit là d'une assurance bien fragile car il y a encore des parties de la ville où une boussole perdrait son latin, où les rues sont courbées comme de vieux clous et les canaux aussi noueux que les veines de la main d'une vieille femme.

Mes sens s'acclimatent eux aussi. Je comprends mieux la langue de mon vieillard vénitien, car mon vocabulaire est aussi étranger que le sien et je peux me tordre la bouche pour que mon accent n'empêche pas mes interlocuteurs de me comprendre. Quant aux odeurs, eh bien, soit elles ont cautérisé mes narines, soit l'arrivée d'un temps plus frais, avec des orages et de la pluie, a lavé la ville. En été je cours pour qu'elles ne me rattrapent pas, aujourd'hui je cours pour me protéger du froid.

Pendant ce temps, les doigts de La Draga remplacent ses yeux et soignent le crâne de ma dame, et sa compagnie est comme un massage pour son esprit. Le rire, celui que seules les voix des femmes portent, donne des couleurs à notre maison et Meragosa elle-même a perdu son caractère revêche. Les cheveux de ma dame ont la longueur de ceux d'une nonne rebelle, ils sont redevenus épais et ont dans leur couleur assez de soleil et de miel pour former un halo d'or autour de son visage adouci, et ce qui ressemblait autrefois à l'éclair fourchu d'une blessure possède maintenant la pâleur d'une cicatrice fantôme. Une nourriture riche a remodelé son corps, ses seins gonflent la dentelle de son corselet, et bien que le parfum d'autres femmes imprègne encore les vêtements qu'elle porte, elle critique fièrement leur mauvaise coupe et leur manque de style. En fait, elle a retrouvé un esprit assez mordant pour ne plus supporter son oisiveté, aussi la semaine dernière, après que notre juif aux yeux noirs a changé un autre rubis, je lui ai acheté un luth, un instrument de mauvaise qualité en pin et en santal, mais tendu de cinq cordes, avec assez de sonorité pour qu'elle exerce à nouveau ses doigts et sa voix.

Peut-être sent-elle dans l'air la fragrance de l'opportunité. Car ces dernières semaines la ville s'affaire comme si elle était peuplée de fous, depuis qu'ont commencé à accoster en avance, poussés par des vents favorables, les premiers navires en provenance du Levant.

J'ai essayé de ne pas le montrer en sa présence, mais ces derniers mois j'ai eu le mal du pays en repensant à Rome, à sa solidité ainsi qu'à sa corruption familière. Mais je suis moi-même excité en ce moment. Depuis le grand pont jusqu'aux quais de l'île sud, ce n'est qu'un immense désordre de commerce. Le pont mobile du Rialto s'ouvre si souvent pour laisser passer des navires à hauts mâts qu'il est presque impossible pour les piétons de le traverser, alors que les autres bateaux sont si serrés sur le canal qu'ils constituent leurs propres ponts, et une armée de marins et d'ouvriers forment des chaînes humaines pour transporter jusqu'à terre les ballots et les caisses. On ne voit plus de mendiants ; les estropiés professionnels eux-mêmes retrouvent assez d'agilité pour gagner une journée de gages. On pourrait subvenir aux besoins de toute une vie avec le contenu de ces navires : soie, laine, fourrure, bois, ivoire, épices, sucre, pigments, métaux bruts, pierres précieuses. On se sent riche rien qu'à les regarder. Alors que Rome gagne son argent en vendant le pardon des péchés, Venise prospère en s'en nourrissant. La gourmandise, la vanité, l'envie, l'avarice, on les trouve ici, et pour chaque caisse, pour chaque ballot qui entre ou sort de la ville, on doit acquitter une taxe au gouvernement.

On pourrait penser que les dirigeants de cet État sont les hommes les plus riches de la chrétienté. Bien sûr il n'y a pas de roi, et aucune famille n'impose sa tyrannie sur toutes les autres dans le but d'accaparer les profits du commerce. Le doge, qui semble tout à fait royal quand on le promène dans son plumage blanc et or, est plus un personnage de cérémonie que de pouvoir, désigné à la suite de toute une série de votes secrets si compliqués que même mon vieillard ne peut m'en expliquer correctement la procédure. Quand il mourra – et celui-ci trépassera bientôt, je pense, car il a l'air déjà aussi ratatiné qu'une vieille chauve-souris –, sa famille sera exclue du nouveau scrutin. De cette façon, Venise peut se vanter d'être une vraie république. Ce que tout le monde sait d'ailleurs, parce que à Rome, par exemple, les visiteurs vénitiens ne cessaient jamais de louer les vertus et les merveilles de leur cité, ensevelissant leurs auditeurs sous la masse de leurs hyperboles. Alors que d'autres villes sont riches, Venise est sans prix... Alors que d'autres États protègent leurs frontières, Venise est impénétrable. Venise : la plus magnifique, la plus belle, la plus ancienne, la plus juste, la plus pacifique. Venise, la Sérénissime.

Étant donné ce monstrueux orgueil, je m'attendais à plus d'ostentation. Mais, à la vérité, les hommes en charge de cet État ont plus l'air de prêtres que de dirigeants. On les voit partout, sur la grande *piazza* San Marco et sur le Rialto, dans leurs manteaux noirs, longs et plissés comme des toges, jetés par-dessus l'épaule et, sur la tête, un simple bonnet noir. Quand ils se réunissent chaque samedi matin, pour le Grand Conseil, ils ressemblent vraiment à un immense troupeau de corbeaux bien nourris. Ma dame peut décoder de subtiles gradations de pouvoir dans le liseré d'hermine d'une fourrure de martre ou de renard et dans les diverses nuances des velours les plus sombres, mais pour comprendre vraiment les lois il faut être né ici et que votre nom de naissance, votre mariage et votre mort entrent dans le livre d'or gardé dans le palais du doge et contrôlé par des fonctionnaires qui s'assurent que votre lignée n'est pas corrompue par des roturiers.

Cependant, la modestie des hommes n'est rien comparée à l'invisibilité des femmes. Et ici, mes errances sont devenues beaucoup plus précises, parce que, si nous voulons gagner notre vie, mon travail consiste à recenser la concurrence. À la fin du premier mois, le désespoir m'a envahi. Alors qu'il n'existe aucune ville de la chrétienté qui ne possède des lois pour interdire la rue aux putains modestes, aisées ou très riches, à Venise elles semblent y travailler. Les jours de marché, on peut parfois apercevoir une matrone dans ses plus beaux atours qui chancelle sur ses chaussures aux semelles surélevées d'un côté du campo à l'autre, les mains chargées de bijoux, entourée de servantes qui jacassent et de chiens qui jappent. Mais pour l'essentiel, les femmes riches se déplacent sur l'eau dans des barques couvertes ou restent enfermées chez elles. Les jeunes filles font ce qu'elles peuvent pour attirer l'attention, elles se pomponnent bruyamment à leurs fenêtres, mais il faut avoir deux fois ma taille pour éviter d'attraper autre chose qu'un torticolis ; et quand des jeunes gens en tunique et collants très colorés leur lancent des soupirs de convoitise (si les adultes sont des corbeaux, les jeunes sont des perroquets bariolés, qui se pavanent dans leur beau plumage), les jeunes filles deviennent aussitôt stupides, elles agitent les bras et ricanent, avant d'être mises à l'abri par quelque duègne tapie dans l'ombre.

Pourtant, tout homme a parfois besoin de se gratter là où

cela le démange, et la vertu publique va toujours de pair avec le vice privé : le principal bordel se trouve près de la place du marché et du grand hôtel résidentiel dans lequel vivent les marchands allemands. Quand les navires sont à quai, le port est extrêmement animé, mais les putains travaillent à heures réglementées, la cloche de Marangona inaugure et clôt chacune de leurs journées comme celles de tous les Vénitiens et, pour maintenir le calme dans les rues, elles doivent rester enfermées la nuit. Si un homme a besoin de se soulager après l'heure de fermeture, il doit se risquer dans le labyrinthe des ruelles.

Mon vieil homme du puits a fait semblant d'être choqué la première fois que je lui ai demandé où m'adresser, mais il m'a très vite répondu. Dans les ruelles, le vice pousse comme un champignon, et si le vieil homme ne se souciait pas tant de l'état de son âme j'aurais pu lui montrer une nouvelle variété : la rue des nichons, où les femmes s'installent sur l'appui des fenêtres aux étages élevés, comme une parodie grossière des riches citoyennes, nues jusqu'à la taille, et laissent pendre leurs jambes pour que tous puissent voir sous leurs jupes. Cependant, même ici, il y a une sorte de stratégie dans la vulgarité ; car, ainsi que le raconte Meragosa avec son sourire édenté, c'est le gouvernement qui a eu l'idée de cette rue, inquiet devant le nombre croissant de jeunes gens qui se donnent mutuellement du plaisir dans les ruelles sombres plutôt que de pêcher comme Dieu l'a prévu.

Mais il n'y a pas que les sodomites qui défient la vertu à Venise. Pendant les longues nuits obscures où nous nous terrions en dehors de Rome, ma dame me remontait le moral en me racontant comment on pouvait faire fortune dans sa ville natale, et j'ai ainsi appris que Venise offrait un grand choix de femmes aux membres de la noblesse. C'est un exemple très simple du pouvoir qu'exercent les mathématiques sur la moralité. Si ceux qui tiennent le livre d'or veulent garder leurs biens, ils doivent limiter le nombre des mariages. Trop de filles avec de grosses dots et trop de garçons avec de maigres parts de la fortune familiale, cela mène au désastre. Aussi, pour garder les lignages intacts, les couvents de Venise sont remplis à ras bord de femmes de haute naissance, et les palais familiaux accueillent des célibataires, des hommes d'excellente éducation, qui recherchent des femmes ayant les mêmes goûts, mais une morale convenablement compromise, afin de les tenir occupés et de les divertir.

C'est ici que la courtisane entre en scène.

Et, dans ce domaine, Venise étant la ville commerciale la plus prospère de toute la chrétienté, l'offre et la demande sont tout à fait en accord. Si le palais du doge recèle le livre d'or des lignages, il existe un autre registre – beaucoup plus vulgaire – qui fournit des détails sur une autre espèce de citoyens. Un livre si infâme que même moi, ignorant tout de Venise – sauf qu'il s'agit d'une merveilleuse république bâtie sur l'eau et qui a combattu les Turcs pour dominer le commerce sur l'ensemble des côtes de la mer orientale –, j'en avais entendu parler avant notre arrivée. Il s'agit du registre des courtisanes : la liste des noms des femmes les plus belles, les plus cultivées et les plus désirables de la ville, avec un espace entre chaque entrée dans lequel les clients peuvent écrire ou lire des descriptions, des tarifs et même des évaluations du rapport qualité/prix.

La seule difficulté consistant à se faire incrire dans ce registre, comment une courtisane doit-elle s'y prendre pour se faire connaître dans une ville où l'ostentation est considérée comme un signe de vulgarité plutôt que de réussite ? La réponse est simple. Comme aucun marchand digne de ce nom n'achète sans avoir vu, il y a des endroits publics où les vendeurs peuvent se rendre pour y exposer leurs produits. Et malgré toutes ses protestations de pureté, Venise se révèle n'être guère plus vertueuse ni plus imaginative que la Ville sainte elle-même.

Car, comme tout le monde, les courtisanes vont à l'église.

5

NOUS AVONS PRIS PLACE – séparément – au milieu, là où il
y a le plus de monde et où nous pouvons observer
les gens assis devant nous sans prendre le risque qu'ils nous
voient. Car nous ne sommes pas là pour ça. Au contraire,
tant que nous n'aurons pas de meilleurs vêtements et une
maison aménagée pour recevoir, nous devrons rester dans
l'ombre. Je n'aurais pas accepté que ma dame m'accompagne à l'office sans prendre quelques précautions. On me
remarque suffisamment, et si l'on nous voit ensemble en
public on se souviendra de nous. Au moins sa tête et son
visage sont bien dissimulés, même si, grâce aux soins de La
Draga, ma dame a presque retrouvé son ancienne apparence, assez en tout cas pour pouvoir soutenir le regard de
tout homme sur lequel elle voudrait jeter son dévolu, et elle
sait qu'elle aura du mal à ne pas se lancer un tel défi. Mais
je suis las de discuter avec elle. Elle ne peut rester éternellement assise dans une pièce, avec l'odeur rance de l'onguent
miraculeux flottant au-dessus de sa tête, et maintenant
qu'elle retrouve sa confiance en elle, elle a de plus en plus
de mal à se satisfaire de mes récits de seconde main.

« Tu es ce qu'il y a de plus féminin que j'ai trouvé chez
un homme, Bucino, mais tu ne peux juger aussi bien que
moi des conditions de la compétition. De toute façon, tu
es trop petit pour voir correctement au-dessus des bancs

d'église et une partie du théâtre t'échappera forcément. *Le temps est venu pour moi de me faire ma propre idée de la chose. La prochaine fois, nous irons ensemble.* »

Nous avons choisi l'église Santi Giovanni e Paolo, que les Vénitiens appellent San Zanipolo – ils ont plus de noms pour leurs bâtiments que les vieilles femmes n'ont d'expressions tendres pour parler à leurs bichons. On y voit moins d'or et de reliques qu'à San Marco et l'intérieur ne fait pas battre le cœur de la même façon que la grande nef voûtée de Santa Maria dei Frari, mais elle est vaste – une des plus grandes de la ville – et impressionnante, avec les tombes de plus d'une douzaine de doges, et les puissants et les riches y assistent à la messe en grand nombre parce qu'à l'extérieur il y a un beau et spacieux campo sur lequel, après le culte, les fidèles peuvent se mêler et exhiber la coupe de leurs nouvelles tenues ainsi que leur piété.

C'est jour de fête, et dans les rues l'humeur est à la joie. Nous arrivons tôt, ainsi nous pouvons observer les fidèles qui se rassemblent. Le frottement des robes de soie et le choc des talons de bois font vibrer le sol de pierre. Bien sûr, toutes les femmes ne sont pas des professionnelles : dans une ville où les riches séquestrent leurs femmes, une magnifique église est aussi une place de marché où l'on cherche à nouer des relations en vue d'un mariage acceptable, et dans ce but même les jeunes filles respectables sont autorisées à faire un effort vestimentaire pour qu'on les remarque. Mais tout homme qui a des yeux pour voir doit savoir faire rapidement le tri.

D'après ma dame, le jeu commence avant même de passer la porte de l'église : « On peut reconnaître une courtisane prospère dès qu'elle entre. Une bonne église comptera quatre, peut-être cinq cents hommes réunis pour la messe dominicale, et je garantis que, parmi eux, au moins soixante ou soixante-dix s'intéresseront autant aux femmes qu'aux prières, parfois même sans le savoir. C'est pourquoi les meilleures courtisanes s'habillent à la fois pour le lieu et pour les observateurs. Il faut donner aux hommes le temps de vous étudier dès l'entrée et ils sauront ainsi où vous retrouver pendant la messe. »

Aujourd'hui, à San Zanipolo, quatre femmes au moins ont réussi leur entrée, deux brunes et deux blondes. Je les ai déjà vues, et elles avancent la tête droite, la robe si pleine qu'effectivement c'est à croire qu'elles transportent leur propre théâtre sous leurs jupes, et peuvent marcher aussi lentement qu'il leur plaît, en soulevant délicatement leur robe au-dessus de leurs chaussures et de leurs chevilles tandis qu'elles traversent la nef.

Elles s'installent sur le banc de leur choix et étalent leurs jupes, elles arrangent négligemment leur châle, avec soin, pour laisser apercevoir un peu de peau, mais pas la poitrine – trop de chair dénudée dans une église et un homme peut être amené à penser à l'enfer alors qu'il est censé s'intéresser au ciel. Une des blondes, les cheveux retenus dans un filet doré, domine la foule d'une tête, parce que les hautes semelles de ses chaussures sont plus épaisses que celles de ses consœurs. Il me faudrait une échelle pour atteindre ne serait-ce que sa taille, mais certains tirent déjà la langue en la voyant.

La messe commence, je regarde vers l'endroit où se trouve ma dame, son œil de lynx observe la posture de ses rivales comme il a étudié leur tenue. J'entends sa voix dans ma tête.

Le truc consiste à attirer sur soi l'attention des hommes sans rien faire. On suit les prières, la tête droite, la voix douce, les yeux fixés sur l'autel, toujours consciente de ce que voient les autres. Le côté ou l'arrière de la tête est aussi important que le visage. Si l'on n'ose pas porter les cheveux dénoués comme le font les vierges, on peut laisser sortir quelques mèches coquines ici et là, et entrelacer ou natter le reste dans un voile doré ou orné de bijoux de façon à les rendre aussi intéressants à observer que n'importe quel retable. Et si le matin on les a lavés et séchés avec les huiles qui conviennent – les meilleures courtisanes mettent plus de temps à se préparer pour la messe que les prêtres –, alors leur fragrance pourra rivaliser avec celle de l'encens. Mais on doit toujours avoir son propre parfum, préparé spécialement, et quand personne ne regarde on peut en répandre autour de soi avec les mains. De cette façon, les occupants des bancs alentour sauront où l'on se trouve. Mais il ne s'agit là que de préparation pour l'épreuve véritable – le sermon.

À la façon dont ma dame en parle et pour que cela réussisse, on doit d'abord connaître son église, parce que même remplie des hommes les plus riches de la ville, si l'officiant est un prédicateur enflammé qui lance des imprécations violentes, toute putain digne de ce nom doit renoncer à séduire et rentrer chez elle. Mais prenez un célibataire qui n'a jamais entendu parler de sablier, et les courtisanes présentes dans l'église sont déjà au paradis.

Comme c'est le cas de ma dame en cet instant ; le prédicateur de San Zanipolo a beau être un dominicain qui prêche la pureté, il n'en aime pas moins le son de sa propre voix, ce qui est une grave erreur, car son pauvre instrument nasillard stupéfie plus d'âmes qu'il n'en sauve. Au bout de dix minutes, les têtes des plus âgées de ses ouailles dodelinent sur leurs poitrines. Quand les ronflements s'élèvent, les riches vierges reviennent à la vie, elles font glisser leur voile et lancent des œillades comme autant de timides traits de Cupidon, tandis que leurs mères se débattent avec le poids d'une douzaine de citations de la Bible.

Toute cette agitation crée un écran parfait pour les choses plus sérieuses. Alors que l'œil d'aigle de ma dame regarde les femmes, je m'intéresse aussi aux hommes et à ce qui doit se passer dans leur tête.

Je choisis une silhouette – quelqu'un que j'ai remarqué quand il est entré. Il est grand (comme j'aurais pu l'être dans une autre vie), d'une corpulence de bon aloi, peut-être dans la quarantaine, et, d'après sa tenue, membre d'une des familles de corbeaux qui dirigent la ville, les manches de son manteau noir ont un liseré de martre et sa femme est aussi richement vêtue et carrée d'épaules qu'un lit à colonnes. Je m'imagine à sa place, sur son banc. Une des courtisanes brunes est en face de moi, à gauche. Zanipolo est mon église. Si les choses se passent bien, j'espère faire élever un petit autel pour être enterré ici. Je vais à confesse chaque mois et on me pardonne mes péchés. Je remercie Dieu régulièrement pour ma bonne fortune, je Lui rends ce qui Lui revient et, en retour, Il m'aide à rapporter les dividendes de mes investissements en toute sécurité à la maison. Ce matin j'ai médité sur les blessures de Notre-Seigneur sur la croix, avant de prier pour que le prix de l'argent reste assez élevé afin de pouvoir prendre des parts dans un autre vaisseau à destination de Tunis au printemps. Je pourrai ainsi richement doter ma seconde fille qui grandit vite et qu'il faut protéger de la contamination, si grand est le désir des jeunes gens pour la fente que possèdent les jeunes filles. Comme de fait en ont parfois les hommes mûrs, car on trouve là une douceur sans pareille et rassurante...

(Ah – regardez! voici comment cela se passe : pouce après pouce, pensée après pensée, le glissement de l'esprit vers la chair.) L'air est devenu étouffant, et la voix du prêtre continue à bourdonner. Je bouge légèrement pour avoir plus de place, et je l'aperçois, à cinq ou six rangées devant moi, droite au milieu d'une mer d'épaules affaissées, sa jolie tête dressée. Bien sûr, je savais qu'elle était ici – je veux dire, je l'avais remarquée, la première fois où elle est venue, comment aurais-je pu ne pas la voir ? –, mais je me suis promis qu'aujourd'hui je ne... enfin, qu'importe. Nous avons réglé nos affaires, Dieu et moi, et un homme mérite de temps en temps quelques menus plaisirs. Je me donne le temps de bien la regarder et je la trouve vraiment adorable : des cheveux rubis sombre – avec quelle volupté ils doivent tomber en cascade sur son dos –, une peau dorée, des lèvres pleines, et l'éclat de sa chair alors qu'elle ajuste son châle là où il a légèrement glissé sur sa poitrine. Oh, elle est si belle qu'on croirait que Dieu Lui-même l'a mise ici pour que je puisse apprécier la sublime perfection de Sa création.

Et maintenant – oh, mon Dieu, et maintenant – elle tourne la tête dans ma direction, même si elle ne me regarde pas directement. Je distingue l'ombre d'un sourire, et la pointe de sa langue qui mouille rapidement ses lèvres. Elle doit penser à quelque chose, quelque chose d'agréable sans aucun doute. Quelque chose de très agréable. Et avant que je m'en rende compte, je suis dur comme un roc sous mon manteau et j'ai déjà franchi la ligne qui sépare la rédemption de la tentation, sans du tout être capable de me souvenir du moment où cela a eu lieu. Tout comme je ne pense pas que ces lèvres humides et ce sourire secret ne sont destinés qu'à moi, ils s'adressent aussi au banquier à ma gauche qui a déjà profité plus que moi du spectacle et a envie de la voir rouler la langue pour lui, sans parler du jeune fils de l'amiral, cinq rangs derrière, récemment séparé d'une dame et de nouveau à l'affût.

« Ainsi, comme le dirait ma dame, le poisson est entré dans la nasse sans qu'on ait prononcé aucun mot… »

La messe s'achève et l'église se remplit de bruit tandis que la foule commence à sortir de l'édifice. Nous nous dépêchons et, une fois à l'extérieur, nous nous plaçons sur le petit pont de pierre qui surplombe le campo, d'où nous pouvons suivre le dernier acte de la représentation. Il fait froid et des nuages de pluie menacent, mais cela ne décourage pas la foule.

L'espace est si parfait pour faire la cour qu'on pourrait croire que les femmes elles-mêmes ont dessiné le campo. À droite de l'église quand on sort, la nouvelle façade illuminée de la *scuola* de San Marco est une excuse pour toutes sortes de badinages, car, pour admirer les infinies nuances de ses bas-reliefs de marbre, on doit s'attarder, se déplacer un peu à droite puis à gauche, pencher la tête jusqu'à obtenir l'effet souhaité. Vous seriez étonné de voir combien de jeunes s'enthousiasment pour l'art en cet instant précis. Plus loin, au centre de la place, d'autres groupes se forment autour de la grande statue équestre. Le cavalier est quelque vieux général vénitien qui a fait don de sa fortune à l'État à condition qu'on l'immortalise avec son cheval. Il avait demandé qu'on érige sa statue à San Marco, et on lui a donné Zanipolo. Il fanfaronne, belliqueux, en bronze, ignorant ce qui se passe sous lui, les jeunes gens et les jeunes filles qui échangent des regards en prétendant étudier les muscles tendus des cuisses de métal du cheval. J'aime mieux l'animal que l'homme, mais à Venise on préfère les mules aux chevaux et, bien que je me sente plus en sécurité aujourd'hui dans ses rues, les hennissements impatients et le martèlement des sabots des puissants chevaux de Rome me manquent toujours.

La métaphore de ma dame, celle du poisson et de la nasse, semble tout à fait adaptée à la situation, car maintenant tous les fidèles sont sortis, et le menu fretin se regroupe autour d'espèces plus exotiques. Certains hommes nagent tête baissée, d'autres rôdent comme s'ils n'avaient pas encore décidé de la direction qu'ils vont prendre. Au centre, les femmes évoluent au gré du courant, en surveillant ce qui se passe à l'extérieur. Elles tiennent des mouchoirs, des éventails ou des rosaires, qui parfois leur glissent des doigts pour tomber aux pieds d'un homme précisément choisi. Elles sourient et font la moue, penchent la tête quand la conversation s'engage, et couvrent leurs lèvres corail d'une main blanche et manucurée quand un certain compliment ou commentaire fait jaillir des rires parmi elles et autour d'elles. Mais si leurs bouches restent closes, leurs yeux parlent bruyamment.

Sur instruction de ma dame, je quitte le pont pour descendre sur la place afin de mieux les observer. Je remarque avec plaisir que les seuls qui me regardent sont des hommes d'État âgés et leurs épouses couvertes de verrues, qui n'arrivent pas à décider s'ils doivent me regarder ou frissonner de dégoût. Je ne suis pourtant pas le seul nain de la ville (j'en ai vu un dans une troupe d'acrobates qui se produit parfois sur la piazza), mais j'ai l'habitude d'être considéré comme une curiosité, une autre raison pour laquelle il vaut mieux qu'on ne nous voie pas ensemble, ma dame et moi, du moins pas avant que nos affaires aient repris, quand ma laideur exotique pourra redevenir un élément de son pouvoir d'attraction.

Je me concentre sur les femmes de la foule que je connais pour les avoir déjà vues : la beauté aux cheveux noirs avec une robe d'un jaune éclatant qui joue de l'éventail, et la jeune femme élancée et pâle avec la peau de marbre d'une madone, qui semble avoir un filet d'étoiles dans ses cheveux crépus. J'ai déjà découvert leurs noms et la nature de leurs bavardages. Les autres, je les étudie encore. Si je n'étais pas aussi contrefait et laid, je pourrais essayer de jouer les chevaliers servants auprès de quelques-unes, en me joignant aux autres prétendants. Mais leur jeu est trop élevé et trop rapide pour moi, avec des regards et des sourires qui partent dans tous les sens, tandis que les femmes partagent leur temps entre les convertis et ceux qui sont tentés.

Ainsi les hommes séduits rencontrent les séductrices, et le marchandage commence.

Je suis sur le point de me retourner vers ma dame quand quelque chose attire mon regard. Peut-être est-ce la façon qu'il a de tenir son bras, car on raconte qu'il a perdu la main droite pendant le sac de Rome. Il se trouve maintenant derrière deux autres hommes et leur embonpoint m'empêche de bien voir. Je l'aperçois un instant près de la femme en jaune, puis il disparaît à nouveau. Il est barbu et je ne distingue son visage que de trois quarts, aussi je ne peux avoir de certitude. La dernière fois que j'ai entendu parler de lui, il avait fui Rome pour se réfugier à Mantoue, près d'un protecteur à l'esprit aussi grossier que le sien.

Venise se montrerait sans doute plus sévère à son égard. Mais ma certitude vient plus de mes entrailles que de mon cerveau. Je le sens maintenant. Il me tourne le dos et je l'observe, alors que, accompagné d'un autre homme, il se dirige vers la femme aux cheveux parsemés d'étoiles. Bien sûr ! Elle devrait lui plaire. Elle devrait lui rappeler quelqu'un et, dans le registre, il y a sans aucun doute une entrée où sont décrits son esprit et son intelligence.

Je retourne vers le pont, car si ma dame a un véritable œil de faucon, le piédestal de la statue l'empêche de voir ce qu'il y a derrière.

Je regarde une dernière fois, mais il a disparu.

Ce ne peut pas être lui. Le destin ne nous jouerait pas ce mauvais tour.

6

« PAS DE FLATTERIE, BUCINO, D'ACCORD ? Ce n'est pas le moment. »

Nous sommes assis près du mur épais devant la mer. Quand la foule s'est dispersée, nous avons franchi le pont en arche près de la scuola de San Marco, puis nous avons suivi le canal qui remonte vers la côte à partir du Grand Canal, jusqu'à la pointe extrême de l'île nord. Le ciel s'est dégagé et, s'il fait trop froid pour s'attarder, l'air est lumineux et nous voyons l'île de San Michele et, au-delà, Murano où une centaine de souffleries de verre crachent trois colonnes de fumée dans le ciel pâle.

« Commençons par la belle en robe jaune, celle qui ne pouvait s'empêcher de bouger la tête, même dans l'église. Elle est célèbre ou meurt de le devenir.

— Elle s'appelle Teresa Salvanagola. Et vous avez raison, sa notoriété la rend impudente. Elle possède une maison près de la scuola de San Rocco...

— ... et une liste de clients aussi pleine que ses seins, je parie. Qui sont ses protecteurs ?

— Un marchand de soie et un membre du Conseil des Quarante, mais elle se divertit aussi ailleurs. Récemment, elle s'est liée avec un jeune célibataire de la famille Corner...

— ... à qui elle faisait les yeux doux pendant l'élévation.

Elle ne devrait pas s'inquiéter. Il est bien ferré. Elle est belle, même si le plâtre dont elle se recouvre le visage signifie que son âge commence à faire son ouvrage. Très bien, ensuite ? La jeune, la douce, avec le corselet de soie pourpre et les dentelles cramoisies. Délicate, le visage comme une madone de Raphaël.

— D'après la rumeur, elle n'habite pas en ville. Je n'ai pas pu glaner grand-chose à son sujet. Elle débute.

— Oui. Elle est très fraîche. Je suis sûre qu'elle trouve encore cela tout à fait divertissant, comme si elle n'arrivait pas à croire à sa chance. Était-ce sa mère qui se tenait à ses côtés ? Oh, peu importe. Pour l'instant, supposons-le. Elle ne peut se débrouiller seule si jeune, et quand elles sont sorties, j'ai trouvé une certaine ressemblance dans leurs bouches. Mais l'as-tu vue à ce moment-là ? Il y avait du piquant dans cette innocence. Comme une abeille faisant son miel... bzz, bzz... Qui d'autre ? Il y en avait une que je n'ai pas bien vue sur la place parce que la statue me la cachait. Blonde, les cheveux crépus et les épaules comme de gros oreillers.

— Julia Lombardo », dis-je, et je la vois encore claudiquer quand elle a traversé la foule, et son soupçon de barbe quand elle est passée devant moi.

« Bon, celle-là, même moi je la connais. Tu n'as aucun mérite. Que sais-tu d'elle que j'ignore, plutôt ? »

Pas maintenant. Cela serait inutile puisque je ne suis pas sûr de moi. « Elle est native de Venise. Intelligente, connue pour sa culture.

— Hors du lit autant que dedans, je suppose.

— Elle écrit des vers.

— Oh, que Dieu nous préserve des poétesses ! Elles sont encore plus ennuyeuses que leurs clients. Mais, d'après le groupe qu'elle avait réuni autour d'elle, il semblerait qu'elle sache flatter autant que rimer. Y avait-il quelqu'un d'autre que je devrais connaître ? »

Et parce que vraiment je ne suis pas sûr qu'il s'agisse de

lui, je n'en parle pas. « Personne d'intéressant. Il y avait celles qui opèrent dans d'autres paroisses.

— Alors, parle-moi d'elles. »

Je m'exécute et ma dame m'écoute attentivement en me posant une question de temps à autre. Quand j'ai terminé, elle secoue la tête. « Si toutes ont du succès, alors elles sont plus nombreuses que je ne m'y attendais. Il n'y en avait pas tant à Rome. »

Je hausse les épaules. « C'est un signe des temps. Il y a aussi plus de mendiants ici qu'à Rome. La guerre engendre le chaos. »

Elle se passe un doigt sur le front. Sa cicatrice est presque invisible maintenant, mais elle doit sûrement la sentir encore. « Y a-t-il d'autres nouvelles, Bucino ? Sais-tu ce qui se passe là-bas ? »

Nous ne parlons jamais du passé, elle et moi. Il nous a semblé préférable de regarder constamment vers l'avenir. Aussi, il me faut réfléchir avant de parler parce qu'il est difficile de savoir ce que je peux dire et ce que je dois taire.

« Le pape a fui à Orvieto, où il se débat pour réunir la somme réclamée pour sa rançon et où les cardinaux sont obligés de voyager à dos de mule comme les premiers chrétiens. Rome est toujours sous la coupe des soldats, l'eau croupie et la chair putréfiée ont apporté la peste et le choléra.

— Et nos gens ? Adriana ? Baldesar ? »

Je secoue la tête.

« Si tu savais quelque chose, tu me le dirais, n'est-ce pas ? » me demande-t-elle en m'obligeant à ne pas détourner le regard.

Je prends une grande inspiration. « Je vous le dirais. » Mais je ne raconte pas ce que j'ai appris sur les fosses creusées sous les murs de la ville et dans lesquelles on a jeté cent cadavres par jour avant de les recouvrir de chaux vive ; pas de noms, pas de tombes.

— Et les autres ? Giambattista Rosa s'est-il sauvé ?

— Je ne sais pas. Parmegianino est sauf, apparemment, ainsi qu'Augusto Valdo, mais sa bibliothèque est perdue. Les Allemands l'ont utilisée pour allumer leurs poêles.

— Oh, mon Dieu. Et Ascanio ? »

Je le vois encore s'enfoncer dans le chaos, en oubliant son drôle de petit livre derrière lui.

Je secoue la tête.

« Il doit être mort. S'il avait survécu, il serait à Venise aujourd'hui. C'est dans cette ville qu'on trouve les meilleures imprimeries du monde. » Elle se tait un instant. « Et notre cardinal ? Il est mort lui aussi », dit-elle, et la phrase tient plus de l'affirmation que de la question. Je ne réponds rien. « Tu sais, Bucino, parfois je repense à cette nuit, quand tu es revenu des remparts. Si nous avions su ce qui allait se passer, je me demande si nous n'aurions pas immédiatement renoncé.

— Non, dis-je calmement. Si nous avions su, nous aurions fait exactement la même chose.

— Ah, Bucino, parfois tu me fais penser à ma mère. Elle me disait : "Le regret est un luxe de femme riche, Fiammetta. Le temps est court, tu dois aller dans son sens et non contre lui. Souviens-toi toujours que l'homme qui va venir sera peut-être plus riche que celui qui vient de s'en aller." » Elle secoue la tête. « Tu sais, Bucino, certaines mères apprennent à leurs enfants à prier avec le rosaire : moi, lors de ma première communion, je savais déjà des choses que je ne pouvais pas révéler au prêtre. Ah ! Quel bonheur qu'elle ne puisse pas nous voir aujourd'hui ! »

Derrière nous, les coques des bateaux résonnent en heurtant le quai de pierre. Le soleil est haut mais le vent est glacial. Je l'entends qui me siffle aux oreilles et je hausse les épaules pour les protéger. Quand j'étais jeune, j'avais souvent des douleurs qui s'insinuaient au plus profond de ma tête, et j'ai peur que l'hiver ne les réveille. À Rome, on entend des histoires horribles sur le Nord : comment parfois les doigts des gens gèlent la nuit et, le matin, ils doivent les faire craquer pour leur redonner vie. Mais ma dame est presque guérie et, bientôt, elle ranimera les cœurs blasés de cette ville.

« Bien, conclut-elle d'une voix différente, comme si elle aussi ressentait le vent glacial. Voilà comment je vois les choses. Si nous remplaçons le clergé par les célibataires et si nous y ajoutons les armateurs, les banquiers, les marchands et les ambassadeurs étrangers, les affaires seront aussi bonnes ici qu'à Rome. Et si ceux qu'on n'a pas vus ressemblent à ceux qui se trouvaient dans l'église aujourd'hui avec des vêtements convenables, je pourrai m'attaquer à n'importe lequel d'entre eux. »

En prononçant ces mots, elle me regarde droit dans les yeux, comme pour y chercher l'ombre d'un doute. Elle a relevé sa capuche et attaché ses cheveux avec un large bandeau dans lequel elle a glissé des fleurs artificielles, et il est impossible d'en deviner la longueur. Si la décoration est de seconde main, le visage est bien le sien. À Rome, vers la fin de son règne, elle était connue pour permettre aux jeunes peintres de mesurer les distances qui séparaient son menton, son nez et son front afin de les aider à trouver les proportions parfaites. Mais la façon dont ses yeux d'un vert intense plongeaient directement dans leurs propres yeux faisait trembler leurs mains, ainsi que la rumeur selon laquelle elle pouvait se couvrir entièrement avec ses cheveux lorsqu'elle était nue. Ses cheveux. La seule question que je me pose.

« Je sais, j'y pense continuellement. La Draga soigne des nonnes malades dans certains couvents et elle sait où on peut se procurer des cheveux de novice. Elle connaît une femme qui tresse des mèches de cheveux postiches dans les cheveux de ses clientes en se servant de fils d'or, sans que cela se remarque. Je pense que nous devrions essayer. Si nous attendons que les miens repoussent suffisamment, j'aurai l'âge de la Salvanagola et j'en serai réduite à me mettre autant de craie blanche qu'elle sur le visage. Nous avons assez d'argent, n'est-ce pas ? Combien nous reste-t-il de rubis ? »

Je prends une grande inspiration. « Deux, après le dernier que j'ai changé, y compris le très gros. Et quelques belles perles.

— Nous avons dépensé quatre rubis en six mois ? Comment est-ce possible ? »

Je hausse les épaules. « Nous avons une maison à tenir, maintenant. Vos cheveux repoussent et votre visage est redevenu adorable.

— Pourtant les tarifs de La Draga ne sont pas si élevés ?

— Non, mais elle n'est pas bon marché non plus. Nous avons parié que vous vous remettriez rapidement et c'est le cas. Personne ne met en doute ses talents, mais elle pratique des tarifs de sorcière et la situation est favorable au vendeur.

— Oh, Bucino... La Draga n'est pas une sorcière.

— En tout cas, elle en fait une bonne imitation. On ne lui voit que le blanc des yeux et elle marche comme une araignée à qui on a coupé la moitié des pattes.

— Ha ! Toi, le nain qui se dandine en souriant comme un diablotin sorti de l'enfer, tu serais le premier à embrocher quiconque verrait la main du diable dans ta difformité. Depuis quand fais-tu crédit aux on-dit comme s'il s'agissait de vérités ? »

Elle me regarde fixement. « Tu sais, Bucino, je crois qu'elle t'agace parce qu'elle passe plus de temps avec moi qu'avec toi. Tu devrais te joindre à nous. Son esprit est peut-être aussi vif que le tien, et elle voit très bien dans le jeu des gens sans se servir de ses yeux. »

Je hausse les épaules. « Je suis trop occupé pour m'intéresser aux bavardages des femmes. »

Si la guérison de ma dame m'intéresse autant qu'elle, le soin infini que les femmes apportent à leur beauté peut faire mourir d'ennui un homme. Mon agacement, comme elle dit, est réel. Malgré ses doigts magiques, La Draga me donne toujours des frissons. Une fois, à la fin d'une journée, je les ai surprises en train de rire à cause de ce que ma dame racontait des merveilles et de la richesse de la vie à Rome. Elles ne m'ont pas remarqué tout de suite, et bien qu'on ne puisse lire la cupidité dans les yeux d'une aveugle, je jure qu'à cet instant j'ai senti en elle un désir fiévreux et que je me suis demandé s'il était sage que ma dame lui fasse autant confiance.

La Draga se montre aussi circonspecte envers moi que je le suis envers elle. Je ne connais ni son rire ni son esprit : nous ne nous rencontrons que brièvement à la fin de chaque semaine, quand elle vient chercher son argent. Elle reste à la porte de la cuisine, toute tordue sous sa houppelande, et l'humeur laiteuse qui recouvre ses yeux est si épaisse qu'on dirait qu'elle regarde à l'intérieur de son crâne. Ce qui me convient tout à fait, car je ne souhaite pas qu'elle regarde dans le mien. Il y a quelques semaines, elle m'a demandé si le froid me faisait mal aux oreilles et elle m'a assuré que, si tel était le cas, elle me donnerait quelque chose pour soulager la douleur. Je déteste qu'elle en sache autant sur mon corps. Cela, ajouté à la puanteur de ses remèdes, me donne l'impression de me noyer dans une eau crasseuse. Au début, quand j'avais plus le mal du pays que je ne voulais bien le reconnaître, elle représentait pour moi tout ce que je méprisais dans cette ville. Maintenant, même si je me trompe à son sujet, il m'est difficile de perdre l'habitude de croiser le fer avec elle.

« Très bien, tout ce que je sais, c'est qu'elle ne guérit pas seulement les blessures du corps, et malgré l'état de son dos et de ses yeux, elle ne se plaint jamais. Ce qui est une qualité que tu partages avec elle. Je pense que tu l'aimerais si tu lui donnais une chance. Mais… nous avons des choses plus importantes à faire que nous disputer à propos de La Draga. Si nous vendons les perles et le gros rubis en même temps, tu crois que nous pourrons nous installer ?

— Cela dépend de ce que nous achetons, dis-je, soulagé

qu'on change de sujet. Pour les vêtements, c'est mieux qu'à Rome. Les juifs qui tiennent le marché de l'occasion sont très malins et ils vendent la mode de demain avant que celle d'aujourd'hui ait fait son temps. Oui...» – je lève la main pour l'empêcher d'émettre son objection – «... je sais à quel point vous détestez les vêtements d'occasion, mais les neufs sont le luxe d'une putain riche et, pour l'instant, il vous faudra vous contenter des premiers.

— Alors, c'est moi qui choisirai. Cela vaut aussi pour les bijoux. Tu as un œil excellent pour repérer les contre-façons, mais pas autant qu'une Vénitienne. J'aurai aussi besoin de mon parfum personnel. Et de chaussures... qui ne peuvent être d'occasion.» Je baisse la tête pour dissi-muler mon sourire, tant j'ai de plaisir à constater que ma dame a retrouvé toute son énergie conquérante. «Et les meubles ? Combien devrons-nous en acheter ?

— Moins qu'à Rome. On peut louer les tentures et les tapisseries. Ainsi que les sièges, les coffres, les assiettes, le linge, les décorations, les verres...

— Oh, Bucino !» Elle bat des mains de joie. «Toi et Venise, vous êtes faits pour vous entendre. J'avais oublié que cette ville était celle de toutes les occasions.

— Ici, les fortunes se volatilisent aussi rapidement qu'elles s'amassent. Et, à propos, dis-je, parce qu'elle a besoin de se rappeler que j'excelle autant dans mon métier qu'elle dans le sien, si nous devons louer une maison, nous nous endetterons et nous n'avons aucun garant pour obtenir un crédit.»

Elle réfléchit un instant. «Y a-t-il un autre moyen pour commencer ?

— Par exemple ?

— Nous prenons une maison mais nous ne la gardons que dans l'attente d'avoir trouvé une bonne proie.»

Je hausse les épaules. «Dieu sait que vous êtes redevenue belle, mais même avec de nouveaux cheveux, reconstituer une clientèle prendra du temps.

— Pas si nous offrons quelque chose de spécial. Quelque chose… d'immédiat. » Et elle savoure le mot. « Imagine par exemple. Une jolie femme arrive en ville et prend une maison dans une rue passante. Elle s'assoit devant sa fenêtre ouverte avec un recueil de Pétrarque dans les mains – mon Dieu, nous avons déjà le livre qui convient à la mise en scène – et elle sourit aux hommes qui passent. La nouvelle se répand et certaines gens jeunes – et moins jeunes – viennent la voir. Elle ne ferme pas la fenêtre comme le voudrait la bienséance ; au contraire elle les laisse la regarder et, quand elle semble enfin remarquer leur présence, elle se montre à la fois timide et engageante. Au bout d'un moment, quelques audacieux frappent à sa porte pour savoir qui elle est et d'où elle vient. » À cet instant, je vois de la malice dans ses yeux. « Tu ne m'as jamais vue dans ce genre de situation, mais autrefois j'ai tenu ce rôle à la perfection. Quand nous sommes arrivées à Rome, ma mère a loué une maison près du ponte Sisto pendant une semaine. Elle m'avait appris toutes les façons de sourire et tous les gestes qui les accompagnent au cours des semaines précédentes. Nous avons eu douze offres les deux premiers jours – douze ! –, la plupart venant d'hommes riches. Quinze jours plus tard, nous nous installions dans une petite maison via Magdalena. Je sais, je sais, c'est risqué. Mais on ne m'a jamais vue ici – ma mère y a veillé – et je ne suis pas si vieille que je ne puisse passer pour plus jeune que je ne le suis. Je peux passer auprès des hommes pour une marchandise toute fraîche.

— Jusqu'à ce qu'ils se glissent sous vos draps.

— Et c'est à ce moment-là que La Draga intervient ! Elle connaît un subterfuge. » Elle rit maintenant, et je ne sais pas si elle s'amuse ou non. « Pour les femmes qui ont besoin de tromper leur mari pendant leur nuit de noces. Un tampon de gomme imprégné d'alun, de térébenthine et de sang de porc. Imagine un peu ! Une virginité reconstituée. Tu vois – je t'avais dit qu'elle te plairait. Quel dommage que tu ne sois pas plus grand et moins barbu. Nous t'aurions déguisé pour que tu joues le rôle de ma mère. » Et nous rions tous les deux maintenant. « Mais ils devront en passer par Meragosa et je perdrai l'offre la plus élevée avant même qu'ils aient gravi la moitié de l'escalier... Oh, Bucino, tu aurais dû voir ton regard. Je crois bien que tu m'as crue pendant un instant. Mais je ne dis pas que je suis incapable de le faire, tu comprends... Oh, il y a des siècles que je ne t'ai pas fait aussi bien marcher. »

À Rome, quand l'argent coulait à flots et que notre maison avait une telle réputation qu'elle était devenue le meilleur endroit pour passer la soirée – même si l'on ne couchait pas toujours avec l'hôtesse à la fin –, nous pouvions rire au point que les larmes nous coulaient sur les joues. Malgré la corruption et l'hypocrisie qui y régnaient, la ville agissait comme un aimant sur les hommes intelligents et ambitieux : des écrivains qui pouvaient charmer les femmes avec de simples mots et se glisser sous leurs jupes, ou lancer des pamphlets aussi mortels qu'une pluie de flèches sur l'honneur de leurs ennemis, des artistes qui avaient le talent de transformer les plafonds vides en visions de paradis, avec des madones sortant des nuages aussi belles que des putains. Je n'ai jamais connu une telle exaltation que lorsque je me trouvais avec eux, et aujourd'hui, même si nous sommes vivants et que beaucoup d'entre eux sont morts, cela me manque affreusement.

« À quoi penses-tu ?

— À rien... au passé.

— Tu n'aimes toujours pas Venise, n'est-ce pas ? »

Je secoue la tête. Mais mon regard reste perdu au loin.

« Ce n'est pas si mal maintenant.

— En effet.

— Avec les navires qui reviennent et ma beauté retrouvée, les choses vont s'améliorer pour nous.

— Oui.

— Certains pensent que Venise est la plus belle ville du monde.

— Je sais. J'en ai rencontré.

— Ce n'est pas vrai. Tu as rencontré ceux qui s'en vantent parce que cette ville les a enrichis. Mais ils n'en comprennent pas vraiment la beauté. » Elle regarde vers la mer, en fermant à demi les paupières dans la lumière du soleil. « Tu sais ce qui ne va pas chez toi, Bucino ? Tu vis les yeux trop près du sol.

— C'est parce que je suis un nain, dis-je avec une irritation qui me surprend. Cela m'empêche de me mouiller les pieds.

— Ah, toujours l'eau. »

Je hausse les épaules. « Vous n'aimez pas les hommes ventripotents. Moi, je n'aime pas l'eau.

— Oui, mais quand ils se présentent avec des bourses de la même taille que leur panse, je triomphe rapidement de mon dégoût. Je ne peux pas vider l'eau de Venise, Bucino.

— Je le sais.

— Peut-être dois-tu apprendre à la voir autrement. »

Je secoue la tête.

Elle se plaque contre moi en jouant. « Essaie. Regarde-la. Ici... en face de toi. »

Je regarde. Le vent s'est levé sous le soleil et la surface de l'eau se brise en vagues irrégulières. Si j'étais pêcheur et si je voyais un homme marcher vers moi en cet instant, je poserais sans aucun doute mon filet pour le suivre. Même si son Église devait finir un jour par vendre des indulgences aux riches et damner les pauvres.

« Regarde, tu vois comme la lumière et le vent jouent avec l'eau pour en faire miroiter la surface ? Maintenant pense à la ville. Imagine toutes ces riches maisons avec leurs meubles marquetés et leurs fresques, ou aux magnifiques mosaïques de San Marco. Des milliers de fragments minuscules de terre cuite colorée qu'on ne remarque pas quand on les voit pour la première fois, parce que l'œil recrée la totalité de l'œuvre. Maintenant, regarde l'eau à nouveau. Et serre très fort les paupières. Tu vois ? C'est pareil, non ? Une surface faite de milliers de fragments liquides, éclairés par le soleil. Et ce n'est pas seulement la mer. Pense aux canaux, au reflet des maisons, immobiles, parfaits, comme des images dans un miroir ; mais quand le vent souffle ou quand passe un bateau, l'image se brise et tremble. Je ne sais pas quand j'ai vu cela pour la première fois – je devais n'être qu'une enfant parce qu'on m'autorisait parfois à sortir avec ma mère ou avec Meragosa –, pourtant je n'ai pas oublié l'émotion que j'ai ressentie à cette occasion. Brusquement, Venise n'était plus du tout solide, elle semblait constituée de petits morceaux, de fragments de verre, d'eau et de lumière. Ma mère pensait que j'avais quelque chose aux yeux, parce que je ne cessais de cligner des paupières en marchant. J'ai essayé de lui expliquer, mais elle n'a pas compris. Elle fixait toujours le regard sur ce qui se trouvait devant elle. Elle n'avait pas de temps à perdre avec des manières ou des imaginations. Pendant des années, j'ai pensé que j'étais la seule à voir cela. Que c'était mon secret. Puis, vers l'âge de treize ans, quand j'ai commencé à saigner, ma mère m'a enfermée dans un couvent pour que j'apprenne la bienséance et que je protège ma précieuse gomme imprégnée d'alun, alors soudain on m'a tout enlevé. Plus d'eau, plus de soleil. Partout où je regardais, il n'y avait que pierres, briques et hauts murs. Pendant très longtemps, j'ai eu l'impression d'avoir été enterrée vivante. »

Elle se tait un instant.

« J'ai ressenti la même chose lors de notre arrivée à Rome. »

Je regarde la mer. Nous avions l'habitude de parler de toutes sortes de choses, elle et moi : le prix des perles, l'ascension ou la chute d'une rivale, le salaire du péché, le jugement de Dieu, et ce miracle qui faisait que des pauvres comme nous étaient invités à des festins. Si, à ma naissance, j'avais eu une taille normale et une bourse aussi grosse que ma queue, son esprit m'aurait autant séduit que son corps. Mais, comme elle me le répète souvent, je suis plus femme qu'homme pour certaines choses.

Une petite flotte de bateaux arrive de Murano sur la rive nord, leurs coques noires soulèvent des embruns multicolores. Elle a raison, bien sûr : si l'on regarde avec beaucoup d'attention, la surface de la mer est une mosaïque et chaque fragment un éclat où se mêlent l'eau et la lumière.

Mais cela ne signifie pas qu'on ne puisse pas s'y noyer. « Combien de temps faut-il pour s'habituer ? » Je pose ma question avec un sourire amer.

Elle rit et secoue la tête. « D'après mes souvenirs, je ne pense pas que j'aie commencé à me sentir mieux avant que l'argent se soit mis à couler. »

7

Nous retrouvons l'agitation en revenant en ville. Nous croisons des groupes d'hommes tapageurs, certains jeunes gens ont des vestes brodées et des collants aussi colorés que les poteaux d'amarrage dans le Grand Canal. Ma dame reste enveloppée dans sa cape et la tête baissée, mais nous ne pouvons pas ne pas sentir une certaine émotion dans l'air. Si Venise est connue pour son sens de l'ordre, elle comprend aussi qu'on ait besoin de se détendre. Il y a tant de jours de fête depuis que nous sommes arrivés que je commence à perdre le compte des saints que nous avons célébrés. Quand le soir tombera, la foule envahira la piazza San Marco. Mais il est encore trop tôt pour que le désordre gagne les rues.

Nous tournons dans le campo Santa Maria Nova, j'entends trop tard le bruit des pas et on nous bouscule. L'impact me projette contre le mur et me coupe le souffle, je vois ma dame perdre l'équilibre et s'étaler sur les pavés. Les hommes sont tellement déterminés qu'ils ne s'arrêtent même pas pour constater les dégâts. Cependant, au milieu du campo, un Turc revêtu d'un turban et d'une ample robe verte a vu ce qui s'est passé et, avant que je me sois relevé, il est à côté d'elle et s'inquiète de son état.

Le manteau de ma dame est à moitié arraché, sa capuche tombe sur ses épaules, et au moment où il l'aide à se relever leurs regards se croisent et je sais qu'elle s'est lancé un nouveau défi.

S'il n'existait pas autant de règles pour les en empêcher, je pense que les hommes passeraient leur temps à regarder les femmes. Quand on a l'estomac bien rempli, que reste-t-il à faire d'autre dans la vie ? On le constate tous les jours sur les marchés ou dans les rues ; la façon dont le regard des hommes se fixe sur les femmes, comme de la limaille de fer attirée par un aimant, il s'empare de leurs seins sous leurs corselets, il soulève leurs jupes et écarte leurs jupons, et il goûte leurs cuisses et leur ventre avant de fouiller les poils qui cachent le petit pli humide niché en dessous. Quoi que les prêtres puissent dire du démon, pour la plupart des hommes, cela est aussi naturel qu'un second langage qui s'entend sous la surface de la vie, plus fort que la prière, plus fort même que la promesse du salut. Je suis peut-être petit, mais j'en connais le vocabulaire aussi bien qu'un homme deux fois plus grand que moi.

Et je comprends aussi en partie l'émoi qu'un homme peut ressentir si la situation s'inverse. De toute ma vie, les seules femmes que j'ai vues agir de la sorte, avec la même conviction, étaient ivres ou professionnelles. Si les hommes se montraient honnêtes et s'ils avaient le choix, ils prendraient les secondes, car seules les femmes comme ma dame font de l'idée du désir une joie, laissant de côté la malice, le péché et le désespoir.

En tout cas, c'est ainsi que je vois les chrétiens. Quant à l'effet de son talent sur un païen – eh bien, je n'en ai encore jamais été témoin, même si, d'après la rumeur, les Turcs font preuve d'une telle jalousie à l'égard de leurs femmes qu'ils ne permettent même pas à leurs peintres de reproduire leur image sur la toile, de peur que leur beauté n'enflamme d'autres hommes. Ce qui, quand on y réfléchit, laisse penser qu'ils sont tout autant sujets à la tentation que les autres hommes, quelles que soient leurs croyances.

Quand je reprends mon souffle tout est terminé. Ils sont

debout, face à face : elle sourit avec douceur plutôt qu'avec coquetterie, la main posée sur la poitrine, protégeant et exposant la pâleur de sa peau, et lui, l'œil sombre dans un visage sombre, la regarde toujours, plein d'égards, avec l'intensité d'un rayon de soleil. Apparemment, ses talents marchent aussi avec les païens.

« Êtes-vous blessée, ma dame ? dis-je d'une voix forte en traversant avec difficulté le cercle magique et en lui donnant un coup de pied dans le mollet, plus fort que je n'en avais l'intention.

— Ah ! Oh ! Non. Je vais bien. Ce courtois gentilhomme... euh ? » Elle attend.

« Abdullah Pashna. D'Istanbul, ou Constantinople, comme vous dites. » Peut-être trouve-t-on autant de Pashna à Constantinople que de Corner ou de Loredan à Venise, mais son nom n'en sonne pas moins tout chargé de mystère. « À votre service, madame... ?

— Fiammetta Bian...

— Si vous allez bien, nous sommes en retard. » Je l'interromps brutalement. Je lève les yeux vers lui. « Désolé, magnifique Pashna, mais ma dame est attendue au couvent. » J'insiste sur le dernier mot. « Elle rend visite à ses sœurs. »

À mon grand dégoût, son regard est plus amusé qu'affligé : « Alors je vais vous accompagner tous deux jusqu'à la porte. Vos amis vénitiens luttent de chaque côté d'un pont dans le Cannaregio et la ville se bat pour assister au spectacle.

— Merci, mais nous préférons y aller seuls.

— Est-ce aussi ce que vous pensez, madame Bian... ?

— Bianchini. » Elle prononce son nom très distinctement. « Oh, vous êtes trop aimable, monsieur, poursuit-elle, et sa voix a l'effet d'une plume sur la peau. Mais il est sans doute préférable que je fasse le chemin avec mon domestique. »

Il nous regarde l'un après l'autre, se tourne et incline

légèrement la tête en tendant la main. Le parfum sauvage de l'ambre gris s'élève de son gant pour nous mettre au supplice d'en estimer le prix. Je la vois qui chancelle et, si je ne risquais pas de la blesser, je lui donnerais un nouveau coup de pied. Mais elle reste ferme.

« Alors je vais vous laisser aller seuls. » Il baisse la main. « Bien que pour un homme comme moi qui rêve tant de sa patrie, une femme d'une telle beauté et un nain de proportions... si parfaites, animé de tant de passion, apportent une rare chaleur dans mon cœur. J'ai une maison sur le Grand Canal, près du campo San Polo. Peut-être qu'en une autre occasion, quand vous ne rendrez pas visite à vos "sœurs", vous pourriez... »

Je l'interromps : « Merci, mais...

— Nous pourrions, en effet », répond-elle avec douceur.

Je l'entraîne et nous traversons prudemment la place. Il nous regarde nous éloigner jusqu'à ce que nous tournions au coin pour nous engouffrer dans une ruelle. Quand nous sommes loin, je dis à ma dame :

« Comment pouvez-vous... ?

— Ah, Bucino, ne me fais pas la leçon. As-tu senti ses gants ? Ce n'était pas un marchand turc ordinaire.

— Et vous n'êtes pas une putain ordinaire qui ramasse les hommes dans la rue. Qu'auriez-vous fait ? Vous l'auriez ramené dans votre lit et vous m'auriez demandé de me glisser derrière vous pour que je lui vole ses bijoux ?... Cela aurait été la fin de tout.

— Oh, il s'est montré parfaitement correct. Il voulait assister à la bataille des ponts, comme tous les habitants de cette ville, et de toute façon je n'aurais rien entrepris s'il était resté avec nous. Mais tu dois le reconnaître, nous l'avons eu, Bucino. Sans cheveux, avec la robe de quelqu'un d'autre, nous l'avons quand même eu.

— Oui, dis-je. Nous l'avons eu. »

La maison s'est endormie tôt ce soir. Dans la cuisine, Meragosa est enfoncée dans le fauteuil cassé près du poêle. Un ronflement grognon sort de sa bouche ouverte – une attitude qui lui est devenue familière tandis que son estomac s'arrondit grâce à nos économies. Je n'en jurerais pas mais je la soupçonne d'avoir prélevé ces dernières semaines quelques scudi chaque fois qu'elle est allée acheter notre nourriture, mais j'ai mieux à faire que de surveiller chacun de ses mouvements, et tant que nous ne serons pas capables de nous débrouiller seuls, nous devrons vivre avec le diable, que nous avons l'avantage de connaître.

Là-haut, ma dame est toujours enfouie sous la courtepointe. Elle dort souvent ainsi maintenant, la tête et le visage cachés comme si, même pendant son sommeil, elle se protégeait contre toute attaque. Mais malgré ma fatigue, mon esprit bondit à cause de l'excitation de la journée, et par la fenêtre je vois une lueur au sud, là où la fête a lieu. Aussi, je sors quelques pièces de la bourse avant de la replacer entre les lattes du lit, et je m'en vais par les rues vers San Marco.

Je ne l'admettrais sans doute pas facilement, mais la nuit, la ville me donne encore des frissons dans l'âme. Pendant la journée, je me suis habitué à marcher sur la *fondamenta* la plus étroite au bord du canal, sans craindre d'y tomber. Mais après le coucher du soleil la ville devient un cauchemar, particulièrement par les nuits sans lune, car on fait difficilement la différence entre l'eau et les pierres sombres ; en outre, dans l'obscurité, le son voyage étrangement, et les promeneurs qu'on s'attend à voir apparaître devant soi nous surprennent en surgissant dans notre dos. Comme la plupart des parapets sont plus hauts que mon nez et que ma tête arrive à peine au niveau des fenêtres, tout trajet nocturne ressemble à une course dans un labyrinthe souterrain : à certains moments le bruit de l'eau s'élève de tous côtés et les battements de mon cœur me font perdre le sens de l'orientation. Je marche vite, en longeant les murs, où mes seuls compagnons sont les rats qui filent à la queue leu leu, comme les maillons d'une chaîne. Je me rassure en me disant que, malgré leur air féroce, ils ont aussi peur de moi que j'ai peur d'eux.

En tout cas, ce soir, je ne suis pas seul dans les rues et quand j'arrive à la Merceria, je me fonds dans un flot de personnes attirées comme des papillons de nuit par les lumières de la grande place.

En général, il en faut beaucoup pour m'étonner. Je laisse cela à ceux qui en ont le temps et la stature. Le ciel est trop haut au-dessus de ma tête pour que j'en détecte ne serait-ce qu'une ombre, et ce que les autres voient comme une somptueuse architecture me donne l'impression de vouloir m'écraser. En fait, il m'a fallu beaucoup de temps pour me rendre compte à quel point il est aisé de mourir parce que la magnifique basilique San Marco est plus un refuge pour le crime qu'un lieu d'émerveillement, et parce qu'une foule de pèlerins, bouche bée et tête levée, facilite la tâche d'un nain aux mains habiles. Mais, aujourd'hui, je suis un citoyen respectable et je tiens trop à ma chair difforme pour risquer de la voir pendue entre les Piliers de Justice, et si le Romain qui m'habite encore trouve toujours les gros dômes de la basilique et sa débauche byzantine de couleurs trop riches pour son estomac classique, j'ai vu à quel point sa splendeur inspire la crainte de Dieu – ainsi que la crainte du pouvoir de l'empire vénitien – à tous ceux qui viennent l'admirer.

Et moi ? Eh bien, je suis plus sensible aux humbles sculptures de pierre qui décorent les colonnes du palais ducal sur la *piazzetta*. Non seulement parce qu'elles sont assez basses pour que je puisse les voir mais aussi parce qu'elles racontent des histoires plus en rapport avec la vie réelle : des coupes de fruits si proches de la réalité que la peau des figues semble près d'éclater, un chien aux yeux étonnés qui croque un rayon de miel dans lequel les abeilles bourdonnent encore, et, celle que je préfère, l'histoire d'un homme courtisant une femme, qui se déroule tout autour de la colonne, et même – après le mariage – dans le lit conjugal où les jeunes mariés sont couchés sous un drap de pierre, alors que les cheveux frisés de la femme tombent en cascade sur l'oreiller. Un jour, quand j'étais jeune, mon père, tellement dérouté par ma silhouette que, pendant plusieurs années, il m'a considéré comme un idiot, m'a donné un morceau de bois et un petit couteau, dans l'espoir que Dieu avait mis un peu de talent dans mon pouce. Il pensait sans doute aux merveilleux artistes florentins découverts à la campagne en train de sculpter des madones dans des cailloux. Je ne réussis qu'à m'arracher un morceau de doigt. Mais je me souviens encore du nom latin du baume que nous donna le médecin pour étancher le sang, et j'ai fini la journée dans le bureau de mon père avec une pile de livres devant moi. J'y serais probablement encore s'il n'était pas mort six ans plus tard.

Mais foin des pensées larmoyantes, pas ce soir ; l'endroit livré aux plaisirs vers lequel je me dirige est rempli de gens et de bruit, éclairé par tant de flambeaux et de chandeliers que les mosaïques anciennes de la basilique brillent violemment dans la lumière.

J'arrive par le nord-est. J'ai une peur salutaire de la foule (nous, les nains, nous sommes aussi vulnérables que des enfants dans la cohue et nous avons plus de chances d'être piétinés que de mourir dans notre lit) mais je sais que cette soirée en vaudra la peine, et je me faufile jusqu'à une scène construite devant la basilique. Un groupe de diables à demi nus et enduits de noir sautent partout en hurlant des obscénités et en donnant des coups de fourche, à eux-mêmes et aux badauds, jusqu'à ce que, de temps en temps, une flamme jaillisse d'un trou dans le sol et que l'un d'eux disparaisse par une trappe en criant, pour remonter sur la scène quelques minutes plus tard en soulevant l'enthousiasme du public. Derrière eux, sous la loggia nord, un chœur de castrats aux visages doux chante comme une armée d'anges, mais on a construit leur estrade trop près de la cage des chiens de combat et les hurlements frénétiques des animaux qui attendent leur tour de mourir couvrent leurs voix. En même temps, de l'autre côté, dans une fosse de sable, un homme et deux grosses femmes luttent sous les encouragements des spectateurs dont certains les rejoignent de temps en temps.

À chaque fenêtre autour de la piazza, on a déployé des tapisseries et des bannières, et de jeunes femmes nobles, habillées comme pour leur mariage, s'y bousculent, si bien que lorsqu'on lève les yeux on a l'impression que toute la ville a laissé ses cheveux flottants pour poser devant la foule. Des groupes de jeunes gens aux bas vivement colorés sont réunis en dessous et crient vers elles, tandis qu'un vieil homme va et vient parmi les passants avec un sexe en bois gros comme un gourdin qui dépasse de son manteau de velours, et il montre son attirail à tous ceux qui se soucient de le voir.

Je contourne la cohue et j'achète des fruits confits à un étal de la piazzetta proche de mes colonnes préférées, là où les bouchers et les fabricants de salami s'installent pendant la journée. De grands bateaux sont amarrés au quai, et leurs lanternes qui se balancent en haut des mâts donnent l'impression que la mer elle-même est illuminée. Partout où porte le regard, on voit des drapeaux avec le magnifique lion de San Marco, et devant les deux Piliers de Justice, une troupe d'acrobates forme une pyramide humaine d'une hauteur de quatre étages, avec un nain au sommet. Ils ont installé tout autour des poteaux surmontés de flambeaux pour éclairer le spectacle. Les trois premiers étages sont déjà en place. Je me faufile et les spectateurs, qui me prennent pour un des acrobates, me poussent et me bousculent en riant. Les deux derniers sont en train de monter, prudents comme de jeunes chats, tandis que le nain est installé sur les épaules d'un troisième qui attend son tour.

Quand la dernière rangée est bien en place, ils grimpent sur la pyramide puis le nain salue la foule du bras et chancelle de façon théâtrale comme s'il allait tomber. Il porte un habit rouge et argent ; il est encore plus petit que moi mais il a une tête mieux proportionnée, ce qui le rend moins laid, et un sourire méchant. Il se hisse derrière la seconde rangée. À la lumière des flambeaux, on peut voir la sueur qui recouvre les corps et le frémissement des muscles alors que les acrobates s'efforcent de garder la symétrie malgré ce poids supplémentaire. Il s'arrête un instant avant de reprendre son ascension. La rue est pleine d'acrobates qui donnent l'illusion d'exécuter des numéros d'une très grande difficulté, mais ce n'est pas le cas avec eux. Un nain agile peut faire toutes sortes de choses dont un homme de taille normale serait incapable, comme rester accroupi pendant des heures ou se relever sans l'aide des mains (vous seriez étonné de voir comme les gens prennent plaisir à me regarder faire ces mouvements très simples), mais quand nous sommes debout, les os de nos jambes sont trop courts pour nous permettre une grande souplesse. C'est pour cela que nous faisons de mauvais acrobates mais d'excellents clowns, et que nous sommes plus drôles à regarder.

Il arrive maintenant au dernier étage et la pyramide vacille légèrement à cause de sa maladresse. L'un des hommes de la base pousse un cri sauvage, le nain grimace et s'affole si bien que les spectateurs pensent qu'il a vraiment des problèmes et ils rient de plus belle. Mais il sait ce qu'il fait, quand finalement il arrive au sommet et s'immobilise, il sort de son justaucorps un morceau de soie attaché à un petit bâton qu'il agite de façon triomphale, comme un drapeau. Puis il le fixe sur son dos et se replie sur lui-même jusqu'à être accroupi dans la position d'un chien assis, les mains et les pieds en équilibre sur les épaules de deux acrobates, et maintenant le drapeau flotte comme un étendard.

La foule met un moment avant de se rendre compte, à la lumière des flambeaux, que sa pose reproduit celle du lion ailé au sommet du Pilier de Justice au-dessus de lui, les ailes dressées comme le drapeau sur le dos du nain.

J'applaudis furieusement, comme tout le monde, et malgré moi, parce que c'est superbe et parce que, bien sûr, j'aimerais pouvoir en faire autant.

« À ta place, je n'y songerais même pas, Bucino. Tu disposes d'une bonne dizaine de façons de mieux utiliser tes talents. »

Cette voix forte et grave, comme celle d'un chanteur qui a appris à tenir la note plus longtemps que le chœur, je l'aurais reconnue entre mille. Je me retourne, et bien que j'entrevoie déjà les problèmes qu'il va nous causer, je suis heureux de le voir.

« Regardez qui est là, mes amis ! L'homme le plus laid de Rome est à Venise pour en faire ressortir la beauté. Bucino ! crie-t-il, et il me saisit par la taille et me soulève à la hauteur de ses yeux. Par les plaies du Christ, tu mérites d'être vu. Une quinzaine de poils au menton ne font pas une barbe. Et quelle est cette chemise de pauvre que tu portes ? Comment vas-tu, mon petit héros ? » Et il me secoue pour donner plus d'importance à ses propos.

Autour de lui, un groupe de jeunes gens et d'aristocrates, encouragés par ses insultes, rient plus fort en me regardant. « Ne riez pas, mugit-il. Cet homme ressemble peut-être à un bouffon, mais il souffre de la farce la plus cruelle que Dieu puisse jouer. Il est né avec le corps d'un nain et l'esprit d'un philosophe. Ce n'est pas vrai, mon ami courtaud ? » Il arbore un large sourire quand il me repose à terre, bien qu'il ait le visage rouge à cause de l'effort qu'il vient de fournir.

Le fait est que, s'il ne vient pas de se dépeindre lui-même, il était déjà replet à l'époque où, bénéficiant d'un protecteur, il n'avait pas encore eu la main blessée ni reçu l'estafilade au cou qu'il récolta lors du sac de Rome.

« Tandis que toi, l'Arétin, tu as un corps de roi et un esprit d'égout.

— D'égout ? Si tu le dis... L'homme passe autant de temps à déféquer qu'à manger, même si les poètes veulent nous faire croire qu'il en va différemment. »

Et, derrière lui, les jeunes gens ne boudent pas leur plaisir.

« Je vois que tu as trouvé des esprits de même farine que le tien dans cette ville étrange.

— Oh, exact. Regarde-les. La crème de Venise. Ils m'aident tous à trouver ma place dans cette cité. N'est-ce pas, messieurs ? »

Ils rient encore. Mais pour ce dernier échange, nous sommes passés au dialecte romain, et ils n'en ont sans doute pas compris la moitié. Il me prend par l'épaule et m'entraîne à l'écart.

« Alors. » Il sourit toujours. « Tu t'en es tiré. »

Je penche la tête. « Comme tu vois.

— Elle aussi, alors.

— Qui ?

— Ah ! la femme sans laquelle tu n'aurais jamais quitté Rome, voilà de qui je veux parler. Mon Dieu, ces derniers mois, je vous ai cherchés comme un fou, mais personne n'a pu me donner de vos nouvelles. Comment avez-vous réussi à vous sauver ?

— Je leur ai filé entre les jambes.

— Je n'en attendais pas moins de toi ! Tu sais que ces salauds ont dévasté l'atelier de Marcantonio ? Ils ont cassé toutes ses plaques et toutes ses machines, ils l'ont presque battu à mort, pour finir par le rançonner. Deux fois. Ascanio l'a abandonné, tu le savais ? Au premier coup de feu. Il a volé les plus beaux livres de sa bibliothèque et il s'est sauvé, cette ordure.

— Et Marcantonio ?

— Des amis ont payé sa rançon et l'ont emmené à Bologne. Mais il ne gravera plus jamais. Ils lui ont brisé l'esprit en même temps que le corps. Mon Dieu, quel cirque d'infamie. Tu n'as pas lu ce que j'ai écrit là-dessus ? Ma lettre au pape ? Même les critiques les plus mordants de Rome en ont pleuré de honte et d'horreur.

— Je suis sûr que tes mots ont été plus vrais que la réalité », dis-je finalement, en me préparant à recevoir son rire et une grande claque dans le dos. Comme ma dame, il n'a jamais dissimulé ses talents au monde.

« Oh, je remercie Dieu de t'avoir fait difforme, Bucino. Sinon j'aurais dû te compter parmi mes rivaux. Alors... dis-moi, sérieusement. Elle est saine et sauve, oui ? Grâce à Dieu. Comment était-ce ? »

Comment était-ce ? « Une immense fête de la mort, dis-je. Mais tu l'aurais approuvée en partie. Après les Romains ordinaires, ce sont la curie et les nonnes qui ont écopé du pire.

— Ah, non. Tu es injuste avec moi. Je les ai fouettés avec des mots, mais personne, même moi, n'aurait pu entendre ce que j'ai entendu sur eux.

— Que fais-tu ici, Pietro ?

— Moi ? Comment pourrais-je être ailleurs ? » Il élève la voix en faisant un geste vers les hommes qui se trouvent derrière lui. « Venise. La plus belle ville de la terre.

— Tu disais cela de Rome.

— Je l'ai dit. Et c'était vrai. Autrefois.

— Et Mantoue ?

— Ah, non. Mantoue est remplie d'imbéciles.

— Cela signifie-t-il que le duc ne se sent plus flatté par tes poèmes ?

— Le duc ! C'est le plus grand imbécile de tous. Il n'a aucun sens de l'humour.

— Et Venise l'a ?

— Ah... Venise a tout. Le bijou de l'Orient, la fière république, la maîtresse de la mer orientale. Ses navires sont le ventre dans lequel sont transportés les trésors du monde, ses palais sont de pierre et de sucre glacé, ses femmes, les perles d'un collier de beauté, et...

— ... ses protecteurs ne savent pas fermer leur bourse.

— Pas encore, ma petite gargouille. Bien que dans cette Venise il n'y ait que de nobles marchands qui ont du goût et de l'appétit. Et de l'argent. Ils ont envie de faire de Venise une nouvelle Rome. Ils n'ont jamais aimé le pape, et maintenant qu'il fond ses médailles pour payer sa rançon, ils peuvent mettre la main sur ses artistes préférés. Jacopo est ici. Tu le savais ? Jacopo Sansovino. L'architecte.

— Tiens, tiens, dis-je. Il va peut-être obtenir enfin quelques commandes décentes.

— Il a déjà du travail. Ces énormes bosses de chameau en plomb sur leur monstruosité en or – je veux parler de la grande basilique – sont en train de s'effondrer et personne ici ne sait comment les retenir. Tu ne comprends pas, mon petit ami ? Ici, nous sommes de grands hommes. Et nous bénéficierons bientôt d'une plus grande influence. Alors... où as-tu dit que vous habitiez ? »

Je secoue la tête.

« Allez ! Elle n'est plus fâchée contre moi, n'est-ce pas ? Quand on a regardé la mort en face, quel mal peut faire une petite calomnie ? De toute façon, cela l'a rendue célèbre.

— Elle l'était déjà », dis-je. Et le souvenir de sa trahison me rend insensible à son charme. « Je dois m'en aller. »

Il me pose la main sur le bras pour me retenir. « Pas de querelle entre toi et moi. Il n'y en a jamais eu. Allez. Pourquoi ne me conduis-tu pas près d'elle ? Cette ville possède assez de richesses pour nous tous. »

Je reste immobile et muet. Il retire sa main. « Tu sais que j'aurais pu te suivre. J'aurais pu te faire tuer dans la rue. Ici, les assassins sont encore plus efficaces qu'à Rome. C'est sans doute grâce à toute cette eau noire. Et je crois me souvenir qu'elle n'est pas du tout à ton goût. Mon Dieu,

Bucino, tu dois vraiment la vénérer pour l'avoir suivie dans ce pays humide et froid.

— Je croyais t'avoir entendu dire qu'il s'agissait de la plus belle ville du monde.

— C'est vrai aussi.» Il fait des gestes vers les jeunes gens et élève la voix : « La plus belle ville du monde. » Puis, à voix basse : « Je peux l'aider, tu sais.

— Elle n'a pas besoin de ton aide.

— Là, je ne te crois pas. Sinon, j'aurais déjà entendu parler d'elle. Tu devrais lui en toucher deux mots.»

Le groupe de jeunes gens s'approche et l'entoure à nouveau. Il pose sa main valide sur l'épaule d'un jeune homme, puis ils s'éloignent et se perdent dans la foule. Mais pas avant de m'avoir lancé un dernier coup d'œil. En y regardant de plus près, je me rends compte qu'ils ne sont pas si bien habillés qu'ils en ont l'air. Ce qui m'a trompé, c'est la façon dont ils se déplacent dans la rue.

Une chose est sûre. Même avec la gomme imprégnée d'alun et de sang de porc de La Draga, nous ne pourrons plus prétendre à la virginité de ma dame. Qu'il aille au diable.

La maison est plongée dans l'obscurité quand je rentre, mais dès que je monte l'escalier, j'entends sa musique au premier étage.

J'ouvre doucement la porte. Elle est trop absorbée pour me remarquer. Elle est assise sur le bord du lit devant la fenêtre, les jambes croisées sous sa jupe, afin de mieux tenir le luth, et, à ses pieds, la lumière d'une pauvre chandelle fait jouer les ombres sur son visage. Elle pose la main gauche sur la frette de l'instrument et les doigts de sa main droite courent sur les cordes comme les pattes d'une araignée. Le son me donne le frisson, à cause non seulement de sa pureté – sa mère, qui tenait scrupuleusement à développer ses talents, lui avait fait donner ses premières leçons de musique alors qu'elle savait à peine marcher – mais

125

aussi des possibilités qu'il me fait entrevoir pour notre vie future. Je ne l'ai pas entendue jouer depuis que nous avons été chassés de l'Éden, il y a près d'un an, et quand sa voix s'élève, bien que ce ne soit pas le chant des sirènes qui jeta Ulysse contre des rochers, elle est d'une telle douceur que si des bébés s'éveillaient dans leur berceau tout près, ils se rendormiraient paisiblement. Les mots montent et descendent tandis que la chanson tisse une histoire de beauté et d'amour perdu. Cela ne laisse pas de m'étonner, qu'une femme dont le métier consiste à sucer la semence d'une douzaine de queues ridées ait une voix assez pure pour rivaliser avec celle d'une nonne vierge. Ce qui tend à prouver que si Dieu hait les pécheurs, Il garde parfois ses dons les plus précieux pour eux. Nous aurons besoin de tous ses talents maintenant. Ses doigts s'immobilisent au-dessus des cordes et le son meurt lentement.

J'applaudis depuis la porte. Elle sourit et se retourne, car elle apprécie toujours d'avoir un public, et elle salue en penchant la tête avec grâce. « Merci.

— Je ne vous ai jamais vue jouer que pour des hommes. Est-ce différent de jouer seule ?

— Différent ? » Elle pince une corde et la note vibre dans l'air. « Je ne sais pas. J'ai toujours joué pour les autres, même quand il n'y avait personne. » Elle hausse les épaules et je m'interroge, comme cela m'arrive parfois : cela doit sembler étrange d'avoir été élevée expressément pour plaire aux autres. Autant une vocation que celle des nonnes pour Dieu. Mais, heureusement, elle ne se laisse pas influencer par ses sentiments sur de tels sujets. Cela aussi fait peut-être partie de sa formation.

« Pourtant cet instrument ne vaut rien, Bucino. Le bois a travaillé, les cordes sont trop tendues et les chevilles trop serrées pour que je puisse les tourner.

— Vous jouerez toujours assez bien pour mes oreilles. » Elle rit. « Qui sont faites de tissu quand il s'agit de musique.

— Comme vous voudrez. Mais tant que vous n'aurez pas un lit plein d'amants, vous devrez vous contenter de mes compliments. »

Cependant ma dame n'aime pas jouer les fausses modestes, et je sais qu'elle est satisfaite.

« Comment était-ce ? Tu es allé sur la piazza ?

— Oui. » J'entends à nouveau la voix des castrats chantant en chœur par-dessus le hurlement des chiens, et je vois le drapeau du nain et les ailes du lion qui se détachent sur le ciel de la nuit. « Et... c'était très beau.

— Bien. Venise sait revêtir ses plus somptueux atours pour ses fêtes. C'est un de ses grands talents. Peut-être finiras-tu par aimer cette ville après tout.

— Fiammetta, dis-je doucement, et elle se retourne, car je ne l'appelle pas souvent par son prénom. Je dois vous dire quelque chose. »

Et comprenant que ce doit être grave, elle sourit. « Laisse-moi deviner. Tu as engagé la conversation avec un noble marchand qui possède une maison sur le Grand Canal et qui, toute sa vie, a cherché une femme aux yeux verts et aux cheveux blonds et tondus.

— Pas du tout. J'ai rencontré l'Arétin. »

8

QUEL DOMMAGE QU'ILS SOIENT DEVENUS ENNEMIS alors qu'ils avaient tant en commun. Tous deux étaient étrangers à Rome, tous deux avaient des origines modestes, mais tous deux avaient reçu une éducation suffisante pour ne pas craindre les plus puissants, qui sont souvent des êtres stupides. Ils avaient l'esprit vif et une faim encore plus dévorante de la richesse que ce même esprit pouvait leur procurer, et ils semblaient ignorer le sens du mot échec. Elle était plus jeune et plus belle, ce qui n'était que justice, car les femmes font fortune avec leur apparence et non avec leur plume. Et s'il avait une langue cruelle, eh bien, malgré l'expérience qu'elle avait de la chair, c'était parce qu'il était aussi putain qu'elle, bien qu'il gagnât sa vie en vendant son intelligence et non son corps.

Lors de leur rencontre, ils étaient établis chacun à sa façon. L'Arétin avait fait son chemin dans l'entourage de Léon X, et ses récits impitoyables sur les scandales du jour avaient attiré l'attention du cardinal Jean de Médicis, qui devint son protecteur autant pour écarter de lui sa fiole de vitriol que pour lui en faire verser le contenu sur d'autres. Quand Léon X mourut, laissant la tiare pontificale disponible, l'Arétin insulta si bien tous les rivaux de Jean que, lorsque l'un d'eux devint pape, il jugea prudent de disparaître quelque temps. Il revint deux ans plus tard pour l'élection papale suivante, où finalement son cheval remporta la course. Entrée de Clément VII.

À ce moment-là, ma dame représentait une force avec laquelle il fallait compter. Rome était le refuge naturel des courtisanes. En fait, c'était là que la profession avait vu le jour. Une ville remplie d'ecclésiastiques raffinés, trop profanes pour devenir saints, en particulier en ce qui concernait la question de la chair, avait vite créé sa propre cour, avec des femmes aussi expertes dans le lit qu'au-dehors. On avait un tel appétit pour la beauté qu'une fille dotée d'un esprit en accord avec son physique, et d'une mère qui souhaitait lui procurer le nécessaire, pouvait amasser une petite fortune tant que son teint conservait la fraîcheur de la jeunesse. Les douze offres faites pour la virginité de ma dame lui avaient rapporté en premier lieu une maison payée par l'ambassadeur de France, un homme qui, comme elle le dit aujourd'hui, avait un penchant pour les jeunes filles mais une passion pour les jeunes garçons, et elle connut très tôt son attirance pour le vêtement masculin et la sodomie. S'il s'agit de talents louables pour les cour- tisanes prospères, ils ne permettent pas de se faire une idée suffisamment précise du potentiel de ma dame, et sa mère manigança bientôt pour lui trouver d'autres protecteurs. L'un d'eux fut un cardinal appartenant au cercle du nouveau pape, et parce qu'il aimait autant la conversation que la copulation, la maison de ma dame devint bientôt autant un lieu pour les plaisirs de l'esprit que pour ceux du corps. C'est ainsi qu'elle attira l'attention de Pietro Bacci dit l'Arétin.

Dans une autre vie, ils auraient pu effectivement devenir amants (il était beau garçon à l'époque et l'on n'avait qu'à passer une heure en compagnie de l'un ou de l'autre pour comprendre comment ces énergies et ces intelligences réunies pouvaient tout enflammer). Mais la mère de ma dame se conduisait comme un cerbère et elle se montra assez maligne pour savoir que si les hommes riches entretiennent toujours le même genre de maîtresses, ils n'aiment pas voir un satiriste d'égout fourrer son nez dans leur pot de nectar. Je ne sais absolument pas ce qui se passa car, à l'époque, je venais d'arriver dans la maison et l'on me confinait au boulier et à la cuisine, mais je me souviens parfaitement du matin où nous nous sommes réveillés pour trouver le nom de ma dame dans toute une série de satires sur la statue de Pasquino, qu'on utilisait pour dénoncer les licences de Rome. Si, pour une bonne courtisane, une telle pratique représentait autant une publicité qu'une insulte, le comportement de l'Arétin se révélait pour le moins discourtois et, pendant quelque temps, les deux parties, contrairement à leurs habitudes, firent tout leur possible pour maltraiter moralement l'autre quand l'occasion s'en présentait.

Cependant, l'histoire ne s'arrête pas là. Quelques années plus tard, lorsque l'Arétin écrivit un ensemble de sonnets obscènes afin de soutenir le graveur en disgrâce Marcantonio Raimondi, il choisit de ne pas utiliser le nom de ma dame comme une des putains de Rome qu'il citait. Ensuite, le censeur du pape, le sinistre évêque Giberti, engagea un assassin pour le faire tuer dans la rue, mais quand ma dame apprit qu'on l'avait blessé, elle ne fit pas la fête comme tant d'autres et garda le silence.

Elle s'est avancée jusqu'à la fenêtre et je ne vois plus son visage. Comme la plupart des bonnes courtisanes, elle est experte pour éprouver deux sortes de sentiments : ceux qu'elle ressent effectivement, et ceux qu'elle simule pour faire plaisir à ses clients. De cette façon, elle semble souvent intéressée alors qu'elle s'ennuie, douce quand elle est hors d'elle, drôle quand elle est triste, et toujours prête à ouvrir ses draps pour jouer quand ce qu'elle désire le plus c'est dormir seule.

« Ma dame ? »

Elle se tourne vers moi et, à ma grande surprise, je

m'aperçois que ses yeux sont rieurs. « Oh, Bucino... n'aie pas l'air aussi préoccupé. Bien sûr qu'il devait échouer à Venise. Nous aurions dû nous en douter. Pouvait-il aller ailleurs ? Il a offensé le reste de l'Italie. Et l'ordure remonte toujours à la surface de l'eau. Quoi ? Pourquoi me regardes-tu ainsi ? Tu n'as pas cru toutes ces histoires que les gens racontaient sur nous, n'est-ce pas ? Il ne s'agissait que de mensonges, de commérages romains, rien de plus. Je me moque bien de lui.

— Malheureusement, ce n'est pas aussi simple, dis-je, piqué au vif qu'elle trouve nécessaire de me jouer la comédie, même si je pense qu'elle ne la joue qu'à elle-même. Ce n'est peut-être que de l'ordure, mais d'après ce que j'ai vu, il flotte près du sommet. Et il sait que nous avons des ennuis.

— Pourquoi ? Comment le sait-il ? Que lui as-tu dit sur moi ? » Et maintenant cette idée même la met en colère. « Jésus, Bucino, tu sais mieux que personne qu'il ne faut pas parler de notre situation, en particulier à un moulin à paroles empoisonnées. Pendant que je restais à me morfondre dans cette chambre, ton travail consistait à tâter le terrain dans cette ville. Comment as-tu pu rater un crapaud aussi gros que l'Arétin ?

— Sans doute parce qu'il ne porte pas de robe, dis-je finalement. Ne laissez pas votre colère troubler votre raison. Je ne lui ai rien dit. Je n'en ai pas eu besoin. Même si, quand il dit avoir de l'influence, il doit à moitié se vanter, le fait qu'on ne vous connaisse pas ici suffit à laisser deviner notre malheur.

— Oh ! Avoir survécu au sac de Rome et être traînée dans la boue par un poète de ruisseau. Nous ne méritons pas cela.

— Tout n'est pas aussi noir que vous le pensez. Il m'a parlé de vous avec affection. Je pense qu'il a eu peur que vous ne soyez morte sous les ruines de Rome. Il dit qu'il peut nous aider. »

Elle pousse un long soupir et secoue la tête. Elle finit toujours par affronter la réalité. Croyez-moi, toutes les femmes n'arrivent pas aussi rapidement là où elles doivent parvenir. « Je ne sais pas, Bucino. Il faut faire attention avec l'Arétin. Il est intelligent, il te flatte et tu crois qu'il est ton ami. Mais contrarie-le et il se servira de sa langue de vipère. Sa plume va toujours là où est l'argent. Notre "désaccord" est ancien, mais je n'aimerais pas lui être redevable. »

Elle se tait un instant. « Pourtant, tu as raison, Bucino. Sa présence décide pour nous. Maintenant qu'il nous sait à Venise, nous avons intérêt à en tenir compte, ou ses commérages nous devanceront. La seule raison pour laquelle Venise n'a pas entendu parler de moi, c'est que je n'ai pas encore été annoncée. Mais je me sens prête. Nous le savons tous deux. Et même si cette maison ne donne pas sur le Grand Canal, avec quelques cheveux de nonne, les bonnes tapisseries et les bons meubles, nous pourrons fournir à cette curieuse de l'autre côté du canal de quoi nourrir sa prochaine confession. »

Les femmes ressemblent à des vaisseaux fragiles, leurs humeurs trop froides et leur cœur trop affecté par les émotions irrationnelles les empêchent de se tenir droites comme les hommes. C'est ce que disent tous les philosophes, de saint Paul au vieillard qui mesure l'eau du puits. Mais c'est qu'ils n'ont jamais rencontré ma dame. « Vous avez l'élasticité d'une grande putain, dis-je en souriant. Et vous jouez du luth comme un ange.

— Et tes flatteries ressemblent à un seau d'eau sale. J'aurais dû te laisser jongler près de la table de ce banquier. Si…

— Je sais, je sais. S'il avait possédé un singe et non un nain, vous auriez acheté le singe. Mais je doute qu'il aurait aimé l'eau plus que moi. »

Il est si tard maintenant qu'il est presque de bonne heure. La lumière du matin qui passe entre les volets dessine des rais sur le sol, et je n'ai pas dormi depuis si longtemps que je ne saurais dire si je suis fatigué.

« Oh, mon Dieu ! » Elle bâille et s'étire dans le lit. « Tu sais ce qui me manque le plus, Bucino ? La nourriture. Chaque jour, j'ai tant envie de certains goûts que, si j'étais encore intacte, je vendrais ma virginité pour un bon plat de sardines frites avec des oranges et du sucre. Ou du veau avec une sauce aux griottes et à l'orange, de la muscade, de la cannelle et...

— Non, pas du veau. Du sanglier. Avec du miel et des baies de genièvre. Une salade d'endives, avec des herbes et des câpres. Et des anchois, frais et salés... Et comme dessert...

— Un gâteau à la ricotta avec des coings et des pommes...

— Des pêches à la grappa.

— Du massepain.

— Et des fruits confits pour finir.

— Oh... Oh ! » Nous éclatons de rire. « Au secours. J'en ai l'eau à la bouche. »

Je sors un bout de papier crasseux de ma poche et je lui montre les restes des poires confites que j'ai achetées sur la piazza.

« Goûtez. » Je lui tends le paquet. « Voici la meilleure putain et le meilleur cuisinier à nouveau sous le même toit. »

9

L E LENDEMAIN MATIN, LA DRAGA ET MOI, nous nous retrouvons dans la cuisine pour négocier le prix des nouveaux cheveux de ma dame. Je n'oublie pas les commentaires de Fiammetta et je fais un effort pour me montrer agréable. J'offre un rafraîchissement à La Draga, mais comme chacun se méfie de l'autre elle refuse et reste à la porte tout en calculant la somme qu'elle va réclamer pour son travail. Elle additionne aussi vite que moi et après vérification, son résultat est supérieur à celui que j'avais calculé, mais que sais-je en vérité du prix des cheveux de nonne ? Pourtant, je répugne à la questionner directement.

« Hum. Cela fait un bénéfice rondelet pour le couvent, ce commerce de cheveux ? »

Je la vois pencher la tête. Aujourd'hui, elle garde les yeux fermés et la bouche entrouverte, mais il y a quelque chose de niais en elle. « L'argent ne va pas au couvent mais à la nonne.

— Mais alors, les novices ne connaissent pas encore les vertus de la charité ?

— À mon avis c'est vous qui ignorez les vertus qui ont cours à Venise, répond-elle sans s'énerver, et sa soi-disant niaiserie disparaît d'un seul coup. Les meilleurs cheveux proviennent des filles les plus riches. Elles ont besoin d'argent pour s'habiller et avoir une cellule bien agencée.

— Bien agencée ? Et vous pouvez me dire ce qui est bien agencé et ce qui ne l'est pas, bien sûr ? » Tudieu. Cela est sorti plus vite et, je le jure, de façon plus cruelle que je ne le voulais.

Elle prend une inspiration plus grande qu'auparavant, mais sa voix reste calme. « Je peux le dire quand je suis dans une pièce sans meubles, avec des dalles nues imprégnées d'une odeur de sueur et de graillon, oui. Et combien cela est différent des pommades à la lavande et du bruit des voix étouffées par des tentures et des tapis de laine. Vous êtes peut-être de ceux qui ont l'habitude de ne voir qu'avec leurs yeux. La prochaine fois que vous irez à la Merceria, cherchez le marchand de tapis dont la femme aveugle vérifie la qualité du tissage. Il a un commerce prospère. » Elle se tait un instant. « On m'a demandé de passer au couvent cet après-midi. Dois-je acheter les cheveux ou non ? »

Je pense à nouveau au chien sculpté avec un rayon de miel dans la gueule. Bon Dieu ! J'ai l'impression de me trouver dans une pièce avec un essaim d'abeilles. J'ai vécu trop longtemps en compagnie de femmes comme ma dame, qui savent charmer les hommes et adoucir leurs piques avec des flatteries. Si elle avait des yeux et pouvait voir l'impact de ses paroles, peut-être se montrerait-elle moins acerbe. Mais elle n'a pas pour but de me faire la cour. Pas plus que le mien n'est de la séduire.

« Voilà. »

J'ouvre ma bourse et j'en sors la somme convenue. Elle penche la tête pour mieux entendre le bruit des pièces qui s'entrechoquent et tandis qu'elle s'avance vers moi elle heurte une chaise. Comme je m'en doutais. Elle trébuche mais garde l'équilibre. Je vois une ombre passer sur son visage. La rumeur dit qu'elle peut mêler un mauvais sort à ses herbes et à ses onguents et que, pour cette raison, il vaut mieux ne pas la contrarier. Pourtant elle ne nous jettera pas de mauvais sort. Nous lui donnons trop d'argent. Je fais un pas vers elle et je presse le métal froid des ducats dans sa main, elle recule comme si mon contact l'avait brûlée, mais les pièces sont déjà en sécurité dans son poing fermé. Est-ce mon imagination, ou ai-je vu l'ombre d'un sourire ? Tous les intermédiaires que j'ai connus prennent une part du profit et ici, à Venise, chacun d'eux est un expert. Que m'a dit Meragosa à son sujet il y a seulement quelques jours ? Que malgré toutes ses manières, elle est née pauvre comme une putain et qu'elle tuerait sa grand-mère pour de l'or. Bien sûr, c'est la façon qu'a Meragosa de rabaisser tout le monde, mais le fait est que, dans une profession comme la nôtre, il y a toujours des tiques affamées à la recherche d'un corps bien gras pour en tirer du sang ; mais nous sommes trop maigres et trop faibles pour risquer de perdre encore le nôtre, et nous devons agir avec prudence.

D'autre part, si notre stratégie réussit, nous pourrons bientôt nous passer de ses soins.

Par contraste, Meragosa ressemble à un agneau grotesque et espiègle, elle est impatiente et excitée à l'idée de notre aventure. Au cours des dix jours suivants, elle commence même à remplir des seaux d'eau pour récurer dix ans de crasse sur les murs et les peintures, afin que tout soit prêt pour une nouvelle vie. Les tiques sont partout dans cette maison.

Maintenant que j'ai ouvert ma bourse, les commerçants juifs spécialisés dans les occasions font la queue pour nous servir. La qualité de leur stock est telle que même ceux qui les maudissent derrière leur dos désirent faire des affaires avec eux. Ils me sont assez sympathiques, car s'il existe peut-être des lieux dans le monde où des nains forment le gouvernement et où les juifs possèdent leur terre, à Venise, comme dans le reste de la chrétienté, ils font le sale travail, le prêt d'argent ou l'achat de ce qui est usagé, mais ils y excellent tellement que cela en mécontente beaucoup. Cela, et le fait qu'ils ont tué Notre-Seigneur Jésus-Christ, ce qui, aux yeux d'un grand nombre, les rend plus redoutables que le diable lui-même. Avant que je vienne à Venise, les seuls juifs que j'avais rencontrés étaient des hommes qui se déplaçaient dans l'ombre, et pour cette raison il était facile de les craindre. Mais cette ville compte un si grand nombre d'étrangers avec des religions inconnues que les juifs deviennent plus familiers que la plupart, et bien qu'on les confine dans le Ghetto la nuit, pendant la journée ils marchent dans les rues comme tout le monde. En fait, mon jeune prêteur sur gages au teint cireux a une telle solennité derrière ses yeux sombres, que parfois j'ai vraiment envie d'oublier un instant ces histoires d'argent pour parler de la vie avec lui.

Son oncle s'occupe des vêtements que nous choisissons, car ici, chacun se connaît. Il arrive du Ghetto avec ses deux assistants chargés d'énormes ballots, et quand ils les ouvrent, la chambre de ma dame se transforme en étal : des arcs-en-ciel de velours, de brocarts et de soies ; des robes aux nuages de batiste qui sortent des manches serrées, des corselets bordés de dentelles tentantes, des mètres de jupons ; des tourbillons de capes et de châles ; des voiles filigranés d'or et d'argent ; des socques lacés très haut, certaines avec une semelle aussi épaisse qu'une brique pour mettre une jolie femme à l'abri de la menace des grandes marées et élever sa tête jusqu'aux cieux. Dans les années où un tel luxe nous était ordinaire, je connaissais parfaitement le langage des vêtements féminins, et je comprenais comment telle couleur ou telle coupe pouvait mettre ma dame plus en valeur qu'une autre. Ce n'est pas un talent dont les hommes aiment à se vanter, car leur but dans la vie consiste plus à ôter les vêtements qu'à en recouvrir les femmes, cependant j'avais trouvé que, dans ce domaine, l'honnêteté était plus efficace que la flatterie lorsqu'il s'agissait de gagner la sympathie d'une belle femme. En tout cas, de celle que je connaissais le mieux.

Cependant, ma dame ne perd pas son temps en caprices, elle se transforme en une négociatrice aussi vive que l'homme qui se trouve devant elle, en particulier parce que, au milieu de cette débauche de vêtements d'occasion, il y a toujours une sélection de robes neuves à prix réduit. (Pour cela, les juifs font comme tout le monde à Venise, et s'ils obéissent à l'esprit des lois, ils n'ont rien contre un petit arrangement si les deux parties y trouvent leur compte et si personne n'est découvert.) Elle fouille dans le tas, sort une chose, en rejette une autre, montre un défaut, demande un rabais, se désole et gémit pour ce qu'elle ne trouve pas, met la qualité en balance avec le prix, et même parfois renifle le tissu – « Celui-ci vous devriez le donner aux chiens, il sent la vérole » – tout en prenant soin d'apprécier et de donner l'impression de vouloir acheter un grand nombre de robes, en général celles dont elle ne veut pas, pour que le vendeur reste de bonne humeur.

Tout comme elle a son travail, j'ai le mien. Je suis redevenu le majordome, le *capo*, le comptable, et celui qui tient les cordons de la bourse. J'ai un papier et un crayon devant moi et je regarde voler les vêtements. Les articles achetés s'amoncellent au même rythme que notre dû, je fais mes calculs, et quand arrive le moment de payer, c'est moi qui discute tandis que ma dame s'assied en faisant semblant d'avoir ses vapeurs à cause de la férocité du marchandage et des prix. De cette façon, nous nous acquittons de la tâche avec suffisamment de roublardise pour que la transaction soit honorable et pour que les marchands s'en aillent sans regret avec ce qu'ils n'ont pas vendu comme nous le sommes avec ce que nous avons pu acquérir.

Ce soir, nous mangeons du lapin aux épices dans de nouveaux vieux vêtements, elle dans un brocart vert qui s'accorde parfaitement à la couleur de ses yeux et moi dans un collant et un justaucorps de velours aux manches recoupées pour qu'il soit à ma taille – car aucun nain ne peut servir une femme de quelque importance dans un costume dont les fentes sont plus d'aisance que de style. Meragosa elle-même est contente, car si sa robe tient plus du vêtement de cuisine que d'une tenue d'apparat, elle s'ajoute à celle que je lui ai promise et déjà fournie, et ce soir elle déroge à ses habitudes en nous nourrissant bien. La promesse d'un avenir souriant nous met dans les meilleures dispositions.

Le lendemain matin, La Draga arrive de bonne heure, avec des chutes de cheveux dorés, accompagnée d'une jeune femme dont les yeux sont aussi vifs que les mains de notre guérisseuse. La veille, ma dame a acheté un deuxième châle aux marchands juifs (une idée à elle, pas à moi), et elle le donne à La Draga. Son visage blême s'illumine comme une chandelle. Puis brusquement, elle perd son assurance, prise entre le plaisir et l'embarras à cause des compliments que lui adresse ma dame. Quant à moi, je suis poli, mais je sors dès que je le peux, parce que je ne veux pas risquer un nouvel affrontement.

De toute façon, aujourd'hui, les affaires m'intéressent plus que la beauté. J'ai déjà retiré notre bourse d'entre les lattes du lit et je vais retrouver mon ami juif aux yeux sombres pour échanger les derniers de nos bijoux.

Comme le font tous les propriétaires de boutiques, le prêteur sur gages n'ouvre ses volets que lorsque tinte la cloche de Marangona. Il pleut et je ne suis pas son premier client. Un homme en manteau et chapeau attend avec un sac qu'il dissimule en essayant de faire croire que c'est le hasard d'une promenade qui l'a amené ici. J'ai déjà vu des individus de ce genre. Dans une ville où le commerce est une activité glorieuse, la différence entre un navire qui accoste avec une fortune dans ses flancs et un navire qui devient la proie des pirates ou la victime d'une mauvaise gestion, c'est la banqueroute pour le marchand qui a financé le voyage avec un capital qu'il ne possédait pas. Ceux qui appartiennent aux familles dirigeantes ont l'avantage de leur naissance et de leur ascendance, car même les plus pauvres d'entre eux peuvent vendre leur vote aux notables plus riches et ambitieux qui cherchent à gravir un échelon dans les petits conseils du gouvernement ou les sénats qui forment la pyramide de cet État célèbre. C'est une originalité du fonctionnement complexe de Venise que chaque nomination puisse faire l'objet de transactions, même si chaque vote est secret. Cela donne à la corruption qui avait cours à Rome les allures d'un innocent jeu d'enfants, en comparaison. Mais pour les simples citoyens, ce filet de sécurité n'existe pas, et le passage de la grâce à la disgrâce peut s'effectuer à une vitesse étourdissante. Quand nous choisissons nos tapis, nos coffres et nos services de table, nous avons intérêt à ne pas trop réfléchir à l'échec des vies que nous achetons d'occasion.

Le prêteur nous fait entrer tous les deux et j'attends dans la boutique tandis qu'ils mènent leur transaction dans la pièce du fond. L'homme s'en va une demi-heure plus tard la tête basse et le sac vide.

Dans le sanctuaire, je grimpe sur le tabouret, je sors ma bourse, et je vide les pierres sur la table qui nous sépare. Il prend tout de suite le gros rubis et je suis heureux de voir ses paupières trembler à cause de sa taille. Alors qu'il le soupèse, j'essaie d'en évaluer le prix. Ma dame a failli s'étouffer en l'avalant mais cela en valait la peine. S'il est d'une qualité supérieure, je peux en tirer trois cents ducats, quatre cents si je vends les autres en même temps. Le souvenir de ma dame séduisant le Turc et vêtue de beaux atours m'a redonné un peu de la confiance que j'avais à Rome, aussi maintenant je peux nous imaginer dans une maison près du Grand Canal louée pour quelques semaines. Un riche appât pour attraper un poisson plus riche encore.

Devant moi, le prêteur sur gages examine la pierre avec une loupe spéciale, et il crispe les muscles du côté droit de son visage pour la tenir en place. Quel âge a-t-il ? Vingt-cinq ans ? Plus ? Est-il marié ? Sa femme est-elle jolie ? Les autres femmes le tentent-elles ? Les juifs ont peut-être leurs propres prostituées à l'intérieur du Ghetto, parce que je ne me souviens pas d'avoir vu de juives dans les rues. Il retire la loupe de son œil et repose le rubis.

« Je reviens dans un instant, murmure-t-il, et les rides de son front se sont creusées.

— Quelque chose ne va pas ? »

Il hausse les épaules et se lève. « Attendez, s'il vous plaît. Je laisse la pierre ici, d'accord ? »

Il quitte la pièce et je reprends le rubis. Il est parfait. Aucun défaut. Il provient d'un collier donné à ma dame par le fils d'un banquier qui nourrissait une telle passion pour elle qu'il en était devenu un peu dérangé ; à la fin, son père avait offert de l'argent pour qu'on le laisse partir. Plus tard, il l'envoya pour affaires à Bruxelles, où il mourut d'une mauvaise fièvre. Son rubis était devenu plus cher au cœur de ma dame pendant son voyage dans ses entrailles que le jeune homme ne l'avait été de son vivant, bien qu'elle ne se montrât jamais cruelle envers ceux qui soupiraient pour elle. Ce fut – et, j'espère qu'il y en aura d'autres – un des hasards de la profession. Elle aura...

La porte qui s'ouvre interrompt le cours de mes pensées. Mon ami juif aux yeux de biche s'efface devant un vieil homme, avec une tignasse de cheveux blancs et une casquette, qui s'avance lentement vers la table, les yeux fixés au sol. Il s'assied, prend la pierre et fixe la loupe.

« Voici mon père, dit le jeune prêteur en cherchant à se faire excuser pour son manque d'élégance avec un petit sourire. Il s'y connaît très bien en bijoux. »

Le vieil homme prend tout son temps. On ressent une certaine tension dans l'air – mais je ne sais si c'est à cause de l'exiguïté de la pièce ou de mon anxiété grandissante – quand il dit : « Oui, il est très bien, celui-ci. »

Je pousse un soupir qui me reste coincé dans la gorge quand je vois le visage du fils. Il marmonne quelque chose dans sa langue, puis son père lève les yeux et réplique sèchement. Il y a d'autres échanges brusques et violents entre eux, et le père repousse le rubis vers moi.

« Quoi ? »

Le jeune homme secoue la tête. « Je suis désolé. Cette pierre est fausse.

— Comment ?

— Votre rubis. C'est du verre.

— Mais... mais c'est impossible. Ils viennent tous du même collier. Vous avez vu les autres. Vous me les avez achetés. Vous m'avez dit qu'ils étaient d'excellente qualité.

— Et ils l'étaient. J'en ai encore deux ici. Je peux vous montrer la différence. »

Je regarde le rubis par transparence. « Mais il n'a aucun défaut.

— Oui. C'est cela qui m'a fait douter de son authenticité. À cause de la taille aussi. Vous avez entendu mon père. Cette pierre est très belle, ce faux. À Venise, beaucoup de gens sont très habiles avec le verre. Mais quand on l'a vu... »

Je n'écoute plus. Je suis dans la chambre et mes mains recherchent la bourse sous le matelas, je réfléchis, des milliers d'images et de souvenirs me traversent l'esprit. Cela n'a aucun sens. Les pierres n'ont quitté la pièce qu'avec nous. Et quand ma dame dormait, je dormais aussi. Ou alors le prêteur à raison ? Évidemment, il est arrivé que ma dame soit toute seule dans la chambre. Mais elle n'aurait jamais quitté la pièce avant de les avoir cachées. Et de qui ? Meragosa ? La Draga ?

« Je ne vous crois pas. J'ai vu votre visage. Vous n'étiez pas certain. » Je montre le vieil homme du doigt, furieux parce qu'il ne me regarde toujours pas. « Il ne voit même pas sa main quand il l'a sous le nez. Comment peut-il affirmer quoi que ce soit ?

— Mon père s'est occupé de pierres précieuses toute sa vie, répond calmement le prêteur. Je ne lui demande que

142

lorsque j'ai un doute. Il ne s'est jamais trompé. Je suis désolé. »

Je secoue la tête. « Alors je vais les porter ailleurs, dis-je en quittant ma chaise et en remettant les pierres dans ma bourse. Vous n'êtes pas... »

La voix du vieil homme couvre la mienne, il est aussi en colère que moi. Et maintenant il me regarde. Il a les yeux embués, à demi aveugles, comme ceux de La Draga, la folle, et les voir me retourne l'estomac. Je crie comme un furieux : « Que dit-il ? »

Son fils hésite.

« Répétez ce qu'il a dit.

— Il a dit que dans cette ville nombreux sont les gens qui conspirent contre nous.

— Nous... Vous voulez parler des juifs ? »

Il hoche légèrement la tête.

« Et que pense-t-il ? Que je viens ici depuis six mois pour vous vendre de bonnes pierres afin de vous en refiler une fausse aujourd'hui ? C'est cela ? »

Il fait un geste de la main comme pour me rappeler que ce n'est qu'une opinion de vieillard.

« Dites-lui que lorsque j'habitais à Rome, notre maison était si riche que nous jouions aux dés avec des pierres plus belles qu'il n'en verra jamais dans ce taudis.

— S'il vous plaît... S'il vous plaît, nous pouvons encore faire des affaires. » Et, pendant qu'il dit cela, je me rends compte que je tremble. « Asseyez-vous, je vous en prie. »

Je m'assieds.

Il dit quelque chose d'un ton ferme à son père qui se lève, l'air renfrogné, et s'en va en traînant les pieds avant de claquer la porte derrière lui.

« Je suis désolé. Beaucoup de choses angoissent mon père. Vous êtes étranger et je pense que vous l'ignorez, mais le Grand Conseil a voté la fermeture du Ghetto et à nouveau notre expulsion de Venise, bien que nous ayons un contrat qui nous permet de rester. C'est une question d'argent, évidemment, et si nous payons une nouvelle fois, il est sûr que nous pourrons tout changer, mais mon père est un ancien de la communauté et cela le rend furieux. Pour cette raison, il soupçonne parfois ceux qui n'ont rien à se reprocher.

— C'est ce que je veux dire. Je ne suis pas venu vous escroquer.

— Je vous crois.

— Mais en revanche, quelqu'un m'a bel et bien escroqué.

— Oui. Et cela a demandé une certaine ruse. Mais Venise est la ville de la ruse.

— Mais comment ? Je veux dire, comment... comment réussit-on à fabriquer un tel faux ? » Et j'entends le tremblement de ma voix. Cinq minutes plus tôt, je faisais des plans pour notre avenir et maintenant je tombe en vrille dans les ténèbres. Oh, mon Dieu. Oh, mon Dieu... Comment avons-nous pu être si stupides ?

« Vous seriez étonné de savoir à quel point cela est facile. Certains hommes qui travaillent aux verreries de Murano peuvent fabriquer des pierres qui tromperaient même la femme du doge. S'ils ont l'original, ils peuvent faire très vite une assez bonne copie, meilleure avec un peu plus de temps. On entend des histoires...

— Mais je vérifie ma bourse chaque jour.

— Inspectez-vous chaque pierre une par une ?

— Je, heu... non... Je vérifie seulement qu'elles sont toutes là. »

Il hausse les épaules.

« Donc, qu'êtes-vous en train de me dire ? Que ce rubis ne vaut rien ?

— En termes d'argent, non. Il a peut-être coûté dix ou vingt ducats à fabriquer... ce qui n'est pas donné pour un faux. Car il est très bon. Assez bon pour être porté comme un vrai rubis. Votre maîtresse... parce que... je pense que vous le vendez pour quelqu'un, n'est-ce pas ? »

Je fais oui de la tête.

« Eh bien, elle peut le porter autour du cou et la plupart des gens n'y verront que du feu. Mais un prêteur sur gages ne vous en donnera rien.

— Et les autres ?

— Oh, les autres sont tout à fait vrais. Et je veux bien vous les acheter.

— Combien m'en donnez-vous ? »

Il les regarde et les déplace du doigt sur la table. « Pour le petit rubis... vingt ducats. » Il lève les yeux vers moi. « C'est un bon prix. »

Je hoche la tête. « Je sais. Et les perles ?

— À nouveau vingt ducats. »

Quarante ducats. Je pourrai louer des tentures pour une pièce et peut-être acheter un service de verres. Mais le vin qu'on y boira sera du vinaigre. Aucun noble digne de ce nom ne franchira notre porte, ou alors, ceux qui le feront ne reviendront sans doute jamais. Tant pis. « D'accord. »

Il sort les papiers pour rédiger le contrat. Je regarde autour de moi. J'ai fini par apprécier cette pièce. Avec ses livres, ses registres et ses crayons, elle parle de gestion ordonnée et de persévérance. Mais, en ce moment, je ne ressens que de la panique comme des ailes de chauve-souris qui s'écrasent sur ma tête. Il jette de la poudre sur l'encre et me tend le papier. Il me regarde signer.

« Vous êtes de Rome, n'est-ce pas ?

— Oui.

— Vous êtes venu ici à cause des événements.

— Oui.

— Sale histoire, à mon avis. De nombreux juifs y sont morts aussi. Je n'ai jamais vu cette ville, on m'a dit qu'elle était très riche. Je connais Urbino. Et Modène. Et Venise est mieux que les deux autres. Même avec le différend qui nous oppose au gouvernement, Venise est une ville sûre pour nous les juifs. Je pense que c'est sans doute parce qu'il y a déjà ici tant de gens différents les uns des autres, non ?

— Peut-être. Je... heu... je suis désolé à cause de tous vos malheurs. »

Il hoche la tête. « Et moi à cause des vôtres. Si vous avez autre chose à vendre, je m'en occuperai pour vous. »

Il semble qu'après tout nous ayons fini par parler de la vie.

Au-dehors, les maisons et le ciel sont gris et les pavés noyés sous la pluie, si bien que toute la ville ressemble à un grand miroir à la surface tachée et craquelée en un million d'endroits. Je cours comme un chien, tête baissée, le long des murs, trempé jusqu'aux genoux, et mon justaucorps de velours est mouillé en quelques minutes. L'exercice soudain me fait mal aux jambes mais je continue quand même. Cela m'empêche au moins de penser pendant un moment. Je n'ai nulle part où aller, sauf à la maison, mais peut-être parce que cela me fait peur, en chemin, je me trompe de pont ou de rue et je me retrouve près du Rialto, où la foule du marché remplit les rues. Je vois les boutiques des marchands de vin et les tavernes dans lesquelles on peut boire jusqu'à l'oubli. J'aurais même pu entrer dans l'une d'elles si j'avais trouvé la bonne, mais quand je tourne au coin, je m'engage dans une ruelle que je ne reconnais pas et, de là, je débouche sur la rive du canal, à angle droit du pont du Rialto. Le Grand Canal est là avec ses barges et ses bateaux qui alimentent le marché aux poissons et où même la pluie a l'odeur de la mer.

Sur l'autre rive, la foule du matin sort du pont couvert où une femme se met à hurler à tue-tête : « Au voleur ! Au voleur ! » Au même instant, un individu apparaît en bousculant les gens et file vers le bord du canal. Il essaie d'entrer dans les ruelles qui l'avaleront, mais la presse est telle qu'il bondit sur une barge et entreprend de traverser le Grand Canal en sautant sur les bateaux de pêche attachés les uns aux autres pour le déchargement. La foule devient hystérique, elle agite les bras tandis qu'il glisse sur les planches humides. Il a parcouru la moitié du chemin maintenant et il se trouve assez près de moi pour que je puisse voir la peur sur son visage au moment où il marche sur des entrailles de poisson et tombe entre deux coques de bateaux, si violemment que j'entends presque ses côtes craquer quand il touche le bois.

Un hurlement de triomphe s'élève de l'autre côté et, en quelques instants, deux énormes pêcheurs le hissent, alors qu'il crie de douleur. Ils le ramènent vers la berge en le traînant d'un bateau à l'autre. Demain, s'il n'est pas mort, il sera suspendu devant le bureau du magistrat près du pont, le dos écorché et ses mains de voleur attachées autour du cou. Et pour quoi ? Une bourse contenant quelques ducats, une bague ou un bracelet, dont les pierres ne vaudront que le prix du verre dont elles sont faites.

Je reste sous le déluge, en écoutant les cris du voleur, alors que l'eau ruisselle sur mon visage et qu'un mélange de pluie et de morve me coule du nez.

La terreur de la pauvreté m'écrase les entrailles comme le poids de gros cailloux. Quand je ne vois plus et n'entends plus le voleur, je fais demi-tour et je reviens à la maison par les rues principales.

10

LE GROS DE L'AVERSE EST PASSÉ quand j'arrive chez nous. J'ai recouvré mes esprits mais pas ma bonne humeur. Seuls ma dame et moi savons où je suis allé ce matin. Aussi la voleuse, qui qu'elle soit, ne sait pas que sa supercherie a été découverte.

La cuisine est vide et je ne vois pas le manteau de Meragosa, mais à cette heure-là elle a l'habitude d'aller au marché et, si elle est paresseuse pour beaucoup de choses, elle aime suffisamment les commérages et le pouvoir que donne une bourse bien remplie pour affronter la pluie.

Je monte en silence l'escalier jusqu'à ce que j'arrive sur le palier d'où je vois dans la pièce en face. Fiammetta est assise près de la fenêtre, les yeux couverts par ce qui semble être un masque de feuilles humides, et sa tête est une tempête de cheveux dorés, ses nouvelles tresses tombent sous un bandeau de soie serré au milieu de son crâne. À un autre moment, je serais resté cloué sur place de stupéfaction. Mais il y a quelqu'un d'autre dans la pièce qui retient mon attention. La jeune femme qui accompagnait La Draga est partie et notre guérisseuse est assise au milieu du lit, toute recroquevillée, les globes blancs de ses yeux fixés au loin tandis que ses mains bougent avec dextérité sur des flacons et des paquets et qu'elle prépare une sorte d'onguent dans une petite assiette.

Bien qu'elle soit aveugle comme un agneau nouveau-né, elle sait que je suis là avant que j'apparaisse. Quand j'entre, je vois, aussi clair que le jour, une ombre qui passe sur son visage, et elle ramène rapidement les mains sur ses genoux. Je comprends immédiatement ce que son visage exprime. Que disait Meragosa à son sujet ? Qu'elle vendrait sa grand-mère pour une bonne quantité d'or. Parmi les récits qui la font rire et les bavardages qu'elle colporte, il doit y avoir l'histoire de notre fuite de Rome. La Draga n'a pas eu besoin de ses yeux pour trouver ma bourse sous le matelas : elle s'en vantait l'autre jour, elle voit le monde avec ses autres sens, et elle est suffisamment astucieuse pour savoir qui vend quoi à qui et à quel prix. Je sais maintenant qui nous a volés. Et elle sait que je le sais, parce que je vois la peur qui monte en elle avant même que je l'aie accusée. Tudieu, pas étonnant que je l'aie trouvée suspecte.

« Vous êtes bien installée ici ? lui demandé-je en m'avançant vers elle. Vous n'avez pas besoin de glisser les doigts entre les lattes pour rester en équilibre ?

— Bucino ? » Ma dame retire les feuilles de ses yeux et se retourne, consciente à la fois de la beauté et du poids de ses nouveaux cheveux. « Que se passe-t-il ? Mon Dieu, que t'est-il arrivé ? Tu me fais peur ! »

Sur le lit, La Draga a levé les bras pour se protéger. Mais elle n'a pas à s'inquiéter. Rien au monde ne pourrait me persuader de porter la main sur elle. Cette pensée même me rend malade.

Je crie : « Il ne s'est rien passé. Sauf que cette sorcière s'est moquée de nous.

— De quoi parles-tu ?

— Je parle de vol et de contrefaçon, voilà de quoi je parle. Notre gros rubis est un faux, escamoté par des doigts habiles et remplacé par un morceau de verre. Qui ne vaut rien. Comme nous. Aussi peut-être, dis-je en la montrant du doigt, peut-être que lorsqu'elle viendra nous présenter sa prochaine facture, elle nous consentira une petite réduction puisqu'elle s'est enrichie sur notre dos, n'est-ce pas ? » Et je fais un pas vers la créature assise sur le lit afin qu'elle sente mon souffle passer sur son visage parce que, oui, je veux qu'elle ait peur.

« Oh, mon Dieu ! » Ma dame serre les poings contre sa bouche.

Sur le lit, La Draga reste figée. Je suis assez près d'elle pour voir combien sa peau est pâle et laiteuse, pour distinguer les cernes noirs sous ses yeux et me rendre compte que ses lèvres tremblent. J'approche ma bouche de son oreille. Elle perçoit ma présence à son côté : je sens son corps fébrile, qui se fige comme celui d'un animal avant de bondir ou de s'enfuir.

« Hein ? Hein ? » Et cette fois je hurle.

Elle bouge enfin, elle tourne brusquement la tête et siffle entre ses dents, comme un serpent avant de mordre. Je pourrais lui écraser le crâne entre mes mains, mais je recule vivement à cause de la violence inouïe de sa défense.

« Oh, mon Dieu. Non, laisse-la. » Et ma dame me retient. « Laisse-la, tu m'entends ? Ce n'est pas elle. Elle n'a rien fait. C'est Meragosa.

— Quoi ?

— C'est Meragosa. Cela ne fait aucun doute. Oh, mon Dieu, je le savais. J'ai bien vu que quelque chose n'allait pas ce matin. Peut-être même dès hier soir. Tu n'as rien remarqué ? La robe ne l'intéressait pas. Elle n'aurait pu se montrer plus indifférente. Mais quand nous avons dîné... elle m'a semblé presque trop heureuse. »

Je réfléchis mais je ne me souviens de rien sauf de son petit sourire amer et du goût de la sauce du lapin. Que Dieu me pardonne ma suffisance.

« Après ton départ ce matin, elle m'a demandé où tu étais allé. Je n'ai pas pensé... Je veux dire... Je lui ai répondu que tu étais parti chez le prêteur juif. Elle est sortie tout de suite après. J'ai cru qu'elle allait au marché... »

Mais je n'entends pas la fin de sa phrase parce que je suis en train de descendre l'escalier.

Depuis notre arrivée, Meragosa a installé sa vieille carcasse dans une pièce derrière la cuisine. Au début, il y avait peu de choses dedans, mais aujourd'hui il y en a encore moins. Le vieux coffre de bois où elle rangeait ses vêtements est ouvert et vide. Le crucifix accroché au-dessus du lit a disparu et elle a même retiré la literie du matelas. Comment ? Quand ? La réponse est simple : n'importe quand, alors que j'étais sorti et que ma dame dormait ou pensait à autre chose. Il aurait été trop dangereux que je transporte toujours la bourse avec moi dans les rues. Les nains sont une proie rêvée pour ceux qui veulent mal faire, et un nain cachant des pierres précieuses dans son entre-jambe aurait fini sans pierres et sans couilles. Mais j'ai commis une vraie faute d'appréciation. J'ai pensé que je la tenais avec mes menaces et mes promesses de richesse, qu'elle s'imaginerait un meilleur avenir en nous étant loyale plutôt qu'en nous volant. Elle a attendu patiemment pendant des mois le bon moment pour nous escroquer tout en sachant que quelqu'un d'autre serait accusé à sa place. Qu'elle aille au diable... moi, dont le travail est d'être le plus malin, je me suis laissé avoir par une vieille putain vicieuse.

Il ne me faut pas longtemps pour remonter dans la chambre. Quand j'arrive, mon visage dit toute l'histoire que ma bouche est incapable de raconter.

Ma dame baisse la tête. « Ah... la vieille harpie ! Je jure que je ne l'ai jamais laissée ici toute seule... Je ne l'ai jamais quittée des yeux... Oh, Jésus ! comme nous avons été stupides ! Combien avons-nous perdu ? »

Je jette un coup d'œil rapide à la femme sur le lit.

« Oh, tu peux parler. Nous n'avons plus rien à cacher maintenant. »

— Trois cents ducats.

Elle ferme les yeux et pousse un long gémissement :
« Oh, Bucino. »

J'observe son visage tandis que le sens de cette perte
s'étale comme une tache noire sur les couleurs de notre
avenir. Je veux aller vers elle, toucher sa robe ou lui prendre
la main, faire quelque chose, n'importe quoi pour atténuer la douleur de cet instant, mais maintenant, alors que
ma fureur m'a quitté, mes jambes me semblent de marbre
et une souffrance profonde et familière commence à enfler
dans mes cuisses et remonte le long de ma colonne vertébrale. Au diable mon corps débile et rabougri. Si j'étais
grand et fort avec des mains de boucher, Meragosa n'aurait
jamais osé nous tromper. Elle a dû bien rire de nous. Cette
pensée seule m'inspire des envies de meurtre.

Un silence accablant a envahi la pièce. Sur le lit, La Draga
est assise parfaitement immobile, la tête penchée, le visage
de cire, comme si elle absorbait le drame et la douleur qui
l'entourent par tous les pores de sa peau. Qu'elle aille au
diable elle aussi. Mais j'ai perdu assez de temps en stupi-
dités, et parmi les nombreux éléments de ce monde
soudain sens dessus dessous, elle est devenue la confidente
de notre disgrâce et sans les ducats que nous aurait fournis
le rubis nous serons bientôt parmi ses débiteurs.

Je fais un pas vers elle. « Écoutez, dis-je d'une voix calme,
et à la façon dont elle bouge la tête, il est évident qu'elle
sait que ce mot s'adresse à elle. Je… Je m'excuse… J'ai
pensé… »

Elle bouge les lèvres en silence. Prie-t-elle ou se parle-
t-elle à elle-même ? Je regarde ma dame, mais elle est trop
enfermée en elle-même pour faire attention à moi.

« J'ai eu tort. Je me suis fait de fausses idées sur vous. » Je
suis désespéré.

Ses lèvres continuent à bouger comme si elle récitait une
prière ou une incantation. Je n'ai jamais accordé foi au
pouvoir des malédictions : on m'a suffisamment maudit

depuis ma naissance pour craindre aujourd'hui d'être blessé par les mots, cependant la regarder me donne des frissons.

« Vous… Vous allez bien ? »

Elle secoue légèrement la tête comme si mes paroles la dérangeaient. « Vous avez couru, n'est-ce pas ? Vous avez mal aux jambes ? »

Sa voix est plus dure qu'avant, plus concentrée, un peu comme si elle parlait à quelqu'un d'autre, quelqu'un en elle.

« Oui. Mes jambes me font souffrir. »

Elle hoche la tête. « Votre dos va bientôt vous lancer. Parce que les os de vos jambes ne sont pas assez forts pour porter votre corps. Il pèse comme une énorme pierre sur le bas de votre colonne vertébrale. »

Alors qu'elle dit cela, je ressens la douleur comme un battement près de mon gros cul.

« Et vos oreilles ? Le froid y pénètre-t-il ?

— Un peu. » Je jette un coup d'œil vers ma dame qui a retrouvé ses esprits et qui nous écoute. « Mais pas comme auparavant.

— Non ? Vous devez faire attention car il n'y a pire douleur lorsqu'elle se répand dans la tête. »

Oui, j'en ai le souvenir : le goût de mes larmes quand la broche chauffée au rouge me traversait le crâne.

Elle fronce les sourcils et redresse la tête, les paupières à demi fermées, et je ne vois que la douceur pâle de sa peau.

« On dirait que beaucoup de choses ne vont pas bien en vous, Bucino. J'aimerais que vous me disiez, d'ailleurs, ce qui fonctionne correctement chez vous. »

Elle a employé mon nom pour la première fois, et je suis pris au dépourvu de l'entendre compatir à mon triste sort, aussi je bafouille pendant un moment : « Ce qui fonctionne correctement chez moi ? Je… heu… » Je regarde ma dame et je ressens sa sympathie mais elle se tait. « Eh bien… je ne suis pas trop bête. Ah… en général. Je suis déterminé. Et loyal et... si je crie, je ne mords pas. En tout cas, cela n'a pas de conséquences apparemment. »

Elle reste immobile quelques instants. Puis elle soupire : « Ce n'était pas votre faute. Meragosa détestait tout le monde. » Sa voix est redevenue douce. « Elle suait la haine comme une mauvaise odeur. Je suis sûre que vous n'êtes pas les premiers que sa cupidité a détruits. »

Elle commence à réunir ses flacons en touchant les couvercles avant de les faire glisser et de tirer son sac vers elle. « Je viendrai terminer la naissance des cheveux un autre jour. »

Je fais un pas vers le lit, sans doute pour lui proposer mon aide. Mais elle m'arrête net. « Gardez vos distances. »

Elle range encore ses affaires quand on entend un bruit en bas. Quelle pensée me traverse l'esprit ? Meragosa a changé d'avis et elle revient pour s'excuser ?

Quand je le vois, il est déjà au coin de l'escalier. Il est habillé pour une visite, un beau manteau et une toque de velours, les vêtements secs de quelqu'un venu en bateau couvert, mais s'il connaît le chemin de notre maison quelqu'un aurait pu la dénicher avant lui. Bon sang. Ma négligence n'aura-t-elle jamais de fin ?

Inutile d'essayer de l'arrêter. Je reviens rapidement vers la chambre, et je dis son nom discrètement à Fiammetta. Elle se redresse et, en se retournant pour l'accueillir, elle laisse ses cheveux enflammés glisser autour de son visage afin qu'ils masquent la panique que j'y lis avant que naisse son sourire.

Des vêtements de seconde main, des cheveux de seconde main, une beauté de premier ordre. Aucun doute. Je lis cela dans ses yeux étincelants.

« Eh bien, eh bien... Fiammetta Bianchini, dit-il, en roulant les mots dans sa bouche comme s'il pouvait y retrouver le goût de ma dame. Quelle joie attendue de vous revoir.

— Oui, je l'imagine », répond-elle avec douceur, et à

entendre le ton de sa voix on pourrait croire qu'elle a attendu toute la matinée qu'il franchisse la porte. Mais pour moi c'est toujours une merveille : comment se fait-il que, même quand le monde s'effondre autour d'elle, ce genre de défi, qui ferait pisser de peur la plupart des gens, ne la rende que plus détendue, plus piquante. « Venise est vaste. Comment avez-vous fait pour nous trouver, Pietro ?

— Ah… je suis désolé, dit-il avec un sourire en me lançant un regard. Je ne voulais pas manquer à ma parole, Bucino. Mais on ne voit que toi dans une ville. Dès que l'on apprend ta présence, il n'est pas difficile de savoir où tu es allé et d'où tu reviens. »

Les marchands de vêtements d'occasion et le prêteur sur gages. Il a raison. Cela n'a pas dû être sorcier. Celui qui m'a suivi, j'espère qu'il crache ses entrailles à cause d'une mauvaise fièvre attrapée sous la pluie.

Il se tourne vers ma dame et ils se regardent. « Cela fait longtemps.

— Longtemps, oui.

— Je dois dire que vous êtes aussi… radieuse… oui, aussi radieuse que dans mon souvenir.

— Merci. Vous, en revanche, vous semblez avoir pris un peu d'embonpoint. Mais, à mon avis, vous êtes assez riche pour le supporter.

— Ha, ha. » Son rire est trop spontané pour être tout à fait naturel. « Rien n'est aussi cinglant ni aussi doux que la langue d'une courtisane romaine. Bucino m'a dit que vous aviez réussi à vous enfuir, et je suis ravi de voir que votre esprit en est sorti aussi indemne que votre corps, car on m'a raconté des histoires vraiment terribles. Vous savez, j'avais prédit que cela arriverait. Mon pronostico écrit à Mantoue l'an dernier le disait clairement.

— J'en suis sûre. Vous avez donc été heureux d'apprendre que l'armée a envahi Rome en récitant vos vers sur la dégradation et la corruption du Saint-Siège.

155

— Je... non, non. Je ne le savais pas... C'est vrai ? Ils ont fait cela ? Mon Dieu, tu ne me l'avais pas dit, Bucino. »

Il me regarde et j'essaie de garder un visage impassible. Mais il est trop malin pour ne pas y lire ce que je pense.

« Ah. Fiammetta. Quelle cruauté de jouer avec la sensibilité d'un poète. Mais je vous pardonne car la critique était... excellente. » Il secoue la tête. « Je dois vous avouer que vous m'avez manqué. »

Elle ouvre la bouche pour lancer un trait d'esprit, mais quelque chose dans la voix de Pietro la retient. Je la vois hésiter. « Et vous m'avez manqué aussi, monsieur... à ma façon. Vous avez réussi à survivre à Giberti ? »

Il hausse les épaules et lève les mains, mais l'une reste fermée. « Dieu est généreux. Il m'a donné deux mains. Avec un peu de pratique la gauche peut dire autant la vérité que la droite.

— Plus, j'espère », répond-elle avec un peu d'aigreur.

Il rit. « Oh, vous ne me reprochez pas encore quelques poèmes ?

— Pas les poèmes. Seulement les mensonges. Vous ne vous êtes jamais allongé dans mon lit, Pietro, et il était très méchant de votre part de le prétendre. »

Il me regarde et, pour la première fois, il semble remarquer la présence de La Draga, pelotonnée sur le lit, immobile et silencieuse.

« Eh bien... » Il semble seulement un peu embarrassé. « Je pense que ma recommandation ne vous a pas fait de tort. Mais, *cara*, je ne suis pas venu pour rouvrir de vieilles plaies. Dieu sait que j'en ai assez. Non. Je suis venu vous offrir mes services. »

Elle ne répond pas. J'ai besoin qu'elle me regarde, car nous devons nous concerter, mais ses yeux restent fixés sur lui.

« Je suis un visiteur heureux à Venise. J'ai l'usage d'une maison. Sur le Grand Canal. Et j'ai l'habitude de faire des fêtes : des lettrés, quelques grands marchands, certains grands artistes de cette ville extraordinaire. Et je suis accompagné de femmes charmantes...»

Je vois les yeux de ma dame briller de fureur.

« Bien sûr, personne de votre envergure, mais des femmes qui réussissent assez bien à leur manière. S'il vous plaisait de vous joindre à nous un soir... Je suis certain...»

Il laisse flotter sa phrase dans l'air. Ah, quelle précision dans l'art de l'insulte. Même si notre avenir est en jeu, je ne peux m'empêcher de me réjouir car cela fait bien longtemps que je n'ai pas vu ma dame avec un adversaire de cette valeur.

L'atmosphère de la pièce est devenue glaciale sous son regard. Elle a un petit rire et déplace avec élégance ses cheveux sur ses épaules. Merci, mon Dieu, pour ces nonnes impécunieuses.

« Dites-moi, ai-je l'air d'attendre que l'on me fasse la charité, Pietro ?»

Le risque qu'elle prend en cet instant me coupe le souffle. «Ah, non. Pas vous, jamais. Cependant...» Et de son bras valide, il montre la pièce.

«Oh !» Et le rire de ma dame est comme le bruit d'un ducat d'argent qu'on tape contre du verre. «Oh, bien sûr. Vous avez suivi Bucino et vous pensez... Oh, je suis désolée. Nous ne sommes pas chez nous.»

Et tandis que j'écarquille les yeux devant l'audace de ce mensonge, elle se tourne vers La Draga. « Puis-je vous présenter Elena Crusichi. Une noble dame de cette paroisse et une bonne âme, à qui, comme vous pouvez le constater, Dieu a donné une vision différente de la nôtre qui lui permet d'être aveugle aux maux de ce monde et plus proche de ses vérités. Bucino et moi, nous lui rendons souvent visite, car elle a besoin de consolation et de victuailles. Elena ?»

Aussi doucement que le plus riche des velours, La Draga se lève et se tourne vers lui, un sourire rêveur aux lèvres et des paupières plus ouvertes que je ne les ai jamais vues, à tel point qu'il serait impossible à celui qui s'y refuserait de ne pas sombrer dans les profondeurs laiteuses de sa cécité.

« N'ayez pas peur, mon seigneur. » La voix de ma dame glisse comme une soie. « Sa grâce n'est pas contagieuse. »

Mais si les yeux de La Draga le laissent interloqué, il n'a pas peur. Il se met au contraire à rire. « Oh, ma dame. Comment ai-je pu commettre une faute aussi élémentaire ? Suivre un nain qui apportait des vêtements d'occasion dans une maison d'occasion, et penser que cela pouvait être en relation avec vous. » Il s'arrête et étudie, de façon assez évidente, sa robe insuffisamment neuve. « Et à vous, madame Crusichi, je peux seulement dire que je suis honoré de me trouver en votre présence aveugle. Cela me ferait plaisir qu'on vous apporte tout à l'heure un panier garni, afin que vous intercédiez auprès de Notre-Seigneur Jésus-Christ pour ma conduite indigne. »

Il s'adresse ensuite à ma dame. « Ainsi, *carissima*, notre querelle est close maintenant ? »

Elle ne répond pas et, pour la première fois, j'ai peur pour elle. Le silence s'épaissit. Nous n'avons presque plus d'argent, ni aucun moyen de nous en procurer. Et l'homme qui pourrait nous aider au prix de notre honneur va franchir la porte pour ne plus jamais la passer.

Mais c'est au moment où il fait un mouvement pour partir qu'il se passe quelque chose de merveilleux. Depuis le lit une voix s'élève, haute et claire comme la cloche qui appelle les nonnes à la prière dans le silence de la nuit. « Signor Aretino. »

Il se retourne.

La Draga sourit dans sa direction, les lèvres légèrement ouvertes comme si elles étaient déjà en conversation, et son sourire est si doux, si pur sous le nuage insondable de ses yeux, et il éclaire son visage d'une telle joie, qu'en cet instant c'est comme si la grâce de Dieu lui-même brillait à travers sa peau. Mais que j'y croie ou non… « Je vous en prie. Venez près de moi. Approchez-vous. »

Il semble confus, comme nous le sommes tous. Mais il fait ce que La Draga lui demande. Quand il arrive au bord du lit, elle se dresse sur les genoux et lui pose les mains sur la poitrine, ses doigts montent jusqu'à son cou, là où son écharpe a légèrement glissé, et l'on peut voir la cicatrice. Elle la trouve. Je jette un coup d'œil vers ma dame mais elle a le regard fixé sur Pietro et La Draga.

« Cette blessure a mieux guéri que votre main, dit calmement La Draga. Vous avez de la chance. Mais... » – ses doigts descendent sur son pourpoint – « ... il y a là quelque chose qui ne va pas, une faiblesse intérieure. » Elle pose la paume près de l'endroit où se trouve son cœur. « Vous devez y faire attention. Car il vous lâchera un jour si vous n'y prenez garde. »

Elle parle de façon si grave que, tout en riant, il détourne aussi nerveusement le regard. Pour ma part, je ne peux les quitter des yeux : car si ce n'est ni la voix de Dieu ni celle d'une sorcière, alors je peux dire que c'est la meilleure illusionniste que j'aie jamais rencontrée de ma vie.

11

Pendant les premiers jours, nous masquons notre désespoir derrière des chamailleries. Nous, qui avons affronté les piques des Espagnols et la fureur des luthériens, nous avons été roulés par une vieille souillon qui en ce moment même est en train de poser des pièces d'argent sur une table en paiement de marcassin rôti et de bon vin. La douleur que nous cause son triomphe nous rend aussi revêches à l'intérieur que le monde semble amer autour de nous, et nous ne sommes plus d'accord aussi bien sur le passé que sur l'avenir.

« Je te l'avais bien dit. Nous n'y arriverons pas.

— Parlons-en au moins. Nous ne pouvons rester assis ici sans rien faire. Vous dites vous-même que vous pouvez égaler n'importe quelle femme dans cette ville. Quelle que soit l'humiliation que représente la maison de l'Arétin, nous savons que la récompense sera d'importance.

— Pas nécessairement. Ce sera peut-être une foire d'empoigne. Tu connais ses goûts. L'encre dans laquelle il trempe sa plume. Il se divertit de voir les femmes ronronner et griffer pour attirer l'attention des hommes. Je ne me suis jamais donnée en spectacle pour lui, je ne vais pas le faire maintenant.

— Vous n'avez jamais connu une telle inactivité,

Fiammetta. Si nous ne commençons pas quelque part, nous sommes perdus.

— Je préférerais aller dans les rues.

— Si vous restez aussi obstinée, c'est là que nous finirons.

— Oh, vraiment. Apparemment, cette perte nous touche tous les deux, mais je suis la seule à devoir la compenser.

— Et que voudriez-vous que je fasse ? Que je devienne jongleur pendant que vous ferez la putain des rues ? Nous gagnerions à peine de quoi acheter le pain qui nous permettrait à vous d'ouvrir les jambes, à moi de lever les mains. Je ne vous ai rien volé et vous ne m'avez rien volé, Fiammetta. Mais si nous n'affrontons pas cette situation ensemble, autant renoncer tout de suite.

— *Ensemble* ? Tu penses que nous devrions affronter cela *ensemble* ? Comme associés. C'est ce que tu veux dire ?

— Oui. Comme associés. Pour le meilleur et pour le pire. Ne nous sommes-nous pas mis d'accord là-dessus ?

— Ce qui signifie ? Deux personnes qui se disent la vérité, quelle que soit la difficulté.

— Oui.»

Mais elle ne me quitte pas des yeux.

«Alors pourquoi ne parlons-nous pas de Meragosa, Bucino ? La femme qui nous a volé une petite fortune. Parce que ce n'était pas seulement nous, n'est-ce pas ? Parce qu'elle avait déjà fait ses dents de voleuse sur quelqu'un d'autre. Avant nous, elle avait escroqué ma mère. Non ? »

Elle parle d'une voix ferme et froide.

«Je... Que voulez-vous dire ?

— Tu m'as raconté que Meragosa s'était occupée d'elle. Qu'elle l'avait soignée au cours de sa dernière maladie. Et parce que je t'ai cru, je l'ai crue quand elle m'a dit la même chose. Mais ce n'était pas vrai, n'est-ce pas ? Elle ne l'a pas aidée. Elle l'a simplement regardée mourir et elle l'a saignée à blanc. Hier, La Draga me l'a dit avant de partir. D'après la rumeur, ma mère serait morte de la vérole et à aucun moment on n'a demandé à La Draga de venir la voir. Pourtant c'est la meilleure guérisseuse de Venise. Elle ne l'aurait peut-être pas guérie mais elle l'aurait soulagée. Meragosa ne l'a jamais fait venir à la maison. Elle a laissé ma mère pourrir.» Elle soutient mon regard. « Peux-tu m'assurer que tu ne le savais pas, Bucino ? Suis-je vraiment la seule qu'on ait bernée à ce point ? »

J'ouvre la bouche pour dire un mensonge, mais il refuse de passer mes lèvres. Elle a raison. Si nous ne pouvons pas nous dire la vérité, nous sommes perdus et, mon Dieu, nous avons besoin l'un de l'autre en ce moment.

« Écoutez... Je... À l'époque, j'ai pensé que connaître la vérité ne vous aiderait pas.

— Ah bon ? Tu ne crois pas que, si tu m'en avais informée, je ne me serais pas un peu plus méfiée d'elle et je ne l'aurais pas un peu plus surveillée ? Nous n'en serions pas là aujourd'hui. »

Ah, mais c'est un marécage dans lequel nous allons nous noyer. Je prends une grande inspiration.

« Vous savez ce que je pense, Fiammetta ? Je pense que vous le saviez. Quelque part au fond de vous-même. Seulement vous avez préféré la croire parce que ainsi vous aviez moins mal.

— Dans ce cas, tu n'as rien à te reprocher, n'est-ce pas ? » Et ses paroles sortent enrobées de mépris quand elle me tourne le dos.

Si je suis le plus coupable, ma pénitence prend une forme cruelle : des jambes qui tremblent et des douleurs épouvantables dans le dos tandis que je parcours la ville de long en large pour essayer de retrouver Meragosa. Jour après jour je me traîne sur les marchés pour voir si je peux repérer sa silhouette abrutie jubilant devant de nouveaux tissus ou palpant des savons délicatement parfumés pour laver ses crevasses infectes. Mais si elle achète quelque chose, ce n'est ni dans des boutiques, ni devant un étal.

J'essaie de voir le monde par ses yeux. Où irais-je maintenant, quelles richesses pourrais-je convoiter ou quel rocher pourrais-je trouver pour ramper dessous ? Trois cents ducats. Cela permet de vivre plusieurs mois comme une aristocrate ou des années comme un rat. Malgré sa gloutonnerie, je crois qu'elle est trop maligne pour tout gaspiller.

Après les marchés, je vais dans les endroits où grouillent les rats, près de l'Arsenal, là où vivent les ouvriers des chantiers navals, où des étrangers peuvent disparaître dans des rues bordées de taudis, et où une femme peut passer sa vie entière à coudre des voiles ou à tresser des cordages dans un entrepôt si grand que ceux qui les ont vus disent qu'on pourrait y lancer un navire. Une personne qui le désire pourrait s'y perdre facilement. Un jour, je crois la voir traverser un pont de bois près des murs des chantiers navals, je cours pour la rattraper jusqu'à ce que mes cuisses me fassent souffrir, mais quand j'arrive à sa hauteur, elle se transforme en une autre vieille bique horrible, qui porte un manteau trop riche pour elle, et ses hurlements me font reculer. Je parcours les rues mal famées, je cogne aux portes, mais je n'ai pas d'argent pour délier les langues, et si les insultes qu'on m'adresse conviennent à mon état d'esprit, les effets de l'humiliation finissent par perdre de leur force.

Finalement, j'arrive dans un quartier infect où la puanteur d'un canal asséché, maintenant rempli de boue, agresse mes narines. Un nain pourrait y disparaître aussi rapidement qu'un caillou, et je passe la nuit dans un bouge à boire du *teriaca*, un alcool qui serait considéré comme un poison dans tous les pays sauf celui où le gouvernement retire un bénéfice de sa fabrication. Cela ne m'empêche pas d'en boire encore plus. Pour un homme qui a peur de se noyer, j'engloutis beaucoup de liquide, mais la punition peut parfois se transformer en agréable douleur. Je perds un autre jour et le soir je vomis. Je me réveille au bord d'un canal avec comme seule consolation l'idée que je ne peux tomber plus bas.

Cela fait trois jours que j'ai quitté la maison. Je ne suis jamais resté absent aussi longtemps sans prévenir ma dame. Il est temps de laisser Meragosa à ses démons et de rentrer pour affronter les nôtres.

Le temps que je revienne, c'est déjà l'après-midi. J'arrive chez nous en passant sur un pont où le soleil se reflète si violemment sur l'eau qu'il me fait mal aux yeux. Mon Dieu, un jour Venise sera belle et je pourrai l'apprécier. Mais pas aujourd'hui. Je la vois avant qu'elle ne m'aperçoive. Elle se tient à la fenêtre et regarde entre les volets entrouverts, une robe enfilée à la va-vite, les cheveux en désordre sur les épaules, comme si elle attendait quelqu'un. Je m'apprête à l'appeler car je sais qu'elle est inquiète, quand quelque chose m'arrête. En face, la vieille chauve-souris à la peau parcheminée est à son poste, et sa bouche marmonne silencieusement. Elles semblent s'observer. Que voient-elles ? Le voyage qui va du rêve au cauchemar ? Car si l'on y réfléchit, par quoi sont-elles séparées sinon par ce canal étroit et un grand nombre d'années ?

Quand j'observe les femmes dans la rue (parce que c'est mon travail, souvenez-vous, autant que mon plaisir), je pense parfois que leurs corps me rappellent des fruits : naissants, fermes, mûrs et qui vont ramollissant, avant de tomber dans la négligence et de pourrir. Cette pourriture fait peur : la chair qui se gonfle comme une vessie de porc, grasse et terreuse, au point d'éclater – une chair pour les vers –, et la lente usure de la dessiccation et du flétrissement. En sera-t-il ainsi pour ma dame ? Viendra-t-il un temps où ses joues rebondies seront un parchemin flasque, et ses lèvres, si pleines que la langue des hommes s'impatiente de les pénétrer, se flétriront-elles au point de devenir aussi minces qu'une moule fermée ? Pense-t-elle à cela en ce moment ? Contemple-t-elle sa propre déchéance ? Avec moins de quarante ducats dans notre bourse et le loyer à payer dans une semaine, il est grand temps pour nous deux de cesser de pleurer et de nous mettre enfin au travail. Je monte l'escalier pris d'une nouvelle détermination.

Elle se retourne quand j'ouvre la porte et, en cet instant précis, je ne sais pas ce que je dois regarder d'abord : la façon dont elle serre son bras contre elle ou le corps allongé sur le lit. L'éclair dans ses yeux décide pour moi. Il est à moitié déshabillé, la chemise ouverte sur une large poitrine, et ses jambes nues, longues et poilues comme des pattes d'araignée, sortent de dessous les draps. Il ronfle avec tant de difficulté qu'on a du mal à savoir si cela est dû à une satisfaction sexuelle ou s'il est assommé par l'alcool, car l'odeur qu'il dégage rivalise avec la mienne.

Je tourne les yeux à nouveau vers elle. Il lui a fait quelque chose au bras. Nom de Dieu. Quelle est la première règle qu'une bonne prostituée se doit de suivre ? Ne jamais rester seule avec un homme sans un secours derrière la porte.

« Que… ?

— Tout va bien. Je ne suis pas blessée. » Elle est ferme et concentrée maintenant : la rêverie dans laquelle elle se perdait a disparu. « Je ne me suis pas rendu compte qu'il était si saoul jusqu'à ce que je le fasse monter. Sur la piazza, il semblait tout à fait sobre.

— Depuis combien de temps dort-il ?

— Pas longtemps.

— Vous avez pris sa bourse ? »

Elle fait oui d'un signe de tête.

« Rien d'autre ?

— Il a un médaillon, mais il ne vaut pas grand-chose.

— Et sa bague ? » Nous regardons tous deux le large anneau d'or noyé dans son doigt boudiné.

« Trop serrée.

— Bien, il vaut mieux qu'on le sorte d'ici. » Je jette un coup d'œil dans la pièce, en réfléchissant aussi vite que mes entrailles me le permettent. Le luth, avec sa base de bois, est posé près de la porte.

« Non, dit-elle rapidement. Pas cela. Nous en avons besoin. Il a une dague. Nous pouvons nous en servir. »

Je la trouve et nous fermons les volets. Le bruit l'éveille un instant, il se soulève et retombe sur le côté. Il a maintenant le visage au bord du lit. Je donne le poignard à ma dame, je jette ses vêtements près de la porte, et je me place en face de lui de telle façon que mon visage soit juste en face du sien. Je suis dans l'état qui convient pour cela : mon haleine est plus infecte que la sienne et je garantis que j'ai l'apparence d'un homme pour qui l'enfer ne recèle plus d'horreurs inconnues. Je regarde ma dame qui me répond d'un signe de tête. Mon Dieu, je jure que je ressens presque de l'excitation à lui hurler en pleine face, la bouche grande ouverte pour lui montrer mes crocs.

Il a l'esprit tellement embrouillé et tellement secoué par mon rugissement et le spectacle que je lui donne qu'il est déjà à moitié hors du lit avant de s'être demandé quelle taille j'avais. Et quand il le fait, c'est l'éclat de la lame qu'elle tient prête – non sans intention – dans ses mains qui le salue. Selon ma longue expérience, il est toujours plus difficile pour un homme de faire preuve de courage avec les couilles à l'air qui se balancent entre ses jambes. Il pousse un petit cri et file vers la porte, mais c'est surtout par vanité. Quand il retrouvera sa virilité, il sera sans doute à mi-chemin de chez lui et aura peur d'avoir attrapé la vérole. De cette façon, puisse notre châtiment rapprocher un peu les pécheurs de Dieu. Jusqu'à ce que la prochaine érection mette à mal notre belle œuvre.

Notre récompense, qui est notre plaisir issu de cette action, ne dure pas.

« Je t'avais dit que je pourrais traiter avec lui. J'allais me présenter une nouvelle fois au Turc quand je l'ai rencontré sur la piazza. Il avait un manteau neuf et comme je le comprenais à peine à cause de son accent, j'ai trouvé qu'il avait l'allure d'un marchand prospère, et il m'a dit qu'il partait dans deux jours. J'ai pensé qu'il était plus riche.

— Peu m'importe qu'il ait une queue plaquée or. La règle c'est que vous ne les rameniez pas seule à la maison. Que se serait-il passé s'il vous avait agressée ?

— Il ne m'a pas agressée.

— Et votre bras ?

— Juste un bleu. Il était trop saoul pour savoir ce qu'il faisait.

— Hum. Vous ne vous étiez jamais trompée dans vos choix auparavant.

— Je n'ai jamais eu de choix aussi limité. Doux Jésus, Bucino, c'est toi qui voulais que je recommence à travailler.

— Pas ainsi.

— Cela n'aurait pas eu lieu, si tu avais été là, non ?» Elle se détourne, et je la vois à nouveau à la fenêtre, les yeux fixés sur un avenir vide.

— Vous auriez dû attendre, dis-je.

— Où étais-tu ?

— Vous le savez bien. Je cherchais Meragosa.

— Pendant trois jours et deux nuits ? Il s'agit vraiment d'une recherche absorbante, Bucino.

— Eh bien... je... je suis tombé dans un bouge et j'ai bu.

— Dommage. Parce que j'ai pensé un instant que ta puanteur signifiait que tu l'avais retrouvée. Qu'elle t'avait fait une offre plus alléchante et que tu l'avais saisie.

— Oh, ne soyez pas ridicule. Vous savez que je ne vous quitterai jamais.

— Je le sais ? Vraiment ?» Elle se tait, irritée, puis secoue la tête. « Trois jours, Bucino. Pas un mot. La mer rejette des cadavres à chaque marée. Comment aurais-je su où tu étais ?»

Il y a un silence tandis que la flamme de notre énergie retrouvée s'éteint peu à peu. Si elle n'était pas aussi en colère, je pense qu'elle verserait des larmes.

Par les fentes des volets, on entend la vieille femme hurler, un flot d'injures à propos du bruit que nous faisons et de notre moralité douteuse. Je vais jusqu'à la fenêtre et j'ouvre brusquement les volets. Je le jure, si j'avais une arquebuse je tirerais et je l'enverrais dans un monde meilleur, car j'en ai assez de ses yeux de fouine et de ses radotages. Je baisse les yeux vers l'eau et les reflets du soleil, et brusquement je me retrouve dans un bois à l'extérieur de Rome, avec une rivière devant moi, un rubis étincelant qu'on vient de laver dans la main, et la promesse d'un avenir qui serait ce que nous voulions qu'il devînt. Que cette ville vérolée aille au diable. Je n'ai jamais voulu venir ici. Elle a raison. Venise avale les pauvres plus vite qu'une carpe n'avale du menu fretin. Il n'en faudrait pas beaucoup pour qu'on nous retrouve morts tous deux, flottant dans un égout.

« Je suis désolé, dis-je. Je ne voulais pas vous faire peur. »

Elle secoue la tête. « Ni moi te renvoyer. » Elle se tait et ses doigts jouent avec la marque sur son bras. « Ce n'est pas bien que nous nous disputions. »

A-t-elle vraiment eu peur de sa violence ? Je me le demande. De toutes les courtisanes que j'ai rencontrées – et j'ai frôlé les jupes d'un grand nombre d'entre elles à Rome –, elle a toujours refusé avec la plus grande vigueur la vulnérabilité qui accompagne les sentiments.

« Je... J'ai pensé à ce que tu as dit. À propos de l'offre de l'Arétin. J'aurais dû t'écouter. »

Je pousse un soupir, car maintenant cela ressemble moins à une victoire qu'à un nouvel obstacle.

« Écoutez, je ne l'aurais pas suggéré si j'avais pensé qu'il vous en voulait encore. Je sais qu'il vous a contrariée à Rome et que cela a déclenché votre colère. Mais son travail consistait à offusquer les gens, même si certains parlaient aussi de sa générosité, et je pense qu'ici il a mis de l'eau dans son vin.

— De l'eau dans son vin ! L'Arétin ? »

Il est vrai que je ne suis pas épuisé au point de ne pas garder mes oreilles et mes yeux ouverts, et il me semble bien qu'il a changé. Alors qu'à Rome c'était un personnage public qui vomissait ses façons de voir à qui voulait bien les payer, ici ce n'est plus qu'un citoyen comme un autre. Pas de satire politique, pas de libelles, pas de vivisection civique afin de préserver la vertu publique de la ville. Si l'on parle de lettres écrites au pape et à l'empereur pour leur conseiller de se réconcilier (il ne peut pas s'empêcher d'être arrogant), quand il s'agit de Venise, ses écrits ne sont qu'un fleuve d'éloges pour cet État, véritable paradis terrestre, riche en liberté, en prospérité et en piété. Personnellement, je l'aimais mieux en lion qu'en chat domestique, mais sa plume lui a valu des ennemis dans toute l'Italie, et lui aussi a besoin d'un havre sûr et de nouveaux protecteurs à flatter ou à charmer. Pour l'instant il fouine près de ceux que l'on fête déjà : Jacopo Sansovino de Rome, qui, semble-t-il, est effectivement engagé pour arrêter l'effondrement des dômes de San Marco – on entasse à cette fin des cargaisons de plomb sur la piazza, prêtes pour l'emploi – et Tiziano Vecellio, qu'on appelle Titien, et dont certains disent que c'est un peintre aussi bon que tous ceux qu'ont produits Rome et Florence réunies (je suis un balourd quand on aborde ces choses-là, même si j'aime la façon dont sa madone écarlate frappe de stupeur tous les hommes qui se trouvent sous elle alors qu'elle monte aux cieux, au-dessus de l'autel de Santa Maria dei Fiori). Avec des amis de cette trempe, l'Arétin peut se permettre d'attendre de vrais protecteurs.

Ce qui signifie, au moins pour l'instant, que ses soirées valent qu'on y assiste.

« Eh bien, puisque nous n'avons pas le choix, tu devrais aller le trouver pour lui dire que je viendrai. »

Et je crois que je l'aurais fait si la visite que nous ont rendue certains personnages deux nuits plus tard n'avait pas eu lieu.

12

« **A**LLONS, OUVREZ VOTRE PORTE, GRANDE PUTAIN ! — Holà ! Ouvrez ! Nous sommes venus pour voir la célèbre courtisane de Rome. »

En quelques secondes, nous sommes éveillés et nous courons derrière les fenêtres. Il fait nuit noire et ils ont dû boire pendant des heures pour faire un tel tapage. Un simple passeur en aurait sans doute déjà perdu quelques-uns dans l'eau, mais il s'agit d'une embarcation assez luxueuse, avec des lampes à chaque extrémité, et d'après leur aspect, ses passagers forment un groupe qui exhibe un luxe encore plus grand – des nobles, peut-être six ou sept, tous assez jeunes pour porter des collants de couleur et assez riches pour ne pas se préoccuper de savoir qui ils dérangent en plus de nous.

« Fiam-met-ta Bian-chi-ni ! »

Ils frappent l'eau avec leurs rames à chaque syllabe, et leurs voix sont aussi mélodieuses qu'un tir d'artillerie.

« Douce et blanche *Bianchini*.

Petite flamme, *Fiammetta*.

Petite flamme douce blanche.

Putain chaude et sans honte. »

Un gros rire s'élève après qu'ils ont récité leur poème atroce. Leur cacophonie a sans doute réveillé tout le monde à une lieue à la ronde. Des jeunes gens et dans leurs veines coulent le poison de l'alcool et celui des privilèges. La vérité c'est qu'ils violent plus de lois et forcent plus de femmes que ceux qui vivent dans la pauvreté. Mais combien de fois les voit-on pendus, le dos écorché, pour servir d'exemples aux autres ? Mon Dieu, je les méprise même s'ils paient bien – et je doute que ce soit ce qu'ils ont en tête ce soir.

Des hommes tels que ceux-là n'ont pu apprendre qui nous sommes et où nous habitons que d'une seule façon. Si je pense que l'Arétin n'est pas un homme cruel, c'est un bavard invétéré et quoi qu'il leur ait dit au sujet de ma dame, ils l'ont reçu comme le signe de sa disponibilité. Je sens qu'elle est hors d'elle. Je fais un geste pour ouvrir la fenêtre, mais sa main m'en empêche. Au même instant on entend des volets qui claquent dans le voisinage et un flot d'insultes s'élève. Elle a raison. S'ils devaient venir nous voir, ce serait encore pis. La comédie enfle dans la nuit.

« Tu peux fermer tes jambes vérolées, belle dame. Nous ne sommes pas venus pour de vieilles harpies décharnées.

— Surtout quand ta voisine a accueilli des cardinaux et des papes en elle. Aaah. »

Mais ils ont trouvé à qui parler et, d'après les cris qui s'élèvent, je pense que le liquide qui s'abat sur eux est plus riche que l'eau claire. Nous restons derrière nos portes closes tandis que les cris et les injures se poursuivent, jusqu'à ce que, finalement, le jeu les ennuie, et la barque s'éloigne dans la nuit à grands coups de rames. Nous attendons que le silence étouffe leurs voix et nous quittons la fenêtre pour essayer de nous rendormir, mais leurs injures d'ivrognes me tournent dans la tête et je suis encore éveillé quand le jour se lève.

Je me glisse au-dehors pour aller chercher du pain. Le trajet est long et j'entends les gens qui murmurent autour de moi. Quand je reviens dans notre rue, de l'autre côté du campo, un groupe de vieilles femmes sifflent à mon passage, et quand j'arrive devant ma porte je découvre le

171

dessin rudimentaire d'une queue et d'une paire de couilles, griffonné avec du charbon de bois sur le mur. Nom de Dieu, même nos voisins sont devenus nos ennemis à présent. Je monte l'escalier le cœur lourd, en me préparant à ce que ma dame exprime encore plus de fureur et de désespoir que moi.

À mon grand étonnement, j'entends les bruits d'une grande animation.

On bavarde derrière la porte. À l'intérieur, ma dame est levée et habillée et, devant elle, La Draga est assise sur le lit.

« Oh, Bucino. Regarde ce qu'Elena m'a apporté – de la crème pour la peau. Pour la blanchir.

— C'est vraiment gentil de sa part », dis-je sèchement.

La Draga se tourne en entendant ma voix et nous restons face à face. Mais, bien sûr, je suis le seul à voir. Ses yeux sont grands ouverts aujourd'hui, des fosses de nuages blancs et denses qui captent le regard. À peine deux semaines plus tôt, nous nous battions sur ce lit, et pourtant elle revient dans l'antre du lion. Elle a du courage, je dois le reconnaître, et elle a fait sourire ma dame alors que la situation ne s'y prêtait pas, ce qui n'est pas un mince exploit.

« Elle est venue nous offrir son aide.

— J'espère seulement que nous avons assez d'argent pour... l'employer... » Je bafouille car elle me rend nerveux.

« Oh, elle ne veut pas de salaire. Elle fait cela par amitié, pour compenser un peu ce que nous avons perdu, n'est-ce pas, Elena ? »

Ma dame lui sourit et lui prend la main, et je parierais que même une aveugle peut ressentir la chaleur de son amitié dans la pression de ses doigts.

« Tandis que nous parlions et que je lui racontais ce qui s'est passé cette nuit, j'ai eu une idée merveilleuse. Oh, Bucino, tu vas adorer. C'est parfait. Combien nous reste-t-il d'argent ? Tu as dit quarante ducats, c'est ça ?

— Je... » Mais bien que nous soyons amis maintenant, je

ne partagerai pas notre profonde humiliation avec quelqu'un. « Je... ne sais pas. »

La Draga a tout compris à ma voix, aussi rapidement que si elle avait pu observer mon regard, et elle est déjà debout : elle retire sa main et remet son châle – le châle que nous lui avons offert quand notre étoile montait au firmament. « Il faut que je m'en aille. Je... Je dois aller de l'autre côté de la ville voir une femme qui n'arrive pas à accoucher. » Elle s'incline devant ma dame, puis se tourne vers moi. « Si vous avez besoin de moi, monsieur Bucino, envoyez-moi un message et je viendrai. »

Ma dame est si impatiente qu'elle ne peut attendre que La Draga soit sortie.

« Quarante ducats, c'est ça ?

— Oui, dis-je. Quarante, mais...

— Plus les neuf ducats de la bourse du marchand. Le médaillon ne vaut rien, j'en suis sûre, quant à la dague, le prêteur juif ne voudra pas y toucher. Et notre livre ? Le Pétrarque qu'Ascanio a perdu, avec sa serrure bizarre. On en obtiendra bien quelque chose, non ? Dieu sait que nous l'avons depuis longtemps en notre possession et, même s'il est usagé, l'or repoussé et l'argent du fermoir sont ce qui se fait de mieux dans l'imprimerie romaine. Le juif nous le prendra, n'est-ce pas ?

— Je n'en ai aucune idée, dis-je. Nous n'arrivons même pas à l'ouvrir.

— Nous pouvons forcer la serrure.

— Mais cela lui ferait perdre une partie de sa valeur. Que voulez-vous... ?

— Pourtant, il doit être précieux si Ascanio voulait bâtir sa fortune dessus. Même si on nous en donne, disons, quinze ducats. Cela ferait soixante-quatre ducats. Je suis persuadée que nous pouvons y arriver avec soixante-quatre ducats.

— Arriver à quoi, Fiammetta ? De quoi parlez-vous ?

— Une barque. Je parle d'une barque à nous. Une

chambre flottante. Douce Madonna, je ne sais pas pourquoi je n'y ai pas pensé plus tôt. Ce n'est que ce matin, alors que je parlais avec Elena des voyous dans *leur* barque. Tu te souviens... Cette femme, la première nuit ? »

Bien sûr. Comment aurais-je pu l'oublier ? Les rideaux dorés, les doigts alanguis dans ses cheveux, la bouffée de parfum et de sexe sur l'eau. Même dans l'épuisement et la peur de notre arrivée, son exotisme m'avait captivé.

« C'est risqué, mais je jure que nous pouvons mettre cela au point. Ce ne sont pas des putains des rues qui officient sur ces barques. Elles sont une curiosité de Venise. Ma mère me disait toujours que les marchands de passage en aimaient le charme particulier. Il n'y a qu'à Venise qu'un homme peut faire ce genre de rencontre. C'est la raison pour laquelle les femmes les plus belles peuvent demander un prix en rapport avec leur beauté. Dans la mesure où elles et leurs barques sont assez distrayantes. »

Et, mon Dieu, certaines le sont : des gondoles bordées de noir et d'or avec des lanternes qui se balancent, des cabines qui ressemblent à de petites chambres tout en satin et en soie, des rideaux damassés, et, pour les manœuvrer dans la nuit, un Sarrasin à la peau sombre et luisante, qui détourne le regard quand on le lui demande. Bien sûr, je me suis posé des questions à leur sujet. Qui sont-elles ? Combien ? Cela dure-t-il longtemps ?

« Et par mauvais temps ? demandé-je. Je doute qu'il y ait beaucoup de charme à exposer sa queue au vent froid qui souffle sur le Grand Canal à cette période de l'année.

— Je sais. Le moment choisi n'est pas idéal. Mais il commence à faire plus chaud et il existe des endroits où l'on peut abriter une barque. De cette façon, nous pourrions avoir un revenu régulier sans remettre en cause notre indépendance. La Draga va nous aider, et si nous avons de la chance, nous pourrons même trouver un protecteur. Je sais, je sais, nous n'avons pas l'habitude de ce genre d'activité, toi et moi. Mais c'est mieux que rien, et tu as raison :

il nous faut commencer par quelque chose. Ma mère connaissait des femmes qui gagnaient bien leur vie de cette façon. Alors ? »

Et parce que j'ai vécu pendant des années en écoutant son bavardage et parce que son énergie retrouvée est mille fois plus stimulante que sa colère ou notre désespoir, je sais que j'ai mieux à faire que gaspiller ma salive dans des discussions dont je ne sortirai pas vainqueur.

« Très bien. Je vais porter les sonnets au prêteur juif. »

13

J'AVAIS OUBLIÉ À QUEL POINT CE LIVRE est un bel objet. Pendant les mois passés sur la route, sa couverture a été maltraitée et tachée, mais le cuir reste d'un rouge profond, l'or et les lettres repoussées sont toujours de la plus grande qualité, et la tranche est protégée par la reliure à filigrane d'argent et le fermoir. Ma dame a raison. C'est ce que Rome peut offrir de mieux dans le genre, et il permettrait d'offrir un divertissement de qualité chez une courtisane prospère, à la fois pour le jeu de la serrure et la beauté des sonnets de Pétrarque qui s'y trouvent. Au moins, s'il va chez le prêteur sur gages, cela nous laissera le temps de le racheter.

Il semble heureux de me revoir. Dans la pièce du fond, sur l'étagère, il y a de l'eau et de petits biscuits très durs qui, je pense, composent tout son souper. Il m'en offre un. Conscient du privilège qu'il me fait, j'accepte, bien qu'il soit sans goût et sec. J'ai même du mal à l'avaler.

Le livre est posé sur la table entre nous. Il le regarde mais n'y touche pas.

« Ce n'est pas la Bible, dis-je. C'est un livre de Pétrarque.
— Qui est-ce ?
— C'est, c'était, un poète et un philosophe.
— Mais un chrétien ?
— Oui.

— Et le livre parle de religion ?

— Oui. Non. Pas vraiment. Je pense qu'il parle surtout de la vie et de l'amour.

— Je suis désolé. Je ne peux pas le prendre. La loi est claire : on ne peut mettre en gage un objet chrétien.

— Quoi... mes pierres précieuses étaient païennes ? »

Il sourit. « L'interdiction concerne les mots. Les livres. Et certains objets. Des choses venant des églises. Ou les armes.

— Vous voulez dire que si mes rubis avaient été incrustés dans une dague, vous ne les auriez pas pris.

— Non, je ne les aurais pas pris. Je n'aurais pas pu. Ce n'est pas seulement la loi de Venise. C'est aussi le règlement du rabbinat.

— Et alors ? Vous seriez souillé par de tels objets ?

— La souillure, je pense, serait des deux côtés.

— Dans ce cas, peut-être pouvez-vous le prendre pour le cuir et l'argent, car cela ne comporte aucun problème pour vous. Il est fermé à clef et je ne sais pas l'ouvrir. »

Dieu sait que j'ai essayé à maintes reprises, en jouant avec les chiffres comme on lance des dés, d'en découvrir le code. Parfois, pendant le voyage, alors que j'étais replié sur ma couchette dans les entrailles de notre embarcation, quand mon imagination ne réussissait pas à épaissir les cloisons de bois qui me séparaient de l'eau, si j'avais eu des outils, j'aurais forcé la serrure simplement pour pouvoir pénétrer dans un autre monde, afin que mon esprit quitte celui dans lequel je me trouvais.

Quand mon père m'eut appris à lire, la voracité de mon appétit de lecture lui apporta une grande consolation. Il avait fait la cour à ma mère avec les sonnets de Pétrarque. Et parce que, en tant que professeur, il considérait le savoir comme aussi important que la propriété, il m'a transmis son amour des mots. S'il n'était pas mort pendant mon enfance, je pense que ma vie aurait pris un autre cours. Mais, aujourd'hui, il aurait aussi honte de ma profession que de mon corps ; pourtant j'aime à penser que ma capacité à réciter des arguments philosophiques aux plus érudits lors de nos réunions sensuelles l'aurait impressionné.

« Et que dit-il, ce Patracte ?

— Il parle de beauté et d'amour.

— Et qu'en dit-il ?

— Eh bien, ce sont des sonnets, des poèmes d'amour. » Et voyant qu'il fronce légèrement les sourcils, je m'empresse d'ajouter : « Mais il est philosophe autant que poète, et il met en garde les hommes et les femmes en leur disant que l'amour charnel peut apporter la maladie, qu'il peut détruire la volonté et les entraîner de la folie à l'enfer, alors que l'amour de Dieu transforme le corps et libère l'âme pour qu'elle entame son voyage vers le paradis.

— Et les chrétiens sont d'accord avec cela ?

— Oui. » Et je me souviens à nouveau de mon père, qui voyait en Pétrarque l'égal d'un saint. « Bien que cela soit plus honoré dans l'infraction que dans l'observance.

— Ce qui signifie ?

— Que c'est plus facile à dire qu'à faire. »

Il réfléchit un moment. « Mais je pense que les lois de Dieu n'ont pas été conçues pour être faciles à suivre, tels sont le fardeau et le défi. Pour nous tous. »

J'aime son sérieux. On dirait qu'il y a en lui autant de certitude que de curiosité. Se trouver dans sa peau doit être étrange. Vivre dans une ville tout en n'y vivant pas. Être un infidèle et avoir le sentiment d'être entouré d'infidèles. Se considérer comme un élu alors que les autres vous voient comme le missionnaire du diable, avec une existence si pernicieuse qu'on doit s'enfermer dans un ghetto à partir du coucher du soleil et même payer la solde des soldats qui en gardent les portes. Que font-ils ici toute la nuit ? Passent-ils leur temps en prière ? Dansent-ils en riant et en racontant des histoires ? Mettent-ils leurs queues dans les trous chauds de leurs femmes comme tout le monde ? Ils pourraient aussi bien venir des Indes pour ce que je sais d'eux. Et peut-être eux de nous...

Il tend la main et ses doigts touchent les bords en argent du livre, puis le canon rond et gravé de la serrure. Ensuite, il le rapproche de lui.

« Vous dites que l'intérieur est aussi richement exécuté que l'extérieur ?

— L'homme qui l'a fabriqué était le plus grand graveur de Rome. Toute la ville reconnaissait la qualité de son travail.

— Et la serrure ?

— Une idée de son assistant, je crois.

— Un homme qui travaillait le métal et les rouages.

— Oui.

— J'ai déjà vu des objets semblables. Il y a un mécanisme à l'intérieur, qui permet à tous les rouages numérotés de s'aligner correctement et de déclencher l'ouverture.

— C'est bien ce que je pensais. Mais je n'ai jamais réussi à les mettre tous dans le bon ordre. »

Il rapproche la lampe, fixe la loupe sur son œil, et examine la serrure.

« Que voyez-vous ?

— De petites choses devenues plus grosses et des espaces là où il n'y avait rien.

— Est-ce ainsi que vous reconnaissez un faux ?

— Non. Avec les pierres, il faut regarder la lumière qui les traverse. S'il n'y a pas de feu au cœur d'une pierre, c'est une contrefaçon. » Il repose sa loupe. « Vous seriez surpris de voir comment une chose apparaît différente quand l'œil peut la pénétrer.

— Vous pensez pouvoir l'ouvrir ?

— Peut-être. Je vais essayer.

— Merci. » Je regarde son visage penché sur la serrure. « Puis-je vous poser une question ? »

Il ne répond pas mais je prends son haussement d'épaules pour un assentiment.

« Que feriez-vous si vous ne deviez pas faire cela ?

— Cela ? » Il réfléchit. « Si je ne devais pas faire cela ? » Il montre la pièce d'un geste comme pour se souvenir de l'endroit où il se trouve. Il secoue la tête. « Si je ne devais pas faire cela… je prendrais un bateau et j'irais là où se trouvent les plus grosses pierres et je regarderais dans la terre pour voir d'où elles viennent et comment elles sont faites.

— Et vous les extrairiez pour les vendre ?

— Je ne sais pas. » Je devine que la question l'étonne. « Je vous le dirai quand je serai là-bas.

— Combien de temps vous faut-il pour ouvrir ce livre ?

— Je pense entre la deuxième et la dernière cloche. Revenez à ce moment-là. »

Je descends du tabouret. « Si vous réussissez à ouvrir la serrure, regarderez-vous ce qu'il y a dedans ?

— Je ne sais pas, répond-il, et il tend la main vers sa loupe. Je vous le dirai quand je l'aurai ouvert. »

Au-dehors, la ville change. Tandis que nous parlions des lois divines et des secrets de la terre, une brume froide est montée de la mer, elle envahit les ruelles, glisse à la surface de l'eau et se frotte contre la pierre glacée. Au fur et à mesure que je marche, les auvents bleus des boutiques se perdent dans le brouillard en quelques secondes. Les gens se déplacent comme des fantômes, leurs voix semblent détachées de leurs corps ; ils disparaissent aussi vite qu'ils surgissent. La brume est si dense qu'au moment où je traverse en direction de la Merceria j'aperçois à peine le sol sous mes pieds, sans pouvoir dire si l'obscurité tient au changement de temps ou au soir qui tombe. Je me faufile dans les rues que je connais assez pour ne pas avoir besoin de mes yeux, jusqu'à ce que je débouche sur le campo dei Miracoli.

C'est un campo assez petit mais j'ai l'impression d'avancer en haute mer, entouré par le néant, avec un horizon dense et vide aussi loin que les Indes. Mon vieillard du puits m'a parlé des brumes de Venise ; des histoires angoissantes sur la façon dont elles se lèvent aussi épaisses que le doute, à tel point que la plupart des hommes ne peuvent plus dire où s'achève la terre et où commence l'eau. Le lendemain matin, dit-il, on trouve toujours un ou deux types qui ont quelque chose à se reprocher, flottant à plat ventre dans un canal, à une centaine de pas de chez eux. Peut-être ai-je vécu si longtemps en compagnie de ma mauvaise conscience qu'elle a fini par faire partie de moi, parce que, malgré ma haine de l'eau, je suis plus énervé qu'apeuré. Il y a quelque chose de presque exaltant dans toute cette fureur, comme si chaque nouveau pas était en soi une aventure.

La façade de marbre gris-vert de Santa Maria dei Miracoli émerge dans la pénombre comme une immense statue de glace, et la brume tourbillonne tellement que j'ai l'impression d'être immobile et de voir la bâtisse bouger. Au milieu, les portes sont ouvertes, la lueur des chandeliers semble chaude dans le brouillard glacé, et je me dirige vers elle.

Pendant un moment, alors que je franchis le seuil, c'est comme si je me trouvais encore dans la brume. Autour de moi, le sol et les murs sont aussi de marbre et la lumière gris-pourpre qui filtre par les hautes fenêtres est froide et voilée. Je passe devant cette église chaque jour en allant au marché ou au-delà, et cependant je n'y suis jamais entré. Parmi les pèlerins qui viennent à Venise, il est courant de dire qu'on peut mourir avant d'avoir visité toutes les églises de la ville, et je suis toujours trop occupé pour être curieux, en particulier à propos des chapelles trop petites pour être considérées comme rentables commercialement. Mais comme l'univers s'est arrêté autour de moi, j'ai le temps d'admirer.

On peut ressentir une certaine nouveauté dans cette église. À cause de sa propreté mais aussi de sa simplicité, car ses murs ne sont pas recouverts par tous ces encroûtements apportés par le temps si nombreux ailleurs : pas de tombeaux, pas d'encombrements d'autels provoqués par une douzaine de familles rivales en quête d'indulgences. Sur son plafond voûté, les portraits en médaillon sont si brillants qu'on peut presque sentir l'odeur de la peinture, et sur l'autel qui se trouve à l'extrémité – sur lequel un portrait de Notre-Dame des Miracles attend les adorateurs –, le marbre est sculpté et incrusté comme une nappe de dentelle. Les bustes de saints et de la Vierge contemplent paisiblement la douzaine de personnes assises sur les bancs. Peut-être ont-elles quitté la mer grise à la recherche de quelque chose de solide à quoi se raccrocher, mais l'air vaporeux et le silence leur ont semblé pour le moins bouleversés, comme si cet endroit n'était plus fait ni de terre ni d'eau, mais d'une matière composée des deux.

Je m'assieds au fond et j'observe, tandis que l'église se remplit pour l'office du soir, une assemblée calme et sombre, comme effrayée par ce temps brumeux. En haut, dans la galerie construite au-dessus des portes, j'entends les pas des nonnes cloîtrées qui arrivent du couvent voisin, elles entrent sans qu'on les voie, par un couloir qui relie les deux bâtiments. Si l'on écoute bien, on peut entendre parfois des bavardages de voix jeunes, mais les nonnes restent invisibles pendant tout le service.

La Draga n'avait pas besoin de se montrer si acerbe avec moi à propos des couvents, car je ne suis pas à ce point ignorant. La célébrité des nonnes de Venise est parvenue jusqu'à Rome. Si chaque ville de la chrétienté donne des filles à Dieu plutôt qu'à des maris afin d'échapper à la banqueroute d'un trop grand nombre de dots, Venise se vante d'avoir autant d'épouses du Christ que d'épouses de nobles. Ainsi l'État semble pur, et les familles dirigeantes restent riches. Cependant ce n'est un secret pour personne que les armées de conscription montrent moins d'enthousiasme dans leur tâche que les volontaires ou les mercenaires. À Rome, ma dame payait différentes nonnes locales pour broder son linge, et j'ai passé plus d'une heure agréable dans les parloirs de couvents, tâté et palpé sous mon justaucorps par de jeunes nonnes qui pouffaient, vêtues à la dernière mode, impatientes de voir si les rumeurs concernant les petits hommes étaient vraies, pendant que ma dame échangeait les derniers potins avec les autres.

Si le gouvernement de Venise semble plus ouvertement attaché à la vertu, l'esprit des jeunes femmes, dans l'ennui d'une incarcération involontaire, est partout le même. J'en ai la certitude parce qu'il s'agit de mon métier ; comprendre comment le désir transgresse les lois de l'Église, et si les hommes peuvent se montrer les pires contrevenants, les femmes ne sont pas épargnées, même celles liées à Dieu. En fait, d'après ce que je sais du pouvoir des déman-geaisons que ressent l'être humain, j'irais jusqu'à dire que si j'avais été un pauvre homme en Allemagne et que j'eusse écouté prêcher Luther, j'aurais pu entendre ses diatribes contre l'échec du célibat de l'Église comme une preuve de bon sens et non comme une hérésie. Cela me fait penser à Pétrarque et à ses exhortations pour fuir le charnel et s'approcher du spirituel, qu'écoute plus facilement l'homme âgé que le jeune poète amoureux, qui écrivait des sonnets d'amour passionnés à une femme appelée Laure, dotée, si l'on en croit ses descriptions, de la même beauté éblouis-sante que ma dame. Mais avec une plus grande pudeur.

J'attends que le service commence et je m'éclipse. Ici, je ne peux entendre la cloche de Marangona et, avec ce brouil-lard, il me faut un peu de temps pour retourner dans le Ghetto.

La température a chuté avec le mauvais temps, et je marche aussi vite que je le peux pour garder le moral et faire circuler mon sang. J'ai l'impression de me déplacer à travers une couverture et je sens l'angoisse monter en moi.

S'il a réussi et si l'intérieur du livre se révèle aussi beau que l'extérieur, je pourrai sans aucun doute trouver un collectionneur qui le paiera, peut-être pas la valeur d'un rubis, mais au moins assez pour louer un batelier pendant quelques jours. Sans cela... Eh bien, sans cela je ne veux pas penser à ce qui peut arriver.

Il se tient à la porte de sa boutique et essaie de voir dans la pénombre comme s'il attendait quelqu'un. « Excusez-moi, dis-je. Le brouillard est si dense qu'il m'a fallu du temps pour retrouver mon chemin. »

J'avais pensé qu'il me ferait entrer, mais il ne bouge pas, et son visage me semble aussi gris que la brume.

« Je suis en retard. Je dois fermer tout de suite.

— Avez-vous ouvert le livre ? »

Il me regarde fixement mais pourtant je ne peux pas voir ses yeux. À l'intérieur, sur une table, il prend un paquet enveloppé dans un tissu. « J'ai noté les numéros de la serrure sur un morceau de papier, dit-il en me mettant le livre dans les mains et en se retournant comme s'il ne voulait pas qu'on nous voie.

— Merci. Combien ? Je veux dire quel... ?

— Ne revenez plus ici. » Je sens de la colère dans sa voix. « Vous comprenez.

— Pourquoi ? Que s'est-il passé ?

— Selon la loi, il nous est interdit d'avoir des livres de chrétiens entre les mains.

— Je le sais, mais...

— Ne revenez jamais ici. Je ne traiterai plus jamais avec vous. » J'essaie de le faire taire mais il ajoute d'une voix très forte : « Désormais cette boutique vous est fermée. »

Il me claque la porte au nez.

Je reste là, le visage rouge à cause de cet échange. Du plat de la main, je frappe violemment contre le panneau de bois. Maudit juif. Où prend-il le droit de me dire ce que je peux faire ou pas ? Mais en vérité, sa colère m'a ébranlé. J'ouvre le paquet. Quand le livre apparaît, un morceau de papier tombe dans le caniveau. Je le rattrape nerveusement et j'essaie de le lire dans l'obscurité. Je vois quatre chiffres : 1, 5, 2, 6. Oui, 1526. 1526. Je les grave dans ma mémoire. Je froisse le papier et je le glisse dans mon pourpoint. Mais pas question d'ouvrir le livre ici, maintenant. À cause du mauvais temps, je vais mettre des heures pour rentrer. Je sors du Ghetto avant la fermeture des portes et je reviens sur mes pas vers le campo le plus proche. À gauche, il y a un petit pont récemment restauré. Je ne le vois pas mais je sais qu'il est là. Il y a une nouvelle lanterne au coin, qui éclaire le nouveau pont, l'orgueil de la commune, et on l'allume chaque soir à la tombée de la nuit. Par temps normal, elle éclaire la fondamenta de chaque côté. Je suis à mi-chemin quand j'en distingue la faible lueur mais, si je m'arrête dessous, je pourrai au moins voir suffisamment pour composer la combinaison. Le froid m'a raidi les doigts et j'ai du mal à tenir le canon de la serrure avec assez de précision pour en actionner les rouages. 1, 5, 2, 6.

J'entends un déclic et tandis que la serrure s'ouvre je me rends compte que, lus ensemble, les chiffres ne forment pas seulement un nombre mais une date, et je me demande ce qui s'est passé cette année-là qui a décidé Ascanio à la choisir comme code.

Mais à l'instant même où j'ouvre le livre je sais ce qu'il en est.

14

B<small>IEN SÛR, JE LES AVAIS DÉJÀ VUES.</small> Peu de gens dans notre
profession n'y avaient pas jeté au moins un coup d'œil,
même si nous n'avions jamais possédé un seul exemplaire
du livre, car ils changeaient immédiatement de mains à un
prix défini par les plus riches, et quand la loi les censura, ils
disparurent comme des cafards sous un rocher. Le censeur
du pape, le cardinal Giberti, et ses hommes firent du bon
travail. Selon certaines rumeurs, ils auraient allumé un
grand feu dans la cour du Vatican et les auraient brûlés
comme Savonarole avait brûlé les vanités à Florence, une
génération plus tôt. Un an seulement auparavant, il devint
impossible d'en trouver un seul exemplaire à Rome. En tout
cas, je n'ai jamais entendu dire qu'on ait pu s'en procurer.

Ensuite, on en fit des copies sur bois assez grossières,
mais le trait de l'original de Giulio Romano y était si
empâté et les ombres si épaisses qu'on avait du mal à voir
précisément ce qu'on avait sous les yeux. Mais les gravures
originales faisaient penser à la clarté de la lumière du
matin, car Marcantonio Raimondi avait la réputation de
posséder la main la plus sûre de Rome quand il s'agissait
d'inciser une plaque de cuivre. Et s'il était le meilleur
graveur, Romano était assurément le meilleur dessinateur,
car s'il n'avait pas le charme de son maître Raphaël, sa
connaissance du corps humain laissait penser qu'il en avait

étudié chaque muscle, et les positions dans lesquelles il installait ses personnages témoignaient à la fois de notre appétit pour le théâtre en images et de sa joyeuse capacité à déformer et à explorer les formes humaines. Il faut se rappeler qu'avant ces gravures les Romains n'étaient absolument pas innocents en matière de représentation artistique du désir. Dans les plus riches maisons, on voyait de nombreuses nymphes charnues poursuivies par des satyres, ou des Léda en pâmoison clouées sur place par le battement des grandes ailes de Zeus devenu cygne, et la rumeur voulait que dans le palais Chigi on pouvait même voir la statue romaine d'un satyre dans un état d'agitation priapique avancé devant un jeune garçon. Quant aux femmes, chaque homme doué d'appétit pour de telles choses trouvait des Vénus nues à foison, observant avec timidité leur reflet parfait dans un miroir à main ou allongées, le regard perdu au loin, sans se savoir admirées par de nombreuses paires d'yeux. Mais si le désir représenté était moderne, le sujet restait essentiellement classique, un semblant de mythologie revêtait leur nudité, afin que seuls les gens éduqués puissent en apprécier toute la valeur artistique. Mais quelle que fût la suggestion charnelle, il restait toujours quelque chose à imaginer. La conclusion, l'apogée, le coït manquait.

Jusqu'à Giulio Romano.

Mon pauvre juif aux yeux tristes ! Combien lui avait-il fallu de temps pour se rendre compte de ce qu'il avait sous les yeux ? Le livre s'était-il ouvert à la moitié ou avait-il agi prudemment en commençant par le frontispice ? Aucune trace de Pétrarque ici, mais peut-être ne l'avait-il pas su dès la première page. Un titre bref : deux mots seulement. *Les Positions.* Je suppose qu'il avait imaginé quelque débat philosophique, voire théologique, et la curiosité née de notre conversation l'avait sans aucun doute amené à tourner la page. Mais la suivante ? Et la suivante ?

Les positions : seize images de seize couples, montrant seize positions de fornication. Dans la brume du pont, j'ai du mal à distinguer tous les détails, mais, en feuilletant le livre, ma mémoire vient au secours de mes yeux. Le pouvoir de ces gravures était tel que lorsqu'on les avait vues on ne pouvait les oublier. Chaque image était explicite, débordante de vie, et même acrobatique. Placées dans un décor d'allusions classiques – un pilier étrange, le flot d'une draperie –, les corps, très modernes, étaient entièrement pris par l'acte d'amour. Sur certaines gravures, les couples étaient enlacés sur des lits ; sur une autre, des coussins posés sur le sol permettaient de maintenir en l'air les fesses d'une femme ; sur une autre encore elle s'abaissait sur l'homme comme pour s'installer sur un siège ; une autre restait en équilibre sur une jambe tout en guidant l'homme en elle ; un homme tournait autour d'une pièce, une femme embrochée sur sa queue. Des personnages avec un physique de dieux et de déesses et une imagination de putains, les hommes se pavanant tendus, les femmes avec une abondance de chair douce et ouverte. Tous enamourés, esclaves du désir.

Je ressens à nouveau la fureur du prêteur juif contre moi. Qu'avais-je lu dans ses yeux ? Un dégoût infecté par le désir ? L'outrage de l'excitation. Il n'était pas le seul. La plupart des hommes après y avoir jeté un coup d'œil ne pouvaient plus s'arrêter, même si j'avais rencontré quelques âmes fragiles qui, lorsqu'elles avaient fini, avaient bien du mal à faire la distinction entre leur désir et leur mépris.

Ceux qui connaissaient l'œuvre de Giulio Romano auraient difficilement pu se prétendre surpris. Son appétit, à la fois pour l'acte lui-même et sa recréation, était bien connu. Comme celui du pape Clément VII, l'un de ses plus importants protecteurs. En tant que Médicis, Clément descendait d'une noble lignée d'amateurs d'érotisme : son oncle, Laurent le Magnifique, avait écrit un sonnet infâme qui chantait les louanges de la sodomie pendant le mariage, et le pape lui-même appréciait la stimulation de l'art autant que le prélat qui lui succéda. Il payait aussi très bien pour cela. Même si la rumeur, qui se répandit dans Rome comme une traînée de poudre après la publication des premières gravures, affirmait que Giulio avait d'abord dessiné les couples sur les murs du Vatican pour protester de n'avoir pas été payé pour un travail déjà achevé.

Cependant, si Clément avait peut-être été plus ou moins mécontent de découvrir qu'un érotisme aussi éhonté décorait son salon, il ne s'attendait certainement pas à découvrir un beau matin que les gravures de Marcantonio circulaient – à un joli prix – dans la société romaine. Y compris, bien sûr, parmi les membres les plus prestigieux de la curie. On ne parla que de cela pendant des mois. Les gravures firent des merveilles pour notre profession. Ma dame ne se possédait plus et essayait de reconnaître ses collègues courtisanes à partir d'un bracelet révélateur ou de boucles de Méduse dans une coiffure. Des clients arrivaient avec un exemplaire sous leur manteau : des hommes peu recommandables, qui aimaient imaginer juste avant de faire, des timides qui désiraient depuis longtemps des choses qu'ils ne savaient pas nommer. La même image qui enflammait l'imagination de jeunes hommes était utilisée pour augmenter les performances de l'instrument des vieillards. Pendant quelque temps, on eut l'impression que la plus grande partie de la société romaine, profane et sacrée, passait son temps au lit.

Mais au moment où le scandale atteignait son apogée, quelques-uns, comme moi, suivaient la politique autant que le plaisir et savaient que, comme Icare, nous nous approchions du soleil. Pour être juste envers le sinistre censeur du pape, Giberti, nous vivions des temps dangereux. La moitié de l'Allemagne était en feu à cause de la rébellion et de l'hérésie, ses imprimeries tournaient nuit et jour et vomissaient leurs propres images de Rome, qui montraient le Saint-Père en Antéchrist et la putain du diable présidant la cité de Sodome. À ce moment, Sa

Sainteté n'avait pas intérêt à être soupçonnée de produire une propagande qui aurait rivalisé avec la leur.

Aussi, par l'intermédiaire de Giberti, le pape referma le poing. Et serra. Giulio battit rapidement en retraite à Mantoue, où il avait un protecteur qui possédait plus d'argent et moins de scrupules, tandis que Marcantonio et son assistant se retrouvaient dans les prisons du Vatican, que l'on confisquait tous les exemplaires existants des gravures et qu'on détruisait les plaques de cuivre originales.

Du moins c'est ce que nous crûmes tous.

Mais maintenant, alors que je me tiens à l'entrée du pont dans la brume, le livre ouvert entre les mains, je n'en suis plus si sûr. Évidemment, un unique exemplaire avait pu être caché quelque part dans l'atelier, manifestement dissimulé sous la couverture innocente d'un Pétrarque. Si cela pouvait sembler un peu tortueux pour l'esprit terre à terre et commercial de Marcantonio, c'était le genre de ruse qu'on pouvait attendre de la part d'un assistant, en particulier quelqu'un qui envisageait peut-être un avenir sans son maître.

Mais cela n'explique pas l'émerveillement provoqué par le livre que je tiens dans ma main.

Parce que cette édition des *Positions* est plus qu'un recueil d'images.

Cette édition renferme aussi des textes.

Les vers – *Les Sonnets luxurieux*, titre sous lequel on les connaît – n'étaient pas nouveaux eux non plus. Notre fléau lui-même, Pietro Aretino, les avait écrits après le scandale, pour soutenir son ami Marcantonio et faire un pied de nez à son vieil ennemi Giberti : en utilisant conjointement son talent pour le théâtre et sa connaissance de la langue vernaculaire, l'Arétin avait composé ses sonnets comme une conversation entre chaque couple, un dialogue de luxure pour chaque position, écrit dans une langue jubilatoire de queues et de cons, de bites et de culs ; des bouches pleines de mots riches et gras pour accompagner la chair riche et grasse entraînée dans un voyage qui l'éloignait de Dieu vers l'extase du péché. Célébration, damnation, et méfiance. Le pire et le meilleur de l'Arétin. Tout était là.

Il n'avait pas fallu longtemps à quelque imprimeur moins talentueux que Marcantonio pour produire un ensemble de gravures sur bois afin de les accompagner, ni pour que celles-ci soient pourchassées à travers toute la ville et finalement jetées au feu. Quant à l'Arétin, eh bien, Giberti passa son épée vengeresse à quelqu'un d'autre. Après une autre bataille de mots, le poète fut poignardé dans une ruelle obscure, manifestement par l'amant délaissé d'une de ses conquêtes, en réalité par un homme dont tout le monde savait qu'il avait besoin de l'argent qu'il reçut pour ce travail. Le cou décoré d'un collier de sang et la main avec laquelle il écrivait blessée, l'Arétin quitta Rome pour de bon. Quelques exemplaires du livre incriminé restèrent cachés ou on les sortit de la ville en fraude, mais leur fabrication était si grossière qu'ils desservirent à la fois les images et les textes.

Cependant, le véritable triumvirat de l'imagination érotique de Rome – l'exubérance de Giulio, gravée par le burin de Marcantonio, et à laquelle la langue grossière de l'Arétin avait donné la vie – n'avait pas été conservé pour la postérité.

Sauf que c'est exactement ce que je contemple en ce moment : une délicieuse transgression réunie par les mains habiles d'Ascanio, les gravures sur une page et sur la page en regard les sonnets correspondants, imprimés dans un caractère fleuri et gracieux. Un volume capable de mettre le feu au monde, enfermé sous l'aimable reliure de cuir des sonnets de Pétrarque.

15

« O H, BUCINO ! NOTRE NAVIRE VIENT D'ARRIVER DES INDES ! Tu es le Marco Polo des nains ! Venise devrait t'élever une statue. Regarde un peu. Chaque ligne est si claire, si parfaite. Mais regarde donc… on distingue la moindre natte dans la chevelure de Lorenzina. Même si, sous cet angle, ses cuisses ressemblent à celles d'un taureau. Mais Giulio nous a toujours dessinées plus grosses que les hommes. Même quand je mangeais à ma faim, je ne l'étais jamais assez à son goût. C'est heureux qu'il y ait peu de positions où la femme est dessus. Sinon, il y aurait des blessés. »

Ses yeux brillent comme des émeraudes qu'on vient de polir, et l'on sent la joie et le rire bouillonner en elle. Je ne pense pas que ma dame serait plus heureuse si le doge lui-même venait de lui offrir sa protection.

« Oh ! Mon Dieu ! Tu te souviens de celui-ci ?

Je ne suis pas Mars, je suis Ercole Rangone
Et je te baise, Angela Grega,
Si j'avais mon luth, je te chanterais,
Tout en te baisant, une chanson.

Mon Dieu, c'est plus de poésie qu'il n'en sortit jamais de sa bouche quand il écrivait honnêtement. Et celui-ci, c'est Lorenzina qui parle… écoute :

Donne-moi ta langue et pose le pied sur le mur,
Serre mes cuisses et tiens-moi bien…
Un jour, je prendrai ta queue dans mon cul,
Je t'assure qu'elle en ressortira
Toujours en un seul morceau.

Imagine Lorenzina déclarant cela ! Tu te souviens du petit air timide qu'elle s'était composé et qu'elle adoptait quand on la croisait dans la rue ? Peut-être y est-elle pour quelque chose après tout. Mais j'en doute. L'Arétin est un fieffé menteur. Vraiment. Il se vante de donner la parole aux femmes, mais il met uniquement dans notre bouche les mots que les hommes veulent entendre. Il raconte toujours que ce qu'il écrit est *réel* mais, crois-moi, l'imagination y joue le même rôle que dans n'importe quel poème d'amour courtois.

— Quoi… ? Vous prétendez que les courtisanes parlent comme des épouses lorsqu'elles sont au lit ? Quelle déception. Je vais arrêter de faire des économies.

— Ah, Bucino ! Ne sois pas si modeste. Je suis sûre que tu peux ajouter quelque chose d'un peu sale aux propos d'une épouse. Je me souviens comment les matrones romaines te regardaient au marché. Elles étaient vraiment curieuses. Quoi ? Tu penses que je n'ai rien vu ? C'est mon métier de remarquer ces choses-là… Différence. Nouveauté. Le plaisir du neuf. Trouver ailleurs ce qu'on n'a pas chez soi. Voilà ce qui nous intéresse toutes. Tu le sais aussi bien que moi. Regarde ces gravures. Pas étonnant que la plupart des gens n'en ont jamais assez. Je doute que quelqu'un en dehors de l'Église ait jamais vu pratiquer autant d'actes de sodomie. Ha ! Pauvre Giberti. Nous lui avons donné pour longtemps la peur du diable, n'est-ce pas ? »

Comme elle a raison. Pendant la courte période où ces images semblaient envahir Rome, ce que les autres appelaient péché, nous l'appelions commerce honnête. Donner au public ce qu'il souhaite pour un prix juste. Nous en avons assurément tiré un confortable bénéfice.

« Alors, dis-moi, Bucino, comment allons-nous vendre ce trésor ? Allons-nous essayer de trouver un cardinal vénitien ? Je sais que mon cher cardinal romain aurait donné la plus grande partie de ses antiquités pour posséder ceci dans sa collection.

— Un cardinal ? Je ne le crois pas, dis-je. La plupart sont des corbeaux avant d'être des cardinaux et ils ne sentent absolument pas le rance comme ceux de Rome.

— Dans ce cas, à qui allons-nous le vendre ? »

Je me pose la même question depuis le moment où je l'ai ouvert à la première page sur le pont, dans la brume. Car s'il ne fait aucun doute que sa vente est riche de promesses, elle représente aussi un réel danger. Dès qu'un livre comme celui-ci arrive sur le marché, le vendeur devient aussi infâme que l'acheteur. Sans parler de ceux qui sont responsables du travail original.

Je lui pose calmement la question : « Êtes-vous vraiment sûre de vouloir vous en défaire ?

— Évidemment !... Je veux dire, si nous étions installés, je le garderais sous mon oreiller, car avec un tel livre dans ma chambre, je serais bientôt celle qu'on rechercherait le plus dans toute la chrétienté. » Elle rit. « Mais nous ne sommes pas installés, Bucino, et avec le plus offrant cela nous rapportera une petite fortune.

— Et quand vous ne l'aurez plus entre les mains, que se passera-t-il ? La nouvelle se répandra comme un incendie dans une charpente. Même sans les plaques originales, il y a tant d'imprimeurs dans cette ville qu'en quelques jours les presses chaufferont pour en sortir de mauvaises copies, exactement comme à Rome. Cela nous retombera dessus. C'est toujours comme ça que ça se passe, et si la gloire apporte la fortune, la notoriété apporte le danger.

— C'est vrai. Mais en ce moment je la préfère à l'anonymat.

— Peut-être, mais les autres ? Giulio vit en sécurité à Mantoue et Marcantonio est à moitié mort à Bologne, l'Arétin joue maintenant au Vénitien et tient à entrer dans les registres du gouvernement. Voir son nom effrontément exposé à côté des sonnets les plus obscènes du monde, dans un moment aussi sensible, ne le fera pas aimer de ceux qui décident des lois et offrent leur protection aux artistes. »

Elle hausse les épaules. « Tout le monde sait qu'il les a écrits. C'est un libertin bien connu. Il est célèbre pour cela.

— Sans doute. Mais il ne chie pas dans le salon de ses protecteurs. Pensez-y, Fiammetta. Venise revendique une plus grande piété que Rome. Il y a plus de codes ici, la règle des couvents est plus stricte qu'ailleurs, et le doge est si rigide qu'il renvoie sa fille chez lui quand elle porte une robe trop riche selon les critères de la loi. Quand ce livre sera découvert, l'Arétin pourra prétendre qu'il n'avait comme cible que la corruption de Rome, mais, à la vérité, ses sonnets feront durcir la queue des hommes, quelle que soit la ville où ils habitent. En un rien de temps, les membres du gouvernement prendront plaisir à leurs érections et ils se verront obligés d'interdire le livre au nom du bien public. Les espoirs de protection de l'Arétin s'évanouiront en même temps. »

Elle reste silencieuse quelques instants. « Nous ne lui devons rien. Tu sais aussi bien que moi qui nous a envoyé toutes ces brutes.

— Oui. Mais je ne pense pas qu'il avait pour but de vous nuire. Il essayait surtout de vous attirer vers lui.

— C'est parce qu'il aime gagner. Il a toujours aimé cela.

— Et alors, vous voulez le voir perdre, maintenant ?

— Je... oui... non... » Elle pousse un soupir théâtral. « Oh... je n'en sais rien. »

Je l'ai vue jouer la putain habile depuis si longtemps, que parfois j'oublie qu'elle n'est encore qu'une jeune femme. Elle fronce les sourcils et soupire de nouveau. « Il s'est mal conduit envers moi, Bucino. Tu ne t'es jamais mis en colère contre quelqu'un qui t'avait blessé ?

— Une vraie fureur », dis-je en revoyant le visage suffisant d'un homme qui me présentait une jeune fille triste. Mon Dieu, je n'avais plus pensé à lui depuis bien longtemps. Pas question de recommencer. « Mais si la même personne venait me voir avec une bourse bien pleine je ne raterais pas l'occasion. Je veux simplement dire qu'en ce moment, avec sa sphère d'influence, nous avons plus de raisons de nous en faire un ami qu'un ennemi. »

Elle a un sourire ironique en m'entendant lui rendre le conseil qu'elle m'a donné un jour. « Oh, je sais… une courtisane devrait toujours faire passer son travail avant les élans de son cœur ! Je te le dis, Bucino, je devrais écrire un livre sur cette profession. Le prix à payer et le profit. Car parfois, c'est aussi difficile que ce qu'on peut demander à un homme.

— Je sais. Je vous observe depuis assez longtemps pour le comprendre.

— Cependant… » Et maintenant, elle parle d'une voix forte comme si elle déclamait soudain à la terre entière. « Cela vaut beaucoup mieux que tout ce qu'on a pu nous offrir à toi ou à moi dans cette vie. Alors ! Que nous reste-t-il ? Nous ne pouvons nous permettre de nous faire un ennemi de l'Arétin. Ce qui signifie que nous ne pouvons nous permettre de vendre le livre. Nous sommes donc en possession d'un objet qui n'a pas de prix et que nous ne pouvons garder parce que nous sommes toujours aussi pauvres que des dominicaines – en tout cas le petit nombre d'entre elles qui obéissent aux règles de l'ordre. Il semble bien qu'en fin de compte je doive devenir une putain en gondole. »

Je la trouve vraiment adorable quand elle s'énerve ainsi, et je m'interroge sur la façon dont les gens réagissent devant les difficultés qui les laissent démontés, et non devant le succès. Je jure que je préférerais vivre avec elle pauvre plutôt qu'avec n'importe qui d'autre riche. Mais je préfère encore ne pas avoir à choisir.

« Et que se passerait-il si nous ne nous faisions pas un ennemi de l'Arétin, si nous gardions le livre, si nous ne parlions plus de la barque et si nous assurions cependant notre fortune ? »

Elle me jette un regard sévère.

« Dis-moi. »

Au bout du compte, j'y vais seul. Je la convaincs facilement, car si nous savons tous deux qu'elle pourrait réussir sans mal, il lui faudra bien assez tôt faire son propre numéro, et si les choses tournent mal, il vaut mieux que cela reste entre lui et moi.

Je choisis le moment avec soin, je me lave à l'eau de lavande et je revêts comme il convient mon pourpoint et mon collant neufs afin de ressembler à un égal et non à un solliciteur. Je m'assure de manger afin que mon estomac ne gronde pas et je loue une barque que je paie pour m'attendre. S'il regarde par la fenêtre, il ne considérera pas ma démarche comme une stratégie du désespoir mais, bien que l'eau me rende nerveux, je préfère cela plutôt que d'arriver avec des jambes en coton, ce qui est toujours un risque quand j'ai marché trop vite et trop longtemps.

Le soleil brille ce matin, un tendre printemps fait étinceler le Grand Canal et s'allumer le Ca' d'Oro comme une entrée du paradis, ce qu'on pourrait facilement croire vu le nombre de visiteurs et de pèlerins qui vont et viennent bouche bée sur les petites barques surchargées au milieu du canal. La maison de l'Arétin, dont je sais déjà qu'il la loue à l'évêque Bollani, se situe de ce côté-ci du canal, près de la cohue du Rialto. C'est un endroit magnifique – et pour lequel ma dame donnerait volontiers sa virginité une deuxième fois – mais peu de gens s'arrêtent pour le contempler : le canal est trop encombré par les barges des marchands qui crient en manœuvrant lorsqu'ils déchargent sur le quai les légumes et la viande destinés aux marchés.

La maison elle-même, malgré sa taille, est lugubre, l'eau et le vent en ont rongé les décorations et la sévère entrée sur le canal ressemble à une vraie porte de prison. Le batelier se fraye un chemin jusqu'à l'appontement en insultant ceux qui l'empêchent de passer ou qui rayent sa peinture. L'eau est si agitée qu'il y a un espace entre le bord du bateau et la jetée et j'ai les jambes trop courtes pour le franchir sans qu'on me pousse vigoureusement, et cela m'envoie valdinguer la tête la première et déclenche un grand éclat de rire chez tous ceux qui se trouvent à cinquante pas à la ronde. Après m'être remis sur pied, je lève les yeux vers la fenêtre du balcon, mais il n'y a personne pour assister à mon humiliation. Je m'imagine là-haut : mon Dieu, quelle vue il doit y avoir – Venise s'étend à vos pieds comme si vous possédiez une part des merveilles de la ville.

Je me ressaisis et j'entre. L'escalier de pierre est lui aussi en ruine, et je reconnais l'odeur de l'urine mêlée à celle de l'eau croupie ; apparemment, même les riches rentrent chez eux saouls et négligents.

Les choses s'améliorent quand je tourne au coin pour arriver au niveau supérieur. Une jolie jeune femme aux joues rebondies et à la poitrine plus rebondie encore apparaît sur un palier ensoleillé pour m'accueillir. Quand elle voit mon allure et ma taille ses yeux s'arrondissent d'étonnement. En sortant de l'obscurité, je dois probablement lui faire l'effet d'un incube venu pour lui dérober sa jeunesse et sa vertu en lui suçant les seins. Ah, écoutez ! À la moindre idée d'une vie agréable, je suis déjà en proie à la tentation. Mais étant donné la réputation de l'Arétin, toute vertu aurait sans doute disparu depuis longtemps avant que je puisse obtenir de goûter à la jeunesse.

« Chère madame, dis-je en m'inclinant – cela fait toujours rire les femmes car j'ai les jambes trop courtes. Je vous en prie, ne vous inquiétez pas. Je suis une des plus petites créatures de Dieu, mais rempli de Sa grâce et, comme vous le voyez, parfaitement formé. Enfin, presque. Je suis venu voir votre maître. »

Il lui faut un peu de temps pour cesser de rire. « Oh, qui dois-je annoncer ?

— Le nain d'une courtisane romaine. »

Elle rit à nouveau avant de disparaître au bout du couloir. Je la regarde s'en aller. Un vrai trésor domestique, mais sans doute plus pour le confort que pour l'inspiration.

Il vient me saluer en personne. Il est en tenue d'intérieur, la chemise à moitié ouverte, la barbe et les cheveux en désordre et la main gauche tachée d'encre. Il est sans veste pour la première fois, et je vois plus clairement sa main droite, qui pend maladroitement à son côté.

« Mon magnifique ami simiesque ! » Il fait semblant de me donner des coups de poing dans la poitrine. Nous sommes entre hommes, lui et moi – au moins nous faisons semblant. « Quel plaisir. Je suis en train de gribouiller mais je vais faire une pause pour toi. En particulier si tu m'apportes des nouvelles de ta dame à la langue de vipère. Viens. »

Je le suis dans le portego, la grande pièce qui est aussi le couloir central de l'étage du piano nobile dans toutes les grandes demeures de Venise, et qui s'étend de l'arrière à l'avant de la maison donnant sur le canal. Dans ma vie, j'ai eu l'occasion d'apprendre à refréner en moi l'envie, qui parmi tous les péchés est le moins intéressant, à part peut-être la fainéantise, mais sur le moment elle m'emplit la bouche comme de la bile, et ravaler cette envie me rend presque malade. Non pas que cette pièce soit riche. La décoration en est modeste : des tapisseries usées jusqu'à la corde, des armoiries et des armes, quelques coffres, quelques sièges, et deux candélabres rouillés ; un goût passé, démodé. Non. Ce n'est pas la richesse, mais la lumière. Elle remplit la pièce de vie, de magnifiques vagues dorées entrent par la fenêtre depuis le canal, baignent les murs, colorent le plafond et brillent sur la terrasse en mosaïque, faite de milliers de minuscules morceaux de pierre. Nous vivons depuis si longtemps dans un monde de ténèbres et d'eau croupie que je me sens comme un rat d'égout exposé en plein jour. Je prends une grande inspiration et je m'emplis de toutes ces merveilles. Oh, si nous pouvions nous retrouver dans un endroit semblable, je jure de ne plus jamais me plaindre.

« Cela te plaît ? Cela fait honte à Rome, hein ? Rien que des ingrédients de Dieu – l'espace, le soleil et la pierre. Avec l'ingéniosité de l'homme. Venise, mon ami. Le paradis sur terre. Comment avons-nous fait pour vivre ailleurs ? Je crains qu'il ne soit trop tôt pour manger, mais j'ai la promesse d'un excellent poisson pour tout à l'heure. Je peux t'offrir du vin et des raisins. Anfrosina ! crie-t-il, mais il n'attend pas qu'elle ait répondu. Apporte le panier de fruits que le comte Manfredo nous a envoyé de la campagne. Avec une bouteille de vin du signor Girolamo » – elle passe la tête à la porte, le regard toujours fixé sur moi – « et des verres de cristal. Car mon invité est – comme Platon le disait de Socrate – un homme petit et laid mais très sage. »

Anfrosina, qui ne connaît pas plus Socrate et Platon qu'elle ne me connaît, se contente de pouffer à nouveau avant de filer.

« Tu arrives au bon moment. Il y a une très grande demande en Italie pour un travail sur la catastrophe de Rome. Avec un très grand public cela pourra faire honte à l'empereur et l'amener à une meilleure conduite tout en incitant le pape à plus de piété, car ils sont aussi têtus l'un que l'autre. Pour cela, je réunis des témoignages que je tisserai dans une tapisserie de douleur : mon but est de redonner vie à l'immense fête de la mort, au cours de laquelle, avec les citoyens romains ordinaires, la curie, les prêtres et les nonnes ont tant souffert. » Il sourit en se souvenant de mes paroles. « Écoute. Quand tu entendras raconter que Pietro Aretino ne dit pas la vérité, tu leur rappelleras qu'il n'a pas changé un seul mot. Laisse-moi tirer quelques fils de souvenirs de ta grosse tête. Par exemple, où se trouvait Fiammetta dans tout cela ? Car, à son visage, je peux dire qu'elle a vécu quelque chose d'extraordinaire. »

Une courtisane qui a accueilli les envahisseurs à bras ouverts et qui a perdu ses cheveux et une part de son esprit à cause d'une meute de harpies hérétiques. Il aurait pu effectivement inventer une telle histoire, mais sous sa plume elle deviendrait encore plus sordide.

« Ce n'est pas à moi de faire ce récit. Si tu veux l'entendre, tu devras le lui demander, à elle.

— Oh ! Elle refusera de me parler. Elle est en colère contre moi. Ah ! La fureur d'une femme : un rocher en fusion craché par un volcan, qu'on ne peut arrêter et qui met l'éternité à refroidir. Tu devrais la conseiller, Bucino. Elle t'écouterait. Elle devrait mettre un terme à cette querelle. Nous sommes tous en exil désormais, et si Venise a sa part de jolies femmes, peu ont sa perspicacité et son esprit. Et, crois-moi, cette ville est mûre pour la munificence, pour la liberté, l'honneur et la prospérité...

— J'ai entendu dire que tu répétais cela partout. J'espère que tu tires un bon salaire de cette flagornerie civique.

— Ha ! Pas encore, mais j'ai bon espoir que le doge me fasse un sourire. Il a très envie de voir écrites les louanges de sa ville. »

L'adorable Anfrosina entre avec les fruits et le vin, qu'elle pose sur la table avec force démonstrations d'apparat, et quand elle s'en va, l'Arétin la récompense d'une caresse sur la croupe. Je suis frappé par l'idée qu'on doit se lasser d'elle au bout de quelque temps. Pourtant ce serait merveilleux si on en avait l'occasion. Je la chasse de mes pensées car il vaut mieux ne pas mélanger affaires et plaisir.

Il m'offre la première ouverture. « Regarde comme mes

amis se montrent gentils avec moi. Des paniers de produits tout frais, en provenance directe de la campagne. Les meilleurs vins. On m'aime plus que je ne le mérite.

— Peut-être a-t-on surtout peur de toi.

— Non. À partir de maintenant, l'Arétin est un homme différent : paix, piété, panégyrique. Au moins pour quelque temps. » Il sourit.

Je respire un bon coup. « Ainsi, il n'y aura plus de poèmes sur des bites et des cons et sur des prélats sodomisant des courtisanes à Venise. Plus de fornication jusqu'à ce que mort s'ensuive, en célébrant les pauvres Adam et Ève, qui ont fait tomber sur nous le péché de la honte. »

Il me regarde en écarquillant les yeux. « Bucino ! Tu as une meilleure mémoire que moi. Je ne savais pas que tu aimais mon œuvre au point de la citer avec autant d'éloquence.

— Eh bien, c'est aussi mon travail, façon de parler.

— C'est vrai. Et comme tu le sais, j'ai la plus haute opinion de ce travail. Je suis sûr que j'y retournerai un jour. Pour l'instant, je suis une plume réformée, je ne prête plus attention qu'aux sujets civiques et spirituels.

— Bien sûr. Et tu ne sais rien de la barque pleine d'ivrognes et de rustres qui passa sous nos fenêtres, il y a deux nuits. »

Il réfléchit un instant. « Hum. Ta dame a-t-elle reçu la visite d'admirateurs ? »

Je ne réponds pas.

« Eh bien, tu as raison, j'ai chanté ses louanges devant quelques personnes qui apprécient la vraie beauté. Mais seulement parce qu'elle me manque. »

Je garde le silence.

« Elle va bien ? Je veux dire, elle n'a pas eu d'ennuis ? Ce n'est pas pour cette raison que tu es ici, j'espère. Je ne lui veux aucun mal, Bucino. Tu le sais mieux que quiconque. »

Son attitude me met plus à l'aise pour ce qui va suivre.

« En fait, dis-je, je suis ici parce que je voudrais discuter affaires avec toi.

— Discuter affaires ? Ah. » Il prend la bouteille et me sert un peu de vin. Un liquide doré dans lequel joue un rayon de soleil. « Je suis tout ouïe.

— Quelque chose m'est tombé entre les mains. Une œuvre d'art, d'une valeur considérable. Un exemplaire des *Positions* de Giulio. » Je fais une pause. « Les gravures originales...

— Les gravures originales ! Les premiers tirages de Marcantonio ?

— Oui. » Je suis aux anges maintenant. « Et les *Sonnets luxurieux* les accompagnent.

— Mais comment ? C'est impossible. Les plaques de Marcantonio ont été détruites bien avant que je pose ma plume sur le papier.

— Je ne peux te dire comment cela est arrivé, parce que pour être honnête, je ne le sais pas. La seule chose certaine, c'est que je les ai.

— Où les as-tu trouvées ? »

Je prends quelques baies. Elles sont un peu acides mais nous sommes en début d'année et le soleil n'a pas encore eu le temps de les adoucir. « Disons qu'elles ont abouti entre mes mains dans la folie des derniers jours de Rome. Quand tant de gens fuyaient.

— Ascanio, marmonne-t-il. Bien sûr, cette petite merde.

— Si cela peut te consoler, il a quitté Rome sans le seul volume qui aurait pu faire sa fortune. »

Il me jette un rapide regard. « Où est ce livre ? Je peux le voir ?

— Oh, je ne l'ai pas apporté avec moi. Les sensations charnelles auraient souillé les rues de cette ville si pure. »

Il grommelle. « Je vois. Que veux-tu de moi, Bucino ?

— J'ai pensé que nous pourrions nous lancer ensemble dans l'édition. Avec tes relations, nous le ferions recopier soigneusement et nous le vendrions dans toute la ville. Cela assurerait notre fortune.

— Oui, murmure-t-il. Ta fortune et en même temps ma disgrâce.

— Ah ! Auquel cas il vaudrait sans doute mieux pour moi vendre l'ouvrage à un collectionneur. Un homme de goût et d'influence. Nous sommes un peu à court de fonds en ce moment, et en le mettant aux enchères...

— Oh... du chantage ! » Il boit une gorgée de vin sans me quitter des yeux. « Je dois te dire que tu me déçois. J'avais une plus haute opinion de toi. »

J'incline la tête. « Tout ce que je sais, je l'ai appris d'un homme beaucoup plus talentueux que moi. Un grand écrivain qui a gagné sa vie en répandant le scandale. Ou qui était payé pour ne pas le faire. »

Cette fois, il éclate de rire. « Nom de Dieu, tu me plais, Bucino. Apporte ce livre et ta maîtresse pour qu'elle s'installe avec moi. Ensemble nous allons dominer Venise. »

C'est à mon tour de rester silencieux.

Il soupire. « Hélas, de toute façon, je ne la supporterais pas. Parce que je n'ai pas d'argent. C'est là que réside le problème avec ton plan, tu vois. Ceci. Tout ceci... » – il montre la table et la pièce d'un geste du bras –, « ... ce sont simplement des amis qui m'ont fait la charité.

— Je ne veux pas d'argent, dis-je.

— Non ? Alors, que veux-tu ? »

Je prends ma respiration. « Je veux que tu lui trouves un protecteur. Un homme avec une position et de la richesse. Quelqu'un qui apprécie la beauté et l'esprit, et qui la traitera bien. »

Il s'appuie au dossier de sa chaise. « Tu sais, je pense que c'est une chance que nous ayons été brouillés pendant toutes ces années. Sinon nous aurions été rivaux et je l'aurais perdue d'une autre façon. Cela a vraiment été très dur ?

— Tu n'en as pas idée.

— Oh, je n'en suis pas si sûr. Une fois, dans une ruelle de Rome, j'ai pensé entendre le cavalier de la mort dans les pas de l'assassin qui a massacré ma main d'écrivain. Je suis resté là et j'ai vu un homme avec une âme plus grande que celle de quiconque parmi nous se cogner la tête contre les murs pour stopper la douleur atroce d'une jambe amputée qui l'entraînait dans la mort. J'ai pleuré comme un enfant quand il est parti car c'était un de mes meilleurs amis. » Il secoue la tête. « Je n'ai aucun appétit pour la souffrance, Bucino. J'aime trop le plaisir. Parfois, je pense que je dois avoir quelque chose d'une femme. C'est pourquoi j'aime tant leur compagnie. Cela causera ma ruine. Mais je ferai courir la vie avant qu'elle ne m'arrête. Ainsi, sa demande est la suivante : un bon protecteur. Rien d'autre ?

— Que tu fasses inscrire son nom dans le registre des courtisanes. Je rédigerai l'entrée et tu trouveras un de tes amis nobles pour l'y publier.

— Non, dit-il fermement. Je ne ferai pas cela. »

Pendant une seconde je ne sais plus que dire. Je me glisse au bas de ma chaise. « Alors, je vais porter le livre ailleurs.

— Ah ! Attends ! Si tu prétends avoir appris du maître, alors ne montre pas tant de hâte. Quand on négocie un marché, on donne et on prend de chaque côté. Assieds-toi. »

Je m'assieds.

« L'entrée dans le registre, je vais trouver un moyen. » Il me fait lanterner. « Mais tu ne la rédigeras pas. C'est moi qui le ferai. »

Je le regarde fixement. « Et comment saurai-je que tu ne la trahiras pas ?

— Parce que, Bucino, même lorsque j'exagère, je dis encore la vérité. Surtout à propos des femmes. Tu ne le sais que trop bien. »

Je me lève de nouveau.

« Et comment saurai-je que tu respecteras ta part du marché, et que je ne me réveillerai pas un beau matin, alors qu'elle sera installée et riche, pour trouver des exemplaires des *Positions* dans tout Venise, avec mon nom dessus.

— Parce que si tu es loyal envers elle, alors je le serai envers toi. Tu ne le sais que trop bien. »

16

DE L'AUTRE CÔTÉ DU CANAL, notre vieille chauve-souris reste figée derrière sa vitre. Il fait plus frais maintenant et les mêmes rafales qui secouent nos fenêtres doivent secouer aussi les siennes, mais elle ne bouge pas. Son visage est comme le tonnerre et si elle pouvait fixer son regard sans cesse en mouvement pendant assez longtemps, nous pourrions entendre le marteau de sa désapprobation, mais nous avons notre propre sorcière pour nous protéger et nous sommes trop occupés à parer notre jeune beauté pour accorder quelque intérêt aux humeurs revêches de l'âge.

La Draga et ma maîtresse sont ensemble depuis le début de l'après-midi. On m'a interdit d'entrer tant qu'elles n'ont pas fini, et ma tâche consiste maintenant à me montrer impressionné par ce que je vois. Mais je n'ai pas besoin de me forcer. Elle est si grande dans ses chaussures à semelles épaisses que je dois me mettre debout pour avoir une impression d'ensemble. Elle porte la plus belle des robes d'occasion en soie sauvage écarlate. Les manches couleur crème, serrées aux poignets, s'élargissent en nuages rouges aux coudes ; le corselet brodé d'un galon or attire le regard sur le décolleté plongeant, et la jupe se gonfle et bouillonne à partir d'une ceinture ornée de pierreries attachée sous les seins. Elle déploie un tel luxe qu'on doit espérer que l'Arétin ne comptera pas le doge parmi ses invités, parce qu'on l'a vu renvoyer chez elles des femmes dont la longueur de la robe était si manifestement excessive qu'on n'avait pas besoin de la mesurer pour savoir qu'elle contrevenait à la loi.

Mais personne ne renverrait ma dame chez elle. Car sa robe n'est qu'une enveloppe. Quant à la femme qui se trouve dedans, eh bien, après tant d'années à son service, mes compliments sont usés d'avoir été trop employés. Mais je lui dirai quelques mots sur ses cheveux, dont certains ne sont pas à elles et méritent par conséquent un commentaire. On les a câlinés et taquinés en une douzaine de boucles sur son front et on a laissé quelques frisettes voleter autour de ses joues, tandis que le reste lui tombe en lentes ondulations jusqu'au milieu du dos, depuis ce qui semble être un bandeau tressé de ses propres cheveux. Je ferme les yeux pour les voir imprimés sous mes paupières et l'air se remplit du parfum des roses et de la promesse de l'été.

« Alors ? » Sa question me fait rouvrir les yeux. « Tu pourrais au moins dire quelque chose. Cela nous a pris toute la journée. Quelques vers de Pétrarque peut-être ? Ou de cet autre auteur que tu aimes tant citer. Comment s'appelle-t-il ? Quelque chose sur la façon dont ta dame éclipse le soleil et la joie ? »

Mais elle a tellement confiance en elle que je ne vais pas lui donner satisfaction sans d'abord faire quelque plaisanterie. J'essaie de rester sans expression. « Vous sentez très bon, dis-je d'un ton catégorique. Si la robe et les cheveux ne font pas l'affaire, on pourra toujours leur demander de baisser les paupières.

— Bucino ! » Elle me lance un peigne et je regarde dans la direction de La Draga, juste à temps pour apercevoir ce qui pourrait passer pour un sourire sur un visage de spectre alors qu'elle rassemble ses pots et prend son châle, avant de partir. Je regarde son visage concentré tandis qu'elle se dirige vers la porte, chaque pas déjà marqué dans sa mémoire.

Elle et moi, nous n'avons pas parlé argent depuis le vol du rubis. Bien qu'elle ait offert son aide à ma dame, il se trouve que nous avons encore une dette envers elle, pas seulement pour les cheveux mais pour les différentes potions qu'elles ont utilisées au cours des derniers jours, des choses qui concernent les endroits secrets du corps des femmes sans aucun doute, et, je le suppose, quelques artifices afin d'augmenter l'appétit des hommes pour l'amour, ce que je désapprouve comme ma dame le sait, et dont, par conséquent, elle ne me parlera pas. Ma dame me dit que La Draga se contente d'attendre que nous ayons reconstitué notre fortune pour être payée, mais je préférerais régler les choses maintenant. Je n'aime pas être en dette avec quelqu'un, et si la conquête de ma dame et la barque remplie de jeunes braillards font marcher les langues, la présence continuelle de La Draga chez nous n'a rien fait pour améliorer notre réputation dans le quartier.

Si beaucoup de nos voisins traversent le campo quand ils me voient venir, le vieil homme du puits me parle toujours, mais pour m'abreuver de « bons conseils ». Il ne fait pas mystère de ce qu'il pense de La Draga. C'est une sorcière du ventre, dit-il, et il se signe en prononçant ce mot, car tout ce qui touche aux parties fertiles et porteuses de sang des femmes remplit les hommes de soupçon et de crainte. Il dit qu'elle est née sur une des îles et qu'elle est arrivée en ville dans sa jeunesse, mais il semble que ses parents soient morts peu de temps après. Il me raconte comment, lorsqu'elle était petite et qu'elle voyait encore un peu, elle disparut de chez elle et on la retrouva sur la piazzetta près des Piliers de Justice, les mains pleines de terre prise sur le bûcher froid où, la veille, on avait brûlé vivant un sodomite. Quand elle revint, elle en fit une pâte à laquelle elle mélangea des plantes et des herbes, et le jour même elle guérit une femme de la plus terrible des maladies. Cette sorte d'histoire s'est transmise de bouche à oreille, mais elle possède encore assez de puissance pour qu'on ne puisse plus la réfuter tant elle est connue. Ensuite, dit-il, dans le quartier, toutes les femmes qui tombaient malades ne prenaient pas la peine d'aller voir le médecin, elles s'adressaient directement à elle. Sans aucun doute par peur qu'elle ne jette un sort si on l'ignorait. D'après lui, plus elle soignait de gens, plus elle devenait infirme ; plus sa seconde vue devenait perçante, plus ses yeux étaient aveugles.

Si je suis moins sensible que beaucoup à la peur qui entoure les sorcières (toute personne qui souffre terriblement va chercher de l'aide là où elle peut en trouver), je n'ai jamais connu de guérisseuse qui ne prétende pas avoir plus de sagesse qu'elle, et, en particulier, j'ai vu trop de courtisanes développer un grand appétit pour les philtres d'amour afin de s'attacher des hommes et de les seconder dans leur travail, remèdes qui – car elles deviennent autant dépendantes que les hommes – ne servent absolument à rien. Mais s'il peut être grossier d'attribuer la générosité de La Draga au seul intérêt financier, il n'en reste pas moins que nous pourrions vivre sans elle. En tout cas si c'était moi qui décidais.

Elle a déjà descendu l'escalier, franchi la porte et est arrivée dans la rue quand je la rattrape. Je ne l'affronterais pas dans une course à travers la ville parce que, bien qu'elle ait perdu la vue, elle a appris à voir suffisamment grâce à ses oreilles. Aussi, elle a reconnu mes pieds plats qui la suivent et je vois à son visage qu'elle est excédée.

« Bucino ?

— Oui. »

Elle se détend un peu. « J'ai oublié quelque chose ?

— Je... Vous êtes partie avant que je vous paie. »

Petit haussement d'épaules, mais ses yeux restent fixés au sol. « Je vous l'ai dit, je peux attendre. » Et elle se retourne. Avant même que je ne l'aie accusée de vol l'autre jour, elle semblait aussi mal à l'aise devant moi que moi devant elle.

« Non, dis-je plus fort. Je préférerais régler les choses

maintenant. Vous avez été très aimable, mais ma dame est guérie et nous n'aurons plus besoin de vous pendant quelque temps. »

Elle penche la tête sur le côté, comme un oiseau qui écoute le chant d'un compagnon. « Je crois qu'elle et moi nous n'en avons pas encore fini, répond-elle d'une voix qui ressemble à un souffle de vent accompagné d'un petit sourire stupide.

— Comment cela ? Vous n'en avez pas encore fini ? Je vous dis que ma dame est guérie. » Je sens que je m'énerve. « Et nous n'avons pas besoin de philtres d'amour.

— Je comprends. » Son sourire se fige et elle tord un peu la bouche. Je suis étonné par les mouvements de son visage. Mais elle ne se rend pas compte de leur impact. Je n'ai compris le pouvoir de mon grand sourire que dans le miroir du visage des autres.

« Dites-moi, qu'avez-vous autour du cou, Bucino ? »

Elle tend la main vers moi, mais ne peut évaluer ma taille dans ses ténèbres, et ses doigts s'agitent au-dessus de ma tête comme un oiseau en cage.

« Comment savez-vous que j'ai quelque chose autour du cou ? » Je lui ai répliqué sèchement et, encouragé par son erreur, je m'avance presque à la toucher, afin de regarder droit dans ses yeux, dans la brume infecte de sa cécité. Elle doit sentir mon haleine sur son visage parce qu'elle se raidit, mais elle tient bon.

« Je le sais parce que vous avez juré dessus l'autre jour. »

Je m'en souviens et je suis mécontent de ne pas m'en être rendu compte. « C'est une dent.

— Une dent ?

— Oui. La dent d'un chien de mon père. Il me l'a donnée avant de mourir.

— Et pourquoi vous l'a-t-il donnée ? Comme souvenir ? Comme pendentif ? Un charme contre le mauvais sort ?

— Je… oui… et pourquoi pas ?

— Pourquoi pas, en effet ? »

Elle sourit maintenant, du même sourire rêveur que devant l'Arétin, celui qui s'étale sur tout son visage et qui fait briller sa peau. De la même façon qu'elle ne sait pas quand son expression est menaçante, elle ignore quand elle devient lumineuse.

Alors que je m'acharne à lutter contre elle, il émane d'elle une douceur particulière qui menace de m'ébranler.

« Oui, la dame Bianchini est guérie dans son corps. Mais cela fait longtemps qu'elle n'est pas allée dans le monde. Elle se sent inquiète. Vous passez vos journées à courir la ville et vous ne voyez pas ce qui vous crève les yeux. Je lui donne quelque chose pour chasser sa peur. C'est tout. Si elle y croit, tant mieux. Comme votre dent de chien. Vous comprenez ? Voilà à quoi servent mes "philtres d'amour". Et pour cela, je ne vous prends rien. Alors vous pouvez ranger votre bourse. »

Il n'y a rien à dire. Je sais qu'elle a raison et que j'ai tort. Et, même si je me suis montré stupide, je ne le suis pas assez pour ne pas le reconnaître maintenant.

Un jeune garçon vient vers nous, de l'autre côté de la rue. Je reconnais le commis du boulanger qui l'aide le matin de bonne heure sur la place. Il s'approche et s'arrête en écarquillant les yeux parce que, bien sûr, ensemble, nous formons sans doute la chose la plus étrange qu'il ait vue de sa vie. Je lui offre mon plus beau sourire, bouche grande ouverte, pour me débarrasser de lui, et il se sauve comme si je lui avais craché dessus. Dans quelques minutes, il ne sera plus question que de cela : la sorcière et le nain gambadant ensemble en plein jour. On parlera sans aucun doute de sensualité, car le péché du sexe n'est jamais loin dans les imaginations oisives, en particulier quand il s'agit de personnes difformes, et tout le monde saura que nous travaillons pour la putain dont le parfum attire des barques pleines de jeunes gens haletants jusqu'à sa porte, au milieu de la nuit.

Elle attend et quand je me calme, elle me demande :
« Dites-moi, pourquoi ne m'aimez-vous pas, Bucino ?
— Quoi ?
— Nous sommes tous deux à son service. Nous prenons soin d'elle. Et elle de nous. Cependant nous nous disputons toujours, vous et moi...
— Ce n'est... Ce n'est pas que je ne vous aime pas. Je veux dire...
— Peut-être pensez-vous encore que je l'ai escroquée, que ses cheveux auraient repoussé sans moi. Ou que je suis une sorcière, parce que les gens médisent autant de moi que de vous. C'est cela ? Ou est-ce que vous n'aimez pas me regarder ? Suis-je vraiment plus laide que vous ? »
Je ne sais plus que dire. Moi qui ai toujours réponse à tout, je ne sais pas quoi lui rétorquer. Je me sens presque comme un enfant pris en flagrant délit de mensonge. Elle a le visage calme et, pendant quelques instants, je ne sais pas ce qu'elle va faire. Quand ses mains se tendent, elles ne ratent pas leur cible. Elles touchent mon grand front et c'est à mon tour de frissonner. Je suis surpris de sentir à quel point ses mains sont glacées. Ses doigts se déplacent lentement sur mon visage, et trouvent leur chemin à tâtons, mes yeux, mon nez, ma bouche, mon menton, elle me lit par le contact. Je tremble, entre autres parce qu'elle ne parle pas, et quand elle a fini, elle retire simplement ses mains et quelques secondes après, elle se retourne et s'en va.

Je la regarde traverser le pont et disparaître dans la première ruelle. Je vois tout : sa claudication, les pierres sous ses pieds, le bleu profond du châle qu'on lui a offert. Tout cela, clair comme le jour. Mais je n'ai aucune idée de ce que je ressens. Et pourtant, je sais pourquoi je ne l'aime pas. Parce que, d'une certaine façon, à cause d'elle, je me sens plus petit que je ne le suis.

« Oh, la voici, Bucino. Vite... »

Quand j'arrive dans la pièce, ma dame est debout et prend son manteau, tout excitée.

« Voici la gondole. Elle attend en bas. »

Je regarde par la fenêtre. Maintenant que nous sommes riches de promesses, nous nous sentons plus libres de dépenser de l'argent pour un déplacement de nuit. C'est une embarcation imposante. Pas aussi somptueuse que celle que nous aurions peut-être louée pour gagner notre vie, mais assez élégante ; le gouvernail couleur argent luit dans la lumière déclinante, le batelier à la peau sombre, vêtu de velours rouge et or comme un courtisan, se tient bien droit à la poupe et sa rame unique repose dans son logement. Il doit y avoir très longtemps que cette maison n'a pas été le lieu d'une telle ostentation et, de l'autre côté du canal, notre espionne aux yeux qui louchent se penche tellement à sa fenêtre qu'à chaque instant elle risque de se noyer par curiosité. Mais ce soir, elle n'est pas seule. Un peu plus loin, des visages sortent des maisons, et quand nous arrivons en bas et que nous ouvrons les portes qui donnent sur le canal, le pont voisin s'est transformé en lieu d'obser-vation, avec le commis boulanger et cinq ou six autres qui restent bouche bée. Je pense à mon vieillard du puits qui se vante de tout savoir, et je regrette presque de ne pas l'avoir prévenu pour qu'il puisse assister lui aussi à notre départ.

Je me prépare à entendre des moqueries. Le jeune Sarrasin prend la main de ma dame et l'aide à monter dans la barque. Le soleil est bas, de l'autre côté du pont, et sa lumière dorée allume un incendie dans sa jupe écarlate, qui tourne autour d'elle. Elle lève les yeux et, en un seul instant, avant d'entrer dans la cabine et de s'installer sur les coussins, elle voit tout son public. Je monte sur le banc de bois tandis que le batelier laisse glisser sa rame et nous écarte du quai en direction du canal principal.

« Putain sur l'eau !

— Sorcière !

— Montre-nous ce que tu as à vendre !» Ce sont des voix de jeunes garçons qui n'ont pas encore entièrement mué et, sous les insultes, on peut entendre enfler leur désir. La gondole s'éloigne et, lorsqu'elle passe sous la fenêtre de la vieille femme, elle se penche encore plus et lance un énorme crachat, comme avec une fronde. Il s'écrase à côté de moi. Je lève les yeux et je m'apprête à faire un pied de nez à sa face édentée, mais d'un seul mouvement de la rame nous nous éloignons, la proue partage l'eau comme les ciseaux d'un tailleur coupent la soie, et nous laissons tout derrière nous.

Le Sarrasin connaît les chemins de l'eau comme je connais ceux de la terre. Il se tient debout, le pied gauche presque sur le bord de la gondole, il tourne le corps un peu comme un danseur, quand il glisse dans les angles et nous fait passer comme un long soupir sous les ponts aux arches basses. La lumière du jour disparaît rapidement et le bord de l'embarcation semble filer juste au niveau de l'eau, à tel point qu'au début je m'efforce de ne pas avoir peur. Mais mon esprit est trop occupé pour cela. Nous refaisons à l'envers le parcours que nous avons emprunté il y a des mois, nous quittons le labyrinthe des petits canaux pour aller vers les plus grands. Cela semble si loin : la nuit d'été obscure et la chaleur étouffante, la femme avec son parfum de musc et le rideau qu'on ferme au moment où l'homme tend le bras vers elle. Aujourd'hui ma dame est assise à la même place qu'elle, grande et immobile, tête droite, long cou, mains croisées dans les bouillons de sa robe, aussi consciente de sa beauté que si elle se regardait dans un miroir. Je veux lui demander comment elle se sent, lui dire que sa beauté n'a pas besoin de philtres d'amour, mais je me rappelle les propos de La Draga, que la confiance repose autant dans la croyance que dans le breuvage, et je me tais. Quelque chose est en train de changer entre nous : après avoir été si longtemps compagnons dans l'adversité, nous redevenons des professionnels, et une petite distance est nécessaire entre la courtisane et son jouet exotique.

Nous nous engageons dans le Grand Canal au début de la longue courbe paresseuse qui conduit au Rialto, et un véritable spectacle s'offre à nous. Le brouhaha du marché a pris fin, laissant place à une circulation plus raffinée ; de petites flottes de gondoles décorées, avec cabines, certaines ouvertes, d'autres fermées, transportent des gens à une centaine de rendez-vous différents. À notre gauche, deux jeunes femmes sont assises, enveloppées dans des voiles et des châles comme des paquets précieux, mais elles sortent vivement la tête de leur cabine pour observer la peau et les cheveux découverts de ma dame. Nous croisons une barque remplie de corbeaux en grande tenue, et tous la dévorent furtivement des yeux quand nous passons à côté d'eux. Derrière nous, le ciel a pris la couleur d'un abricot trop mûr. Sur les terrasses de bois perchées comme des lits à colonnes sur le toit des maisons, de jeunes femmes rentrent des tentures et des tapis qu'on avait sortis pour leur faire prendre l'air, et les draps de leurs lessives qui flottent comme des drapeaux, tandis qu'autour d'elles les chapeaux de cheminée ressemblent à de grands gobelets de vin disposés sur la table de l'horizon, dressée pour les dieux. Dans les somptueuses demeures de chaque côté du canal, on allume les pièces du piano nobile. Par les loggias ouvertes, on aperçoit des domestiques qui installent des bougies dans des bougeoirs fixés aux murs, ou dans des chandeliers qu'on hisse quand elles sont allumées. Pendant notre période de pauvreté, nous devions nous contenter de chandelles de suif crachotantes et puantes, et je suis impatient de revoir le monde dans la lumière des bougies de cire d'abeille, car ainsi que vous le dira toute courtisane digne de ce nom, sa lumière transforme la peau la plus grêlée en duvet de cygne. À mon avis, c'est une des raisons pour lesquelles les plus grandes conquêtes sont organisées et conclues la nuit.

La maison de l'Arétin est déjà éclairée, et quatre gondoles richement décorées sont amarrées en bas. Le batelier nous conduit adroitement jusqu'au ponton et tous les deux nous soulevons les jupes de ma dame pour éviter les dalles humides et la saleté de l'entrée, tandis qu'il crie pour prévenir de notre arrivée.

En montant l'escalier, nous entendons des voix et des rires. L'Arétin nous attend sur le palier. Ma dame monte comme un grand navire toutes voiles déployées, et il tend la main vers elle tandis que je la suis en tenant des brassées de soie. Bien qu'il ait des raisons de nous en vouloir, il est évident que la présence de ma dame le rend heureux, car il a toujours aimé les beaux objets et le parfum de l'aventure ne l'a jamais effrayé. C'est une des choses qui les avaient réunis.

« Ma chère Fiammetta, dit-il d'une voix forte en agitant la main comme le courtisan qu'il ne sera jamais. Vous avez plus d'allure que la reine de Carthage et votre beauté fait honte aux couchers de soleil sur Venise. Ma maison est honorée de vous accueillir.

— Au contraire, monsieur, c'est moi qui suis honorée d'être ici », déclare-t-elle sur le même ton. Et elle se penche pour se mettre à sa hauteur car il n'est pas très grand et, avec ses socques, elle domine la plupart des hommes. « Vos insultes ont toujours été plus originales que vos compliments, Pietro. » Elle parle maintenant d'une voix nuancée et douce.

« C'est parce que vous ne les payez pas. Je garde le meilleur pour la vente au détail. Or donc – votre nain s'est montré un très dur négociateur et il semble que nous soyons en affaires. Cependant, étant donné votre noblesse d'esprit, je pense que cela ne vous dérangera pas d'en partager un peu avec moi. Ce soir, il y a trois hommes ici qui, chacun à sa façon, ont assez d'argent pour garnir de plumes nos deux nids. Cela ne vous pose pas de problème si nous les travaillons ensemble, n'est-ce pas ?

— Pas le moins du monde, répond-elle, l'œil prêt pour les affaires. Dites-moi.

— Le premier se nomme Mario Treviso, et c'est un des marchands dont l'odeur est la plus agréable vu qu'il tire sa fortune du savon. Il passe ses journées à surveiller ses entrepôts et à écrire des vers atroces pour lesquels il est à la recherche d'une muse, car sa femme a tellement grossi après une douzaine d'enfants que la dernière fois qu'elle a essayé de quitter sa maison, on a dû la descendre dans la gondole avec un treuil.

— Dans quel camp se situe-t-il ? Est-il noble ou simple citoyen ?

— Simple citoyen, mais si l'argent permet d'acheter un titre de noblesse, il aura bientôt payé assez de pots-de-vin pour se frayer un chemin jusqu'aux conseils de l'État, car il possède plus de biens que beaucoup qui portent un nom. Les choses ont bien changé depuis que vous avez quitté Venise. Certaines grandes familles sont trop paresseuses pour prendre encore la mer, et leur sang est plus riche que leurs coffres. Pourtant, si vous ne préférez pas la naissance à la fortune, Treviso est une prise excellente. Il est riche comme Crésus et il aime la beauté, même s'il est sourd à toute poésie véritable. Pendant quelque temps, il a entretenu une courtisane appelée Bianca Gravello, mais sa stupidité surpassait sa beauté, et sa cupidité la rendait grossière, aussi, en ce moment, il a besoin d'être manié avec délicatesse. C'est un véritable chien couchant et je doute qu'il vous créera des problèmes, mais vous souhaitez peut-être un peu plus d'aventure. »

Elle sourit. « J'ai connu assez d'aventures ces derniers temps pour accueillir favorablement l'ennui. Il me semble parfait. Je vais peut-être l'emmener tout de suite chez moi.

— Oh non. J'ai organisé une fête dans ma maison, et vous allez devoir travailler pour gagner votre vie. Le suivant est Guy de Ramellet, un émissaire de la cour de France. L'étoile de ce pays pâlit à Venise, et il est venu se faire des amis et acheter de l'influence. Il se considère comme un érudit et un penseur. En réalité, c'est un bouffon, et il a peut-être attrapé la vérole – je vous donne ce petit potin au nom de notre amitié, car il sera très impatient d'entrer dans votre lit. Cependant, son roi m'est redevable pour des vers écrits en sa faveur, et plus ce rustre associera son plaisir et moi, plus il sera possible qu'il le rappelle à Sa Majesté. Mais vous n'avez pas à agir comme mon récupérateur de créances.

— Ni vous comme mon souteneur, dit-elle, car ils sont à nouveau égaux et ce jeu leur plaît. Mais si votre intelligence vous fait défaut, Bucino pourra peut-être vous prendre comme apprenti. Et le troisième ?

— Ah, le troisième est un drôle d'oiseau. Un infidèle, mais doté d'un palais délicat. Il a l'habitude d'observer plutôt que d'entrer dans le jeu. C'est le marchand en chef du sultan à Venise, et son travail consiste à acheter des objets de luxe susceptibles d'amuser son maître puis de les rapporter par bateau à la cour de Soliman. Je lui ai claire-ment expliqué que vous n'étiez pas destinée à l'exportation.

— Alors, à quoi vous sert-il ? Vendez-vous votre plume aux deux côtés pour vous couvrir ?

— Oh, si seulement je le pouvais. Ce sont peut-être des infidèles, mais je vous assure que ce sont de meilleurs soldats que la plupart de ceux que produit la chrétienté de nos jours. Sur le Rialto, les dernières nouvelles disent que l'armée du sultan est à mi-chemin de la Hongrie et qu'il a un œil sur Vienne. Non. Je ne recherche pas son patronage même si j'ai d'autres plans pour lui. Eh bien, si vous êtes prête…

— Je crois que vous avez oublié quelqu'un.

— Comment ?

— J'ai compté quatre gondoles amarrées au ponton.

— Ah oui, bien sûr. Le quatrième n'est pas pour vous.

219

C'est mon invité personnel : un homme qui possède un talent infini et une épouse à laquelle il reste courageusement fidèle, même si son pinceau le démange de reproduire l'éclat de perle de la peau de toute belle femme qu'il rencontre. Il est ici parce qu'un ami a parié qu'une courtisane romaine a plus de beauté et de charme que toutes celles qu'il pourrait trouver à Venise.

— Qu'espérez-vous y gagner ?

— Un portrait de moi-même avec ma nouvelle barbe et mon ventre.

— Et si vous perdez ?

— Oh, je n'ai rien offert en échange. »

Elle sourit. Il y a un petit silence. « Je vous suis reconnaissante, Pietro.

— Hum... J'aimerais l'avoir fait sans y avoir été contraint. Je sais, je sais... Fiammetta Bianchini ne quémande jamais et l'Arétin l'a offensée autrefois. Mais lui non plus ne s'en est pas tiré indemne, vous devriez peut-être vous le rappeler. »

Il se penche et lui baise la main. Il fait sombre là où je me tiens derrière eux, dans l'escalier. Les petits hommes entendent souvent des secrets qui n'étaient pas destinés à leurs oreilles. Mais il me semble, quel qu'ait été le passé, que ces deux-là ont été taillés dans la même étoffe, élevés pour les affaires autant que pour les sentiments, et ils réussiront mieux comme amis que comme presque amants.

« Alors, allons les affronter, Fiammetta, dit-il en se redressant et j'entends son sourire dans sa voix. Votre indépendance a toujours été aussi irritante qu'excitante. Mais vous serez bientôt à nouveau établie si vous jouez bien votre partie ce soir. Nous sommes tous deux redevables à l'adresse de votre nain. Allez, sors de ses jupes, Bucino. Cela ne te convient pas de renifler le postérieur d'une femme, même si tu es de la bonne hauteur. Bonté divine, tu t'es changé pour la soirée ! Cela nous honore. Je pense que ton esprit est aussi doux que ton velours. Quels sont tes projets pour la nuit ? Veux-tu flâner dans la cuisine avec la belle Anfrosina ou jouer au singe savant ici, avec nous ? »

Moi, bien sûr, je donnerais n'importe quoi pour rester là, et ma dame ne pourrait que gagner à ma présence, ne serait-ce que dans leur étonnement devant le contraste entre sa beauté et ma laideur. Mais son regard me dit rapidement que je dois la laisser seule. La Draga avait raison. Elle est plus inquiète que je ne le pensais. Je lui fais un clin d'œil solennel et je me tourne vers lui : « Je vais profiter de la cuisine.

— C'est peut-être aussi bien. Nous ne voudrions pas que le Turc t'enveloppe dans ses robes et se sauve avec toi. J'ai entendu dire qu'à la cour du sultan on appréciait beaucoup les hommes compressés. Tu es un gredin mais je n'aimerais pas te perdre. »

Puis les portes s'ouvrent et ma dame disparaît.

17

RÉCEMMENT, J'AI RÉFLÉCHI À LA CONFESSION. (Ces soirées de présentation sont plus lentes et plus formelles qu'on ne le soupçonnerait, et je connais mieux que d'autres la frustration qui naît quand on gaspille son imagination sur des événements dont on ne peut pas modifier le cours. Malgré sa nervosité, ma dame a derrière elle des années d'expérience et si elle a besoin d'aide elle en demandera. Pour l'instant, j'ai du temps à perdre.) Quand je dis que j'ai réfléchi à la confession, je ne parle pas de mon âme : en général, je me sens assez à l'aise avec le poids des péchés que je porte, supérieur à certains mais inférieur à beaucoup d'autres.

Non, c'est plus que cela. Ayant travaillé pendant si longtemps dans la fornication, je suis curieux de savoir ce qui se passe quand tous ces grands et bons marchands, nobles, érudits et en général époux qui passent entre nos mains se retrouvent dans le confessionnal, pour demander le pardon à cause des diables qui semblent sortir de leurs reins avec tant de régularité. Quel travail que d'entendre leurs histoires : tous ces détails, la nature de chaque pensée impure, la chorégraphie de chaque acte sale. Il faut pour cela un saint qui puisse écouter celui qui a fauté sans s'égarer parfois soi-même sur les chemins du péché. Bien sûr, pour l'Arétin, un prêtre honnête n'existe pas. Tous ouvrent leurs confessionnaux afin d'offrir leur absolution personnelle aux coupables qui ont violé de jeunes femmes, ou d'aider à apaiser les inflammations de jeunes gens malavisés. Mais l'Arétin est célèbre depuis longtemps pour sa croisade contre le clergé et on sait qu'il peut lire une érection dans le pli raide des robes d'un moine.

En ce qui me concerne, je suis sûr qu'on doit pouvoir trouver parmi eux des hommes de bien qui font de leur mieux pour rester sous le regard de Dieu. Cependant, même pour eux, les gradations du péché de fornication sont légion et montrent une certaine confusion théologique. À Rome, avant notre départ, on fournissait aux jeunes prêtres des instructions écrites afin de corriger le comportement sexuel dans le mariage. Je le sais parce que, à l'époque où Ascanio vérifiait l'encre du trait des couples illicites de Giulio Romano, les presses fabriquaient également des manuels de confession. En réalité, c'est en étudiant quelques-unes de ces pages conservées à cause d'erreurs d'impression que nous nous sommes rendu compte nous-mêmes du nombre incroyable de péchés dont se rendaient coupables les hommes et les femmes dans le lit conjugal.

Certains sont évidents. Aucun couple, même avide de nouveauté ou craignant une nouvelle grossesse, ne peut confondre l'orifice nécessaire à la procréation avec un autre. Si, aux yeux de l'Église, la sodomie envoie un homme au bûcher plus vite qu'une femme, pour les deux c'est un péché mortel. Et si, aujourd'hui, certains érudits et certains médecins défendent le plaisir comme une aide pour engendrer des enfants sains (le propre cardinal de ma dame a fait partie d'un groupe de penseurs soucieux de vaincre l'hérésie en réformant l'Église mère), ce plaisir doit être le résultat d'une pratique régulière. L'épouse est allongée sur le dos et l'époux se couche sur elle. Tout excès dans la copulation, toute variation dans la position – debout, assise, sur le côté, ou, Dieu m'en garde, toute femme grimpant sur l'homme –, nécessite un passage au confessionnal afin de purifier l'âme. Le drame des images licencieuses de Giulio et la colère du censeur du pape ne concernaient pas un acte flagrant mais le fait que chacune des seize positions était interdite par l'Église. Comme il ne le savait que trop bien. Notre commerce n'a jamais si bien marché que dans les semaines où elles ont circulé dans Rome. Mais, regardons les choses en face : les hommes sont plus attirés par de tels péchés que les femmes. En fait, avec cet ensemble de règles et de règlements, il n'est pas étonnant qu'un homme tourmenté par les tentations charnelles, plutôt que de conduire son épouse vers la damnation, quitte le foyer conjugal pour le lit d'une femme plus à même de les contenir.

Ainsi, Fiammetta Bianchini, en vivant dans le péché, agissait en réalité comme sauveur des autres. Une fois, son cardinal me cita saint Augustin : les femmes publiques sont comme l'eau de sentine d'un bon bateau, car sans elle le niveau des égouts monterait jusqu'à submerger l'équipage et les passagers et ferait couler l'embarcation. Un état vertueux est comme un navire capable de naviguer. Ensuite, quand des hommes désertent le lit de leur femme pour venir nous voir, je n'ai pas de remords si je leur compte une bouteille ou deux en plus de celles qu'ils ont bues, ou une nuit entière quand ils s'en vont avant l'aube, car, de bien des façons, nous nous sacrifions pour le salut de l'équipage.

Quant à ma dame, à Rome, elle avait trouvé un réconfort dans la personne de son confesseur : un jeune dominicain qui ne radotait ni ne fouinait, mais lui donnait une juste pénitence en échange d'une belle offrande dans le tronc des pauvres. Mais en ce qui concerne notre vie ici, à Venise, eh bien, en premier le péché, puis l'argent, et enfin la confession.

D'après les bruits qui proviennent du portego, il semble que ce fameux péché est maintenant tout proche d'être commis. Les rires sont plus bruyants, et j'entends des voix qui font semblant de se disputer et même, une fois, les bribes d'une chanson. Rien ne me retient dans la cuisine. Le feu est éteint, et Anfrosina (une pensée impure qui n'est jamais allée jusqu'à un acte impur, même si je dois reconnaître le plaisir de quelques baisers et caresses) dort sur son grabat dans un coin de la pièce. Je me demande comment m'introduire dans la fête quand l'Arétin vient me chercher.

« Bucino ! Tu as l'air mélancolique. Ne me dis pas qu'Anfrosina t'a délaissé. » Je la montre du doigt et il s'approche d'elle. « Ah ! Regarde. J'en ai les os qui fondent. Quand j'étais enfant, j'avais l'habitude de dormir avec les chiens. Je crois que c'est de là qu'est né mon appétit pour le corps des femmes. La chaleur de ces petits morceaux de fourrure. Je suis étonné que tu n'en profites pas un peu.

— Je travaille, dis-je sèchement.

— C'est vrai à présent. Ta dame veut te voir... »

Je descends du banc avant qu'il ait le temps de finir.

« Holà ! Pas si vite. » Il rit et m'empêche de sortir. « On te demande mais pas tout de suite. Personne ne doit savoir qu'on t'a appelé. Il faut que tu attendes qu'elle te donne le signal.

— Que font-ils ?

— Ils jouent à un jeu sur l'art et les sens qu'il exige. Tu sais sans doute de quoi il s'agit, mais il semble frais comme une herbe nouvelle à ce public. Ah, le plaisir de regarder une bonne courtisane travailler pour gagner sa vie. Je vais laisser la porte entrouverte pour que tu voies par toi-même ce qui se passe. Tu dois connaître le plan mieux que moi. »

J'attends qu'il s'en aille puis je monte sans bruit l'escalier étroit et je longe le couloir jusqu'à l'entrée du portego. Je prends garde à ne pas trop m'approcher mais inutile de m'inquiéter : personne ne regarde dans ma direction de toute façon.

Par la porte entrouverte, je vois l'Arétin assis d'un côté de la pièce, puis deux autres hommes et ma maîtresse. Elle se tient debout devant eux, les bras tendus, et elle se retourne comme si elle fuyait un poursuivant acharné. Elle écarquille les yeux avec une expression d'étonnement faite de peur et d'attente, et elle reste tellement immobile – elle ne cligne même pas les paupières – qu'on la croirait transformée en statue, mais une statue dont les seins de marbre ne peuvent s'empêcher de se soulever en même temps que sa respiration, un mouvement que saisit avec grâce la lumière des chandelles.

Le silence se fait pendant quelques instants et un homme au visage rubicond apparaît et danse autour d'elle.

« Oh, repaissez-vous de ce spectacle, mes amis. La déesse l'emporte sur ce que je peux dire. Contemplez le pouvoir de la sculpture : la représentation de la nature dans sa plus pure vérité. Je vous le dis, monsignor Vecellio, même entre vos doigts, le peintre ne peut saisir cela. » Et il tend la main vers la douce courbe de son épaule nue.

« Oh, oh. *Ne me touche pas.* » Et la pièce explose de rire alors que la statue bouge les lèvres pour s'adresser à lui sans qu'un muscle tressaille. « La discussion en question, monsieur Ramellet, c'est la vue contre l'ouïe. Le toucher est un sens trop bas, bien qu'agréable.

— Mais je dois vous toucher, gémit-il. Tel est le pouvoir de la sculpture. Pourquoi croyez-vous que Pygmalion ait emmené Galatée au lit après l'avoir faite ?

— Ramellet a raison. » La voix forte de l'Arétin s'élève. « Même s'il détruit son argument en même temps. Pensez à ces taches anciennes de semence sur la magnifique robe d'Aphrodite à Cnide. La sculpture a depuis longtemps stimulé les sens par la vue.

— Oui, oui ! Et pourquoi cela ? Parce que plus que tout autre art, la sculpture capte l'essence de la nature et de la vie. Regardez Fiammetta.

— Bien sûr, c'est la vie, rugit un des hommes en face d'elle. Mais c'est parce qu'elle *est* vivante, espèce de balourd. Elle est de chair et non de marbre. Vous voulez un véritable concours entre les formes de l'art. Laissez-moi la peindre. Nous aurons ainsi quelque chose à comparer avec la nature.

— Ah, mais comment me peindriez-vous, maestro Vecellio ? » dit ma dame d'une voix douce, tout en gardant la pose. Avec ou sans vêtements ? »

Il hausse les épaules et fait un petit bruit de bouche. « Cela dépendrait du commanditaire du tableau. » Et une clameur s'élève pour l'inciter à poursuivre.

Ma dame rit et en profite pour quitter la pose, elle redresse la tête et les épaules avec grâce et rejette ses cheveux en arrière afin de lancer un regard vers la porte et de vérifier que je suis bien en place.

« Vous me flattez, messieurs, en vous montrant aussi généreux envers ma beauté. Mais j'ai peur que vous n'ayez été le jouet de mon argument. Ou plutôt de votre argument, parce que je crois, signor Treviso, que vous disiez il y a quelques instants » – et elle s'adresse au marchand de savon assis à côté du peintre, resté silencieux jusqu'à maintenant – « que si l'œil a la capacité de nous conduire vers Dieu, il peut parfois nous tromper. Parce que s'il répond naturellement à la beauté, la beauté n'est pas toujours la vérité.

— Quoi ? Êtes-vous en train de lancer une attaque à grande échelle contre la philosophie de Marsile Ficin ou nous mettez-vous seulement en garde contre nous-mêmes ? crie l'Arétin, dont la tâche ce soir est de laisser les autres parler mais qui ne peut rester hors de la mêlée.

— Oh, monsieur, loin de moi l'idée de mesurer mon esprit à un si grand érudit. Quant à la vérité de ma beauté, eh bien, il vous faudrait la pratiquer pour le savoir. » Et elle rit avec une fausse modestie bien venue. « Non, je parle du pouvoir de l'œil sous toutes ses formes. »

Alors qu'ils attendent sans bouger son prochain mot – et **tous** ceux qui suivront –, je comprends où elle veut en venir et quel sera mon rôle, aussi je défroisse mon pourpoint et je me prépare.

« Je veux que vous pensiez à l'amour, messieurs. Le plus cruel et le plus doux des désordres du sang. Cette maladie dont aucun homme ne veut guérir. Comment l'amour pénètre-t-il dans le corps sinon par les yeux ? Un homme regarde une femme. Ou une femme regarde un homme.» Tout en parlant, elle se tourne vers chacun d'eux et les fixe droit dans les yeux quelques instants dans un échange des plus sérieux. « Et dans ce regard d'or, quelque chose est transmis. On peut l'appeler esprit, on peut l'appeler étincelle animale, on peut l'appeler infection maudite – les plus savants eux-mêmes divergent sur ce point –, mais quoi que ce soit, cela passe entre qui aime et qui est aimé, et une fois reçu on ne peut plus l'arrêter, cela descend au fond des entrailles avant de se répandre partout en coulant dans le sang. N'êtes-vous pas d'accord, seigneur Treviso ?»

Son regard s'arrête sur lui alors qu'il approuve dans un murmure. Mon Dieu, il doit être très riche pour être aussi obtus.

« Et vous, monsieur ? dit-elle en s'adressant à l'Arétin.

— Oh, absolument, réplique celui-ci avec un grand sourire. Ce qui nous mène à la tentation ne peut nous délivrer du mal. Mais je vous le dis, les hommes souffrent plus de cette maladie que les femmes.

— Vous le croyez ? Vous ne pensez pas que c'est mutuel ?» Elle cherche une approbation chez les autres.

Le Français secoue vigoureusement la tête. « Oh, non, non, il a tout à fait raison. Moi-même, j'ai souffert plusieurs fois de cette maladie. Chaque fois, je ne peux plus dormir, manger, la joie et la peine m'assaillent tout ensemble. C'est une sorte de folie» – il rit – «dont je ne veux pas guérir.»

Je dois dire que de l'endroit d'où je me trouve, il n'a pas l'air bien portant. L'Arétin a raison. Si elle doit l'emmener dans son lit, La Draga ne suffira pas à purger les endroits où elle l'accueillera.

Son regard s'arrête sur la seule personne que je ne peux situer et qui, je le sais, est forcément le Turc. J'entends une

228

voix murmurer quelque chose, qui je le vois bien l'intéresse, mais je ne peux saisir ses paroles. Elle revient vers le marchand de savon, encore plus violemment d'accord. Cela lui vaut la récompense d'un sourire radieux. « Ah, soyez-en assuré, monsieur. La prochaine fois que cette douce maladie vous affectera, venez me voir, car j'y ai consacré une longue et difficile étude, et je me considère comme une experte dans son traitement. En fait, j'ai été connue pour sacrifier ma propre pureté afin d'aider les autres à retrouver la leur. »

L'assistance rit à nouveau. Mon Dieu, les hommes sont vraiment des enfants grandis trop vite quand il s'agit de se glisser sous les jupes d'une femme. Le péché d'Ève. Parfois, je ne sais plus si je dois prier pour le salut de son âme ou célébrer son appétit, car sans ma dame, nous serions en train de coudre des voiles et de tresser des cordages à l'Arsenal pour huit *soldi* par jour.

« Voilà, messieurs. Mais assez de ce bavardage charnel. Nous avons comme tâche, souvenez-vous, de trouver le sens et la forme artistiques qui nous rapprochent le plus de la beauté intérieure de Dieu. Puisque nous avons de bonnes raisons de soupçonner l'œil pour son inclination vers la tentation, passons maintenant à l'oreille. Pour cela, si vous le voulez bien, j'ai une autre expérience pour vous. »

Je me redresse et j'avale ma salive, car j'ai tendance à avoir des renvois quand je suis nerveux, et je ne voudrais pas gâcher la partie.

« Monsieur l'Arétin ? Accepteriez-vous de me prêter un luth ? »

Il en apporte un. Il est de meilleure qualité que le nôtre, mais n'a rien d'extraordinaire, et j'espère qu'elle saura en tirer de la beauté. Elle s'installe dans la lueur des chandelles, elle arrange ses jupes et ses cheveux avec une concentration très calme que l'observateur peut prendre à tort pour l'amour de la musique et non pour la perfection du tableau qu'elle peint d'elle-même. Elle essaie les cordes quelques instants, baisse la tête et commence à jouer. Je suis un peu inquiet d'entendre ses doigts nous trahir, mais les notes se répandent dans l'air comme une pluie d'or. J'observe leurs visages. Que peut-on attendre de plus d'une femme ? Beauté, esprit, plénitude du corps, un sourire comme le soleil et des doigts célestes. Tout ce qu'on a à faire c'est de payer le prix qu'elle mérite.

Elle joue d'abord une pièce assez longue pour mettre en appétit mais assez courte pour ne pas lasser, car si son auditoire se compose d'hommes cultivés, ils sont ici pour s'amuser et, comme moi, ils doivent sentir qu'on approche d'un point culminant. Elle laisse les dernières notes vibrer dans l'air, et quand ils demandent qu'elle continue, la voix la plus forte appartient à Treviso. Le regard a produit son effet et l'infection du désir passe lentement de son sang à ses entrailles.

« Alors, messieurs. Êtes-vous prêts ? Nous allons tester le pouvoir de l'oreille pour reconnaître la beauté véritable. Je veux que maintenant vous fermiez les paupières. »

Ils s'exécutent. « Abdullah Pashna, j'apprends que votre silence est d'or, mais je dois vous dire qu'en ce moment même, je crois que vous trichez. » Je vois l'ombre d'un sourire. « Merci. »

Quand elle est satisfaite, elle pose à nouveau les doigts sur les cordes et recommence à jouer, puis, après quelques minutes, elle me fait signe du regard.

Je pousse la porte aussi discrètement que je le peux – elle a choisi un air aux accords bien marqués pour couvrir le bruit de mes pas – et je m'avance à côté d'elle. J'ai les paumes humides à cause de ma nervosité. À notre grande époque, nous avons courtisé et séduit la moitié de Rome avec nos jeux mais, comme elle, je suis resté longtemps oisif. Je les regarde, assis autour d'elle : les yeux fermés avec obéissance, un demi-sourire sur le visage. Comme les hommes aiment qu'on les séduise ! Elle joue très bien ; le morceau a des passages de lumière et de douceur, ce qui rend l'instant plus enclin à la magie. Elle arrive à la fin d'une phrase et hésite.

« Messieurs. Non, ne bougez pas... Je veux simplement vous avertir que j'aurai fini dans un instant, mais quand les dernières notes s'éteindront, j'aimerais que vous gardiez les paupières baissées, ce qui sera mieux pour assimiler l'expérience. »

Tout en parlant, elle se lève en silence et me tend l'instrument. Je me tortille doucement pour monter sur le tabouret, je croise les jambes pour prendre le luth, ce qui, je dois le dire, est une véritable épreuve pour un homme de ma taille, et je m'installe, prêt à jouer les mesures de conclusion dès qu'elle aura fini de chanter. Bien sûr, je connais parfaitement sa chanson et mon caractère me pousse à aimer relever les défis. Mon jeu n'embrase peut-être pas le monde, mais il y a en lui de la délicatesse et du sentiment, et assez de fioritures pour maintenir leur attention en éveil.

Dans le silence qui suit les dernières notes, nous échangeons un regard.

Sa voix, quand elle s'élève, est comme une caresse.

« Messieurs, ouvrez les yeux et contemplez la beauté qui produit cette magnifique musique. »

Cinq paires d'yeux découvrent un incube au sourire de fou, un luth coincé sur la poitrine. L'exotisme contrasté de la laideur et de la beauté : notre spécialité.

Je ne sais à quoi ils s'attendaient, mais pas à ce spectacle, et je pense qu'ils le reçoivent comme un choc parce que la pièce reste silencieuse pendant un long moment. Je me laisse tomber du tabouret et fais une révérence maladroite tandis qu'elle se dirige vers moi en levant les mains pour nous accueillir tous.

« Messieurs. Je vous donne le pouvoir du son et le talent de mon nain fidèle et *véritablement* laid, Bucino Teodoldi. »

Brusquement, tout le monde éclate de rire, applaudit et applaudit encore – que peuvent-ils faire d'autre ? L'Arétin pousse un cri de joie et me donne une grande claque dans le dos avant de demander qu'on apporte du vin, tandis que ma dame s'assied, s'évente et boit en recevant les compliments pour lesquels elle a œuvré si dur et en même temps sans effort.

Tous boivent et l'esprit brille encore jusqu'à ce que quelques chandelles s'éteignent en crachotant. Ma dame se répand en éloges sur notre hôte qui saisit ce moment pour entraîner le Français dans son bureau afin de lui montrer la nouvelle lettre qu'il écrit pour son grand roi, et notre peintre noie les chagrins de la fidélité dans une autre bouteille. C'est le moment que choisit notre Turc, Abdullah Pashna – car c'est bien le même homme qui nous a sauvés sur le campo quelques semaines plus tôt – pour prendre son manteau et nous souhaiter le bonsoir ; il existe un protocole tacite pour de telles soirées de présentation, et il est clair pour tout le monde que le mouvement de la nuit a pris le chemin de la fortune du savon.

Je dois avouer que cela ne semble pas inquiéter outre mesure notre Turc. En fait, depuis mon apparition, il a manifesté autant d'intérêt envers moi qu'envers ma dame, et maintenant, avant de partir, il s'approche et dépose une bourse pleine de ducats sur mes genoux.

« Pour le silence de vos pieds et l'habileté de vos doigts. C'était un magnifique spectacle, mon ami. »

Je regarde ma dame, car je ne prends jamais de pourboire sans sa permission et comme je n'ai pas assisté à la soirée je n'ai aucun moyen de savoir ce qui a pu se passer entre eux. Elle me fait comprendre que tout va bien, et j'accepte avec plaisir, car l'excitation de notre numéro coule encore dans mes veines.

« Je suis meilleur jongleur que musicien.

— Alors il faudra venir jongler pour moi un de ces jours. J'ai une vraie passion pour de tels talents.

— Êtes-vous allé au combat sur le pont ? » Je lui pose la question parce que, même si c'est un infidèle, il m'a plu dès que je l'ai rencontré dans la rue. Mais peut-être est-ce parce que je sais que je lui plais aussi.

« Le combat ? Mais certainement. Les marins ont remporté une grande victoire, ils ont pris le pont aux pêcheurs en moins d'une heure. Je n'ai jamais vu autant de combattants et de spectateurs. Quand je rentrerai chez moi, j'adresserai une demande à mon sultan pour qu'on construise des ponts dans notre magnifique ville, afin que nous puissions entraîner nos propres combattants. Et vous ? Vous intéressez-vous à ce divertissement ?

— J'aimerais bien, mais je ne l'ai jamais vu. Je sais que la cohue serait mortelle pour quelqu'un de ma taille.

— Alors nous vous trouverons une barque pour vous tout seul, afin que vous puissiez en profiter à votre aise. »

Je dois le dire : je pense qu'il tiendra parole.

Il s'en va quand l'aube apparaît. Maintenant, ma dame est occupée. Treviso et elle sont assis côte à côte sur un banc à haut dossier, elle est calme, presque réservée, aussi quand il pose la main sur son épaule nue, elle frissonne légèrement, et le regard qu'elle lui lance est autant un regard d'étonnement que d'encouragement.

« Le signor Aretino m'a dit que vous avez le projet de vivre à Venise et que vous avez besoin d'une maison à vous.

— Oui, en effet. À Rome, j'avais une maison de joie et de grâce, mais ce n'est plus qu'un triste souvenir.

— Je serais très honoré de vous aider à en trouver une autre.

— Oh, monsieur... »

Elle lui prend la main comme si elle voulait lire la bonté dans les lignes de sa paume. Elle se penche pour y poser les lèvres et, à mon avis, avec sa langue elle lui donne une promesse des choses à venir. Ils restent ainsi un peu trop longtemps, puis elle bâille, lève la main de façon adorable vers sa bouche et dit : « J'aime tant l'aube, mais je ne l'ai encore jamais vue sur l'eau ! Pensez-vous qu'il fera trop froid ce matin ? »

Avant d'avoir eu le temps de dire : « Pardonnez-moi mon père parce que j'ai péché » ils sont debout, enveloppés dans leurs manteaux, on réveille notre batelier et ils s'en vont vers un lever de soleil partagé. Le Français est expédié, un peu vexé mais apaisé par la promesse d'une autre soirée, et je me retrouve seul avec l'Arétin et son bienheureux peintre : une situation qui leur semble familière mais pas à moi. Je prends ce qui reste du dîner – un gâteau au poisson avec une sauce aux baies – tandis qu'ils boivent et bavardent ensemble, des propos qui traînent en longueur sur des gens que je ne connais pas, des histoires qui ne me concernent aucunement. Puis ils boivent encore et abordent les plaisirs de la soirée et les talents de ma dame.

« Alors ? Comment réglons-nous notre pari, hein, Titien ? J'ai acheté une veste de velours rouge ornée d'un brocart si compliqué que ton pinceau va en trembler d'excitation pour en rendre la texture. Mais je ne voudrais pas qu'il porte atteinte à mon visage. Quelle expression devrais-je avoir d'après toi ? Celle d'un triomphe mesuré, non ? »

Le peintre secoue la tête. « Je suis noyé sous les commandes des couvents. Il faudra attendre.

— Ah ! Les mères supérieures te font peur, c'est cela ton problème. Elles exploitent ton sens de la charité chrétienne pour te payer moins que convenu. Oublie les retables pour un temps. Tu t'abîmeras la vue en copiant le visage du sultan sur une médaille et en le lui faisant parvenir grâce à l'infidèle. Tu l'as entendu toi-même – il avait l'air déterminé ce soir. Quant à notre pari – tu dois le reconnaître –, j'ai gagné haut la main. Elle avait la rhétorique d'Aspasie, la courtisane grecque, et la beauté de Phryné. Mon Dieu, ces Grecs comprenaient les femmes. Une véritable Vénus, non ? La parfaite fusion de la modestie et de sa luxure.

— Hum. J'ai été plus sensible à sa modestie qu'à la luxure.

— C'est parce que tu ne faisais pas d'offre.

— Où est-elle de toute façon ?» Et il fait un effort pour se relever. Ils sont devenus larmoyants comme des hommes quand les femmes sont parties et qu'ils pensent à leur lit sans se soucier d'y aller. « Où est-elle partie ?

— Mettre sa marque sur le contrat.

— Avec qui ? Treviso ? Vénus et un marchand de savon ! Nom de Dieu, quel gâchis !

— Oh, ne te morfonds pas. Seuls les hommes qui ont faim ont besoin d'aller manger hors de chez eux. Tu sais que Cecilia te tirerait les oreilles et tu le regretterais très vite. Fiammetta va sans doute ôter ses vêtements pour toi au nom de l'art si tu le lui demandes gentiment. De toute façon, toute autre chose serait trop coûteuse pour toi. Je n'ai pas raison, Bucino ? Combien prend-elle aujourd'hui ?»

Je hausse les épaules parce que maintenant le contrat est conclu et le vin et la perspective d'un avenir radieux me réchauffent l'estomac. « Nous avons eu beaucoup de dépenses ces derniers mois. Que puis-je dire ? Elle n'est pas bon marché.

— Mais, entre hommes – et je t'inclus dans cette catégorie, Bucino –, elle le vaut bien. Crois-moi, tu n'en connais pas la moitié. Il y a ici quelques putains qui passent leur vie à traire leurs amants comme s'il s'agissait de vaches à lait. Un premier, puis un autre, et on recommence jusqu'à ce que leur bourse soit aussi douloureuse que leur queue à cause de ces traites à répétition. Mais pas Fiammetta Bianchini. Pas de crise de jalousie, pas de larmes de crocodile ni de câlineries avec elle. Elle prend tout ce dont elle a besoin, donne ce qu'ils veulent à ses amants et fait son travail pour les rendre heureux. Je te le dis, toutes les femmes qui gardent leurs vêtements ne sont pas des dames comme elle. Elle porte le désir avec le masque parfait de la décence. Une courtisane honnête, voilà ce qu'elle est. Et tu as la chance de l'avoir, Bucino. Comme elle de t'avoir.»

Il se laisse aller dans son fauteuil, épuisé par son propre discours.

Je suis expert avec les hommes qui ont bu car j'ai passé de nombreuses soirées à calmer les concurrents malheureux quand ma dame s'est retirée dans sa chambre et que l'aube se lève. La façon dont le caractère des hommes change quand ils sont *in vino* m'a toujours étonné : comment le plus timide se transforme en taureau, crachant et rageant, ou comment celui qui flagelle les princes finit par vous lécher la main comme un chaton à moitié aveugle. Mais ce n'est que le vin qui parle, et le lendemain tout est oublié.

« Ce sont de belles pensées, l'Arétin, dis-je en remplissant son verre. Si tu les mets par écrit, elle pourra les faire graver sur sa tombe. »

Il grogne. « Je les ai déjà mises par écrit, bon sang. Ta précieuse Fiammetta a son entrée dans le registre des courtisanes, comme je te l'ai promis. Un poète de la chair, voilà ce que je suis. Écoute – l'Arétin est quelqu'un de parole, nom de Dieu ! Comme toi – un brave homme, je l'ai toujours dit. Comme Titien. Non, ce n'est pas seulement un brave homme. Extraordinaire ! Il est extraordinaire ! Regarde-le. Cette main est capable de donner la vie à tout. Au diable le luth ou la plume. Grâce à son pinceau. Tu es un grand homme, Titien ! Pourquoi ne peins-tu pas le nain ? Il a une tête que tu ne verras pas tous les jours. »

Mais quel que soit son génie, notre peintre fidèle est heureux et inconscient.

Au-dehors, il fait de plus en plus jour, et j'entends les premières barques arriver au marché. Je traverse la loggia et je sors sur le balcon pour contempler la ville qui bâille et se gratte en revenant à la vie. Mais si le ciel est rayé comme une soie sauvage, la balustrade de pierre du balcon arrive à la hauteur de ma tête et pour voir quelque chose je dois me hisser et rester là, les mains accrochées. Même pour un nain riche, le monde n'a pas la bonne taille. Je me laisse retomber et je regarde entre les colonnes, c'est ainsi que j'aperçois notre gondole qui s'approche du ponton. Le Sarrasin lance la corde, amarre l'embarcation et attend, immobile. Treviso finit par sortir péniblement, il remet de l'ordre dans sa tenue et va réveiller son gondolier.

Quand ils sont repartis sur le canal, le Sarrasin aide ma dame à sortir de la cabine, elle s'avance sur l'appontement alors que le bateau de Treviso s'éloigne et passe sous le pont. Quand il disparaît, elle regarde le canal et lève les bras vers le ciel dans un geste de triomphe pour accueillir le jour.

« Ma dame ! »

Elle se retourne, ses yeux me cherchent, et elle aperçoit ma main et la moitié de mon visage. Elle a l'air très fatiguée ; son bandeau tressé pend de travers, ses cheveux sont emmêlés et sa robe déchirée à l'épaule, là où l'encolure est bordée d'or. Mais elle a un rire de cristal et, dans son visage rouge de fièvre, je vois une maison que traverse la lumière, avec des sols de mosaïque, et je sens le doux fumet des rôtis qui s'échappe de la cuisine et s'élève dans l'escalier. Mon Dieu, cela faisait si longtemps !

« Bucino ! »

Elle me fait signe de la rejoindre et, au moment où je vais me retourner, je sens l'Arétin qui marche sur le balcon, il se penche et crie dans le jour qui se lève.

« Ah ! Est-ce Fiammetta Bianchini, la nouvelle grande courtisane de Venise ?

— Oui, mon seigneur, répond-elle gaiement avant d'exécuter une révérence exagérée, et sa robe écarlate s'étale autour d'elle comme un lac de sang.

— Montez jusqu'ici pour vous mettre au lit avec moi, espèce de putain. La nuit a été longue, je suis excité comme un bouc et vous me devez bien cela.

— Trop tard, monsieur, répond-elle. J'ai un protecteur, maintenant. Et il désire ardemment me garder pour lui tout seul. Au moins pendant quelque temps.

— Quoi ? Une courtisane fidèle ? Vous blasphémez.

Rentrez chez vous et lavez-vous la bouche avec le meilleur savon de Venise. Et qu'en est-il des demandes de la France ?

— La France sent le renfermé. Je vous laisse vous en débrouiller. Bucino, viens vite. Je vais m'écrouler si je ne dors pas. »

Je contourne la corpulence de l'Arétin et je file vers la porte.

« Et l'infidèle ? Ah ! Je vous y prends. Il vous plaît, n'est-ce pas ? »

Si elle lui répond, je ne l'entends pas tandis que je descends l'escalier et franchis les portes qui donnent sur l'appontement pour la rejoindre.

« Traîtres ! » La voix de l'Arétin siffle au-dessus de ma tête. « Revenez, tous les deux. Vous n'êtes que des paysans sans âme. Regardez autour de vous. La plus belle ville du paradis terrestre s'éveille et dépose le monde à votre porte. Nous irons acheter du pain au marché, du poisson sur les barques, et nous boirons à nous en abrutir pendant toute la matinée.

— Pas ce matin, Pietro. » Elle lui fait au revoir de la main tandis que nous nous dirigeons vers la gondole. « Allez vous coucher. Nous viendrons vous rendre visite quand nous aurons notre maison.

— J'y compte bien ! Et apporte-moi ces fameuses gravures que je les voie, nain vérolé ! »

Les commerçants qui sont sur l'eau observent le spectacle, et ils acclament et saluent ma dame. Le Sarrasin qui, sans aucun doute, a déjà vu tout cela, m'aide alors que, trébuchant, je gagne le banc le plus proche. Je le remercie et je secoue la bourse du Turc attachée à ma ceinture pour qu'il sache que sa nuit a été fructueuse. Dans la cabine, ma dame pose la tête sur les coussins froissés et ferme les yeux tandis que la gondole s'engage doucement dans le courant, au milieu du bruit et de la bousculade de cette aube vénitienne, en direction de la maison.

TROISIÈME PARTIE

18

Venise, milieu des années 1530

L E JEUDI, MA DAME NE REÇOIT AUCUN VISITEUR, elle consacre toute la journée à sa beauté. Elle se lève à l'aube et avec l'aide de Gabriella, sa domestique, elle commence par soigner ses cheveux. Après le premier savonnage, Gabriella lui masse le cuir chevelu pendant une demi-heure avec une pâte à base de cèdre qui favorise la repousse, puis elle rince deux fois avec un liquide fait de vin bouilli auquel on mélange de la paille d'orge et de la racine de réglisse écrasée, pour faire ressortir la couleur et rendre les cheveux brillants. Ils lui descendent jusqu'à la taille maintenant, et s'ils n'ont jamais retrouvé leur ancienne et magnifique épaisseur, ils semblent assez resplendissants à ceux qui ne la connaissaient pas alors, et des nuances de miel et d'or les enrichissent encore. Ils s'éclairent en séchant, posés comme un manteau sur le dossier d'une chaise où elle reste assise, le dos au soleil du matin. Pendant les heures où ils sèchent, Gabriella lui épile la naissance des cheveux pour que son front soit plus haut et plus clair. En milieu de matinée, La Draga arrive avec tout un assortiment d'onguents fraîchement fabriqués, dont une pommade décolorante qu'elle applique elle-même sur le visage, le cou et les épaules de ma dame. Je lui ai demandé une fois quels en étaient les ingrédients et elle m'a dit qu'elle y mettait de la farine de haricots, du mercure, des entrailles de colombe, du camphre et du blanc d'œuf, mais je n'ai aucune idée des proportions ni des autres raffinements, car elle garde ces informations comme un secret d'État. Je conserve dans ma chambre ce qui reste de cette pommade en cas de substitution ou de vol. Parce que vous seriez étonné par l'espionnage qui sévit parmi la communauté des courtisanes. Car une femme sans yeux, La Draga, s'est révélée être une véritable faiseuse de miracles dans le domaine de la beauté, et aujourd'hui, personne – moi moins que tout autre – ne peut plus remettre en cause sa place dans la maison.

Quand on enlève ce masque – une heure et demie est un temps trop court et deux heures un temps trop long –, la peau de ma dame est rouge et parfois couverte de marbrures, à tel point que Gabriella doit l'apaiser avec du jus de concombre et des serviettes chaudes. Elle passe le début de l'après-midi avec sa couturière, puis elle joue du luth et apprend des vers. Pour se laver l'estomac, elle ne boit que de l'eau vinaigrée préparée par la cuisinière et, avant sa sieste, elle se brosse les dents avec une pâte blanchissante au romarin, elle se masse les gencives avec de la menthe et se soigne les yeux avec des gouttes d'eau d'hamamélis pour les humidifier et en renforcer l'éclat. Elle se réveille à huit heures, Gabriella l'habille et la coiffe, puis elle lui poudre légèrement la peau, qui est maintenant blanche et douce comme un marbre sans veines, enfin elle sort dans le monde, prête pour la nuit.

Dans l'Arsenal, où les visites sont interdites, mais à propos duquel court un nombre incroyable d'histoires, il y a apparemment un grand canal bordé de chaque côté par des entrepôts, où travaillent des centaines d'ouvriers. Quand on doit lancer un navire, il se déplace lentement le long de ce bassin à flot et, à chaque étape, il est gréé par les hublots et sur le pont : cordages, mortier, poudre à canon, armes, avirons, sablier, boussoles, cartes et provisions, tonneaux de vin et pain frais. Ainsi, en une seule journée de travail, depuis la première sonnerie de la cloche de Marangona jusqu'à la dernière, un grand vaisseau vénitien est paré pour la mer. J'y pense parfois quand je regarde ma dame occupée à son propre gréement, car si notre affaire est petite, à notre façon, nous aussi, nous équipons un vaisseau, tous autant concentrés et attentifs à ses demandes.

Quant à notre maison... eh bien, elle est assez belle. Pas sur le Grand Canal lui-même mais près de San Polo, au bout d'un large canal entre le campo San Toma et San Pantalon. Le soleil du matin baigne notre piano nobile, qui est plus frais les soirs d'été quand nous offrons de grandes réjouissances, et nous donnons sur l'eau étincelante sans porches voisins pour fourrer leur nez dans nos affaires.

À l'intérieur, nous disposons d'un portego élégant et spacieux, les plus belles tapisseries d'occasion et des tentures de soie et de cuir recouvrent les murs ; dans la chambre de ma dame, le lit encastré en bois de noyer est fermé de rideaux veinés d'or, avec des draps aussi blancs et craquants que des amoncellements de neige. Pendant les premiers mois, ce meuble était le domaine exclusif de notre marchand de savon où, en sa compagnie, elle lisait aussi de la poésie (malheureusement, le plus souvent la sienne) et tenait pour des hommes de lettres et des commerçants des soirées au cours desquelles tout le monde parlait littérature, art et argent. Il allait de soi, alors que sa réputation grandissait, qu'elle prendrait des clients en extra, car l'exclusivité fait toujours naître la compétition et le désir est si inconstant que même les meilleures bourses rentrent chez elles après quelque temps. Affrontée à d'autres soupirants, l'ardeur de Treviso fut d'abord aiguisée par la jalousie puis devint aussi peu assurée que ses rimes, aussi, quand ils se séparèrent, étions-nous déjà fermement installés avec d'autres protecteurs.

En plus de Gabriella (une jeune fille originaire de

Torcello, au visage doux dont elle relève la grâce par des minauderies de son âge), notre maison comprend aussi Marcello, notre gondolier sarrasin, et Mauro, le cuisinier, qui me rappelle Baldesar : comme lui, plus il se plaint, meilleure est sa cuisine. Lui et moi, nous allons chaque jour au Rialto, un de ses plus grands plaisirs, car à Venise, où les femmes respectables restent chez elles, ce sont les hommes qui font les courses, et aujourd'hui on me connaît sur les marchés. La foule du matin pouvant se montrer violente, l'imposante stature de Mauro et ma bourse m'élèvent au-dessus de la presse. Les commerçants nous gardent les meilleurs morceaux ou les poissons les plus fins, car la réputation de notre cuisine rivalise presque avec la réputation de ma dame. « Signor Bucino ! » entends-je leurs voix qui m'appellent. Ils me traitent poliment, avec une déférence presque exagérée, et ils s'accroupissent parfois devant moi pour me montrer la fraîcheur éclatante d'un poisson qu'ils ont mis de côté pour moi. Peu m'importent leurs moqueries. Elles sont sans méchanceté et plus acceptables que l'insulte ou l'ignorance.

Le marché aux poissons, une des merveilles de Venise, est installé au bord du canal sous une haute loggia avec des écoulements creusés dans le sol de pierre, sous les grilles, ainsi, même par forte chaleur, les produits se gardent au frais. J'ai vu des morceaux de poisson de mer avec une queue si couverte d'écailles qu'on pouvait presque imaginer que le pêcheur avait coupé le corps d'une sirène à la taille. Quand les grosses bourses sont parties, il y a toujours des restes pour les pauvres, qui s'attardent aux limites du marché, prêts à saisir les entrailles ou les têtes qu'on jette dans le canal, même s'ils doivent les disputer aux mouettes qui descendent en piqué pour se poser sur l'eau, grosses comme des bébés bien nourris mais deux fois plus bruyantes, avec des becs aigus comme des clous martelés. On entend leurs cris jusqu'à San Marco et j'ai vu une demi-douzaine de sénateurs aux habits piquetés de la fiente dont elles s'étaient débarrassées pour laisser place au festin d'aujourd'hui.

Ce soir, un de ces sénateurs honorera notre *casa*, et en ce moment j'achète son dîner car il a une passion pour la viande rôtie et le poisson grillé accompagnés de sauces très riches. Il représente le joyau de la couronne, un corbeau coloré, car il est noble (les robes des sénateurs sont rouge sombre) ; un membre de la famille Loredan dont l'arbre généalogique remonte jusqu'au IXe siècle, comme il me l'a rappelé plus d'une fois. Il siège au sénat après avoir appartenu aux plus importantes instances de l'État et encore récemment au Conseil des Dix, qui est à Venise ce qui s'approche le plus du sanctuaire intérieur du pouvoir. Ces honneurs lui pèsent lourdement. C'est un homme aux manières solennelles, dont les bajoues sont aussi lourdes que les affaires, mais c'est notre plus gros client, car il possède un statut et de l'influence, et tout bon courtisan a besoin des deux (pas seulement parce que Venise, en tant qu'État, a tendance à se montrer guindée et sévère, et que si l'on connaît bien ceux qui la dirigent on peut prévoir leur humeur avant qu'elle ne se manifeste). Il vient tous les mardis et vendredis soir. En général, nous le recevons seul, car les membres du gouvernement ne sont pas autorisés à fraterniser avec les simples citoyens, bien que cette règle très rigide soit, comme tant d'autres dans ce grand État, aussi sinueuse que l'est le Grand Canal, et que ma dame préfère de beaucoup la compagnie : « Ainsi, nous pouvons ennuyer d'autres personnes, et je suis sûre de rester éveillée jusqu'au moment où je dois aller au lit avec lui. Tu n'imagines pas, Bucino, à quel point le pouvoir peut rendre les hommes barbants. »

Je laisse le cuisinier marchander et je retraverse le pont pour aller dans une taverne près du *fondaco* allemand où, le matin, on fait griller du poisson dans une pâte si légère et si fraîche que les papilles confondent le sucré et le salé, et où l'on tire la malvoisie (un goût que j'ai appris, à aimer, car ma bouche s'éduque avec l'âge) directement à des tonneaux arrivés de Chypre par bateau. Dès le début, j'ai pris soin de donner au propriétaire bourru des pourboires aussi gros que je suis petit, et maintenant j'ai ma place réservée à une table près de la porte, avec un coussin que je vais prendre derrière le comptoir. De cette façon, assis, je suis aussi grand que n'importe qui et je peux prendre part aux derniers commérages.

Ce matin, les bavardages tournent autour d'une bagarre qui a eu lieu hier sur le ponte dei Pugni, près du campo Santa Margherita, au cours de laquelle les ouvriers de l'arsenal Castelli ont infligé une défaite cuisante aux pêcheurs de Nicolotti. C'est à nouveau la période du festival ; la grande fête de l'Ascension, quand Venise célèbre son mariage annuel avec la mer, et pendant cette période, l'art des bagarres de rue devient un sport national. Le Turc avait tenu sa promesse, et parfois il nous achetait des places sur le ponton pour assister à ces batailles (la compagnie de ma difformité lui était évidemment plus agréable que celle de mes compatriotes italiens). Mais il est reparti pour Constantinople il y a plus d'un an, et depuis je ne me suis plus risqué dans la foule.

Je lève les yeux au milieu de la conversation et, dans une trouée de la cohue, je croise le regard d'un homme à quelques tables de là : un marchand bien habillé, chapeau et manteau neufs, veste de velours bien coupée, et quoiqu'il y ait quelque chose qui me paraisse familier en lui, je ne sais absolument pas qui il est. Mais lui semble me connaître car il soutient mon regard. Un client de passage ? Sûrement pas. J'ai une mémoire presque infaillible quand il s'agit d'affaires, je n'ai pas pris sa bourse et je ne l'ai pas entendu gémir à travers le mur de notre casa. Il se lève et se dirige vers moi, à travers la foule.

« Nous nous sommes déjà vus, je crois. »

Je le reconnais à sa voix. Mon Dieu, comme il a changé !

Ses boucles et sa calotte ont disparu, et son menton est parfaitement rasé. Il semble même plus grand quand il marche. Si on ne sait pas de qui il s'agit, on pourrait le prendre pour un marchand venu d'Espagne ou de Grèce, il y a en effet une importante communauté grecque en ville, et on dit qu'elle aura bientôt sa propre église. Mais je ne peux que m'interroger sur l'endroit où cet homme fait ses dévotions, car bien qu'il ait l'apparence exacte d'un chrétien, je sais qu'il est juif.

« Vous êtes bien le signor Teodoldi, n'est-ce pas ? » Après tant d'années, il se souvient encore de mon nom. Et pourquoi pas ? Il m'a vu rédiger suffisamment de contrats dans son petit bureau obscur du Ghetto où, autrefois, je vendais nos pierres précieuses.

Un gros homme, debout à côté de nous, pousse un petit grognement que j'ignore.

« C'est bien moi.

— Je n'étais pas sûr au début. Vous avez changé.

— Pas autant que vous, dis-je sans ménagement.

— Ah ! C'est bien vrai ! J'aurais dû me présenter. » Il s'assied et me tend la main. « Je m'appelle Lelio de Modena. D'après la ville où je suis né. » Il hésite. « Mais on me connaissait sous le nom de Chaïm Colon. »

Le gros type se penche sur notre table et rit bruyamment en crachant son venin sur l'infâme corruption de la difformité. Quelques têtes se tournent. Mais il pue la bière et, ce qui est plus important, la pauvreté ; cela s'accorde mal à la coupe de nos vêtements et, comme on ne répond pas à ses sarcasmes, il disparaît dans la foule en marmonnant. Tous deux nous avons connu pis, et le fait que ce soit nous qui restions à notre table confirme notre statut.

« Alors, vous vous êtes converti ? dis-je et il doit entendre la nuance d'étonnement dans ma voix.

— Oui, je me suis converti. » Il parle d'une voix claire et ferme. « J'ai quitté le Ghetto il y a trois ans. Je suis devenu chrétien.

247

— Et prospère apparemment.

— J'ai eu de la chance. » Il me fait un petit sourire car il se sent mal à l'aise. Il a toujours son air trop sérieux et son changement de religion ne l'a pas rendu plus badin. « J'ai pu utiliser mon savoir-faire en matière de taille et de vente de pierres précieuses, je suis devenu marchand. Mais vous, vous avez également bien réussi.

— Pas trop mal.

— C'est l'activité de votre dame ?

— Oui. L'activité de ma dame. » Et j'imagine que nous pensons tous deux à certaines images dans un certain livre qui, autrefois, effraya tant un prêteur sur gages juif qu'il ne put se résoudre à en parler à son propriétaire, mais qui aujourd'hui doit paraître plus acceptable à un marchand chrétien attaché aux biens de ce monde.

Une cloche sonne au fond de la taverne. « Ah, il faut que j'y aille », dit-il. Il y a trop de bruit à l'intérieur pour entendre la cloche du matin de Marangona et on doit la faire sonner plusieurs fois pour s'assurer que la ville est prête à reprendre le travail. « J'ai un rendez-vous près de l'Arsenal. Oh ! Mais c'est une chance de vous avoir rencontré. J'espérais vous revoir.

— Vraiment ? » Je revois la fureur et la peur que j'ai lues sur son visage le jour où il m'avait fermé la porte au nez. « J'ai pensé que vous étiez heureux de vous être débarrassé de moi.

— Eh bien... je... C'était il y a longtemps. J'étais... » Il semble vraiment très embarrassé. « Je dois y aller. Mais j'aimerais... Je veux dire... si...

— Nous habitons casa Trevelli près de San Pantalon. La maison de Fiammetta Bianchini. On la connaît dans le quartier. J'y suis presque tous les après-midi et tous les soirs.

— Merci. » Il se lève et me serre la main. « Je dois quitter Venise dans quelques jours. Pour les Indes. Mais si je peux, je passerai chez vous.

— Vous serez le bienvenu. » Je hausse les épaules. Pourquoi pas ? Nous satisfaisons toutes sortes de gens. Enfin, sauf les juifs. Autant que je sache, il n'existe pas de loi qui interdise à une courtisane de recevoir un converti, à condition qu'il ait une bourse bien remplie ; cependant, en le regardant disparaître dans la cohue, je ressens une petite déception de voir que cet homme-là a tellement changé.

Cependant, cette rencontre peut faire une bonne histoire, et quand j'arrive à la maison je l'ai mise parfaitement au point. Mais le chaos que je découvre me vole mes effets. Sur le pont le plus proche, des gens attroupés regardent une douzaine d'ouvriers qui déroulent des cordes et des morceaux de tissu sur une grande barge, tandis que des cris et des rires se répercutent sur l'eau depuis notre piano nobile au-dessus.

Je gravis rapidement l'escalier (la fortune permet d'avoir des marches moins hautes, ce qui est mieux pour les petites jambes) et je me heurte à La Draga qui descend, même si, comme toujours, elle a l'oreille plus fine que mes yeux, et elle attrape la rampe de pierre pour se protéger. Elle reste debout mais son sac lui échappe des mains et s'ouvre. Une fiole roule sur la marche.

« Oh... Excusez-moi. Je ne vous ai pas fait mal ?

— Non. Non... Je vais bien. »

Je ramasse la fiole que je lui donne. « Tenez... »

Elle tend déjà la main. Je pourrais lui demander comment elle sait que je l'ai ramassée, mais elle me dirait sans doute qu'elle n'a pas entendu la fiole se briser, ou qu'un homme bouge de telle ou telle façon en tenant un pot. Nous ne sommes pas jeudi, et je ne m'attendais pas à la trouver ici, cependant une maison très fréquentée a sa part de douleurs, de furoncles et de fièvres, et une courtisane intelligente veille à la santé de ses domestiques comme à la sienne. En ce qui me concerne, je suis trop occupé pour la croiser souvent, et quand nous nous rencontrons effectivement, nous nous montrons si polis que, si l'on ignore la vérité, on pourrait nous prendre à tort pour des amis. Cependant, sous les apparences, les blessures infectées par mon soupçon et sa revanche obtenue il y a si longtemps sont encore douloureuses et nous ne pouvons nous empêcher de rester prudents l'un envers l'autre. Parfois je pense que si j'en avais la volonté je trouverais le moyen d'arranger les choses, car je ne suis pas totalement dépourvu de manières, et, au cours de ces dernières années, j'ai gagné l'affection d'une ou deux femmes infiniment plus séduisantes qu'elle. Mais pour être honnête, elles étaient aussi beaucoup plus stupides et je pense avoir peur qu'elle ne voie clairement en moi malgré sa cécité.

« Que se passe-t-il là-haut ?

— On a livré un cadeau. Je ne peux rien vous dire. Il vaut mieux que vous constatiez par vous-même. »

Et c'est ce que je fais – dans la seconde où je pénètre dans le portego. Car si l'on a des yeux on ne peut pas manquer de le voir. Il est accoté contre le mur : un grand miroir en pied, plus grand que tout ce que j'ai vu dans le genre, il brille dans la pièce comme s'il s'était détaché d'une étoile, sa surface capte le soleil et reflète l'espace et la lumière qui entre par la loggia de l'autre côté. Toute la maison est réunie en son honneur : ma dame, Gabriella, Marcello et, debout, contemplant leur joie, notre client le marchand verrier Vespasiano Alberini.

« Bucino, regarde ! Regarde ce que le seigneur Alberini nous a apporté ! » Son visage rayonne autant que le miroir. « Oh ! Tu aurais dû être là ! Il a fallu huit hommes pour l'apporter en barge depuis Murano, et quand ils l'ont hissé jusqu'ici, chaque fois qu'il vacillait, je croyais que mon cœur allait s'arrêter de peur qu'il ne se fracasse. Mais mon seigneur a tout pris en charge. » Elle va vers lui et lui prend le bras, et il rit devant son enthousiasme, car la gratitude réveille toujours l'heureuse enfant qui demeure en elle.

« J'aurais aimé que La Draga ne se sauve pas si vite. N'est-ce pas la chose la plus remarquable que tu aies jamais vue ? » C'est vrai, et demain toute la ville sera au courant de sa présence chez nous, grâce au spectacle de son arrivée. Alberini est un de ses meilleurs clients : un marchand considérable, pour l'embonpoint comme pour le talent, un homme au courant des dernières techniques de la verrerie, presque avant que les ouvriers eux-mêmes en aient compris tout le potentiel. Ma dame dit que, pendant l'amour, c'est un vrai sanglier, tout en poils et en hurlements, mais donnez-lui un morceau de verre, depuis le cristal le plus fin jusqu'à la majolique décorative, et ses mains deviennent aussi attentives et délicates que celles d'un ange ; quant à sa voix, elle introduit la poésie dans le commerce.

Je me souviens de la première fois qu'il est venu dîner chez nous. Il avait fait présent à ma dame d'un verre à vin exquis, sur lequel on avait gravé son prénom avec la plus récente pointe de diamant. « Que vos yeux se repaissent de ce miracle, mes amis, avait-il dit en le faisant admirer aux autres invités. Dans ce néant transparent il y a du sable, des graviers, de la cendre et du feu plus chaud que celui de l'enfer. C'est un témoignage à la gloire de l'homme et une leçon que Dieu nous donne : une beauté aussi parfaite et fragile que la vie. »

Et en disant cela, il avait fait semblant de laisser tomber l'objet fragile, et toute la pièce avait retenu son souffle, mais il avait souri en le levant dans la lumière comme le calice de la communion. Je l'ai vu répéter ce geste une demi-douzaine de fois dans différentes réunions et j'adore son sens du théâtre et son art de la vente. Cela me fait presque désirer être prêtre, afin de pouvoir récupérer tous les verres défectueux de l'atelier et de les laisser tomber depuis la chaire chaque dimanche, pour faire ressentir à mes ouailles la peur de la mort. Pas étonnant qu'il ait fait fortune – peu d'hommes peuvent vendre de la philosophie avec de la verrerie tout en connaissant le meilleur vin qu'il y faut verser. Heureusement pour nous, au cours de ces dernières années, il s'est suffisamment épris du corps de ma dame pour désirer le voir se refléter dans ses miroirs qui exploitent la vanité autant qu'ils répandent l'humilité.

« Il te plaît, Bucino ? demande-t-il tandis qu'un grand sourire illumine sa face ronde.

— Comme toujours, monseigneur... Vous fabriquez des miracles.

— Beauté pour beauté. L'échange est honnête.

— Oh, viens, Bucino, approche-toi, il faut que tu te voies dedans. » Et ma dame me fait signe d'avancer. « C'est vraiment le spectacle le plus séduisant. Écarte-toi, Gabriella, laisse venir Bucino. »

Je m'avance et je me place à côté d'elle.

Et elle a raison : c'est stupéfiant. Nous nous tenons dans la riche lumière du soleil, reflétés dans toute notre hauteur : une grande beauté élancée avec une crinière flottante de cheveux d'or, et un gnome particulièrement laid dont le gros crâne atteint à peine la poitrine de la femme. Cela me coupe le souffle. J'aurais dû m'apprêter pour ce spectacle. Dieu sait que j'ai fait ce que j'ai pu. Mes vêtements coûteux sont taillés aux proportions de mon corps, la qualité apparaît dans le tissu, et ma barbe – qui ne compte pas que les quelques mèches dont s'est moqué l'Arétin – est coiffée et parfumée avec du musc et du citron pour s'accorder avec mes gants. Pourtant, voir mon image dans ce miroir me fait un choc. Car à la vérité, dans ma tête, je ne me suis jamais senti si petit ni si différent que je le suis en réalité, et le spectacle de ma personne sur n'importe quelle surface aussi vaste et claire que celle-ci me cause toujours une douleur plus grande que cela ne le devrait.

« Oh, ne fais pas cette tête, Bucino. Ton visage est plus doux quand tu ne fronces pas les sourcils. » Elle me donne un coup de coude. « Ce n'est pas une merveille ?

— Une merveille, dis-je en essayant de rectifier mon expression.

— Oh, et regarde. Regarde, la couture de ma jupe se relève vers la gauche. Je savais que cette robe était trop volumineuse sur le fessier, mais le tailleur me disait que c'était parce que je me penchais pour me voir. Mon Dieu, cette invention fera votre fortune, monseigneur. Non seulement notre pièce semble aussi grande qu'un palais, mais cela va changer la couture pour toujours. Nous allons renvoyer notre tailleur dès demain, Bucino, tu entends ?

— Je pense que nous devrions d'abord lui payer sa facture. »

Nous éclatons tous de rire.

« Très bien, dit notre bienfaiteur. Il faut que je vous quitte. Mes hommes doivent faire une autre livraison.

— Oh non, monseigneur, pas si vite. » Et elle fait une jolie moue. « Je vous l'assure, la prochaine fois que vous viendrez, nous dresserons la table ici, juste en face du miroir, ainsi nous pourrons nous regarder en dînant. J'espère que nous n'attendrons pas trop. »

Son enthousiasme est communicatif. « D'accord... si j'en ai fini à l'entrepôt, je pourrai peut-être revenir plus tard ce soir. »

Elle me lance un regard car nous savons tous deux que nous sommes vendredi et qu'elle se réserve pour le corbeau.

« Ah, monseigneur, hélas, nous sommes déjà engagés, dis-je en prenant le blâme sur moi. Mais... si quelque chose devait changer, je vous ferais parvenir un mot aussitôt. »

Dès qu'il est parti, elle se regarde à nouveau dans le miroir d'un œil critique. Je commence à lui parler du prêteur juif, mais elle m'écoute d'une oreille distraite, car ce qui en elle n'est pas absorbé par son reflet dans le miroir se préoccupe de son emploi du temps. « Oh... vraiment... Mais tu me diras plus tard... Je m'apprêtais quand Alberini est arrivé et maintenant je dois être chez Titien dans l'heure qui vient, tu connais ses récriminations si je lui fais rater la bonne lumière... Gabriella ! Dis à Marcello de préparer la gondole tout de suite. Je descends dès que j'ai changé de vêtements. » Elle se tourne vers moi. « Pourquoi ne viens-tu pas, Bucino ? Il m'a promis que ce serait la dernière séance de pose. Peut-être te laissera-t-il y assister aujourd'hui. »

La bonne humeur la rend presque volage. Cela me soulage, car au cours des premières semaines elle s'est montrée assez chagrine et peu attentive à mon égard ; mais, comme la plupart des femmes, ma dame est sensible aux humeurs de la lune, et à la longue j'ai découvert qu'il valait mieux ne pas me préoccuper de ce que je ne comprends pas. L'arrêt et l'écoulement de ces sortes de fluides concernent La Draga, pas moi.

Je secoue la tête. « J'ai trop à faire. Je dois encore vérifier la comptabilité. » Mais la vérité c'est que le miroir m'a déprimé plus que je ne l'aurais cru et je n'ai guère envie qu'on me voie au-dehors.

« Vraiment, Bucino ! Actuellement, tu passes plus de temps le nez plongé dans tes livres qu'un savant. Je suis étonnée que tu ne publies pas une étude sur Venise comme tout le monde ici. Mon Dieu, si je dois encore endurer une autre conversation sur la grandeur et l'organisation politique de l'État vénitien, je crois que je tomberai de sommeil. Oh, je te le dis, Loredan et ses corbeaux n'ont parlé que de cela la semaine dernière.

— Alors, à partir de maintenant, vous devriez tenir vos soirées devant le miroir. Cela les obligerait à se concentrer sur leur activité en cours. »

19

APRÈS SON DÉPART, JE M'INSTALLE DANS MA CHAMBRE qui se trouve à l'arrière de la maison, loin du portego, et je sors mes livres de comptes. Malgré mes récriminations, j'adore cet endroit. On l'a aménagé en suivant mes recommandations et chaque meuble me convient parfaitement, le lit en bois suffisamment étroit pour que je ne me sente pas trop seul quand je suis couché, la bibliothèque avec des rayonnages proportionnés à ma taille, le bureau et le fauteuil conçus de telle façon que je n'aie pas besoin de coussin et que je m'y asseye et que j'en redescende très vite. Quand je suis installé, la plume à la main, libre de mon temps, nul n'est plus heureux que moi.

J'ai dit une fois que si nous vivions un jour dans une maison avec beaucoup de lumière, je ne me plaindrais jamais. Et je jure que je ne le fais pas aujourd'hui. Il est vrai que je travaille plus durement pour notre succès que je ne l'ai fait pour nos échecs. Il est vrai aussi que ma dame et moi, nous ne sommes plus aussi proches dans le triomphe que nous l'étions dans l'adversité. Bien sûr. Ses jours correspondent à mes nuits, ce qui veut dire que lorsqu'elle dort, je passe l'essentiel de ma journée à travailler, et quand nous sommes en public ensemble, nous prenons grand soin de jouer à la maîtresse de maison et au domestique, plutôt qu'à nous conduire en camarades. Si nos clients sont moins vulgaires qu'en maints endroits, un métier comme le nôtre fait rapidement naître des rumeurs de perversion, et la cohabitation de la belle et de la bête vaut mieux pour justifier une relation platonique qu'un sonnet semblable à ceux de l'Arétin. Si je me sens exclu, ce qui m'arrive quelquefois, car j'ai moi aussi mes humeurs, je me souviens alors que c'est pendant la moisson que le fermier est le plus occupé, et que nous aurons bien le temps de nous reposer plus tard, quand l'âge et la mode rendront notre activité moins prenante.

Actuellement, nous dirigeons tous deux une affaire florissante, aussi complexe et exigeante que beaucoup de celles qui ont contribué à faire la fortune de la cité. Alors que Rome est en pleine reconstruction et que Florence n'est plus que l'ombre de sa gloire passée, Venise est devenue la métropole la plus attractive d'Europe pour les voyageurs : un havre pour les acheteurs, les hommes d'affaires, et ceux qui recherchent le plaisir, tous aussi impatients de goûter ce qu'elle a à offrir. Et en haut de la liste, on trouve les charmes de ses professionnelles. À tel point que la ville a aujourd'hui un petit air de la Rome d'autrefois et qu'on entend dire partout que les femmes respectables peuvent à peine se rendre à l'église le dimanche, tant est grande la presse des nouvelles courtisanes qui y font étalage de leurs charmes.

En public, le visage du vieux doge montre tous les signes d'un homme que la puanteur insupporte. À mon avis, la désapprobation sera bientôt la politique officielle – la boucle finit toujours par se boucler –, mais en ce moment le péché rapporte autant que la vertu, aussi nous engrangeons les grains de notre moisson. Les mois de printemps sont les plus agités car c'est en cette saison que les navires se préparent à appareiller et c'est aussi la période où les pèlerins pour la Terre sainte se rassemblent. Quand ils se sont gavés de reliques (Venise possède assez d'os pour créer une petite armée de saints), vous seriez surpris de voir comme ils sont nombreux à s'accorder un ou deux péchés supplémentaires avant de se lancer dans le voyage qui les absoudra.

Comme à Rome, je garde à la fois les comptes et la porte. Je note jusqu'au dernier soldo encaissé ou dépensé, parce que, quand on a fermé la chambre, toutes sortes de rats peuvent grignoter les réserves de la cuisine et nous connaissons tous deux de riches putains qui sont mortes dans la misère à cause d'une gestion domestique approximative. De la même façon, personne n'entre dans la maison ni n'en sort sans que je le sache. Nous ne recevons pas d'hérétiques allemands, ma dame a en effet une mémoire aussi longue que ses cheveux ont été courts, et nous sommes prudents avec les clients de passage, car s'il est tentant de glisser des visiteurs étrangers au milieu des habitués (les commentaires exagérés de l'Arétin dans le registre des courtisanes amènent chez nous quantité de riches marchands), cela comporte aussi des dangers. La vérole apportée à Florence et à Naples par des Français, il y a quarante ans, est aujourd'hui la malédiction des reins, et si l'on peut refuser les hommes malades, il est difficile de distinguer ce mal avant que les signes n'en apparaissent. La Draga a des potions et des onguents pour les démangeaisons et les rougeurs et quoi que nous pensions l'un de l'autre, je ne peux mettre en doute l'efficacité de ses remèdes. Parmi ses nombreux talents, elle est connue comme pouvant délivrer une femme qui attend un enfant quand il est encore sous forme liquide dans le ventre. Jusqu'ici, nous n'avons pas encore eu besoin de ce genre de service. Il semble que ma dame ne puisse concevoir, en tout cas cela n'est jamais arrivé depuis que je la connais. Si sa mère avait eu moins d'ambition et si elle avait employé ses économies à vendre sa fille pour la marier à un tailleur ou un constructeur de bateaux, sa stérilité l'aurait mieux définie que sa beauté. En tout cas, je pense qu'aujourd'hui cela l'attriste un peu, étant donné qu'à son âge des femmes de sa profession ont une chambre pleine d'enfants, et s'ils n'hériteront pas de titres, la ville est remplie d'hommes qui aiment assez leurs bâtards pour leur faire la faveur de les aider à s'engager dans la vie.

J'ai comme tâche de rencontrer tous les nouveaux clients avant qu'ils la voient et d'établir leurs factures. J'espère ainsi éliminer les imposteurs et les fauteurs de troubles. Les pires sont ceux qui utilisent autant leurs poings que leur queue. Bien sûr, aucune courtisane ne gagne sa vie sans recevoir des coups ou des gnons. C'est inévitable. Il y a des hommes qui ne peuvent faire la chose avant d'avoir lutté un peu, et d'autres ont tellement conscience de commettre un péché qu'ils doivent infliger une petite punition en prenant leur plaisir. Mais ceux-là on peut en général les repérer avant même qu'ils ne se déshabillent car leur désir est dépendant de leur angoisse. Ceux que je ne peux percer à jour me causent du souci, ce sont des hommes qui gardent leur violence en eux jusqu'à ce que la porte se referme ou que la première bouteille soit bue. J'en ai assez vu pour savoir que cela est naturel pour certains, comme si, dès la naissance, ils avaient préféré le goût de la viande à celui du poisson, et le diable niché dans leurs reins se nourrit moins de l'acte qu'ils infligent pendant qu'ils opèrent que de l'excitation qu'ils retirent à l'infliger.

Dans ce domaine, notre avantage c'est que notre cuisinier a des poings comme des jambonneaux et le caractère qui va avec, et si Marcello, notre gondolier, est l'homme le plus doux du monde, il est bâti comme un guerrier et possède un rugissement semblable à l'écho d'une grotte. Au cours de ces dernières années, nous n'avons eu recours qu'une seule fois à leurs talents respectifs, et ma dame en a été quitte pour la peur, car nous sommes entrés quelques secondes après avoir entendu ses cris. L'homme en question a terminé sa nuit dans le canal, une côte et un bras cassés. Je sais parfaitement qu'il pourrait recommencer, mais cela lui serait plus difficile à Venise, car si la police peut négliger de telles brutalités (le monde est plein de femmes qui vont à l'autel après avoir été forcées par leurs prétendants qui ont recours à ce moyen ultime pour les obliger à répondre favorablement à leur cour), les courtisanes les plus connues de la ville se passent le mot.

Quant à ma dame, eh bien, si l'on ne tient pas compte de ses humeurs, elle brille tout à fait à présent, ragaillardie par un sang neuf et des cadeaux. Voilà maintenant quinze ans qu'elle exerce cette activité et elle aura vingt-neuf ans le jour de sa fête. Ce qui signifie qu'elle n'est plus si jeune dans la profession – il est rare de trouver une courtisane prospère au-dessus de trente ans qui avoue son âge – mais elle semble toujours assez fraîche pour que nous affirmions aux nouveaux visiteurs qu'elle a vingt-quatre ans.

De cette façon, nous avons retrouvé tout ce que nous avions perdu à Rome. Si j'ai encore peur des marées hautes et si je me languis encore de la plus grande énergie des Romains, on peut dire qu'ici, nous sommes en sécurité.

En fait, on peut dire que nous sommes satisfaits.

20

J E SUIS PLONGÉ DANS MES LIVRES quand arrive un message de notre corbeau Loredan : le grand sénateur est retardé par les préparatifs de la fête de la Sensa et ne pourra pas venir ce soir, ce qui nous laisse libres d'accueillir notre généreux miroitier. Cela m'offre un prétexte pour fermer mes livres. La mise en ordre des chiffres a calmé la haine de moi-même, mais avant de faire prévenir Alberini je dois en informer ma dame.

La maison et l'atelier de Titien sont au nord, de l'autre côté du Grand Canal, près du rio di Santa Caterina, et si le trajet est fatigant, la journée a la douceur du printemps et l'exercice me fera du bien.

Titien, envers qui je me suis conduit de façon un peu désinvolte le premier soir parce que je ne le connaissais pas, est de loin l'artiste le plus célèbre de Venise, si célèbre que la peinture est à peine sèche sur ses toiles qu'on les met en caisse et qu'on les expédie sur des bateaux ou sur des mules vers les cours de la moitié de l'Europe. Mais ce grand homme, je dois le dire, est resté un demi-paysan agréable. Il sait manier son boulier aussi bien que son pinceau (lui et moi, nous partageons une affinité naturelle quand il s'agit d'extorquer de l'argent aux clients récalcitrants), et si je suis sûr qu'il restera dans l'histoire pour la qualité de sa peinture, les souvenirs que j'ai de sa maison sont surtout ceux des parfums de sa cuisine, car l'Arétin et lui adorent manger et leurs cuisiniers rivalisent souvent dans la préparation des meilleurs plats. Et, comme l'Arétin, il a un penchant très sain pour les femmes. C'est la deuxième fois que ma dame pose pour lui. Elle ne m'a pas dit si elle avait fait plus que poser et je ne le lui ai pas demandé, mais quand son épouse bien-aimée, Cecilia, est morte il y a quelques années, elle l'a peut-être consolé car je sais qu'il a beaucoup souffert.

Je traverse le Grand Canal sur le pont du Rialto. D'ici, je peux presque voir la maison de l'Arétin. Lui aussi a prospéré. Pendant quelque temps, il a caressé l'idée d'aller vivre à la cour du roi de France, mais à la place il a passé une saison de carême en pénitence profonde et publique tout en rédigeant précipitamment de tels dithyrambes à sa ville d'adoption que cela a convaincu le doge Gritti d'intervenir en sa faveur, et ainsi il s'est réconcilié avec le pape et son vieil ennemi le duc de Mantoue. Ensuite, il a connu une rapide ascension et c'est maintenant une des fortunes de Venise. En public, il porte la chaîne d'or que lui a donnée le roi de France, ses lettres circulent parmi les connaisseurs et Venise est pleine de gens tout disposés à le traiter bien afin qu'il ne les traite pas mal.

Lui et ma dame ont forgé une amitié inattendue tout au long des années. La flamme qui les avait brûlés tous deux s'est réduite à quelques braises chaudes. Le succès lui a apporté assez de femmes qui le flattent et jouent avec lui pour qu'il n'ait plus besoin des attentions de ma dame, et, pour être honnête, je pense qu'une grande partie de leur vie privée est tellement publique qu'ils sont contents de la compagnie d'une personne qui les connaît parfaitement et devant laquelle ils n'ont pas à feindre. Quand ils ne bavardent pas ils adorent les jeux de hasard, qui font fureur aujourd'hui à Venise, et parfois, tous les trois, nous y consacrons un après-midi, et nous retournons des cartes peintes sur lesquelles sont écrits des douzaines d'avenirs capricieux.

En ce qui nous concerne, nous avons respecté le marché et pendant toutes ces années nous avons gardé *Les Positions* en dehors du domaine public. Sans enfant dans la maison, ce livre est devenu notre assurance contre la banqueroute de la vieillesse.

Je contourne le campo dei Santi Apostoli et je file vers le nord par tout un réseau de ruelles. La richesse cède la place à la pauvreté au fur et à mesure que j'avance et je garde la tête baissée et la bourse près de la poitrine. En contraste avec le quartier, la maison de Titien, posée sur la rive même de la lagune, est l'affirmation d'un statut, nouveau et assez somptueux. Par une journée claire on voit d'ici l'*Antelao*, un des monts du Cadore, et je suis sûr que c'est pour cette raison qu'il l'a choisie, car il peut être sentimental quand il se souvient de sa ville natale.

Sa gouvernante m'ouvre et me conduit dans le jardin, pendant qu'elle prévient ma maîtresse de mon arrivée. Je m'assieds et je me masse les jambes parce que le trajet m'a engourdi les cuisses. L'eau est très proche et l'on entend le bruit des vagues sur le rivage. Venise ne sera jamais Rome pour moi, mais il existe une certaine beauté mélancolique dans sa façon de jouer avec la mer, comme une belle femme qui soulève ses jupes de couleur – pas assez haut toutefois – pour éviter la marée montante. Par des journées comme celle-ci, quand l'eau est lumineuse et l'air alourdi par la senteur du jasmin et des fleurs de pêcher, on pourrait presque se croire au paradis. La douceur de l'Arcadie. N'était-ce pas ainsi que la mère de Fiammetta tentait de lui décrire les parfums du jardin d'un homme riche quand elle était enfant ? Ce sont ces mêmes mots que ma dame a prononcés pour me séduire, le jour de notre arrivée à Venise, quand notre avenir nous apparaissait noir comme le sang séché de son crâne. Et ce souvenir me frappe avec une grande force, comme si en cet instant, ici, après tout ce temps, je sentais que nous sommes vraiment parvenus là où nous l'avions prévu. Et avec étonnement j'éprouve aussi une sensation de terreur – oui, de terreur : nous sommes montés si haut, plus dure sera la chute qui nous guette.

Sa voix, quand je l'entends, me fait sursauter.

« Bucino ! Je te croyais attaché à ton boulier. »

Elle porte un peignoir comme si elle sortait du lit. Ses cheveux dénoués lui tombent dans le dos. Il lui a demandé de les coiffer précisément comme ils l'étaient lors de leur première rencontre. Je dois le reconnaître : elle n'est plus aussi fraîche qu'alors, cependant le bandeau de cheveux tressés et les boucles minuscules et coquines sur son front donnent encore un air de jeune fille à la femme.

« C'était le cas, mais nous avons reçu un message.

– Il faut que ce soit important. Titien gronde comme le tonnerre quand il est interrompu.

– Ce n'est pas encore fini ? Je pensais qu'il s'agissait de la dernière pose. »

Elle rit. « Oh, ce ne sera jamais fini. Au moins tant qu'il ne sera pas satisfait. Je serai vieille quand il reposera son pinceau.

– Vous êtes encore jeune.

– Vraiment ? C'est ce que tu penses ? » Elle tourne sur elle-même et ses cheveux s'envolent. Elle aime tant les flatteries ! Elle s'en repaît, cela la fait grandir telle une plante qui pousse vers la lumière, comme si elle n'en avait jamais assez. « Tu ne me fais guère de compliments en ce moment, Bucino.

– Je n'arrive pas à placer un mot au milieu du concert de louanges de vos amants. »

Elle fait une petite moue, un truc qui impressionne plus ses soupirants que moi. Mais je la connais mieux et, contrairement à eux, je l'ai vue devant son miroir à main, et sa façon de se regarder avait peu de chose à voir avec la flatterie. Mais, à nouveau, je ne sais plus si je préfère la beauté à la laideur. La beauté recèle trop d'anxiété parce qu'elle est fragile. « Alors, dis-moi, quel est donc ce message ?

– Loredan est pris par la Sensa et, en fin de compte, il ne viendra pas ce soir.

– Oh. » Elle hausse les épaules comme si cela n'avait pas

grande importance, mais je peux voir qu'elle n'est pas mécontente. « Alors, nous pouvons peut-être prévenir Vittorio Foscari, dit-elle avec légèreté. Je sais qu'il sera heureux de venir me rejoindre.

— Assurément. Mais avant tout il y a Alberini que vous devriez remercier pour sa générosité. »

Elle grogne. « Oh, bien sûr, Alberini. » Elle plisse le nez. « Mais nous lui avons dit que nous avions des engagements. Il n'en saura rien. Sa route ne croise jamais celle de Foscari. »

C'est juste, car l'un travaille pour gagner sa vie et l'autre dispose des ressources de sa famille. « Pourquoi ne laissez-vous pas à Foscari le temps de se remettre ? » dis-je.

Elle rit à nouveau et prend cela pour un compliment alors qu'il ne s'agit que d'une demi-vérité. Ce Foscari représente une sorte de défi pour moi. C'est notre plus récent et plus jeune soupirant. Un corbeau par la naissance mais encore un oisillon à peine emplumé, et dès qu'il ôte son collant, il est si novice aux plaisirs de sa queue qu'il semble les épuiser par son ardeur et son bavardage. Bien sûr, chaque courtisane a besoin parfois qu'on l'adore, et l'admiration qu'il a pour ma dame la rend joyeuse. Quand il est arrivé, elle sortait d'une aventure avec un savant florentin au cou de poulet qui soufflait et haletait si longtemps qu'on ne savait pas s'il finissait ou s'il allait continuer ainsi éternellement. J'avais pris soin de calculer le paiement à l'heure, et je ne doutais pas que le corps ferme et frais de Foscari lui serait un agréable contraste. Mais ce jeune corbeau se révéla un vrai désastre quand on en vint à parler affaires, car il ne contrôlait pas sa fortune, il dépensait plus d'argent que ce qu'on lui accordait et ne savait pas comment s'en procurer.

« Vous savez qu'il nous doit encore une demi-douzaine de soirées du mois dernier.

— Oh, Bucino. Tu t'inquiètes trop. Il appartient à l'une des meilleures familles de la ville.

— Qui garde son argent pour les fils aînés plutôt que pour lui. Ils ont payé pour son dépucelage, pas pour qu'il ait une maîtresse. Du point de vue de nos affaires il serait préférable que vous remerciiez tendrement Alberini.

— Vraiment... Je n'ai pas besoin que tu me donnes des leçons sur ce qui convient le mieux à nos affaires. Je crois que j'aime mieux divertir Foscari.

— Comme il vous plaira. Mais il faut qu'il paie. La charité que nous lui accordons est déjà un sujet de bavardages dans la maison et si nous n'y prenons garde, on va savoir dans toute la ville que nous offrons gratuitement ce pour quoi les autres paient. Vous savez quels torts cela peut nous causer.»

Elle hausse les épaules. «Je n'ai rien entendu de semblable.

— C'est parce que vous fermez votre porte, dis-je doucement. Et j'ai ronflé plus fort que d'habitude pour couvrir le bruit.»

Je souris afin que nous nous en sortions grâce à une plaisanterie. Mais elle refuse de prendre le rameau d'olivier que je lui tends.

«Oh, très bien ! Si tu insistes, alors il vaut mieux qu'il ne vienne pas. De toute façon, je ne recevrai pas Alberini. Je vais en profiter pour me reposer. Ce n'est pas une petite affaire, tu sais, de rester ici toute la journée immobile comme une statue pendant que Titien s'agite avec ses pinceaux.»

Je la regarde sans rien dire pendant quelques instants. «Oh... ce jasmin ! dit-elle sur un ton exagéré en enfouissant sa tête dans les fleurs. Aucun parfum n'est comparable. J'ai essayé d'en acheter une douzaine de fois sur le Rialto, mais il ne dure jamais plus de quelques minutes quand il n'est plus dans le flacon.

— Très doux, oui.» Je suis impressionné par la rapidité avec laquelle elle a sauté d'un sujet à l'autre, car ce n'est pas la première fois que nous nous disputons à propos de ce jeune chiot. «Doux comme l'Arcadie.»

Elle lève les yeux vers moi et sourit à nouveau comme si elle ne parvenait pas à se souvenir tout à fait de quelque chose : «L'Arcadie ? Oui, je suppose que c'est cela.

— Peu m'importe ce qu'ils offrent, tu ne peux me la

reprendre, Bucino, dit Titien sur le pas de la porte. On m'avait promis la journée entière, et chaque minute m'est nécessaire.

— Ne vous inquiétez pas, maestro. Je suis juste venu remettre un message.

— Certain vieillard libidineux la veut ce soir, n'est-ce pas ? Quelle honte... Elle va rater un rognon de porc accompagné d'une sauce aux pommes. Venez, Fiammetta, la lumière est parfaite. J'ai besoin de vous tout de suite.

— Encore un instant, j'arrive. » Elle est soulagée qu'on soit venu la chercher. Elle me fait un rapide sourire, l'air distrait. « Je te vois tout à l'heure, Bucino. » Elle ne me dit pas quand, et je comprends qu'elle est en colère à cause de Foscari. Elle s'en va et il s'apprête à la suivre. Mais j'ai beaucoup marché pour arriver jusqu'ici, et je n'aurai sans doute pas de nouvelle occasion pendant plusieurs mois.

« Titien ? »

Il se retourne.

« Comme je suis ici, puis-je voir la toile ?

— Non, ce n'est pas fini.

— Mais je croyais que c'était la dernière séance de pose.

— Ce n'est pas fini, répète-t-il obstiné.

— Les nains ont le cœur fragile. » Je souris. « D'après certaines autorités, je peux mourir avant la fin de l'année. »

Il fait la grimace, mais je sais qu'il m'aime bien, en tout cas autant qu'il peut aimer quelqu'un quand il travaille. « Que t'en a-t-elle dit ?

— Rien. » Je hausse les épaules. « Simplement que tenir la pose lui donne le torticolis et, chaque soir, je dois lui masser le cou. Sans moi, vous n'auriez pas de modèle.

— Ah, très bien. Mais tu regardes et tu pars. Et ce que tu vas voir ne doit pas nourrir les bavardages, compris ?

— Les bavardages ? Je ne parle qu'à mon livre de comptes. Tout le reste me passe au-dessus de la tête. »

Son atelier se trouve dans la maison, avec à côté une remise dans laquelle il fait sécher ses toiles. Je le suis à l'étage, dans une pièce sur le piano nobile, où deux grandes fenêtres encadrées de pierre laissent entrer un fleuve de lumière et d'où la vue peut le ramener chez lui sans qu'il fasse le voyage. La toile est posée sur un chevalet et si elle n'est pas terminée je ne vois pas ce qu'il reste à faire. Mais quand il s'agit d'art je suis un crétin. J'ai assisté à certaines soirées au cours desquelles j'ai entendu de grands hommes – ainsi que la courtisane m'as-tu-vu – devenir lyriques à propos du « génie » de Titien, et leurs envolées étaient telles que ce qu'ils décrivaient semblait plus sortir de leur imagination que ce que je découvrais sur la toile. « Oh ! Oh ! Voyez comme il sanctifie le corps humain avec son art. » « Dieu a placé le paradis dans les couleurs de Titien. » « Ce n'est pas un peintre mais un faiseur de miracles. » Des flatteries poisseuses comme du miel, et parfois je pense que si Titien préfère ma dame comme modèle c'est qu'elle ne le tourmente pas avec ce genre de babillage et lui donne ainsi la possibilité de laisser voler son pinceau.

Quant à sa dernière œuvre – eh bien, pour ne pas créer de gêne, je vais en parler simplement.

Le décor est la pièce elle-même – à l'arrière-plan on aperçoit une partie de la fenêtre avec un coucher de soleil lumineux qui zèbre le ciel ; il y a des tapisseries sur les murs et, devant, deux coffres décorés près desquels deux servantes, une à genoux, l'autre debout, tiennent des vêtements.

Mais si on les voit, ce n'est pas vers elles que se dirige le regard. Car au premier plan du tableau, si proche qu'on pourrait presque la toucher, il y a une femme nue. Elle est adossée à un oreiller, sur un lit à ramages rouges, couvert de draps froissés, et à ses pieds un petit chien dort, roulé sur lui-même. Elle a les cheveux libres sur les épaules, la pointe de son sein gauche, ferme et rose, se détache sur le velours sombre du rideau derrière elle, et les doigts de sa main gauche se referment sur la fente de son sexe. Si cela est tout à fait adorable et – autant que je peux le savoir d'après les parties de son corps que j'ai déjà vues – s'il s'agit d'une réplique parfaite de ma dame, même un cancre comme moi reconnaît la pose de

Vénus allongée, populaire depuis longtemps dans les palais raffinés.

Mais ce qui me semble différent dans ce tableau c'est son visage. Toutes les Vénus que j'ai vues dorment ou regardent au loin, en ignorant modestement celui qui les observe, mais cette Vénus-là, la Vénus de ma dame, est éveillée. Et elle fixe le spectateur. Quant à ce qu'on lit dans ses yeux – eh bien, c'est là que les mots se révèlent insuffisants, et je sens monter en moi l'imagination de l'Arétin. Ils expriment une telle... lassitude, une telle énergie érotique paresseuse, qu'on a du mal à dire si elle savoure les souvenirs de plaisirs passés ou si elle lance une invitation plus directe pour ce qui va suivre. De toute façon, elle est tout à fait honnête. Il n'y a pas un iota de honte, de gêne ou de coquetterie dans son expression. Cette dame, ma dame, est tellement à l'aise que, même si vous la contemplez longtemps, elle ne vous quitte pas des yeux.

« Alors ? »

Il semble impatient derrière moi, comme s'il se moquait éperdument de ce que je pense et voulait seulement que je dise quelque chose avant de m'en aller et qu'il puisse reprendre son travail. Que puis-je lui dire ? J'ai passé l'essentiel de ma vie à applaudir les mauvais poètes, à rire de plaisanteries sinistres, à mentir à des musiciens médiocres ou à flatter des hommes stupides et riches qui trouvaient intelligentes leurs conversations. On pourrait dire que cela m'a rendu incapable de dire la vérité. Je me tourne de nouveau vers la toile.

« C'est magnifique, dis-je fermement. Vous avez créé une grande Vénus vénitienne. Cela clouera le bec de cet ambassadeur français vérolé à propos de la supériorité de la sculpture sur la peinture.

— Peuh ! » Et le dégoût est riche dans sa gorge. Quand on parle de son génie, Titien reste toujours silencieux.

Je soupire. « Oh. Écoutez, Titien, pourquoi prendre la peine de me demander mon avis ? Vous savez que je ne connais rien à l'art. Je suis un souteneur. De haute volée, assurément, mais rien de plus qu'un souteneur. Vous voulez savoir ce que je vois. Je vois une jolie courtisane, aussi appétissante que si elle était allongée là, en vrai, devant moi. Je ne peux rien dire d'autre.

— Hum. Encore une question avant de te laisser partir ? Sais-tu à quoi elle pense ? »

Je regarde une nouvelle fois. À quoi pense-t-elle ? Bien sûr, je le sais. C'est une courtisane, nom de Dieu. « Elle pense à ce que l'on veut qu'elle pense », dis-je rapidement.

Il hoche la tête. Il reprend son pinceau. À l'évidence, je suis congédié.

Ma dame entre et me fait un petit signe avant de s'allonger sur le divan. Comme j'ai vu chaque pouce de son corps, je dois partir avant qu'elle n'ôte sa robe.

Je vais jusqu'à la porte. Mais une idée me turlupine.

« Il y a autre chose. »

Il se retourne. « Quoi ?

— Ce n'est pas elle, vous savez.

— Que veux-tu dire ?

— Je ne sais pas si vous êtes daltonien, mais les yeux de Fiammetta Bianchini sont vert émeraude. Pas noirs. »

Il éclate de rire et je vois qu'un sourire illumine le visage de ma dame.

« Eh bien, tu ne voudrais pas que tous ceux qui la voient dans mon atelier aillent frapper à votre porte, n'est-ce pas ? »

Et quand elle laisse tomber sa robe, je sors.

21

À MON RETOUR, JE TROUVE UNE GONDOLE amarrée à notre ponton. Pendant un instant, je pense qu'il s'agit du jeune Foscari car la marquise en est tout à fait splendide et sur le chemin je n'ai cessé de penser au problème qu'il a causé, mais Gabriella m'attend à la porte pour m'annoncer qu'un inconnu attend dans le portego depuis presque une heure. « Il n'a pas voulu laisser de message. Il dit que c'est important et qu'il ne veut parler qu'à toi. »

Il est assis sous le miroir qui, maintenant que la lumière baisse, est devenu un trou obscur dans la pénombre. Je dois dire que je ne m'attendais pas à le revoir si vite. Les hommes qui entreprennent de longs voyages recherchent souvent un réconfort avant de partir. Il se lève rapidement pour me saluer, ce qui le fait paraître très grand, mais c'est noble de sa part, car, croyez-moi, tous nos clients ne prennent pas cette peine. J'aperçois nos deux silhouettes dans le miroir, un échalas et un nabot, pourtant aujourd'hui je suis capable de soutenir ma propre image.

« Signor Lelio, soyez le bienvenu. Comment s'est passée votre réunion ?

— Très bien. Le bateau est prêt. Nous levons l'ancre après-demain. Pour les Indes.

— Après-demain ? Si vite ? Je vous en prie... Asseyez-vous. »

Il s'assied, les jambes raides. Je me rends compte de sa nervosité. S'il est ici pour un rendez-vous, je sais déjà qu'il n'y a pas de place pour lui. Mais autrefois il s'est montré bon envers moi et mon travail consiste à lui offrir la même attention qu'à tout homme doté d'une bourse et d'un grand appétit. « Est-ce la première fois ? Les Indes, je veux dire.

— Ah... oui, non. Je suis allé en Orient il y a un an. Alep et Damas. Mais sur les marchés. Pas dans les montagnes.

— Alors, vous n'avez pas vu les endroits d'où viennent les pierres ?

— Non. Pas encore.» Il sourit, car il se souvient aussi bien que moi de ce qu'il m'a dit un jour. « Mais cette fois, si Dieu le veut, je les verrai.»

L'obscurité envahit la pièce. Gabriella frappe et entre avec une chandelle. Elle nous contourne et une pluie de flammes jaillit et danse dans le miroir. « Pouvez-vous nous apporter du vin, Gabriella ?... Vous boirez bien quelque chose ?

— Oh, non, non.» Il secoue la tête. « Je... Je veux dire, je ne peux rester...» Et il lance des regards nerveux autour de lui.

« Ne vous inquiétez pas, signor Lelio, dis-je aimablement alors qu'il se prépare à partir. Notre activité est fort discrète, comme la vôtre autrefois.»

Mais rien ne peut le calmer. « Je... heu...» Il regarde autour de lui. « La maison est très belle. Je ne m'attendais pas...

— À une telle opulence ? » Je souris, et pendant quelques instants, je me retrouve quelques années en arrière dans une pièce lugubre, alors que son père repose sa loupe et notre rubis sur la table, et que dans son œil je vois s'enfuir notre avenir. J'en souffre encore aujourd'hui. « Nous avons de la chance. Vous savez, quelqu'un d'autre a déjà possédé tout ce que vous voyez ici. Et quelqu'un le possédera après nous sans aucun doute. Je pense que votre famille n'a pas

271

oublié nos négociations. Comment va votre père, à propos ? »

Il hésite. « Il est mort il y a quelques années. »

Je veux lui demander si cela s'est produit avant ou après sa conversion, mais la question me semble trop cruelle. Bien qu'on sache que des juifs adoptent la foi chrétienne, les seules histoires dont j'ai entendu parler concernent de jeunes femmes passées à la croix par amour ou tentées par une grosse dot donnée par l'Église afin de promouvoir la vraie foi. Pour un homme, se convertir doit être considéré par la communauté comme une trahison plus grande. « Je suis désolé pour vous. Avait-il réglé son différend avec l'État ? »

Il hausse les épaules. « L'État a renouvelé le contrat. Seul le prix a changé. Mais de telles affaires n'ont pas de fin. »

Comme le débat à propos des juifs. On en parle chaque jour dans les tavernes et sur le Rialto : certains croient que le diable réside dans leurs reins et que l'usure pollue l'âme de tous les chrétiens qui acceptent leur argent. En revanche, les marchands, pour qui le pragmatisme est une vertu, ont besoin de la bourse des juifs pour ne pas faire faillite. Je pense que chaque Vénitien a un peu des deux en lui, même si, aujourd'hui, les marchands parlent plus fort que les autres, et tant que Venise vivra grâce à ses bateaux, tout le monde sait, d'une façon ou d'une autre, que les juifs resteront ici. Après la mort de son père, il serait devenu un des responsables de la communauté, chargé de négocier son avenir.

« Puis-je vous demander quelque chose ? »

Il lève les yeux vers moi parce qu'il sait quelle question je vais lui poser.

« Vous voulez savoir pourquoi je me suis converti ? » Il baisse le regard. « Je... J'ai découvert le Christ en mon cœur », dit-il d'une voix calme.

Je hoche la tête en gardant un visage grave. J'ai passé ma vie à gagner de l'argent grâce aux péchés de la chair. Cet étrange mensonge m'est de peu d'importance. Mais cela semble l'inquiéter plus que moi.

« Je veux dire... c'est... c'est difficile d'en parler. Toujours... J'ai toujours... enfin, le Ghetto est très petit. » Il secoue la tête. « Et le monde est si vaste. Je pense que j'ai toujours regardé par la fenêtre. Même quand j'étais enfant.

— Vous avez de la chance, dis-je doucement. Je n'ai jamais pu voir aussi haut.

— Il faut que vous sachiez que je n'ai pas honte », dit-il et maintenant il parle d'une voix ferme. Car, malgré sa nervosité, il a aujourd'hui une plus grande confiance en lui que celui qui portait des lunettes et avait l'air triste. « Un homme doit faire son chemin dans le monde. Mon commerce rapportait de l'argent à Venise. Je payais mes impôts et je respectais les lois de l'État comme n'importe qui. Je suis quelqu'un de respectable.

— J'en suis sûr. » Plus que je ne l'ai jamais été, assurément.

« Je me souviens... de vos visites à la boutique. Vous vous êtes toujours montré poli envers moi.

— Vous me donniez de l'argent. J'aurais difficilement pu vous offenser.

— Ce genre de considération n'influence pas la plupart des gens. » Il se tait un instant. « La dernière fois... Je veux dire... le livre que vous m'aviez apporté. Avez-vous trouvé un acquéreur ?

— Quel livre ? » Je pose calmement la question. « Il n'y a pas eu de livre.

— Je comprends. » Il sourit. « Inutile de vous inquiéter. Je n'en ai parlé à personne. » Un silence. « Pourtant, je dois vous confier que j'y ai souvent pensé... Comme je l'ai dit, le monde était trop petit là d'où je viens. »

Je me demande combien de temps il lui faudra pour vider son sac. Je pourrais l'aider s'il le voulait. Dieu sait qu'au premier abord ce livre en aurait choqué plus d'un. Pourtant, une fois qu'on y avait jeté un coup d'œil, on n'était plus surpris. Tel était son pouvoir. Notre pouvoir. Nous avions plus de choses en commun lui et moi que je ne l'avais cru : nous gagnions tous deux notre vie en faisant commerce de l'interdit. Le sexe et l'usure. Quelle intelligence de la part de l'État que de rester pur en laissant le service du péché à ceux qui sont déjà damnés.

« Je dois vous dire, signor Lelio... ma dame n'est pas ici en ce moment. Je ne peux donc pas vous présenter, et je...

— Non, non... Vous ne m'avez pas compris. Je ne suis pas venu pour elle... Je veux dire... pour cela. » Il se lève de nouveau. « Je suis venu parce que... parce que je dois vous dire quelque chose. Quelque chose qui m'a pesé longtemps sur la conscience. Quand je vous ai vu ce matin-là, eh bien... » Il secoue la tête et respire. « Vous voyez, je savais... à propos de votre pierre précieuse... Celle qu'on vous a volée... »

C'est à mon tour d'ouvrir de grands yeux.

« Le rubis ? Vous saviez quelque chose à propos de notre rubis ?

— Eh bien, je... évidemment, je ne peux absolument pas être sûr qu'il s'agissait du vôtre, mais il avait la même taille, parfaite, avec le feu en plein centre.

— Vous l'avez vu ? Quand ? Que s'est-il passé ?

— Quelqu'un est venu me voir. Une femme...

— Vieille ? Laide ?

— Non, non, elle était très jeune.

— À quoi ressemblait-elle ? » À cet instant, le visage de La Draga m'apparaît. « Boitait-elle ? Était-elle aveugle ?

— Non, non. Je ne me souviens pas qu'elle boitait et elle avait... je ne sais pas... un visage très doux. Enfin, un châle lui couvrait la tête et je n'ai pas pu la voir distinctement.

— Seule ?

— Je ne sais plus. Je ne me souviens que d'elle.

— Que s'est-il passé ?

— Elle m'a dit que le rubis provenait d'un pendentif de sa maîtresse. Un bijou de famille. Que sa maîtresse avait besoin d'argent pour payer des dettes. Elle ne pouvait venir elle-même de peur d'être reconnue. Elle avait donc envoyé sa servante à sa place.

— Vous l'avez pris ?

— Nous avions comme ligne de conduite de ne pas prendre d'objets volés.» Il se tait. «Mais c'était une très belle pierre. Absolument pure. Quelqu'un l'aurait achetée.

— Et l'aurait payée combien ?

— Trois cents, peut-être trois cent cinquante ducats.» J'avais raison. Une petite fortune. L'amertume m'emplit la bouche comme de la bile. Que n'aurions-nous pu faire alors avec autant d'argent !

«Quand cela a-t-il eu lieu ?»

Il hésite. «L'après-midi de ce dernier jour. Quand vous êtes venu me voir avec le livre.

— Le dernier jour ?»

Il pousse un soupir. «Oui, après votre départ, j'allais fermer pour m'occuper de votre serrure quand quelqu'un a sonné. C'était elle.»

Et je marche à nouveau dans les rues noyées de brume, les gens apparaissent et disparaissent comme des fantômes, le spectre de la pauvreté m'accompagne.

«Bien sûr, dès que je l'ai vue, j'ai pensé à vous. Je lui ai dit que j'allais la prendre mais que je devais d'abord en discuter avec mon père parce qu'il s'agissait d'une très grosse somme. Je lui ai demandé de revenir après la fermeture et je lui ai dit que je conclurais l'affaire à ce moment-là. J'avais l'intention de vous en parler à votre retour. Mais après son départ, j'ai ouvert le livre et... enfin... je veux dire, je n'avais encore jamais rien vu de semblable...

— C'est parce qu'il n'y a jamais rien eu de semblable, dis-je calmement. Et que s'est-il passé quand elle est revenue ?

— Je ne sais pas.» Il secoue la tête. «J'ai fermé la

boutique avant qu'elle n'arrive. Je ne les ai jamais revues, ni la pierre ni elle. »

Nous restons assis un moment en silence, et je me demande si son ancienne foi aurait mieux expliqué les caprices du destin que sa nouvelle.

« Que pouvez-vous me dire de plus sur elle ? Vous souvenez-vous d'autre chose ?

— Je suis désolé... » Il se tait. « Cela fait si longtemps. »

Après son départ, je m'assieds et je regarde la nuit tomber. J'ai cessé de rechercher Meragosa depuis long-temps. À la place, je me suis servi de nos succès comme d'une sorte de baume pour soigner la blessure qu'elle m'a infligée. Dans mon esprit, j'ai décidé qu'elle était morte depuis longtemps, je l'ai tuée avec la vérole ou la peste, ce qui lui restait des objets précieux qu'elle avait volés ne l'ayant pas défendue contre la maladie du péché. Mais avec cette nouvelle histoire, la douleur du vol s'enfonce à nouveau en moi comme un couteau tranchant.

Bien sûr, elle n'aurait jamais porté la pierre elle-même chez un prêteur sur gages. Elle n'était pas stupide à ce point. J'avais pris la précaution de conserver mes contacts dans le Ghetto, mais elle devait savoir qui offrait le meilleur prix. Au lieu d'y aller en personne, elle avait envoyé quelqu'un d'autre. D'après ce que je sais, Meragosa n'avait ni passé ni famille. Pendant toute la période où nous avons vécu sous le même toit, elle n'a jamais parlé de quelqu'un, sinon de quelques vieilles biques du marché local. Aussi devait-il s'agir d'une complice engagée dans l'instant ; une jeune femme, assez belle pour attirer l'œil du juif à qui elle débi-terait son histoire dans l'espoir qu'il se montrerait généreux à cause de ses malheurs et de ses mensonges.

Trois cent cinquante ducats. Il avait raison. Il y avait longtemps et le destin avait consenti à ce que les choses tournent bien malgré tout. En fait, on pouvait même dire que cela nous avait réussi : la découverte du livre, la relation avec l'Arétin, le pacte, la soirée, notre succès actuel. Mais quand j'y repense, quand je revois la chambre ouverte et vide et quand je lis à nouveau l'horreur sur le visage de ma dame, rien ne peut éteindre ma colère. Si Meragosa réapparaissait maintenant dans nos vies...

Je dois en parler tout de suite à ma dame. Mais elle ne rentre pas pour le souper. Peut-être fête-t-elle l'achèvement de la toile, ou l'odeur du porc était-elle trop succulente ? Peut-être veut-elle tout simplement me manifester son mécontentement. Quelle qu'en soit la raison, à minuit, il n'y a toujours aucun signe d'elle, et je vais me coucher.

Je rêve de pierres précieuses qui me tombent des doigts et disparaissent dans l'eau froide avant de s'enfoncer dans la vase nauséabonde. Je me réveille brusquement bien qu'il fasse encore nuit, et il me faut quelque temps pour prendre conscience du bruit : une sorte de cri – des voix qui s'élèvent et diminuent. Notre casa est située assez près du Grand Canal pour que des fêtards passent devant en rentrant chez eux. Ma fenêtre donne sur l'eau et sur notre quai, je peux ainsi noter la circulation des prétendants. Je monte sur mon tabouret et j'ouvre le loquet. Notre ponton est vide. Notre barque n'est pas là. Ma dame doit passer la nuit chez Titien.

Je retourne vers mon lit quand le bruit recommence. Une voix ou des voix, à coup sûr. Dans la maison. Au début de notre installation, avant que nous soyons en lieu sûr comme aujourd'hui, des produits disparaissaient de la cuisine. Le rat que Mauro et moi avions surpris en pleine nuit portait l'uniforme de notre batelier et tenait un sac à la main. Il quitta la maison sur l'eau mais sans barque.

J'ouvre la porte et je sors sur le palier pour être sûr.

Pendant quelques instants, il n'y a que le silence au-dessus et autour de moi. Puis j'entends une nouvelle fois, moins fort qu'auparavant, presque un murmure, comme si celui qui parle faisait attention de ne pas réveiller ceux qui dorment tout près. Et maintenant, je localise parfaitement les voix. Elles viennent de la chambre de ma dame.

Mais comment ? Si elle a ramené quelqu'un de chez Titien où est sa gondole ? Et celle de l'homme ? J'avance prudemment. Je connais chaque lame de parquet qui craque entre sa chambre et la mienne. Je ne l'ai jamais espionnée mais parfois la musique de la passion contient des notes violentes, et il vaut mieux être sur ses gardes, en particulier avec les nouveaux clients. Je n'entends rien qui puisse m'alarmer. Je pense à quoi, debout devant sa porte ? Que je l'aide à se sauver d'elle-même ? Non, ce n'est pas à ça que je pense.

Je pose doucement les doigts sur la poignée. La règle de la maison veut qu'il n'y ait pas de serrure. À nouveau, la sécurité avant l'intimité. Si je me trompe, alors j'en assumerai les conséquences. Si je suis assez silencieux, qui que ce soit, l'invité de ma dame n'en saura probablement jamais rien.

Je tourne la poignée pouce après pouce jusqu'à ce que je sente plus que je n'entende la porte céder. Elle s'entrouvre légèrement, puis un peu plus. Suffisamment pour que je puisse regarder à l'intérieur, car le lit est placé juste à gauche, avec ses grandes colonnes de noyer sculpté qui montent jusqu'au plafond. Pour les timides, il y a des rideaux tout autour qu'on peut fermer, car certains hommes veulent toujours retourner dans la sécurité de la matrice. Mais cet homme-là n'a pas besoin de rideaux. Le passage à l'âge adulte l'enivre trop.

Deux chandelles donnent à la pièce des couleurs de miel en dansant dans l'obscurité. Titien n'aurait pu mieux illuminer la scène. Le lit est un chaos de couvertures et de draps. Ma dame est assise sur le bord. Il est à genoux à ses pieds, nu, les bras autour de sa taille. La lumière des chandelles modèle la ligne de ses cuisses, ses fesses, le bas de son dos, sa peau luisante de sueur, ses muscles tendus, un jeune guerrier pris dans le feu de la perfection. Mais ma dame ne le regarde pas ; elle a eu son content de sa beauté parfaite. Elle est penchée sur lui, appuyée sur son dos, la tête baissée, et le fleuve de ses cheveux s'étale et le recouvre comme un manteau. Ils sont parfaitement immobiles. Chair contre chair, beauté contre beauté. C'est une image plus saisissante que tout ce que le crayon lascif de Giuliano Romano pourrait créer. Car il ne s'agit pas de l'excitation brutale de l'acte. Il s'agit plutôt de ce qui le suit, l'épuisement joyeux qui envahit le corps repu, quand le désir et la faim sont rassasiés et que l'on est à l'abri, tout à fait soi-même et autre. C'est l'instant où les amants ont presque l'impression d'avoir suspendu le temps par leur passion. Et toute personne extérieure est rejetée dans la froide solitude du désir.

Je referme la porte sans bruit et je retourne dans ma chambre. J'attends, je tourne le sablier une fois, puis deux. La douleur, qui me transperce la poitrine comme un poignard, s'enflamme et se transforme en colère. La scène dont je viens d'être témoin est peut-être le moment où l'homme s'approche le plus de Dieu sur la terre, mais il ne s'agit pas du travail d'une courtisane honnête. L'objet même de l'activité des courtisanes est de donner du plaisir et non de faire semblant d'en recevoir. Si cette feinte se brise, tout l'édifice s'écroule. Car c'est presque l'argent qui devient le péché et non l'acte.

En quelques années, nous avons reconstitué la fortune que nous avions perdue à Rome. Nous sommes en sécurité ici. En fait, nous sommes satisfaits... Ce qui, quand on y réfléchit, est un sentiment dangereux, car c'est toujours dans le jardin de la perfection que se faufile le serpent et qu'il grimpe dans les branches du pommier.

On dirait qu'un serpent s'est faufilé dans notre herbe.

22

MAIS TOUT N'EST PAS PERDU.
J'attends que ma dame se lève. Nous avons un rituel, elle et moi, pour le matin. À l'aube je vais au marché. Elle s'éveille tard – car elle travaille la nuit – et appelle d'abord Gabriella, qui l'aide à se laver et à s'habiller avant de lui apporter du pain frais et des friandises, du vin coupé d'eau, qu'elle boit assise dans son fauteuil tourné vers le canal. Puis je la rejoins et nous passons en revue les engagements de la journée et tout ce que je dois savoir de la soirée précédente. En règle générale, chaque galant dispose d'un temps précis et d'une liste d'obligations que je lui remets avant la rencontre, mais il y a les extra, par exemple, un client régulier – notre corbeau en particulier – peut conclure un arrangement séparé avec elle, ou alors il s'arrête en passant dans l'espoir d'une faveur – car on éprouve un certain frisson lorsqu'on fait semblant de croire que la liaison est fondée sur un sentiment réel et qu'on peut se permettre de vouloir assouvir un élan de désir. Mais si cela doit arriver, elle a l'esprit comme un piège d'acier pour noter le moment et la durée, afin que je puisse savoir quoi écrire devant chaque nom. Les choses se passent ainsi. Nous sommes associés et nous traitons chaque homme en fonction de ses moyens, car nous sommes tous deux des experts dans l'art du jonglage, conservant toutes les boules en mouvement en

l'air avec une précision et une grâce égales. Toute personne qui a des yeux pour voir peut se rendre compte qu'elle a des soucis avec le jeune freluquet. Mais son succès elle le doit à sa prudence. On l'a formée pour qu'elle ait du jugement, et nous pouvons peut-être encore être sauvés si elle sait s'en servir.

Il est midi passé quand elle me demande. Je la trouve assise dans son fauteuil avec un bol de pâte blanche et un miroir sur pied devant elle, elle s'applique un masque sur le visage bien que ce ne soit pas le jour de ce genre de soins.

« Bonjour, Bucino. » Elle me jette un coup d'œil, la voix légère, manifestement de bonne humeur malgré ce que je soupçonne être un manque de sommeil. « Comment était le marché ?

— J'ai laissé Mauro y aller seul. Je suis resté au lit assez tard à vous attendre.

— Oh, je suis désolée. J'ai demandé à Titien d'envoyer un message. Tu ne l'as pas reçu ? Il m'a fait tenir la pose si longtemps que j'ai trouvé plus facile de rester dîner. L'Arétin est venu. Ah ! Il s'est montré très dur à propos de la toile. Tu aurais dû l'entendre. Il m'a même accusée de me donner du plaisir quand je suis allongée la main posée sur moi. Tu imagines ! Je te le dis, la bonté le lasse et il revient à ses anciennes habitudes. Est-ce toi qui m'as dit qu'il écrivait à nouveau des choses scandaleuses ? Je lui ai posé la question, et il a refusé d'en parler. Je sais que, secrètement, le portrait lui plaît, car il aime à peu près tout ce que fait Titien. Mais tu es meilleur juge qu'eux tous. Qu'en as-tu pensé ?

— Je pense que c'est une honte que nous n'ayons pas les moyens de l'acheter, dis-je, d'un ton aussi léger que le sien. Nous pourrions l'accrocher sur le mur en face du miroir et nous pourrions établir un tarif spécial : un prix pour une heure en compagnie de la vraie femme et un autre pour la femme peinte. »

Elle grogne. « Oh, Bucino, ne me fais pas rire. Tu sais que

je ne dois bouger aucun trait de mon visage quand le masque sèche.

— À ce propos, ce n'est pas le jour de vos soins, ou est-ce que je me trompe ? »

Elle hausse les épaules. « Qu'avais-tu l'habitude de me dire : "Dans notre métier, trop de beauté n'existe pas." Tu vois. Je suis tes conseils.

— Oui. À quelle heure êtes-vous rentrée ?

— Oh, très tard... deux ou trois heures, je crois.

— Marcello vous a raccompagnée, n'est-ce pas ?

— Oui, oui.

— Où est-il maintenant ? Il n'y avait pas de barque ici ce matin.

— Heu... ah, oui. Eh bien, il m'avait attendue si longtemps, le pauvre. Je lui ai donné congé pour le reste de la nuit. »

Évidemment – cela aurait fait mauvais genre quand l'autre barque est arrivée. J'attends. Si elle doit tout me dire, ce sera maintenant : « À propos, Bucino... J'ai une confession à te faire. J'ai reçu la visite de Foscari la nuit dernière... Je sais que cela va te fâcher, mais il était tard et j'étais libre. J'ai la certitude qu'il nous paiera quand il touchera son allocation. » Trop facile. Mais elle continue à s'appliquer de la pâte, et son visage disparaît sous la blancheur de porcelaine d'un masque de carnaval. Bientôt, plus aucune expression ne pourra le traverser.

« Avez-vous bien dormi ? lui demandé-je, les yeux ailleurs.

— Hum. Tu serais étonné de voir à quel point il est épuisant de rester allongée sur un lit, le regard perdu au loin pendant si longtemps.

— Je n'en doute pas. »

Un silence s'installe et s'éternise. Nous avons tant de choses à nous dire, elle et moi. Pas seulement cela, mais aussi la visite du jeune juif. Il faut qu'elle apprenne l'épisode de la pierre et de la jeune femme, comment nous avons été à un cheveu de l'attraper il y a des années. C'est l'essence même de notre histoire commune. Mais si maintenant elle a des secrets pour moi, alors j'en aurai pour elle.

J'éprouve un sentiment étrange : comme si j'entrais dans une pièce que je viens de quitter et y trouvais les meubles changés de place, à tel point que je ne puisse plus me repérer ni comprendre comment cela a pu avoir lieu si vite. Je repense au jardin de Titien, hier, quand elle a détourné les yeux de moi pour les porter sur le jasmin. Puis je revois son visage sur la toile. « Les courtisanes pensent à ce que l'on veut qu'elles pensent. » C'est leur travail. Elle est experte dans l'art du mensonge, comme moi. Même ses gémissements de plaisir sont faux. En général. C'est ainsi qu'elle gagne sa vie. *Notre* vie.

« Tu vas bien, Bucino ?

— Moi ? Et pourquoi ça n'irait pas ?

— Je ne sais pas. Tu as l'air si triste en ce moment.

— J'ai beaucoup à faire. Cela me prend du temps.

— Je sais. Et personne n'y excelle comme toi. Mais cela en vaut la peine, n'est-ce pas ? Je veux dire, tout se passe bien ? Tu me le dirais si quelque chose n'allait pas ? »

Autour de moi, j'entends le frôlement. Oui, assurément, si l'on aperçoit le serpent qui se faufile dans le paradis, il est possible de l'empêcher d'atteindre l'arbre. « Fiammetta. » Je marque une pause. « Je sais que quelqu'un est venu cette nuit.

— Quoi ? » Elle redresse la tête – le masque a durci et seuls ses yeux réagissent. Et ils sont aussi durs que des pierres taillées.

Je prends une grande inspiration. « Je sais que Foscari était ici.

— Comment le sais-tu ? » Il y a de la panique dans sa voix. « Mon Dieu, m'as-tu espionnée ?

— Non, non. J'ai mal dormi. Et en partant, sa barque m'a réveillé. »

Elle me regarde fixement comme pour savoir si je dis la

vérité. Mais je sais mentir aussi bien qu'elle quand cela est nécessaire. Nous ne sommes pas devenus associés par hasard. Elle fait un geste impatient de la main car il est évident qu'elle ne peut plus se dérober. « Ce n'était rien. Je veux dire, il... s'est simplement arrêté alors qu'il rentrait chez lui, pour me donner quelque chose.

— Un cadeau. Quelle générosité. Vous l'a-t-il donné alors que vous étiez allongée ?

— Ah ! Et alors, cela te regarde ?

— Oui. Car il me doit de l'argent.

— Oh ! C'est à toi qu'il doit de l'argent maintenant. Pas à moi. Je suis désolée de te décevoir, mais il est venu simplement pour m'apporter un poème.

— Un poème ?»

Elle se renfrogne à cause de la faiblesse de son mensonge. Je secoue la tête. « Quoi ? Vous a-t-il dit à quel point il vous aimait ?

— Bucino ! Il est jeune et esclave de tout ce théâtre. Tu sais comment va le monde.

— Non, je ne le sais pas. Et même si je le savais la question ne serait pas là. Nous avons un accord. Si un homme vient quand il n'est pas inscrit, vous devez m'en informer.

— J'ai essayé. Hier, j'ai dit... "Foscari aimerait me voir." Ce n'était pas sur le temps d'un autre. Loredan a annulé. J'étais libre. Mais tu étais le seul à ne pas vouloir en entendre parler.

— Ce n'est pas cela, Fiammetta, et vous le savez. Vous avez refusé Alberini et nous étions d'accord pour que Foscari ne vienne pas parce qu'il n'avait pas d'argent.

— Ah ! Il paiera plus tard, mon Dieu. Nous ne ferons pas faillite pour cela. Que veux-tu de moi, Bucino ?» Elle est en colère maintenant, car son visage bouge malgré le masque et de petits flocons de pâte blanche se détachent. « N'avons-nous pas assez pour faire le marché ? Manquons-nous de clients ? Mes seins s'affaissent-ils ? Je bois trop de vin ? Je n'emploie pas bien mon temps ?

Quelqu'un a-t-il quitté cette maison insatisfait ? Alors... Je choisis de voir un client pendant une heure et je ne t'en parle pas parce que tu ferais ta mauvaise tête.

— Ce n'est pas comme cela que ça marche, dis-je calmement mais non sans colère, car l'image du couple dans les bras l'un de l'autre frotte comme une haire contre mon esprit. Vous savez aussi bien que moi quel message vous faites passer quand vous commencez à faire des cadeaux. C'est le commencement de la fin de votre réputation.

— Et comment pourrait-on le savoir ? Qui le dira ? Toi ? Moi ? Lui ? Nos domestiques ? Je pense que nous les payons suffisamment.

— Peu importe qui le dira. Les ragots sont comme l'air. Vous le savez. Ils sont nulle part et partout sans que personne semble les transmettre. » J'essaie de ne pas m'énerver mais je ne suis pas sûr d'y parvenir. « C'est un client, Fiammetta. Vous êtes une courtisane. Telles sont les règles de notre métier. Celles dont nous sommes convenus.

— Peut-être devrions-nous les changer. Car, je te le dis, cela m'est insupportable. Des règles, des comptes, des accords – tu ne parles plus que de cela. Nous n'avons pas travaillé si dur et pendant si longtemps pour que tout devienne – oh, je ne sais pas – si ennuyeux.

— Ennuyeux ? Vraiment ? Vous trouvez cela ennuyeux. Porter les plus beaux vêtements, manger des cuissots de viande rôtie dans des assiettes d'argent, habiter une maison dans laquelle vous êtes réveillée par le soleil qui vous dit qu'un jour nouveau vient de naître et non par votre faim d'hier qui vous torture le ventre ? Avez-vous oublié aussi facilement ? »

Elle me regarde fixement et ferme un instant les yeux dans son visage blanc. « Tu es un homme bon, Bucino, mais tu ne comprends pas certaines choses », dit-elle d'une voix presque maussade.

Je m'apprête à répondre, mais on frappe à la porte. Elle

s'entrouvre suffisamment pour qu'on voie le visage de Gabriella.

« Qu'y a-t-il ? » J'entends de la colère dans ma voix. Nous l'entendons tous.

« C'est... simplement... Enfin, La Draga attend, madame. Elle dit qu'elle s'excuse de n'être pas venue plus tôt, mais on la demandait ailleurs.

— Ah !... Oui, bégaie-t-elle. Je... Demande-lui d'attendre dans le portego. Dis-lui que je n'en ai pas pour longtemps. »

La porte se referme, et nous nous retrouvons face à face.

« Vous êtes malade ? »

Elle hausse les épaules. « Oh, une légère démangeaison, c'est tout. » Sa voix résonne différemment maintenant, prise entre la rigidité du masque et sa mauvaise foi.

Une légère démangeaison. Oui, d'une certaine façon, La Draga aura sans doute la réponse. La présence de La Draga dans cette maison aurait dû coïncider avec mon absence pour cause de marché. Quels trésors a-t-elle dans son sac pour ma dame ? Un baume d'herbes mélangé à de l'eau bénite peut-être, afin qu'elle s'en enduise les lèvres pour le premier baiser ? Une hostie consacrée avec le nom de ma dame écrit dessus qu'on dissout dans la soupe de l'être aimé ? Il existe un commerce florissant de tels objets sacrés aujourd'hui en ville. Si cela retourne l'estomac des hommes, la plupart des femmes – et les courtisanes sont les plus grandes contrevenantes dans ce domaine – sont tellement dépendantes des histoires d'amour qu'elles utilisent n'importe quoi, sacré ou profane, pour capturer et retenir le désir d'un homme. Très souvent les femmes tournent la chose en plaisanterie et disent qu'il s'agit plus d'un moyen de les rendre belles que de magie. Elles se mentent à elles-mêmes, bien sûr, car bientôt elles ne peuvent plus s'en passer : dès que vous croyez qu'un homme vous est attaché à cause d'un philtre et non à cause de votre charme naturel, vous devenez autant l'esclave de vos potions qu'il l'est de vous.

À Rome, des courtisanes célèbres donnaient les mêmes sommes à leurs apothicaires magiciennes qu'à leurs tailleurs. Mais Fiammetta Bianchini n'a jamais fait partie de celles-là. Elle n'en a pas eu besoin. Pas jusqu'à maintenant, en tout cas je le crois. Mais il semble qu'il se passe dans cette maison beaucoup de choses dont je ne suis pas au courant.

« Fiammetta, que croyez-vous que dirait votre mère ?

— Ma mère ? »

La question la prend par surprise, et je la vois se débattre, car pendant ces dernières semaines elle n'a pas chassé que ma seule voix de son esprit.

« Je pense… Je pense qu'elle… Je pense qu'elle verrait ce que tu vois mais… mais… je pense qu'elle comprendrait mieux que toi.

— Vous croyez ? Alors expliquez-moi.

— Écoute, ce n'est pas ce que tu penses, Bucino. Je ne suis pas stupide. Je vois aussi bien aujourd'hui que je voyais hier. Et aussi bien que je verrai demain. » Elle parle d'une voix plus calme, bien qu'elle ne puisse me regarder sans détourner aussitôt les yeux, ce qui révèle pour moi une vérité plus profonde que celle des mots. « Mais, quelquefois, quelquefois seulement… j'ai besoin… oh… je ne sais pas… d'un peu… de joie. D'un peu de tendresse dans toute cette chair bouffie et ces éructations. Et Vittorio Foscari est tendre. Il est jeune, frais et joyeux. Il ne bave pas dans son verre de vin et ne tombe pas endormi dans son assiette, ni même sur mon corps. Il me fait rire. Avec lui, je ne me sens… je ne sais pas… à nouveau comme une petite fille, même si, Dieu le sait, je doute de l'avoir jamais été. Ma mère aurait très bien compris, elle. » Et je ressens un peu d'amertume dans sa voix quand elle ajoute : « Oh, comment pourrais-je t'expliquer ? Il n'est pas comme les autres, en fait. Il ne me traite pas comme s'il me possédait.

Je sais, je sais... Tu vas me dire que c'est parce qu'il ne m'a toujours pas payée, mais c'est faux. Quand il est avec moi, le plaisir de la vie l'enivre. Pour lui... eh bien, pour lui, je suis le plus bel objet qu'il ait jamais vu. Il ne m'a pas choisie dans un registre, il n'a pas entendu parler de moi en termes salaces, il ne me compare pas à Julia Lombardino ou à n'importe quelle autre putain de Venise. Pour lui, je suis moi. Simplement moi. Et oui, oui, il m'aime pour ce que je suis. »

Son long exposé la laisse hors d'haleine. Que Dieu nous vienne en aide.

« Oh, Seigneur. Si vous pensez cela, vous êtes encore plus folle que lui, Fiammetta. Vous avez – combien ? – près de trente ans. Alors qu'il n'est qu'un enfant d'à peine dix-sept ans. Vous n'êtes que la première femme de sa vie.

— Non. Je suis la meilleure. »

Et cette fois j'éclate de rire. « Eh bien, si vous êtes la meilleure, pourquoi avez-vous besoin de La Draga pour vous aider ? Hein ? Que va-t-elle faire pour vous aujourd'hui ? Corser le vin avec quelques incantations ? Comment dit-on ? "Avec ce charme je lie ta tête, ton cœur et ton phallus, ainsi tu n'aimeras que moi..."

— Comment oses-tu ? » Elle se lève, une poussière blanche tombe autour d'elle comme de la neige. « Comment oses-tu rire de moi ? Ah... regarde ce que tu as fait. Gabriella ! » crie-t-elle en me tournant le dos.

Elle crie encore quand je quitte la pièce.

23

JE MARCHE DANS LE COULOIR d'un pas si lourd que j'ai mal aux jambes quand j'entre dans le portego. La Draga attend au milieu de la pièce, entre le miroir et la loggia, tenant son précieux sac. Elle se retourne, le visage inquiet, comme si elle avait ressenti ma colère dans le bruit de mes pas.

« Qui est là ? » Elle lève les mains pour se protéger. Elle ferme les yeux aujourd'hui, ce qui la fait ressembler à une somnambule ou à une sainte en prière.

« Ce n'est que l'intendant, l'intellectuel, dis-je d'une voix forte. Celui qui règle les factures et qu'on garde dans l'ombre.

— Bucino ? Que se passe-t-il ? Quelque chose ne va pas ?

— C'est à vous de me le dire. Que faites-vous ici ? Ce n'est pas votre jour de visite. Ça ne l'était pas hier non plus.

— Je... euh... Je suis venue voir Fiammetta.

— Je le sais. Et je connais aussi son mal. Comme vous, je pense.

— Que voulez-vous dire ?

— Je veux dire qu'elle se donne en spectacle, en faisant des cabrioles avec ce freluquet miaulant, et que vous l'aidez.

— Ah !

— Oui... "Ah !" Et qu'avez-vous pour elle dans votre sac,

aujourd'hui ?» Elle relève brusquement la tête, un geste rapide et instinctif que j'associe à l'attaque autant qu'à la défense. Mon Dieu, comme il faut peu de temps pour nous replonger dans le passé. «Un mélange de vin de messe et de sang menstruel pour que son cœur batte plus vite, peut-être ?

— Oh !» Et à ma grande surprise, son rire résonne dans la pièce. «Oh, vous me faites trop de compliments, Bucino. Si je pouvais changer aussi aisément les sentiments des gens, il y a longtemps que j'aurais versé quelque chose dans votre vin.»

Sa réponse me prend au dépourvu. Il est vrai qu'en ce moment on ne fait attention à moi que lorsque je me mets en colère, et j'ai beau être petit, je peux me montrer méchant quand c'est nécessaire. Mais pas elle. Elle n'a jamais tremblé devant moi, ou si cela lui est arrivé, elle a toujours su me rendre la pareille.

«Alors, que faites-vous pour elle ? Parce que, assurément, cela la rend malade.

— Je le sais aussi bien que vous. C'est une maladie des plus obstinées car la victime se sent parfaitement bien. On ne l'aide pas en se montrant dur avec elle. Peut-être a-t-on intérêt à la laisser profiter un peu de son bonheur.

— Son bonheur ! Mon Dieu, j'ai l'impression que tout le monde est dérangé dans cette maison. Nous sommes chez une courtisane. Nous sommes ici pour vendre du plaisir sexuel aux hommes, pas pour nous en procurer à nous-mêmes. Si elle commence à placer son plaisir au-dessus du leur, c'est le début de la fin. Je connais le métier.

— Qu'est-ce qui vous fait croire que ce n'est pas aussi mon cas ?»

Je la regarde, étonné. «Alors, dans ce cas dites-le-lui. Qu'elle arrête tout de suite. Avant d'être ruinée. Vous m'avez dit un jour que nous ne pensions tous deux qu'à son bien. Vous vous souvenez ? Occupez-vous d'elle. Faites en sorte qu'elle retrouve ses esprits.

— Ce n'est pas si simple...

— Oh, vraiment ! Alors allez au diable, voilà ce que je dis. Car le problème c'est vous autant qu'elle. »

Je tourne les talons et je quitte la pièce en sentant son regard aveugle sur mon dos et mon postérieur. À coup sûr, la prochaine fois que j'aurai mal aux couilles, je serai terrorisé à l'idée qu'elle serre leur effigie en cire dans un casse-noix. De l'argent en échange de pratiques vieilles comme le monde. Je jure que c'est la moitié du secret avec des femmes comme elle : plus on croit que leur pouvoir est réel, plus cela marche.

Dans la rue, je me dirige vers le Grand Canal et je franchis le pont du Rialto. La journée est douce, magnifique, le ciel d'un bleu lumineux et violent, comme si Titien avait pris un immense pinceau et qu'il ait peint l'horizon. Je ne sais absolument pas où je vais mais peu importe, je marche d'un bon pas, et j'espère que le travail de mes petites jambes pourra me faire oublier le tumulte de ma tête.

Stupide. Fiammetta Bianchini est aussi stupide que le patron d'une taverne qui se saoule avec son vin ou qu'un joueur qui mise ses gains de la nuit dans une partie qu'il sait truquée.

La fièvre de la fête et du printemps anime les rues, on croise des gens partout. Je contourne le centre de la piazza, bruyante à cause des préparatifs de la grande foire de l'Ascension – la moitié de l'Europe fera ses achats ici dans la semaine –, et je plonge dans le réseau de rues et de canaux parallèles aux grands quais du sud. Je me déplace avec un sens animal – c'est le premier itinéraire que j'ai appris dans la ville et je peux le parcourir en dormant. Les yeux fermés. Aveugle. Que La Draga aille au diable.

Stupide. Moi, Bucino Teodoldi, je suis stupide, parce que si je peux constater qu'il manque un soldo dans les comptes hebdomadaires, ou calculer le rabais sur cent coudées de soie avant que le marchand ait fait la soustraction, je n'ai pas vu ce qui se passait sous mes yeux. Que j'aille au diable, moi aussi.

Je passe au nord du grand couvent de San Zaccaria, où les plus nobles familles vénitiennes font disparaître des cargaisons entières de filles vierges. Selon la rumeur, ses murs sont autant farcis de trous qu'une passoire et ce sont les nonnes elles-mêmes qui ont descellé les briques. Les hommes et les femmes. Comme des abeilles et du miel. Des mouches et de la merde. On croque une fois dans la pomme et le ver s'insinue. L'Arétin avait raison. Nous sommes damnés par la luxure. Le reste n'est que commerce. Trop tard maintenant.

Stupide. Elle est stupide : être allée si loin, et risquer de tout perdre pour gagner si peu.

Il y a plus de monde à chaque carrefour que j'atteins. Les gens marchent tous dans le même sens, je les accompagne, et l'on me pousse quand le rythme s'accélère. Je marche maintenant sur une autre fondamenta, encore plus étroite que la précédente, et je dois rester plaqué contre le mur pour qu'on ne me fasse pas tomber dans l'eau. Je veux me reposer un moment, mais la presse est telle que je dois continuer à avancer, comme un poisson pris dans un banc qui remonte le courant.

Stupide. Je suis stupide d'avoir été si sûr de nos succès que je l'ai laissée faire.

Enfin, maintenant je sais au moins ce qui se passe.

Maintenant je sais au moins ce qui se passe. Le canal lui-même est encombré, un très grand nombre de gondoles et de barges se déplacent ensemble, les rames frappant l'eau en cadence. Tout le monde va vers l'est, vers l'Arsenal, où vivent les ouvriers des chantiers navals et les fabricants de cordes et de voiles. Il y a du grabuge. Sur un pont ou sur un autre, une centaine d'hommes s'écharpent pour conquérir une surface de quelques pieds au milieu. Après avoir perdu la bataille du ponte dei Pugni il y a deux jours, les hommes de Nicolotti, bien décidés à prendre leur revanche, vont se battre en territoire ennemi, suivis par un flot de Vénitiens loyaux, car à Venise la nouvelle d'une bataille de ponts se déplace plus vite que l'eau. Plus vite que la maladie. Et je suis, moi aussi, touché par la contagion.

Pourquoi pas ? La folie convient à mon humeur. Après tout, même La Draga admet que ma dame est malade. Elle a contracté le mal des courtisanes. Nom de Dieu, les symptômes sont assez évidents maintenant. Le rire provenant de sa chambre les nuits où il lui rend visite. L'attente impatiente l'après-midi quand il doit venir le soir. Un excès de gaieté, de brusques moments de lassitude ou d'agacement entrecoupés de périodes trop courtes. L'amour : la seule autre maladie fatale aux courtisanes, car si la vérole ronge le corps, l'amour corrompt l'esprit. Et pour quoi ? Vittorio Foscari ! Une cruche, un novice, un freluquet à peine sevré, encore assez jeune pour être l'esclave d'une sorte d'anémie. Je me souviens de la première fois qu'il est venu, accompagné par son frère, comme un enfant pour son premier jour d'école. L'oisillon avait besoin d'aide : il était arrivé à l'âge de dix-sept ans, le nez dans les livres, avec une peur évidente des femmes. Ma maîtresse avait la réputation d'être adorable, honnête et propre. Ferait-elle la chose convenable pour le déflorer ? Ce soir-là, on avait l'impression qu'on l'avait sorti trop tôt du four. Joli, mais mou, pas assez cuit, encore chaud. Certaines mères, je le sais, gardent accrochés à leurs jupes les plus jeunes, derniers souvenirs pour elles de leur jeunesse. Leur peur, bien sûr, c'est de voir qu'une telle adoration en fasse des hommes efféminés. Avec Foscari, elles ont eu de la chance. Cette voie ne l'attirait évidemment pas. Et c'était un étudiant désireux d'apprendre auprès d'un bon professeur.

Je marche maintenant au milieu d'une foule immense. Nous devons approcher du pont car nous sommes si nombreux que nous bougeons à peine et des gens sortent encore des ruelles. On crie et on chante des slogans, des chants de guerre s'inspirant des noms de combattants célèbres. Si ce n'était pas un jour de fête, les forces de sécurité auraient déjà dispersé une telle populace, car une revanche si tôt après une défaite risque de s'achever dans une violence exacerbée. L'ordre gouvernemental et le désordre intermittent de la rue. La prostitution siphonnant l'eau de la cale des excès, le grand navire de l'État peut voguer et prospérer sur tout cela.

Le pont apparaît devant nous, mais je ne vois que des corps qui se balancent. La foule s'arrête, car elle ne peut plus avancer. Si je reste où je me trouve, je ne verrai que les reins de l'homme qui me précède, et la chaleur et la presse auront raison de moi. Je baisse la tête et je me protège avec mes coudes. J'ai de petits bras mais, au niveau du ventre, ils atteignent la région la plus tendre du corps des hommes, et je sais très bien m'en servir. Je traverse la cohue et j'arrive presque au bord de l'eau. J'ai l'intention d'aller sur un des pontons qui recouvrent déjà le canal, assemblage de barques et de gondoles attachées ensemble et sur lesquelles on a disposé des planches pour faire des plates-formes destinées aux citoyens riches ; des marchands, des corbeaux, et même des prêtres et des moines en froc blanc. Aujourd'hui, le prix d'entrée sera élevé parce que le combat sera sans merci et on gagnera peu en pariant sur son issue. Mais la bourse qui se trouve dans ma veste est autant à moi qu'à elle – car Fiammetta Bianchini n'est pas la seule à travailler pour gagner notre vie. Si elle ne suit plus les règles, alors je peux en faire autant.

La première fois qu'il est venu, la famille nous a donné une somme rondelette pour que nous organisions une magnifique soirée : les meilleurs vins, la conversation, la musique, le souper, le lit. Tous les extra. Il n'avait jamais rien vu d'aussi merveilleux qu'elle, et sa beauté et son pouvoir se reflétaient dans les yeux du jeune homme. Lui-même apparut très beau quand il ôta ses vêtements, surtout si on le comparait aux vieux ronchons qu'elle avait accueillis récemment dans son lit. Il y eut des rires, je m'en souviens ; venant d'elle d'abord, doux comme de l'eau vive, adroitement faux, puis venant des deux amants, plus libres, plus chaleureux, sortant plus du ventre que de la gorge. Je dois dire qu'elle l'a joliment courtisé. Et ce faisant elle doit s'être courtisée elle-même. On serait étonné de voir combien de courtisanes finissent par aimer l'idée de tomber amoureuses, de connaître le grand frisson et le naturel qu'elles doivent si souvent imiter avec les autres hommes. Plus grand leur succès, plus grand le danger : car lorsqu'on mène une vie confortable, on n'a rien à craindre, rien contre quoi lutter. Ce qui signifie aussi qu'on n'attend plus rien. De façon étrange, cela fait penser à la mort et donne une forte envie de se dresser face à elle par son comportement, par une faim d'extravagance, dans le but de se sentir plus grand que la mort elle-même.

Une extravagance du sentiment. Cela peut prendre différents aspects. La peur par exemple. Pour ceux qui ont peur de l'eau, les pontons sur les canaux génèrent leurs propres terreurs. Lorsque l'on est dessus, il n'y a rien pour se tenir et la vague bat dangereusement sur les côtés. Les bourses les mieux remplies – dont la mienne aujourd'hui – peuvent s'acheter un siège fixé au sol avec des cordes. Cependant ma panique est peu de chose comparée à celle des spectateurs sur le pont, car il n'y a pas de balustrade, simplement la menace d'une chute dans l'eau froide. Il y a déjà une centaine d'hommes là-bas et d'autres plus nombreux entassés sur les rampes d'accès, qui crient et qui poussent. Ceux qui se trouvent au milieu n'ont d'autre issue que de renverser leurs adversaires et de les piétiner, ou encore de les jeter dans le canal. La bataille est très simple : un côté doit repousser l'autre pour prendre possession du pont. Certains brandissent des armes, de longs bâtons à l'extrémité pointue, mais ils n'ont pas la place de les manier efficacement, et la plupart se servent de leurs poings. Beaucoup sont à demi nus et couverts de sang. Chaque fois que l'un d'entre eux bascule et tombe dans l'eau, un énorme rugissement s'élève de la foule et la lutte s'accentue. Les ouvriers de l'arsenal Castelli sont encore fiers de leur dernière victoire et ils se sentent chez eux, aussi leurs partisans hurlent-ils plus fort. Mais les attaquants, la bande de Nicolotti, qui viennent de Dorsoduro, sont des pêcheurs sur les bateaux de l'Adriatique, experts à garder l'équilibre sur une mer déchaînée tandis qu'ils hissent des tonnes de poissons depuis les profondeurs, et aujourd'hui la promesse de la revanche décuple leur ardeur.

Bien sûr, certaines choses en lui la séduisent. Il a une immense soif de vie et n'a pas honte de la passion qu'il éprouve. La nature l'a doté d'une grande douceur de caractère, elle a accueilli ses compliments sans arrière-pensée, et son désir de jeune chiot lui a paru moins impur. Car pour ce qui se passe entre eux au lit... eh bien, j'ai entendu trop de gémissements venant de la chambre de ma dame, et mon jugement ne repose pas seulement sur cela. Mais quiconque se souvient de sa jeunesse sait que la plus grande douleur de l'amour tient au fait que moins le corps sait de choses, plus il en éprouve. Je les revois, épuisés et enlacés dans le silence de la nuit. Mon Dieu, quel homme ne donnerait pas avec joie un an de sa vie pour posséder la vigueur de ce jeune amant et le savoir de ma dame réunis ? Mais toute fièvre associe le délire à l'ivresse, et son feu consume plus qu'il ne réchauffe. À la fin il ne restera que des cendres et la réputation de ma dame en souffrira plus que celle du jeune freluquet, car de tels appariements donnent matière aux commérages et tout un chacun attend d'avoir le plaisir d'assister au spectacle d'une magnifique courtisane s'empalant sur l'épée de son propre désir. Et lui ? Peut-être se montre-t-il tendre aujourd'hui, mais il est riche et il a la tête vide : des vers romantiques et les brillantes couleurs de ses vertes années. Je lui donne six mois pour que les fleurs commencent à se faner et pour qu'il voie la vie avec les yeux de tout le monde : un lieu où la ruse a meilleur jeu que la vérité et où ma dame n'est qu'une commodité de plus à laquelle sa bourse et sa naissance lui donnent accès avant les autres. Ainsi va le monde, et j'ai déjà vu tout cela. Elle aussi. Voilà pourquoi sa chute me serait si douloureuse.

Au milieu du pont, la foule a dégagé un petit espace autour de deux combattants particuliers, deux énormes gaillards à moitié dévêtus et couverts de sueur, avec de gros muscles, enlacés dans une terrible étreinte, les jambes nouées, le torse oscillant vers l'eau. Les spectateurs deviennent fous car il s'agit de deux spécimens aux mensurations parfaites et on va miser de l'argent sur l'issue de leur violent accouplement. Ils se séparent, haletants, puis s'élancent à nouveau l'un contre l'autre en cherchant une meilleure prise alors qu'ils s'approchent du bord en chancelant. Une nouvelle clameur s'élève à chaque pouce de terrain perdu. Leurs corps sont si proches maintenant que je peux voir la marque des coups qu'ils se sont infligés. Puis, au moment où l'on croit qu'ils vont plonger comme des jumeaux difformes, un des deux réussit à libérer une de ses mains et il assène un coup de poing monstrueux dans le ventre de l'autre, avant de se reculer tandis que son adversaire se plie en deux, gémit puis bascule dans l'eau avec la lourdeur d'une pierre. Le vainqueur lève les bras en signe de triomphe et un chahut indescriptible s'empare de la foule.

Le vaincu tombe avec une telle violence que des vagues s'écrasent contre le ponton, une violence suffisante pour nous faire hurler d'excitation. La foule acclame les deux combattants, mais quand le vaincu réapparaît son corps reste immobile à la surface de l'eau. Du côté de l'Arsenal, on le pousse doucement du bout des rames. On sait que certains feignent l'évanouissement dans ces moments-là, aussi quand les ennemis commencent à se relever, ils en entraînent une demi-douzaine avec eux. Je domine ma peur et je me lève pour les regarder le pousser vers notre ponton. Près de moi, deux hommes le hissent sur la plate-forme où ils l'allongent, mais il ne bouge toujours pas et son cou se tord dans un angle bizarre en laissant voir un trou noir sur le côté du front. Je repense à l'homme que j'ai vu autrefois évacuer d'une joute avec une lance plantée dans l'œil. Ou aux corps démembrés allongés dans les rues après la mise à sac de Rome. Tout autour de moi, de grosses bourses changent de mains. Ce devait être un champion parce que les pêcheurs entonnent une magnifique lamentation, tandis que de l'autre côté du pont les combattants de l'Arsenal hurlent, tapent des pieds et agitent les bras. La bagarre se répand parmi les spectateurs, les gens poussent des cris et se bousculent, certains tombent et la foule les piétine.

Sur le pont, la mêlée reprend de plus belle et, privés de leur champion, il semble que les pêcheurs soient à nouveau mis en déroute. Il y a tant de corps dans l'eau que le ponton tangue dangereusement. Doux Jésus, si un jour on assèche le canal, on découvrira sans aucun doute un charnier au milieu des pots, des casseroles et de tous les vestiges de l'existence. Un accès de panique me monte dans la gorge comme une envie de vomir. Il y a un instant de bousculade parmi les corbeaux et le clergé, tous veulent gagner la terre ferme. Mais, en ce moment, la rive est en effervescence. Au loin, j'entends des coups d'arquebuse. Sur le pont suivant, des hommes en uniforme essaient de se frayer un chemin dans la mêlée. C'est peut-être un jour de fête, mais une émeute est une émeute, et si les forces de sécurité ne sont sans doute pas prêtes à risquer leur vie en affrontant directement la populace, elles peuvent fort bien blesser ou tuer à titre d'exemple. Je préfère tenter ma chance en affrontant les lances et les arquebuses plutôt que de sombrer dans l'eau noire. Je me précipite vers le bord du ponton relié à la fondamenta par une passerelle de planches, mais un corbeau qui a deux fois ma taille me précède. Son corps énorme me bouscule et je sens que je perds l'équilibre.

« Bucino ! » J'entends une voix qui crie dans le tumulte. « Bucino Teodoldi ! Ici. Tendez la main ! »

J'obéis aveuglément sans savoir ni vers quoi ni vers qui.

« Buciiiinoooo ! »

Le cri semble aussi long que ma chute. Comme je touche l'eau, je sens le souffle des ailes d'un oiseau immense qui battent au-dessus de moi, et des doigts qui me saisissent et me tirent à travers l'eau noire jusqu'à la vase épaisse, de sorte que je n'ose même pas ouvrir la bouche pour hurler, de peur de me noyer dans ma propre terreur... Jusqu'à ce que je doive respirer.

24

« B UCINO ? »
        La voix vient de très loin, calme, filtrée par l'eau car
je dois avoir coulé dans de grandes profondeurs, si loin
que même les démons ont cessé de m'entraîner et que mon
corps repose à plat et lourd, en suspension dans un courant
étrange et épais.

« Bucino ? »

Je respire et j'étouffe. J'ai de l'eau dans le corps, et je
me noie encore. On me tire violemment par les mains
jusqu'à ce que je me redresse et quelqu'un me frappe dans
le dos, alors je ne peux plus m'arrêter de tousser, car j'ai
l'impression d'avoir encore le nez et la gorge enfoncés sous
la surface du canal, et je me débats pour trouver une poche
d'air au milieu de tout ce liquide.

« Très bien. Tousse pour cracher ce qui reste dans tes
poumons, petit ami. »

Je vomis une bile amère et l'effort me fait pleurer et souf-
fler en même temps. Mais au moins, je sais maintenant que
je ne me suis pas noyé. J'ouvre les yeux et je vois que je suis
allongé sur un lit, je n'ai plus mes vêtements et ma poitrine
toute ronde est exposée au regard du monde, terreuse et
grise, comme la chair d'un vieux poisson. Je ne suis plus
mouillé, j'ai seulement froid et je me sens lourd. Je retombe
sur l'oreiller et cette fois, en levant les yeux, je distingue le

visage du Turc, et la soie crème de son turban rend son visage plus sombre.

Le Turc ? Mon Dieu, alors je suis bien mort et arrivé en enfer. Là où vont les païens, le désert éternel des impies.

« Ne vous inquiétez pas. Vous êtes sain et sauf.

— Où suis-je ?

— Chez moi.

— Mais vous... êtes parti.

— Parti et revenu. Il y a deux mois. À temps pour la fête de la Sensa. Heureusement pour vous que je me trouvais là, n'est-ce pas ? Car je ne manque jamais un combat. Vous, en revanche, vous n'êtes pas bâti pour y aller seul.

— Je n'y suis pas allé seul. C'est la foule qui m'a entraîné. » Je tousse à nouveau. Mais maintenant je ressens une douleur brève et aiguë dans l'oreille. « Aaah...

— Je vous ai attrapé aussi vite que j'ai pu. Et pourtant vous vous débattiez comme un gros poisson. Vous avez bu beaucoup d'eau. Nous vous avons fait cracher et je vous ai ramené chez moi, mais vous allez vous sentir mal pendant encore quelque temps. »

Et, comme pour confirmer ses dires, dès qu'il a fini de parler je vomis.

« Mon Dieu, dit-il. Vous devriez pourtant savoir que l'eau de Venise n'a pas vocation à être bue mais à se mélanger à notre pisse. Vous avez de la chance de n'avoir avalé que de l'eau. »

Je suis assez sur mes gardes pour bien voir la pièce avec ses volets fermés et une chandelle à côté. « Depuis combien de temps suis-je ici ?

— Quelques heures. J'ai eu du mal à vous ramener. La ville est devenue folle. Ne vous inquiétez pas. J'ai envoyé un message à votre maîtresse. Vous habitez la même maison, n'est-ce pas ?

— Oui... » Et la toux me reprend. Il attend patiemment que la quinte s'achève.

« Oui ?

— Ne l'envoyez pas tout de suite.» Parce que si on la prévient, elle va sûrement venir et je n'ai pas envie de la voir. C'est ce que je pense, mais je désire peut-être aussi qu'elle se demande un peu où je me trouve et pourquoi je ne suis pas encore rentré. « Elle va s'inquiéter si vous lui racontez ce qui m'est arrivé. Je vais me remettre.»

Il m'observe quelques instants, l'air dubitatif, puis il se lève et me tapote la main. « Très bien. Peut-être avez-vous envie de dormir. Je reviendrai tout à l'heure.»

Quand ses domestiques me réveillent, j'ai toujours l'impression d'avoir la tête pleine d'eau, mais au moins mon estomac est vide. Ils m'apportent une boisson épaisse et sucrée, que parfument des clous de girofle et de la cannelle, ils m'aident à me lever, ils me donnent une robe de chambre, un de ces longs peignoirs que je dois remonter avec une ceinture à la taille afin de ne pas tomber en marchant. Le Turc rit devant ma maladresse tandis que ses domestiques me guident jusqu'à la cour intérieure où je m'assieds à côté de lui.

Il fait chaud malgré le crépuscule, et l'endroit où je me trouve ressemble plus à l'Orient que j'imagine qu'à la ville de Venise. Au milieu de la cour, une fontaine de marbre laisse couler de l'eau qui retombe en cascade dans une suite de vasques, et son bruit est partout et se répercute comme une douce musique. Il y a tout autour de grands pots de plantes et de fleurs qui embaument, et chaque mur a été carrelé si finement que, en se rejoignant, les éléments de mosaïque aux motifs compliqués donnent l'impression d'avoir pénétré dans un univers de feuillages et de fleurs vivement colorés. J'ai rencontré des voyageurs qui disent qu'à Constantinople on voit des palais dont les cours ont des parfums plus doux que la campagne, à tel point qu'on n'a pas besoin de quitter sa maison pour croire qu'on vit dans la nature. Tant de beauté, tant d'art de la verdure et des plantes, mais aucun signe, aucune statue, aucune image de leur dieu. Hélas, ils finiront par en souffrir, car les déserts gris de l'enfer infidèle leur causeront, je le crains, autant de douleurs qu'une fosse de feu. Mais je suis satisfait de me trouver avec lui présentement, car j'apprécie la sérénité de ce lieu après le désordre des rues.

« Comment allez-vous ?

— Heureux de ne pas être un rat d'eau.

— Hum. Je pense que certains l'ont cru, et ils vous auraient regardé vous noyer pour le plaisir. On prenait des paris pour savoir combien vous pouviez avaler d'eau. Vous devriez saisir mon offre, Bucino. Je suis de retour avec une bourse bien pleine. Pourquoi accepter d'être ridiculisé alors que vous pourriez vivre dans un endroit où vous tiendriez un haut rang ?

— Hélas, comment comprendrais-je les compliments ?

— Vous apprendriez vite. Vous croyez que je connaissais un traître mot de votre charabia avant de poser le pied ici ? Je vous enseignerai ma langue pendant le voyage de retour.

— Oh, non. Pas de bateau.

— Seules coulent les galères vénitiennes. Les vaisseaux turcs sont les maîtres des mers.

— Pourtant, curieusement, vous vous vantez comme un Vénitien.

— Nous leur avons appris à le faire. C'est une des raisons pour lesquelles je sais que là-bas vous vous sentiriez comme chez vous.

Je souris et je remarque que cela me fait mal à l'oreille. Nous avons déjà joué à ce jeu, lui et moi. L'Arétin a raison. Il semble que l'on prise beaucoup les hommes de ma taille à la cour du sultan et que, avec la soie, les miroirs et les bijoux, les nains figurent en tête des listes d'achat d'Abdullah. Il a souvent cherché à me séduire en me parlant de Constantinople et en m'expliquant combien cette ville me paraîtrait à la fois exotique et familière avec ses palais, ses jardins et ses fêtes, sa bibliothèque rapportée de Hongrie et digne d'un savant, et ses magnifiques statues de Diane et d'Hercule, butin arraché à l'île de Rhodes. C'est bien sûr le fait des grandes cités que de dépouiller les villes moins remarquables de leurs objets de valeur : Venise en est un parfait exemple car la moitié des piliers de la basilique et les chevaux triomphants et cabrés qui ornent sa façade ont été volés à Constantinople elle-même. Cependant, bien que son dieu soit un infidèle, il semble venir d'une culture dans laquelle je serais traité comme un homme d'importance et non comme un phénomène de foire. Et aujourd'hui en particulier, je me laisse séduire car il n'y a pas que mon corps qui frissonne.

« ... Je vous le dis, Bucino, il y avait une telle abondance de merveilles que la nuit n'a pas envahi le ciel de quatre jours à cause des feux d'artifice. On avait attaché des fusées sur le dos d'éléphants qui hurlaient et barrissaient quand elles explosaient. Un millier d'acrobates marchaient sur des fils entre les obélisques, il y en avait tant que, lorsqu'on levait les yeux, cela ressemblait à une immense toile d'araignée. Car il n'est rien, rien que possède Venise, que nous n'ayons en plus beau ou en plus riche.

— Rien ? Alors que venez-vous acheter cette fois, Abdullah ? En dehors de moi ?

— Ah ! Eh bien, quelques objets singuliers. Des babioles, en vérité. Des bijoux, des miroirs, des tissus, rien de plus. »

Et il rit de sa propre exagération. Je n'imagine aucune autre ville de la chrétienté dans laquelle, lui et moi, nous pourrions parler tranquillement ainsi. Car si les Vénitiens et les Turcs se menacent mutuellement de feu et de mort, ils ne laissent pas la religion interférer quand il s'agit de commerce. Deux grandes puissances qui se surveillent du coin de l'œil. Certains disent que ce n'est qu'une question de temps pour que les commerçants du Portugal et l'or du Nouveau Monde commencent à mordre dans la richesse de Venise, et que lorsque cela arrivera les Ottomans lui raviront la maîtrise des mers. Je n'en vois aucun signe actuellement ; en fait, le bâtard du doge Gritti est marchand de pierres précieuses à Constantinople et, grâce à Abdullah

Pashna, suite à la soirée chez l'Arétin, le sultan Soliman le Magnifique possède un portrait de lui peint par le plus grand artiste vivant de Venise, Titien, qui a pris la ressemblance sur un médaillon. Quand je l'ai vu, je l'ai trouvé assez pompeux et sans vie, mais qui suis-je pour parler d'art ? Sa Magnificence s'est montrée suffisamment satisfaite pour que tous les gens concernés, y compris l'Arétin, soient richement récompensés. Comme je le serais certainement si je choisissais de devenir une des merveilles de sa suite.

Je bois mon verre à petites gorgées, bien qu'il soit fort épicé. Je souhaiterais qu'il le fût plus encore, parce que, malgré la chaleur des descriptions du Turc, j'ai froid.

« Vous savez ce que je pense, Bucino ? Ce n'est pas ce que vous risquez de rencontrer là-bas qui vous effraie. Vous êtes trop intelligent pour trouver agréable le mépris dont on vous entoure ici, et vous avez, je crois, trop d'appétit pour être effrayé de choses nouvelles. Non. Je pense que ce qui vous arrête c'est la tristesse de ceux que vous abandonneriez. »

Je hausse les épaules. En cet instant je ne veux même pas la revoir, parce que son égoïsme et sa duperie me mettent en colère.

« Nous sommes associés, dis-je d'une voix faible.

— Je le sais. Je vous ai vus travailler. Et il s'agit d'une association parfaite. Peut-être devrais-je vous emmener tous les deux. Croyez-moi, les étrangères sont toujours les plus vénérées à la cour. Elle n'est pas aussi jeune que certaines mais sa favorite ne l'est pas non plus et, cependant, elle dirige le harem comme une vieille harpie. Votre maîtresse pourrait se constituer une cour personnelle si elle gagnait son âme. Les récompenses qu'on vous attribuerait seraient exceptionnelles.

— Quoi... vous voulez parler de la vie dans un sérail ? »

Il rit. « Les chrétiens prononcent toujours ce mot avec crainte et respect, comme si le fait qu'un homme possède plus qu'une seule femme était la chose la plus terrible du monde. Cependant, partout dans votre "chrétienté", les villes sont pleines de bordels où les hommes peuvent coucher avec n'importe quelle autre femme que leur épouse. Je crois que si vous désapprouvez autant le harem c'est que vous nous l'enviez. »

Il est difficile d'accorder la terreur qu'inspirent les Turcs avec Abdullah Pashna. Les histoires – nombreuses – glacent le sang : piraterie, carnages, villages entiers réduits en esclavage, hommes dont on coupe les parties génitales avant de les leur fourrer dans la bouche, enfants embrochés sur des sabres comme des morceaux de viande. Cependant en sa compagnie, je découvre un esprit clair comme de l'eau fraîche et une sagesse devant la vie tels que j'ai l'impression que, s'il n'était infidèle, il ferait un excellent chrétien.

Que possède en lui un homme du Dieu auquel il croit ? Les catholiques espagnols ont-ils coupé moins de doigts à leurs otages romains que les hérétiques allemands ? Les juifs et les Turcs souffriront-ils dans des enfers différents pour leurs différentes hérésies ? Ou bien les pires agonies seront-elles réservées aux luthériens, nés dans la vraie foi mais qui l'ont dénaturée ? Pendant des années, à Venise, des réformateurs ont dit ouvertement que notre Église devait changer. Que nos appétits étaient devenus un signe de notre décadence, qu'on ne peut vendre le salut et que, devant les portes du paradis, la construction de riches demeures est moins importante que la charité envers les moins fortunés. Cependant, allez dire cela aux grands ecclésiastiques qui se divertissent à Rome. Que se passera-t-il, lorsque vous arriverez devant le tribunal céleste, si le Dieu que vous y rencontrerez vous donne tort ? Ah... il vaut mieux garder pour soi certaines pensées. C'est aussi bien que Venise fasse preuve de la même tolérance que d'autres villes, et que l'Inquisition ne puisse lire dans nos pensées, car s'il en allait différemment je suis certain que je ne serais pas le seul à me retrouver entre les griffes du juge.

Je secoue la tête et je découvre que mes oreilles n'apprécient guère ce mouvement. Je sais que je vais avoir des problèmes. « Peut-être. Cependant, je ne pense pas que ma dame accepterait facilement de ne plus être qu'une parmi d'autres. Elle n'a pas été entraînée pour une telle humilité. » Il rit. « Je crois que vous avez raison. Elle ne peut pas concevoir non plus – j'ai raison, n'est-ce pas ? – ce qui saperait les fondements de son pouvoir. Aussi, j'ai bien peur que vous ne deviez la quitter si voulez faire fortune. Mais, j'en ai peur, vous ne pourrez ni ne voudrez sauter le pas. Quel dommage, mais c'est ainsi. Ne vous inquiétez pas. Je vais aller à Mantoue. J'ai appris qu'on y élevait des familles de nains, car la dame qui dirige la cour les aime. Ils n'auront jamais votre esprit ni votre âme, mais ils feront l'affaire cependant. »

Pendant quelques instants nous écoutons le bruit de l'eau. Je voudrais réfléchir à ce qu'il m'a dit tout à l'heure, mais je ne retrouve pas les mots.

Je frissonne.

« Mon ami, je pense que vous devriez rentrer. Vous n'avez pas l'air bien. Venez, je vais vous raccompagner. »

25

IL A RAISON. JE NE VAIS PAS BIEN. Il n'y a pas loin de sa maison à la nôtre, mais j'ai le sentiment d'avoir la tête tout encombrée et cela modifie mon sens de l'équilibre, j'ai l'impression de marcher sur le pont d'un navire en mouvement. Et pourtant, je ne prendrai pas la mer. Toutes les pierres précieuses de l'Orient ne me feront pas changer d'avis. Mais nous marchons : lentement, pas après pas. En toute autre circonstance, ce serait une très belle soirée. La lumière a des teintes de miel quand nous traversons le pont du Rialto, et les nus affriolants de Titien rougeoient sur le mur latéral du fondaco allemand. Il m'a dit autrefois qu'avant d'avoir les moyens de s'offrir la compagnie de courtisanes, tout ce qu'il savait du corps des femmes venait principalement de l'œuvre de son maître Giorgione, dont les personnages ardents et bien en chair illuminent la façade de cet édifice. C'est sans doute vrai, car il était beaucoup plus jeune à l'époque. Pas aussi jeune que notre fichu freluquet. La soirée est assez douce pour que le Turc ne porte pas de manteau, pourtant, même enveloppé dans une cape je frissonne, le pire ce sont mes oreilles, qui vibrent comme la note aiguë d'un diapason. À chaque instant le coup de poignard de la douleur me transperce.

Je grogne. Je suis vivant et je refuse de me laisser abattre par ce genre de mal ordinaire, même si je suis terrifié à l'idée des suites possibles. Je déglutis, je bâille et je me masse sous la mâchoire. Dans le passé cela m'a aidé. Cela m'aidera à nouveau. Quand nous atteignons la porte de notre casa, il hésite à me laisser seul. « Vous êtes sûr d'aller bien ? »

Je fais oui de la tête.

« Je peux entrer avec vous ?

— Non. Si vous entrez, tout le monde va s'agiter, cela dérangera la marche de la maison, et ce soir nous avons des engagements. Je vais aller me coucher. Si je dors, cela s'arrangera. Croyez-moi... je sais ce qu'il faut faire. »

Il se tourne pour me quitter.

« Abdullah Pashna. Merci. Je crois que vous m'avez sauvé la vie. »

Il hoche la tête. « Bien sûr. Je voulais que vous me soyez redevable. Souvenez-vous de mon offre. Et prenez soin de vous, mon petit jongleur replet. »

J'ouvre la porte doucement. L'entrée est vide, mais par la fenêtre je vois tout un alignement de barques à l'appontement, j'entends le bruit de nombreuses voix qui vient de l'étage et je sens des odeurs de gibier et d'épices. Je monte sans bruit vers ma chambre. Pour y arriver en évitant le portego, je dois prendre le couloir qui le longe.

Les portes sont ouvertes et la pièce est remplie de lumière et de bruit. Sept ou huit personnes assises autour de la table bavardent, le nez plongé dans leurs assiettes, aussi on ne remarque pas un nain courtaud rôdant parmi les ombres en train de se rassembler. Ma maîtresse me tourne le dos, mais dans le miroir accroché sur le mur opposé je l'aperçois qui rit et parle à notre client, un homme âgé, assis à sa gauche. J'avais oublié que ce soir notre travail commençait de bonne heure, à la fin d'une conférence que cet important personnage donnait devant des sommités de la marine en visite. Mais le menu a été établi et les vins choisis depuis longtemps, et je ne mériterais pas ma

309

réputation, même minime, de majordome si un divertissement aussi simple ne pouvait se dérouler sans moi.

La compagnie de ce soir a été réunie par notre visiteur érudit et très grand architecte naval, Vettor Fausto, encore un vieillard ridé comme un pruneau, dont le corps s'effondre plus vite que le désir. Restera-t-il cette nuit ? Cela dépend de ce qu'il va boire et de son envie quand il aura un demi-cuissot de chevreuil dans le ventre. Quoi qu'il décide, il n'a pas besoin de mon aide pour échouer. La soirée se déroulera toute seule. Je peux dormir tranquille. Et demain matin, quand j'irai mieux, nous parlerons, elle et moi.

Je ferme discrètement ma porte et je me glisse dans mon lit. J'ai très froid et je suis trop fatigué pour quitter mes vêtements d'emprunt. Je tire la couverture au-dessus de moi. Ma tête bourdonne et je sens un mal d'oreilles qui, tel un chat à l'affût, rôde aux bords de ma conscience. Si je réussis à m'endormir avant qu'il n'ait refermé ses griffes sur moi, le repos pourra m'aider.

Impossible de dire si c'est le froid ou la douleur qui me réveille. Je sais seulement que mes vêtements sont trempés comme si j'avais la fièvre, mais ma sueur est glacée et j'ai beau serrer la couverture contre moi, je claque des dents. La douleur bat dans mon crâne comme si quelqu'un pinçait une corde tendue dans mon cerveau, un battement de tambour sur un nerf dénudé. J'essaie de déglutir mais c'est encore pis. J'essaie de bâiller mais j'ai si mal que je n'arrive pas à ouvrir la bouche. Nom de Dieu, l'eau sale de Venise s'est infiltrée en moi et m'a empoisonné.

Je suis un vétéran du mal de tête. Quand j'étais jeune, cela me torturait tellement que mon père me disait de m'en faire un ami. « Accueille-le, Bucino, parle-lui. Fais qu'il soit tien, si tu le combats, tu perdras. » Mais j'avais beau lui parler, il ne m'écoutait pas et prenait plaisir à me foudroyer si violemment que, parfois, je ne pouvais que rester allongé en pleurant. Je pense que mon père voulait me voir affirmer avec courage la prééminence d'un esprit sain sur un corps difforme. Pourtant, le seul courage qu'on peut avoir est celui que le corps autorise. « C'est parce que ta tête grossit, disait-il. À cause de ta petite taille. Tu n'en mourras pas. » À l'époque, je ne le croyais pas. Aujourd'hui, quand je vois des hommes que l'on conduit au gibet en hurlant parce que le bourreau leur arrache des morceaux de chair avec des pinces brûlantes, je me demande si leur souffrance est pire que la mienne. Je ressentais la même chose, des outils chauffés au rouge qui s'enfonçaient dans ma chair tendre. Mais ma douleur ne laissait aucune trace visible. Après des heures, parfois des jours, elle diminuait enfin et disparaissait tout à fait. Je restais hébété, écrasé comme une fleur nouvelle après un orage. Chaque fois que je sentais revenir cette douleur, je décidais de me montrer enfin courageux, mais l'idée m'effrayait plus que la souffrance elle-même, et immanquablement nous étions vaincus, mon père et moi.

Il avait raison. J'étais en pleine croissance. Mais cela fait des années que je n'ai pas autant souffert. Si cela doit recommencer, il faut que je trouve une façon d'engourdir l'horreur. Nous avons un soporifique dans l'office, une concoction de La Draga qui a le goût de la *grappa*, notre arme secrète contre les clients bagarreurs, car la bonne dose peut transformer un taureau en nouveau-né, avec tant de douceur qu'il ne sait même pas qu'on l'a assommé. Que ne donnerais-je en ce moment pour oublier ?

Je m'oblige à me redresser et je m'efforce de croire que je me sens mieux. Je sors mes clefs avec difficulté et je me dirige vers la porte. Mais la douleur me fait perdre l'équilibre et le bateau penche tellement que je dois m'accrocher au mur en me déplaçant. La chambre de ma dame est fermée et on n'entend aucun ronflement révélateur. Je sais que Fausto est plus calme que beaucoup car il a un corps aussi maigre et usé qu'un cordage effiloché d'une de ses galères bien-aimées.

Un silence absolu règne dans la maison. La soirée est terminée depuis longtemps. Mauro dort dans une pièce à côté de la cuisine, rien ne pourra le réveiller à part le retour du Messie. J'ouvre la serrure en tâtonnant et je trouve la bouteille de soporifique. Je ne prends pas le temps de mesurer et je bois directement au goulot, plutôt trop que pas assez ; personne n'en est mort et plus je resterai inconscient moins je souffrirai. Je suis en train de refermer quand j'entends un bruit. Cela vient de l'entrée qui donne sur le canal.

Notre savant qui s'en va ? Alors qu'il pourrait se lover contre une tendre chair en rêvant de virilité ? Je ne le pense pas. Si je regardais par une fenêtre, je ne verrais sans doute pas arriver de bateau maintenant, car il aurait abandonné sa cargaison plus loin, sur la fondamenta, et il resterait dans l'ombre loin de notre appontement. Notre porte aurait dû être fermée après le départ du dernier invité. Sauf si quelqu'un l'a ouverte de l'intérieur. La douleur anéantit mon cerveau, mais je ne suis pas devenu stupide pour autant.

Je saisis un couteau à découper et j'atteins l'escalier avant le visiteur. Je souffle la chandelle et quand il arrive en bas des marches, je suis tapi dans l'obscurité. J'ai le crâne pris dans un étau. J'ai envie de hurler mais il est plus facile de gémir.

Quand il pose le pied sur la première marche, il doit m'entendre, car il cesse brusquement de respirer. « Qui est là ? Il y a quelqu'un ? Fiammetta ? »

Gentille voix. Gentil garçon. J'ouvre la bouche et je pousse un long grognement qui doit ressembler à celui du chien à la porte des Enfers car il glapit de peur.

« Ah... Qui est là ?

— Qui êtes-vous ? La maison est fermée.

— Oh ! Signor Teodoldi ! C'est moi, Vittorio Foscari. Vous m'avez fait peur. »

Il aurait encore plus peur s'il me voyait car la douleur me

tord le visage. Quant à lui, je peux presque sentir l'odeur du désir et de la luxure, telle une douce sueur sur sa peau. Eh bien, pas ce soir, freluquet. Ce soir, tu paies ou tu te donnes du plaisir tout seul.

« L'heure est passée, monsieur, nous sommes fermés.

— Non, non. Tout va bien. Votre dame est au courant. Je suis invité.

— Ah, vous êtes invité ? Alors je vais simplement prendre votre bourse pour ce que vous nous devez et vous pourrez monter.

— Je, heu...

— Quoi... pas d'argent ?

— Non. Enfin... Fiammetta m'a dit...

— Peu importe ce qu'elle vous a dit. Je suis le portier. Et je dis : pas d'argent, pas d'entrée.

— Écoutez. Je ne pense pas...» Il monte une marche.

« Haaaa ! » Et le cri que je pousse est un cri de souffrance, et cela ne fait qu'augmenter sa terreur. Il a deux fois ma taille et il pourrait facilement me renverser car je suis déjà vaincu par mon mal, mais, apparemment, ma violence et l'obscurité le tiennent par les couilles. C'est peut-être un lion au lit, dans la réalité ce n'est qu'un agneau qu'on mène à l'abattoir. Les seuls combats qu'il a connus peuplent son imagination et il m'est facile de faire le brave.

« Vittorio ? » Au-dessus de nous, j'aperçois une chandelle. Nom de Dieu, elle nous a entendus. « Où êtes-vous ? »

Il pousse un petit glapissement et la lumière apparaît en haut de l'escalier, elle tombe sur moi et se reflète sur le métal de la lame.

« Mon Dieu, Bucino ! Que se passe-t-il ? Que fais-tu ?

— Oui, en effet, dis-je. J'ai surpris ce jeune homme en train d'essayer de manger dans votre auge sans payer. » Et je hurle peut-être, car j'ai du mal à évaluer la force de ma voix dans le tintamarre qui m'emplit les oreilles.

« Comment oses-tu être aussi vulgaire ? » demande-t-elle d'un ton autoritaire, car elle n'est plus la seule à se conduire de façon non professionnelle. Mais je tiens bon. Elle avance d'un pas et sa voix se fait plus douce. « Bucino, arrête. Tu sais très bien que c'est moi qui lui ai demandé de venir.

— Ah, d'accord, alors il peut... » Je l'entends monter en dessous de moi et je lève vivement mon couteau. « Sauf qu'avant il faudra qu'il laisse ses couilles en sécurité près de moi dans l'escalier.

— Ah !

— Oh, mon Dieu ! »

Je ne sais pas exactement qui a crié quoi, elle ou lui, mais cela suffit pour réveiller toute la maison.

« Pose ce couteau, Bucino. Pose-le. Ne vous inquiétez pas, Vittorio. Il ne vous fera pas de mal.

— Non ? Il est très joli, je vous l'accorde. Et si je les lui coupais, il aurait le menton plus doux. »

Elle est presque à ma hauteur. « Pourquoi fais-tu cela ? » murmure-t-elle, l'air farouche. Je secoue la tête. Elle doit me sentir car ma sueur a des relents de poisson avarié.

Elle se redresse. « Vittorio ? Il vaut mieux que vous partiez. Je m'occupe de tout.

— Partir ?... Je ne peux pas vous laisser avec lui ! C'est... un fou ! »

Ah ! Voilà ce que je suis. « Fouuu ! » Car ce mot est comme un hurlement. Grâce à Dieu, ma difformité joue en ma faveur en cet instant ; une faible odeur de soufre qui s'élève dans les ténèbres pour entraîner les pêcheurs en enfer. Que les hommes prennent garde.

Pas elle cependant. Elle n'a pas peur. Et elle n'aime pas l'effroi de Vittorio. Quelle femme voudrait d'un amant qui n'a pas le courage de risquer sa vie par amour ?

On entend des voix en bas, il y a des lumières. Le scandale éclatera bientôt. Gabriella apparaît dans l'entrée, les yeux écarquillés, les cheveux en désordre, derrière Marcello, puis Mauro, qui lève les poings, prêt à cogner, car il aime la bagarre plus que quiconque.

« Allez, Vittorio, répète-t-elle. Je m'occupe de lui. *Partez.* »

314

Et il part.

Je lui crie : « Attention, Vittorio. Ce qui bouillonne dans votre estomac, ce n'est pas la peur, vous savez. Elle est en train de vous empoisonner. Elle vous donne des remèdes de sorcière pour que votre queue devienne si dure qu'un de ces jours elle va tomber et se briser en morceaux. »

Mais il est déjà loin. Bon débarras. Mon triomphe m'envahit sous la forme d'une autre vague de douleur. Je sens que je perds l'équilibre.

« Tous au lit !

— Vous avez besoin d'aide, madame ? » La voix de Mauro. Le bon gros maladroit. Loyal jusqu'au bout.

« Non, Mauro. Tout ira bien. Retournez vous coucher. Laissez-nous. »

Il pousse un dernier grognement et s'en va.

Elle lève sa chandelle. Dieu seul sait ce qu'elle voit.

« Juste ciel, que t'arrive-t-il, Bucino ? Es-tu malade ou ivre ? »

Si elle s'approchait, la réponse s'imposerait d'elle-même. Elle comprendrait. J'ouvre la bouche, incapable de parler. Tenir le couteau requiert toute mon énergie. S'il y avait plus de lumière, elle constaterait l'étendue des dégâts. Ou elle prendrait conscience de ma fièvre, parce que si j'étais comme un bloc de glace quelques instants auparavant, je suis maintenant devenu une torche humaine.

Sa voix tremble. « Ivre ? Et quoi ? Jaloux. C'est cela ? De quoi ? De lui ? De moi ? De notre plaisir ? Est-ce cela, Bucino ? Es-tu jaloux parce que je suis heureuse et pas toi ? »

Et à cet instant, je pense que je vais m'évanouir, car le monde tourne autour de moi. « Oh, mon Dieu... J'ai raison, oui. Cela te concerne, pas moi. C'est toi que cela rend fou. Regarde-toi. Quand as-tu connu le plaisir pour la dernière fois, Bucino ? Quand as-tu joué ou ri jusqu'à en avoir mal aux côtes ? Quand as-tu eu une femme pour la dernière fois ? Le succès t'a rendu amer. Tu vis enfermé dans une pièce, penché sur ton boulier et tes registres, comme une araignée sur ses œufs immondes. Où se trouve la vie dans tout cela ? Mon Dieu, La Draga a raison. C'est toi qui as grand besoin de philtres d'amour, pas moi. »

Elle secoue la tête et fait un pas en avant.

« Tu penses que je menace ton gagne-pain, mais je te le dis, Bucino, tu as autant changé que moi. Tu es devenu un vieil homme. Et crois-moi, cela menace plus les affaires qu'une courtisane qui se transforme en putain.

— Ce n'est pas moi... » Je commence à parler mais ma voix résonne dans ma tête de façon insupportable.

« Je ne veux rien entendre. J'en ai assez de tes colères et de tes sermons. Notre vie commune vient peut-être de prendre fin.

— Ha ! Eh bien, s'il en est ainsi, je m'en irai avec joie. » Et si chaque mot me fait mal, j'éprouve une sorte de plaisir dans la douleur même. « Car je suis autant demandé que vous. Je peux m'en aller demain avec le Turc et faire une fortune plus grande que vous n'en verrez jamais.

— Alors pourquoi ne pars-tu pas ? En me laissant seule. »

Je fais un pas vers elle mais mes jambes me trahissent.

« Non. Ne t'approche pas ! » Sa voix tremble tant que je ne peux distinguer en elle la fureur de la peur. « Je ne veux plus rien avoir à faire avec toi. Pas maintenant. Nous parlerons demain matin. »

Elle tourne les talons et remonte l'escalier. Je la suivrais si je le pouvais mais je ne peux plus marcher. Le couteau tombe bruyamment à côté de moi. J'arrive à me hisser en haut des marches et à gagner ma chambre. Mais je n'ai plus aucune force, pas même celle d'ouvrir ma porte.

Je suis assis à mon bureau, en train de compter, avec en face de moi mon boulier fait de rubis étincelants. Il y a du bruit de l'autre côté de la fenêtre, un grand vacarme. La peur m'envahit. J'enlève les perles de leur fil et me les mets dans la bouche, puis je les avale l'une après l'autre jusqu'à ce que je m'étouffe.

Brusquement je me retrouve au-dehors, je cours sur le bord d'un canal, des oiseaux furieux tournent au-dessus de moi, leurs cris sont des hurlements. Je reste près du mur pour qu'ils ne me voient pas, mais je suis partout où je regarde, car les murs et même le sol sont faits de miroirs. L'air déplacé par les oiseaux devient du vent. Des mouettes tourbillonnent et se posent en hurlant, elles picorent violemment des têtes de poisson et des queues de sirène éparpillées partout. Un des oiseaux est beaucoup plus grand que les autres : une mouette avec des serres comme celles d'un aigle dont chaque griffe a la taille d'une fourche. Elle me survole. Ma peur m'empêche de respirer, elle plonge vers moi et je vois ses yeux ; immenses et blancs comme des hosties, des puits de lait couverts d'écume. Elle descend encore et plante ses serres dans mes oreilles, elle les enfonce pour avoir une bonne prise puis me soulève en me tirant par la tête et mes pieds quittent le sol.

Alors que nous nous élevons dans le ciel, je vois une femme qui me regarde dans la rue, mais les yeux de l'oiseau sont devenus les siens : de grands cercles blancs, mousseux et aveugles. Elle rit et l'oiseau rit avec elle. Je pleure et mes larmes qui tombent se transforment en rubis et, quand ils touchent l'eau, un poisson en jaillit et les avale, alors que nous filons au-dessus de l'océan, ses serres comme des pointes de fer enfoncées dans mon cerveau. Nous sommes très loin sur la haute mer quand j'entends ma dame m'appeler…

« Bucino. Oh, mon Dieu, que s'est-il passé ? Bucino. Qu'y a-t-il ? Parle-moi. Je t'en prie. »

Impossible de la voir. Peut-être suis-je déjà tombé dans l'océan, car je n'arrive pas à respirer. Non, je n'y arrive pas parce que je pleure.

« Pour l'amour de Dieu, qu'on aille chercher La Draga. Oh, mon Dieu. Oh, je suis désolée. Depuis combien de temps es-tu comme cela ? Que t'est-il arrivé ? Oh, j'aurais dû le savoir. Tout va bien. Tout va bien. Je vais m'occuper de toi. »

Quelqu'un – elle – me prend dans ses bras et je veux lui dire que je suis malade, que je sens mauvais, et que j'ai besoin d'une autre gorgée du soporifique qui est dans la cuisine... Mais je ne peux m'arrêter de pleurer pour laisser sortir les mots.

Et l'oiseau enfonce encore ses serres dans mes oreilles.

Je ne me souviens pas de ma mère. Elle est morte quand j'avais quatre ans, et je n'ai aucune image ni aucun souvenir d'elle, même si mon père m'a souvent dit qu'elle était belle, avec des cheveux aussi noirs et lisses qu'un manteau de velours et la peau si pâle que lors de la pleine lune son visage apparaissait lumineux dans la semi-obscurité. En tout cas, c'est ce qu'il disait. Mais son travail consistait à trouver le mot juste pour décrire les choses. C'est pour cela qu'on paie les secrétaires. Et si certains se sentent liés aux faits et rien qu'à eux, mon père avait toujours eu un penchant pour la poésie, grâce auquel il avait séduit ma mère. C'est pourquoi, à ma naissance, son univers s'est délité car il n'existe aucun sonnet sur la difformité dans aucun des livres que j'ai lus, et les seuls mots propres à me décrire, moi, son fils, l'enfant de sa femme adorée et belle, faisaient plus référence à l'enfer qu'au paradis.

Quant à la luminosité de ma mère, comme je ne l'ai jamais vue dans le clair de lune, je n'en sais rien. Cependant, la mémoire ne contient pas seulement les images que l'on peut garder dans l'œil de l'esprit. Elle se compose aussi de choses que l'on sait sans même les avoir vues. Aussi, si je ne peux vous dire à quoi elle ressemblait, je la connais parfaitement. Je connais le contact de sa peau, la chaleur de ses mains et la sensation de ses bras autour de moi. Car lorsque j'étais petit, j'ai la certitude qu'elle m'a couché près d'elle, qu'elle s'est repliée autour de mon étrange petitesse et qu'elle m'a serré contre son corps, comme si j'étais la chose la plus belle et la plus précieuse du monde, si particulière qu'elle et moi nous ne pouvions être séparés. Sa chaleur m'a aidé dans ma douleur. Je sais tout cela parce que je m'en « souviens » comme de la première fois que j'ai dormi avec une femme, une prostituée de Rome, propre et moins laide que moi. J'avais assez d'argent pour la garder la nuit entière, tandis que ma queue prenait suffisamment de plaisir en elle pour montrer toute sa fièvre et en conséquence faire de moi un homme. C'est le fait de dormir avec elle qui me fit pleurer comme un enfant. Nous étions en hiver et il gelait dans la chambre où elle travaillait, ou je lui rappelais peut-être un enfant qu'elle avait perdu car elle avait l'âge d'être ma mère et j'étais assez petit. Je me suis réveillé dans la nuit avec la chaleur de sa respiration dans le cou. Elle m'entourait la poitrine de ses bras et repliait les jambes sous moi, comme une immense cuiller près d'une plus petite. Je n'ai pas bougé pendant des heures, enveloppé dans le confort le plus profond, en ravivant le souvenir de quelque chose que je n'avais peut-être jamais vécu, d'un temps où l'on m'aimait pour et non malgré ce que j'étais. À l'aube, j'ai quitté ses bras et je suis parti pour ne pas connaître l'humiliation de son dégoût à son réveil.

La douleur va et vient par vagues. Parfois l'oiseau enfonce ses serres, et je dois le repousser en tendant les mains ; parfois je suis seul, échoué et sans défense. Je m'éveille et je m'endors. J'ai froid dans la lumière. Je suis brûlant dans les ténèbres. Je suis mort et cependant encore vivant. Quand j'essaie d'ouvrir les yeux, les éclairs déchirent l'obscurité et j'entends quelqu'un qui pleure, un gémissement effrayant, à la fois en moi et à une éternité de distance. « Au secours. Oh, mon Dieu, au secours. »

La voix qui me répond est douce et fraîche, aussi fraîche que les doigts qui se posent sur ma tête bossue, comme les

morceaux de glace qu'on détache des barges dans la four-
naise de l'été. « Je sais que tu as mal, Bucino. Je le sais. Mais
cela ne durera pas toujours. Tu vivras et sans cette affreuse
douleur. N'aie pas peur... Tu n'es pas seul. »

Ensuite, il n'y a plus rien pendant quelque temps. Rien
dont je me souvienne. Et quand le feu revient, il y a le
contact d'un linge humide sur ma peau. Plus tard, il fait
froid, je claque des dents, on m'enveloppe dans des couvertures et quelqu'un – la même personne – me frotte les
mains et les pieds jusqu'à ce que la glace fonde et qu'ils
redeviennent chair. Ensuite, je sais qu'il fait nuit, je suis
allongé sur le côté et l'un des trous de mon oreille est
rempli d'une huile chaude qui s'insinue, soyeuse, apaisante. Je respire dans une grotte à l'intérieur de mon crâne,
car c'est le seul endroit où je peux entendre quelque chose.
L'audace de l'huile réveille la douleur et je suis à nouveau
embroché et je souffre comme auparavant, je pense que
mon aubergine de tête va se fendre par le milieu et que
ma cervelle va en jaillir comme celles des hommes que j'ai
vus dans les rues de Rome. Mais des doigts appuient doucement sur la peau de mon cou près des oreilles, ils massent
l'os, et la chaleur descend plus profondément jusqu'à ce
que, lentement, très lentement, la douleur s'atténue et
disparaisse. Quand tout est fini, des bras m'enlacent et me
soulèvent, je me pelotonne entre eux et je me retrouve en
sécurité, car l'oiseau n'est pas là.

À un moment, je ne sais pas quand, j'entends la voix :
douce comme une litanie très profonde, et je pense une
nouvelle fois que ce doit être dans mon esprit. Je suis
terrifié au début, car elle parle de paradis, comme si je m'y
trouvais déjà, elle dit que nos corps seront semblables à des
morceaux de verre, purs, brillants au soleil, plus rapides que
des flèches mais assez mous pour se fondre l'un dans l'autre
et à travers l'autre. Lorsque nous ouvrirons la bouche, le
bruit sera celui de milliers de luths et nous chanterons la
beauté intense de tout cela. Puis la voix elle-même s'élève,

haute comme celle d'un garçon, et douce, et cependant suffisamment claire pour que je l'entende au travers du hurlement de la douleur. Je sais pourtant qu'il s'agit d'une voix féminine, car elle s'accompagne de la chaleur des bras d'une femme autour de moi.

Je m'éveille. Il fait nuit et, pendant quelques instants, la douleur semble avoir disparu. La pièce est plongée dans la pénombre, à la lumière d'une chandelle je vois ma maîtresse assise sur une chaise au pied du lit. Je ferme les yeux. Quand je les rouvre, elle a changé et je vois La Draga assise au même endroit. Elle est encore là la fois suivante, et je la regarde plus longtemps. Mais la douleur s'enflamme à nouveau et je crois que je pousse un petit gémissement parce qu'elle tourne le regard vers moi, et je jure qu'elle me voit – elle me voit – car elle semble sourire, et dans l'obscurité je sens qu'un rayon de lumière de ses yeux blancs pénètre au plus profond de ma tête – sa cécité dans ma surdité – et, quand il m'atteint, ma souffrance s'efface avant d'avoir pu se déployer.

Cependant, quand j'essaie de la remercier, la pièce a changé, il fait nuit et La Draga est partie. Mais maintenant, quand je dors, la douleur ne me réveille plus.

26

À CAUSE DE SA DIFFORMITÉ ?
« ... A — C'est ce qu'elle a dit. La façon dont son oreille est constituée, apparemment, l'eau y pénètre sans pouvoir en ressortir, et tout commence à pourrir à l'intérieur. »

Je sais que je suis revenu, ce n'est pas tant que je ne sens plus de douleur, mais le rugissement qui m'emplissait la tête a disparu et je peux entendre à nouveau, même si l'on parle à voix basse pour ne pas me réveiller.

« Mon Dieu, le pauvre vieux, cela a dû le rendre fou.

— Ah... vous ne pouvez pas l'imaginer ! On l'entendait pleurer dans toute la maison. Les premiers jours ont été affreux. J'étais persuadée qu'il allait mourir. »

Si j'en avais la force, j'ouvrirais les yeux pour me joindre à eux, mais je ne peux que rester allongé, le visage tourné vers le mur et écouter. Tout ira bien. La voix de ma dame ne m'a jamais semblé aussi douce. Les grognements de l'Arétin eux-mêmes sont comme une sorte de musique.

« Et comment l'a-t-elle guéri ?

— Avec des soporifiques, des onctions d'huiles spéciales dans les oreilles, des cataplasmes chauds, des massages des os. Elle ne voulait pas quitter son chevet. Je n'imaginais pas qu'elle l'aimait autant car ils se chamaillent plus qu'ils ne se parlent. Vous auriez dû la voir, Pietro : nuit après nuit, à le surveiller, à le soigner jusqu'à ce que la fièvre tombe et que les spasmes deviennent moins violents.

— Mon Dieu, tête d'œuf ou pas, il a de la chance. On croirait qu'une difformité comme la sienne fait peur aux femmes. Et pourtant vous le soutenez toutes. Vous vous rappelez à Rome ? Il y avait deux femmes qui raffolaient de lui. Cela ne laissait pas de m'étonner. Quel est son secret ? »

Et ma dame a un petit rire. « Qui pose la question ? L'Arétin l'homme, ou l'Arétin l'écrivain grossier ?

— Oh ! Ne me dites rien ! C'est la grosseur de sa queue !

— Chut !... Vous allez le réveiller.

— Et pourquoi pas ? Maintenant qu'il va s'en tirer, je pense que, s'il entendait cela, ce serait un meilleur remontant que tout ce que votre cuisine peut lui préparer.

— Chut.»

Je perçois le bruissement de sa robe tandis qu'elle s'approche du lit, et la précision de ce bruit me procure un vrai plaisir. Je ne veux pas la tromper, mais mes paupières sont de plomb et ma respiration est redevenue tout à fait normale, maintenant que la douleur atroce est passée. Je sais qu'elle est tout près à cause de son souffle où se mêlent l'odeur de la menthe et celle du romarin. Nous devons être jeudi. Si j'avais la force de la regarder, sa peau m'apparaîtrait d'une blancheur de lait et ses yeux clairs et brillants. J'essaie d'empêcher mes paupières de trembler, je prends une grande inspiration et j'expire. Son parfum se dissipe. Lorsque leurs voix s'élèvent, elles me semblent plus calmes, plus lointaines, mais je peux cependant comprendre ce qu'elles disent.

« Il dort. Il a l'air si paisible. Il n'a pas eu un visage aussi détendu depuis des années.

— Vous devriez vous voir, Fiammetta. Vous le regardez un peu comme une mère regarde son enfant. Tout le monde se pose des questions, vous savez.

— Quelles questions ? Oh, Pietro, vous n'êtes vraiment pas la personne à donner quelque crédit à des ragots, non ?

— Hum ! Je vous l'ai dit. Il sait s'y prendre.

— Et votre esprit fait sa moisson de ce genre de choses.

— Ah, pour ce péché, je plaide coupable. Alors dites-moi.

— Non ! Contrairement à lui, vous n'avez aucune loyauté. J'ai raison, n'est-ce pas ? D'après la rumeur vous écrivez de nouveau des saletés.

— Oh non... Pas des saletés, carina. J'appellerais plutôt cela une enquête sur les différentes professions d'amour.

— Laissez-moi deviner. Au couvent et au bordel.

— Je... plus ou moins. Mais je vous promets que je n'écrirai jamais un seul mot sur votre nain bien-aimé.

— Et sur moi ? Écrirez-vous quelque chose sur moi ?

— Si cela arrive, personne ne vous reconnaîtra.

— Il vaut mieux. Si vous trahissez...

— Ma chère dame, je suis un esclave. Votre esclave à vous deux. Vous le savez. Nous, les aventuriers de Rome, nous devons nous serrer les coudes.

— Oh, vous voilà redevenu romain, je vous croyais vénitien à part entière. Vous mentez aussi bien qu'eux.

— Vous êtes dure. Il est vrai que lorsque j'écris sur Venise, j'ai tendance à broder un peu. Mais cette ville aime se trouver belle dans les miroirs. Avez-vous lu l'histoire de Contarini ? Comparée à sa Venise, Athènes apparaîtrait comme une ville ratée. »

Cela est vrai. Et à ma grande surprise, je me rends compte que je peux penser à tout cela sans que la douleur me ronge. Chacun sait que Contarini flatte autant qu'il dit la vérité. Ah ! Que Dieu me vienne en aide, je suis revenu dans le monde avec des choses à dire, même si je n'ai pas encore la force de le faire.

« Bien sûr, la ville prospère sur les éloges. Il en était de même à Rome. Tout ce marbre pour que son éclat éblouisse l'univers. La différence c'est que l'Arétin que je connaissais préférait montrer la boue qui se trouvait dessous. Pourquoi n'épicez-vous pas la flatterie avec l'aigreur de la vérité, Pietro ? La belle vie vous a-t-elle ramolli à ce point ? »

Ah, ma dame. Comme vous m'avez manqué !

« Hum. À Rome, j'étais jeune, peu m'importait de me

faire botter le cul, et je préfère Venise. Cette ville travaille pour gagner son pain et l'on peut lui pardonner plus facilement ses péchés. Cependant, nous devons nous montrer prudents. On pourrait considérer aussi que nous sommes sa corruption, carina, et ce serait se conduire en fou que de faire s'écrouler le temple sur nos têtes. Non, je ferai savoir que ma nouvelle œuvre est un commentaire de l'ancienne Rome, et ainsi je resterai dans l'histoire en tant que chroniqueur accompli de la vie. Car lorsque j'écrirai sur ce genre de choses – sur la danse entre les hommes et les femmes –, je dirai exactement comment cela se passe, sans fard, la vérité vraie.

— Oh ! S'il vous plaît ! "Oh, oh, remets ta queue dans mon cul, oh, parce que je suis en feu, et que toutes les verges des mules, des ânes et des taureaux réunies n'apaiseraient pas mon désir, ne serait-ce qu'un peu." » Elle prend une voix idiote et minaudante : « Si vous croyez qu'il s'agit de la *vérité vraie* à propos des femmes, Pietro, alors vraiment vous avez l'esprit trop embrouillé pour votre âge. Vous écrivez ce qu'à votre avis les hommes aiment entendre. Et je vous garantis que beaucoup d'entre eux ne pensent même pas au corps des femmes quand ils lisent cela. Quel était le nom de ce garçon que vous aimiez tant à la cour de Mantoue ?

— Ah, Fiammetta Bianchini ! Vous parlez d'or. Je devrais vous être reconnaissant de ne pas ressentir la nécessité d'écrire vous-même. Qui pourrait vous résister ? Je vous le dis, si j'étais du genre qui se marie...

— Vous ne m'épouseriez pas. Que Dieu nous protège tous deux. On nous pendrait bientôt pour meurtre sur la piazza San Marco.

— Vous avez raison. Cela est mieux ainsi. »

Ils rient. Puis un silence s'établit, qui me semble réconfortant, le silence entre de vieux amis. Dont je fais partie. Je me sens fatigué et j'ai besoin de boire de l'eau, mais je crains de rompre le charme ; si, dans le passé, ma taille m'a souvent permis d'entendre des conversations qui passaient au-dessus de ma tête, elles ne me concernaient jamais directement. De quelle valeur sont la gloire et les richesses de la cour de Turquie comparées à cela ?

« Eh bien, puisque vous semblez tellement vous y connaître sur ces choses, parlez-moi de ces "pouvoirs spéciaux".

— Tout d'abord, jurez-moi que vous n'en parlerez pas dans votre livre.

— Je vous promets que je ne citerai jamais votre nom. Je vous le jure sur mon honneur.

— Vous feriez mieux de jurer sur votre queue.

— Fiammetta, je dois dire que, pour une femme qui n'a guère dormi de la semaine, vous êtes pleine d'entrain.

— Et pourquoi pas ? "Ma difformité", comme vous l'appelez, va beaucoup mieux.

— Et alors ?

— C'est extrêmement simple. Vous avez raison. Il ne ressemble pas aux autres hommes. Mais il ne s'agit pas tant de sa "taille", comme vous le savez fort bien – et ne ricanez pas car je n'ai jamais vu sa queue et ne la verrai jamais –, cela ne se passe pas ainsi entre nous. Bucino sait s'y prendre avec les femmes, comme on dit, parce qu'il aime leur compagnie. Pas seulement pour le plaisir qu'elles lui procurent mais pour elles-mêmes. Il n'a pas peur de nous et il n'éprouve pas le besoin de nous impressionner ou de nous posséder – vous seriez stupéfait, Pietro, de savoir que c'est l'apanage de très peu d'hommes. Je ne sais qu'une chose, depuis que je l'ai rencontré pour la première fois chez ce banquier stupide où il jouait au bouffon, je me suis sentie plus à l'aise avec lui qu'avec aucun autre homme que j'ai connu. Oui, vous compris. »

Elle s'est mise à parler un peu plus fort. Elle devrait faire attention sinon elle va me réveiller.

« Cela répond-il à votre question ?

— Absolument. Son secret c'est qu'il est une femme ! »

326

Leur rire est si contagieux que je dois faire un effort pour que ma respiration reste égale et ne pas les accompagner, mais j'ai la gorge si sèche que je ne peux déglutir et j'ai besoin de tousser. « Chut... Nous allons le réveiller. Cela peut vous faire rire, mais je vous le dis, malgré toute votre habileté avec les mots, vous ne saurez jamais à quoi cela ressemble. Souvenez-vous-en, si vous le pouvez, la prochaine fois que vous poserez votre plume sur le papier. »

À ce moment-là, quand je déglutis, car je dois le faire sinon je m'étouffe, je fais un bruit, mais je pense que leur rire les empêche de l'entendre.

Il y a un silence. « Ne pensez-vous pas qu'il ne dort plus depuis un bon moment ?

— Ha ! » Elle se tait et ils écoutent. Mais je jure que je suis aussi silencieux qu'une tombe maintenant.

Je crois qu'elle se déplace de nouveau, mais je ne peux savoir où elle va avant que sa voix s'élève.

« Eh bien, s'il est réveillé, dit-elle, et elle est juste au-dessus de moi, si proche que je sens son souffle sur mon visage, alors je peux lui dire à quel point il m'a manqué. Pas seulement ces derniers jours, mais depuis beaucoup plus longtemps. Sans sa voix dans mes oreilles, je suis parfois devenue la proie de la mélancolie et j'ai cherché un réconfort qui ne pouvait que me faire encore plus souffrir. Ah, vous seriez étonné, Pietro, de savoir comment le succès peut devenir aussi douloureux que l'échec. » Je l'entends soupirer et reprendre sa respiration. « Et après avoir dit cela, j'ajouterai qu'il devrait se dépêcher de recouvrer la santé, car aux dernières nouvelles l'ennuyeux oisillon doit prendre son envol pour la Crète le mois prochain, afin qu'on l'initie aux affaires familiales, loin des tentations de Venise. Une migration qui nous rendra tristes – enfin certains d'entre nous. » Elle se tait quelques instants. « Mais je pense que nous arriverons à survivre.

— Ah ! Quelle poésie, Fiammetta, et cela de la part de la

femme qui méprise les putains poétesses. Peut-être pour-riez-vous traduire cela en langage clair ? »

Elle rit. « Oh. Ce n'est rien. Un caquetage de femme. Et puisqu'il est une femme honoraire, je suis sûre que, même s'il m'écoute, il aura la modestie de ne pas me faire savoir qu'il m'a entendue. N'est-ce pas, Bucino ? » Et elle élève un peu la voix.

Je prends une grande inspiration, je retiens mon souffle pendant quelques secondes, et lentement, lentement, très lente-ment, j'expire.

27

L A SAVEUR DE LA SAUCE ÉPICÉE de Mauro sur les anguilles
bouillies. La pièce qui reste immobile quand je me lève.
La façon dont mon oreille distingue un chant d'oiseau du
craquement et du claquement de la pluie contre la vitre
épaisse de la fenêtre de mon bureau. Telles sont les joies
d'un monde dans lequel je ne souffre plus. Et surtout, le
fait qu'un désordre visible a envahi la maison pendant ma
maladie.

Hélas, pas question de réjouissances, car ma guérison
coïncide avec la période la plus chargée. Cette semaine a
lieu le moment fort de l'Ascension ; la cérémonie de la
Sensa, quand tout le gouvernement de Venise parade dans
une magnifique galère dorée au milieu de la lagune, d'où
le doge, lui-même en grand apparat de vêtements de
brocart, lance un anneau nuptial dans les profondeurs, célébrant ainsi le mariage de la cité et de la mer (devinez qui
est le fiancé et qui est l'obéissante épousée) et assurant la
domination de Venise sur les eaux pour une autre année.
Qui pourrait croire que Constantinople recèle plus de
merveilles que Venise ?

La folie de la fête et la grande foire commerciale qui
l'accompagne ont rempli la ville de visiteurs, mais cette
année, *cette année*, notre bonheur est double. Car notre noir
corbeau, Loredan, a fait pénitence de sa solennité infinie en

donnant à ma dame une place sur une des embarcations qui suivent la procession, privilège d'une telle importance que toute la maisonnée se retrouve maintenant sur le pont avec robes et couturières, chaussures et chausseurs, parfums et parfumeurs, tout l'attirail de la beauté nécessaire pour lancer notre petit bateau doré sur la mer.

Marcello et Gabriella sont à mon entière disposition, Mauro passe tellement de temps au-dessus de ses fourneaux que je crains que sa sueur ne se mêle à ses épices (pourtant je ne me plains pas car, depuis ma guérison, on me nourrit mieux que les clients), quant à ma dame, je ne sais pas si ma respiration l'a convaincue que je dormais ou que j'étais réveillé, mais il n'y a plus eu de discussions entre nous, plus d'âme mise à nu, plus de demande de pardon. Nous voilà de nouveau associés et nous nous rapprochons grâce à ce que nous faisons le mieux : nous travaillons ensemble et faisons ainsi chanter la maison qui a le sens de la communauté.

Cela ne veut pas dire qu'elle n'a pas de chagrin : sa mélancolie apparaît évidente à quiconque la connaît bien. Selon les dernières nouvelles, le freluquet doit partir dans quelques semaines. Ses visites se font plus rares (je ne sais rien des nuits car depuis ma maladie je dors comme une tombe) et lorsqu'il peut venir, je donne congé aux domestiques pour que ma dame et lui puissent jouir d'un peu d'intimité. Nous savons tous deux que, lorsqu'il partira – et je le soupçonne de le savoir lui aussi, car ce genre de fièvre ne brûle jamais avec autant de force sans que les deux partenaires partagent le mal –, la séparation lui sera douloureuse. Mais nous ferons face quand le moment sera venu : pour l'instant, nous sommes réconciliés, elle et moi, et nous pensons à son voyage sur la mer et à tout ce qui s'ensuivra.

Dans tout ce chaos, une seule personne manque : La Draga. Depuis cette nuit où sa présence dans la chambre m'avait réveillé, elle n'est plus revenue. Lorsqu'il fut devenu évident que je guérissais, elle a laissé à Gabriella tout un ensemble d'huiles et de potions pour continuer les soins avant de disparaître dans le jour levant, et depuis, personne n'a plus entendu parler d'elle. Malgré notre activité débordante, la maison n'est plus la même sans elle. Parfois, la nuit, quand je ferme les yeux, j'entends sa voix qui résonne en moi, et le souvenir de ses soins me fait trembler par son intensité : ma dame profiterait de sa présence et de ses remèdes, cependant, je pense qu'elle est trop occupée pour nous rendre visite, car dans cette ville, quand les gens cessent de travailler c'est pour se faire la cour, et ceux qu'elle n'aide pas pour leur mariage, elle les aide bientôt pour un avortement. Mais je sais trop bien que c'est elle qui m'a sauvé la vie, et où qu'elle soit je n'ai pas l'intention d'oublier ce que je lui dois.

C'est le matin de la Sensa et toute la maison ainsi qu'une bonne partie du voisinage se réunissent pour voir ma dame et moi monter dans notre barque, décorée comme il se doit pour l'occasion. Marcello se glisse adroitement dans l'important trafic du Grand Canal afin de nous déposer près du pont des quais sud, d'où nous devons nous rendre à pied jusqu'au quai principal d'embarquement près de San Marco.

J'ai souvent fait ce trajet, quand le soleil n'est pas encore très haut et que la ville dort encore, et j'éprouve toujours le même sentiment de sérénité que cet endroit et cet instant inspirent. Après avoir fait le long détour depuis le Grand Canal et avancé parallèlement au palais du doge, parmi les premières choses que l'on voit depuis l'eau il y a les grands Piliers de Justice, qui se dressent tels de hauts mâts dans la brume matinale. Et bien souvent, lorsqu'on s'approche, on découvre entre eux le corps brisé de quelque délinquant, qui pend là pour l'exemple. La rigueur de la scène est si douloureuse à supporter que j'ai fini par croire que l'entrée de l'enfer se trouvera entre ces piliers, avec nous tous marchant silencieusement en rangs serrés dans la brume tournoyante.

Mais aujourd'hui, l'enfer s'est transformé en paradis. La messe est terminée et l'on embarque. Des banderoles décorent ces mêmes piliers et la scène qui nous entoure ressemble au second avènement du Messie, avec le vertueux montrant le chemin, vêtu de la gloire de Dieu et – plus important – du meilleur tissu de Venise. Il y a plus d'or ici que dans tous les retables que j'ai vus. Même les femmes sont autorisées à participer à ce spectacle, et l'ostentation fabuleuse remplace la modestie. Autour d'elles, le sol est une mer de soie et de velours et le soleil ne sait plus où briller, prisonnier sur des coudées de fil d'or et des milliers de colliers, de bagues, de chaînes et de peignes ornés de pierres.

La galère dorée est à l'ancre au milieu de l'eau, et elle a déjà accueilli sa cargaison de corbeaux aux robes noires bordées d'hermine et de dignitaires étrangers, tandis que les barges des spectateurs se remplissent rapidement. Pour accéder à l'appontement spécial, chaque invité doit avoir son nom sur une certaine liste. Je m'arrête ici.

Ma dame se tourne vers moi avant de s'avancer dans la cohue. « Que dois-je te rapporter, Bucino ? Une sirène, ou un autre important corbeau à inscrire dans ton livre de comptes ? »

Je hausse les épaules. « Vous trouverez peut-être quelque chose qui comble le vide laissé par votre freluquet ?

— Ah... » Et j'entends sa gorge qui se serre, comme si la douleur se trouvait encore logée quelque part, trop crue pour être digérée. « Hélas, pour cela il me faudrait des nourritures très riches. » Elle se tait et penche la tête. Le bruit s'élève autour de nous. Bientôt, nous ne pourrons plus parler. Elle se retourne vers moi. « Bucino ? Ce que j'ai dit... de toi, cette nuit-là. Je veux...

— Non... non... ne dites rien... Nous avions perdu la tête, et la cruauté de vos paroles n'égalait en rien celle des miennes. Mais tout cela est fini maintenant. Envolé avec le vent. Regardez-vous. Je suis si fier de vous. L'oiseau le plus spectaculaire de la volière. Ne laissez pas les autres vous becqueter par envie.»

Elle sourit. «Et toi... Que vas-tu faire aujourd'hui ?

— Moi ? Oh, je vais...» Mais le mouvement des corps l'entraîne déjà et ma réponse se perd dans la foule. Je la regarde comme je peux se diriger vers les embarcations. Les femmes se mesurent du regard en gagnant leurs places – c'est quand elles sont habillées de la même façon qu'elles se conduisent le plus mal – et si certaines se montrent froides envers ma dame, c'est surtout parce qu'on ne la connaît pas et non parce que c'est une putain. En fait, si elles étaient toutes alignées dans notre portego, une douzaine d'entre elles au moins se verraient adresser des propositions malhonnêtes avant elle, tant elles ont forcé sur la poudre blanche et sur les volants. En contraste, elle apparaît comme une aristocrate. Le sourire qu'elle m'adresse quand elle se retourne pour me dire au revoir d'un geste de la main sur la passerelle d'embarquement me dit qu'elle en a conscience.

Je ferme les yeux afin de graver la scène dans mon esprit et en cet instant je désirerais plus que tout être né avec les dons de Titien, afin de pouvoir courir à la maison et la recréer, car déjà les détails s'estompent dans ma mémoire. L'image de ma dame, cependant, reste suffisamment précise. Je lui réponds d'un geste jusqu'à ce qu'on me repousse, et je remonte la foule pour sortir de la folie de la place vers San Lorenzo et le rivage nord.

J'ai dans la poche l'itinéraire pour le campo où habite La Draga, ou du moins l'endroit où Marcello lui laisse des messages quand on a besoin d'elle. Car aujourd'hui, j'ai décidé de la retrouver. Après toutes ces années, le temps est venu de faire la paix.

C'est la première fois que je marche dans les rues depuis ma maladie, et malgré ma bonne humeur mes jambes tremblent et je dois me reposer souvent. Pourtant je n'ai pas d'inquiétude. Je suis bien vivant et avec de bonnes chances de me sentir bientôt plus en forme qu'avant, car la fièvre a fait fondre la couche de graisse que la bonne chère m'avait ajoutée sur l'estomac ; tous les nains que j'ai connus avaient l'appétit d'hommes normaux, et au fur et à mesure que nous vieillissons, même ceux qui ne sont pas gourmands ont tendance à prendre de l'embonpoint.

Cependant, pourquoi se dépêcher aujourd'hui ? La ville est en congé, moi aussi. Par ici les rues sont très calmes, tout le monde est parti assister au départ de la flotte, et les fleurs des jardins parfument l'air. Pendant quelques semaines, Venise sera magnifique avant que le soleil de l'été ne dessèche et ne fasse tout pourrir, et j'aurai peut-être le temps d'en profiter.

« *Quand as-tu pris du plaisir pour la dernière fois, Bucino ? Quand as-tu joué ou ri à en avoir mal aux côtes ? Quand as-tu eu une femme, à propos ? Le succès t'a rendu amer. Tu vis enfermé dans cette pièce, penché sur ton boulier et ton livre de comptes, comme une araignée sur ses œufs immondes. Que reste-t-il de la vie dans tout cela ?* »

J'ai souvent repensé à ses paroles depuis cette nuit-là. Comment ne pas le faire ? Quand un homme croit qu'il va mourir, il reste toujours une place pour regretter certaines de ses actions et tout ce qu'il n'a pas réalisé. Elle a raison. Si je porte des vêtements aussi riches que ceux que je portais à Rome, notre succès a aussi été mon échec. En partie parce que toute nouveauté a disparu. Aujourd'hui elle n'a plus besoin de moi pour divertir ses hôtes, et moi, à mon tour, j'en ai assez d'être traité comme un imbécile ou un être exotique par des hommes qui ne seraient pas admis en notre compagnie si leur bourse avait la grosseur de leur cerveau. Même nos clients les plus intelligents ne me passionnent pas comme ceux de notre salon à Rome. À cet égard, j'ai commencé à détester Venise très tôt. Si Rome croupissait dans la corruption, elle avait au moins l'honnêteté de se réjouir ouvertement. Mais, ici, on se préoccupe tellement d'afficher une surface lisse qu'on doit dissimuler toute transgression, et les péchés ne donnent vraiment de plaisir que si l'on s'en repent ou si on les refoule. L'expérience m'a appris qu'une telle hypocrisie est le terreau de la luxure et du plaisir.

Je me trompe peut-être, en cherchant des excuses à ma misanthropie. Car il est vrai que je suis plus maussade que jamais. Et, oui, je vis en célibataire, et si l'on n'en meurt pas, cela n'épanouit guère. Que puis-je y faire ? L'Arétin peut envier mes talents, ils sont moins efficaces qu'à Rome.

Hélas, sur les marchés, il n'y a aucune méchante matrone en quête de nouveauté et les rues longent de trop près les canaux pour que je puisse supporter l'odeur de la plupart des femmes qui y travaillent : le repos et le plaisir semblent la même chose pour la majorité des hommes, mais je suis un nain trop sensible aux nuances de l'humiliation pour que cela me convienne. Il y eut un temps où le plaisir que me procuraient les courbes d'Anfrosina et sa capacité à pouffer de rire lui faisaient souvent quitter la cuisine pour venir dans ma chambre. Mais la satisfaction que j'y trouvais durait rarement au-delà de l'instant, et si j'en ai connu quelques autres en chemin, ces dernières années, l'orgueil (ou la honte) m'a entièrement envahi et m'a amené à penser que je méritais mieux. La vérité c'est peut-être que je suis devenu cynique. Quand on s'occupe de satisfaire le désir des hommes, il devient difficile de ne pas éprouver un certain mépris pour l'appétit même qu'ils manifestent.

Quelles qu'en soient les raisons, mes reins sont froids. À la place, j'ai consacré toute mon attention à mon boulier et à la richesse des sauces de Mauro, en décidant de ne plus penser à la douceur du corps des femmes. Jusqu'à ce que je sente les bras de ma mère autour de moi et que je pleure de réconfort et de douleur.

Mon Dieu, être redevable à une femme infirme et aveugle. Suis-je venu de si loin pour cela ?

28

TOUT EN TRAVERSANT LA VILLE, je réfléchis à ce que je sais d'elle, cette femme qui est dans ma vie depuis près de dix ans et que j'ai cependant choisi d'ignorer. Je sais que ses parents sont morts peu après leur arrivée à Venise quand elle était tout enfant. Ma dame m'a raconté qu'elle a été mariée mais qu'elle a perdu son mari et que depuis elle vit seule, ce qui en soi représente quelque chose d'étonnant à Venise car les veuves de son âge sont la proie des couvents ou de la violence ordinaire des hommes. Sa difformité peut l'avoir protégée ; ainsi que sa réputation de sorcière qui a incité bien des hommes à mettre leurs couilles à l'abri plutôt qu'à les exposer. À coup sûr, ses affaires marchent bien aujourd'hui. Je sais qu'elle ne fréquente pas seulement notre casa (il y a quelques années, elle a disparu pendant plusieurs mois avant de revenir tout tranquillement sans donner d'explication), mais quels que soient les gens qu'elle soigne, comme un prêtre, elle garde pour elle les confessions des autres. Bien sûr, elle ne peut pas raconter ce qu'elle ne voit pas. Pourtant, dans le passé, j'ai sous-estimé ses talents à mes dépens. Plus récemment, je le reconnais, à ma plus grande honte. Je ne recommencerai pas.

Elle habite au nord-est de la ville, entre le rio di Santa Giustina et le couvent de la Celestia, un quartier que je connais à peine. Je m'oriente avec le clocher qui s'élève au-dessus des toits et donne sur la mer (mon Dieu, comme les cellules des nonnes doivent être froides et humides en hiver). Je franchis un pont et j'avance dans un réseau de ruelles entre des maisons blotties les unes contre les autres. Quelque part, au milieu, il doit y avoir un campo avec un four de boulanger, une église et un puits avec une margelle de pierre, un petit îlot réuni aux autres, comme celui où nous vivions et où le vieil homme surveillait le niveau de l'eau.

À la fin, c'est mon nez qui me conduit, car le fumet du porc rôti se révèle toujours une excellente boussole. Le cochon embroché et farci se trouve au milieu de la place et son jus envoie un véritable feu d'artifice en retombant sur les braises. Trois hommes sont installés tout à côté, assis sur des tonneaux de teriaca. Ils font la fête comme tout le monde, et si je veux trouver La Draga, il faudra que ce soit avant qu'ils aient commencé à boire. Il y a peut-être deux douzaines d'hommes et de femmes et quelques enfants et je suis un visiteur trop étonnant pour ne pas devenir sur-le-champ une distraction, car toute ville, même Venise, a ses quartiers perdus. J'affronte quelques railleries sur le canard bien habillé qui arrive en se dandinant et sur sa barbe qui servira d'épices, avant de trouver la jeune femme la plus présentable et de m'incliner devant elle d'une façon qui pourra paraître affectée si je prends correctement la pose.

Un rire bruyant s'élève qui me confirme que j'ai réussi mon entrée, et avant d'avoir eu le temps de dire qui je suis, on me glisse un bol de tripes dans la main. Pourquoi pas ? Nous sommes tous invités au festin de mariage de notre État avec la mer, et il nous revient de nous réjouir copieusement. J'avale une gorgée, mais une quinte de toux déclenche un nouvel éclat de rire, et la jeune fille que j'ai choisie doit me taper dans le dos, encouragée par les autres. Quand je reprends ma respiration, je remarque qu'elle est encore assez jeune pour se montrer timide et qu'elle a des lèvres rouges et gonflées comme la chair d'une grenade. Je lui souris (un sourire plus séduisant que mon rictus de guerre) et je me joins à leurs moqueries, puis je prends une nouvelle gorgée, plus petite, en faisant tout un numéro à cause du liquide qui me brûle l'arrière de la gorge. La fille me regarde avec de grands yeux et la femme qui se trouve derrière elle la pousse vers moi, si bien qu'elle me tombe presque dessus et que je dois utiliser toute ma force pour l'empêcher de s'étaler par terre. Quand elle se redresse en riant d'un air indigné, j'entrevois dans sa bouche entrouverte une rangée de dents à moitié pourries et je sens une odeur de carie. À ma grande honte, mon excitation disparaît.

L'Arétin a peut-être raison quand il dit que je suis plus femme qu'homme. Que Dieu nous aide !

Le campo se remplit rapidement et, grâce à l'alcool qui délie les langues, je parle avec quelques personnes et j'en profite pour demander des renseignements sur la guérisseuse qu'on appelle La Draga. Tout le monde la connaît mais on n'arrive pas à se mettre d'accord pour savoir où elle habite exactement. Une femme au visage balafré crache sur mes chaussures en entendant son nom, et dit qu'il s'agit d'une putain qui soigne les riches et laisse mourir les pauvres. Une femme plus jeune la contredit ; puis un homme s'avance et, quelques secondes plus tard, tout le monde se bouscule. Si j'étais général, mes soldats prendraient leur petit-déjeuner à la teriaca en prévision des batailles. À condition évidemment qu'ils ne se battent pas entre eux avant d'affronter l'ennemi. Alors que je quitte la place en direction de sa rue, je remarque que la fille m'observe, mais dès que nos regards se croisent, elle se détourne. Je reviens vers elle, je lui fais une nouvelle révérence, et cette fois je lui demande carrément qu'elle me donne la main. Elle hésite, comme une jeune pouliche à qui l'on présente sa première bride, mais elle finit par me l'abandonner. Je la retourne, j'embrasse sa paume, j'y glisse un ducat d'argent et je replie doucement ses doigts. Je lui envoie un baiser avant de la quitter et, alors que je m'éloigne, je la vois ouvrir la main, l'air étonné, puis elle sourit en me faisant un geste et, pour une raison que j'ignore, le spectacle de sa joie me donne envie de pleurer.

La rue de La Draga se trouve à l'écart du campo, le long d'un petit canal. Je m'approche. Les maisons, serrées les unes contre les autres, penchent au-dessus des pavés, et leur crépi est écaillé. En été, on doit pouvoir sentir l'odeur des pets du voisin, si celle des rots d'un autre n'a pas envahi vos narines la première. La puanteur est déjà bien difficile à supporter.

Sa maison, d'après ce qu'on m'a dit, est l'avant-dernière au coin. J'ai habité dans des endroits comme celui-ci lors de mon arrivée à Rome. Je connais l'obscurité que je vais trouver à l'intérieur. Et sans aucun doute la misère noire. Avec un peu de chance, elle a une pièce pour elle toute seule. Si elle gagne bien sa vie – et je ne vois pas pourquoi ça ne serait pas le cas –, elle en aura peut-être deux. Sauf, bien sûr, s'il y a un nouveau mari. Mon Dieu. C'est la première fois que j'envisage cette possibilité. Dans mon esprit, je l'ai toujours imaginée veuve et seule, une femme vivant d'expédients, comme je le fais, moi.

Je frappe. Pas de réponse. Je frappe plus fort. J'essaie d'ouvrir la porte mais elle est fermée à clef.

Quelques secondes plus tard, j'entends quelqu'un qui bouge.

« Qui est-ce ? » Sa voix est dure et méfiante.

« C'est Bucino. » Un silence. « Bucino Teodoldi.

— Bucino ? » Le ton de sa voix laisse deviner sa surprise. « Vous allez bien ?

— Oui. Oui. Mais… je… j'ai besoin de vous parler.

— Heu… Je ne peux pas vous recevoir maintenant. »

Mais je suis bien décidé. C'est pour cela que je suis venu.

« C'est important. Il m'est impossible d'attendre ni de revenir plus tard.

— Heu... Non... non. Je vais venir dans un petit moment. Vous connaissez le campo à côté ?

— Oui. Mais il est rempli de monde.

— Allez sur les marches près de la porte de l'église. Je vous y retrouverai. »

Je retourne sur la place. Il y a encore quelques personnes et la jeune fille a disparu. Je monte les marches qui mènent à la porte de l'église et j'attends. Que fait-elle ? Y avait-il quelqu'un avec elle ? Un client peut-être. Elle doit enfermer ses remèdes quelque part. J'imagine un coffre plein de fioles et de potions, de pilons et de mortiers, de balances. Cela me rappelle la petite pièce sombre dans laquelle mon jeune juif solennel mesurait et achetait la richesse des gens. Ou mon bureau rempli de registres et de bouliers. Car, hommes et femmes, nous travaillons tous : malgré le fardeau de notre race ou de notre difformité, nous avons trouvé le moyen d'exister dans ce monde, sans dépendre de personne, en gagnant notre vie avec une certaine fierté : même si je dois reconnaître qu'elle a plus de talent comme guérisseuse ou comme sorcière.

Je me trouve dans un endroit assez élevé et je la vois dès qu'elle tourne le coin du campo. Elle a une tenue de fête, une robe bleu pâle qui à mon avis est neuve – ou peut-être ne l'ai-je jamais vue auparavant –, bordée de dentelles, et un châle de la même couleur sur la tête. Elle marche avec une canne, comme je l'ai déjà vue faire, ce qui rend son pas plus facile, car elle peut balayer le sol devant elle et repérer plus vite les obstacles. Les gens la connaissent et s'écartent pour la laisser passer, pourtant, à mi-chemin, une femme s'approche d'elle et, bien que je ne puisse pas entendre ce qu'elle lui dit, à la façon dont elle se tient en lui barrant le passage, ce ne doit pas être une rencontre agréable. Je me lève, au cas où La Draga aurait besoin d'aide (cependant, quelle aide pourrais-je lui fournir ?), mais l'altercation se termine aussi vite qu'elle a commencé ; et elle arrive bientôt au pied des marches en balayant le chemin devant elle.

« Je suis ici », dis-je, et elle se tourne vers moi avec son étrange petit sourire, un sourire qu'elle ne verra jamais mais qui semble dire qu'elle savait où je me trouvais. Elle ferme les yeux, comme cela lui arrive quelquefois. Je pense que c'est pour soulager la douleur, mais quand ses yeux sont ouverts, elle ne cligne jamais des paupières, ce qui explique pourquoi l'humeur laiteuse qui remplit ses orbites est si troublante la première fois qu'on la voit. Je ne me suis guère préoccupé de son bien-être jusqu'ici, mais récemment j'ai connu la souffrance et je peux la comparer avec celle des autres.

La pointe de sa canne touche mon pied et elle s'assied sur la marche près de moi. Nous ne nous sommes jamais rencontrés en dehors de la maison. Autour de nous, la ville est en fête, les gens se retrouvent, se saluent, font ribote ; une journée qui aura toutes sortes de conséquences.

« Comment m'avez-vous trouvée ? » Elle parle à nouveau d'une voix douce, la voix dont je me souviens.

« Oh, vous êtes connue dans le quartier.

— Vous allez mieux ? Être venu de si loin.

— Beaucoup mieux, oui.

— Mais toujours un peu faible, je pense.

— Enfin... Mauro me nourrit très bien. »

Elle approuve d'un geste. Je regarde ses doigts qui jouent avec le pommeau de sa canne et je suis frappé de voir qu'elle est aussi nerveuse que moi, assise ici à mon côté. Depuis combien d'années nous connaissons-nous ? Et pourtant nous nous connaissons si peu.

« Je... Je suis venu... Je suis venu vous remercier. »

Elle penche la tête, et son sourire devient perplexité. « Je n'ai pas fait grand-chose. L'infection a suivi son cours. J'ai seulement aidé à faire tomber la fièvre.

— Non. Je pense que vous avez fait bien plus. Je serais devenu fou. Avec cette douleur.

— Oui, quand cela monte dans le crâne, on a très mal. »

Je repense à ses yeux. « Vous avez dit cela une fois devant moi. Vous connaissez ces choses-là ?

— Je les ai ressenties chez d'autres personnes.

— Je souffrais ainsi quand j'étais enfant.

— Cela vient de la forme de votre oreille.

— Oui. Vous me l'avez expliqué aussi. Vous l'avez étudiée ?

— Un peu. »

Je la regarde attentivement tandis qu'elle parle. Sa peau est si pâle et si lisse, ses cils ressemblent à des demi-lunes posées sur ses joues. Ma dame dit que lorsque Titien l'a vue chez nous, il a voulu faire son portrait, car il pense qu'il y a quelque chose de mystique en elle. On voit bien que les années l'ont à peine vieillie et elle a un visage étrangement lumineux, ses pensées et ses sentiments semblent le traverser comme un changement de temps. Il a raison : ce serait un magnifique complément à ses œuvres religieuses, et lui seul est capable de capter cet éclat intérieur, car il devine l'esprit d'une personne aussi clairement qu'il en voit le corps. Cependant, l'immortalité n'intéresse pas La Draga, en tout cas pas celle qu'il peut lui offrir, et quand il le lui a demandé, elle n'a rien voulu savoir. Cela me plaît chez elle, mais je ne m'en étais pas encore rendu compte.

« Comment va Fiammetta ? demande-t-elle après quelques instants.

— Elle est... je ne sais quel mot employer... calme, résignée. Vous savez que le freluquet s'en va ? Elle vous l'a dit ?

— Oui. On a appris la nouvelle quand je me trouvais là-bas.

— Elle est triste, mais elle va se remettre ? » Je voulais affirmer et j'ai parlé comme on pose une question.

« Si une blessure est propre, c'est moins grave si elle est

profonde, répond-elle. C'est quand la passion n'est pas partagée que la gangrène ronge tout.

— Oui. » Je n'en dis pas plus.

Allez, Bucino. Si tu as survécu à la douleur tu peux continuer.

« Je... Je suis désolé... pour l'autre jour, quand j'ai découvert la vérité sur lui. J'étais autant en colère contre moi-même que contre vous. »

Elle a un petit haussement d'épaules, comme si elle savait tout depuis longtemps et qu'elle ait attendu seulement que j'en prenne conscience. Mais maintenant que j'ai commencé, je dois continuer.

« Vous n'avez pas besoin de vous montrer aussi aimable avec moi, vous savez... Je veux dire, après coup. Dieu sait que je ne l'ai pas toujours été avec vous.

— Je... » Et à ma grande surprise, elle aussi hésite un peu. « Ce n'était rien. Vous... Je veux dire, les remèdes vous ont guéri. »

Quelque chose d'étrange s'est installé entre nous. Comme si nous ne savions plus ni l'un ni l'autre où poser le pied.

« Vous avez consacré beaucoup de temps à me soigner, dis-je pour contenir le trouble qui m'envahit. Mais vous n'avez pas laissé votre note.

— Non... heu... J'ai été occupée à d'autres choses.

— Je pensais que vous alliez revenir.

— Non. Je... Il y a beaucoup de monde en ville en ce moment. Je ne peux plus me déplacer aussi facilement.

— Non, non, bien sûr. » Elle semble de plus en plus nerveuse et j'ai peur qu'elle ne veuille s'en aller.

« Eh bien, je remercie Dieu. Sans vous je serais mort. »

Elle fronce les sourcils. « Vous ne devriez pas parler ainsi. Je ne vous ai pas sauvé la vie, j'ai seulement fait baisser la fièvre, répète-t-elle calmement. Mais il faut que vous fassiez attention, le contact de l'eau vous est vivement déconseillé. » Elle se lève. « Je dois m'en aller. »

Je me lève aussi et, sans réfléchir, je tends la main pour

343

l'aider, pour lui dire au revoir, pour qu'elle reste, car j'ai encore des choses à lui dire ; pour excuser ma grossièreté, mes erreurs. Mais elle se recule avant que je l'aie touchée, cependant plus doucement qu'elle ne l'aurait fait autrefois, comme si elle était aussi peu sûre de moi maintenant que je le suis d'elle. Je le ressens dans sa manière de bouger, de pencher la tête, dans son petit rire. À quoi pense-t-elle en ce moment ? Je ne peux assurément pas être le seul qui se souvienne de la façon dont elle m'a tenu et du doux flot de ses paroles ?

« Eh bien, au revoir, Bucino, dit-elle, le visage lumineux, les lèvres entrouvertes sur un sourire. Portez-vous bien. »

— D'accord. Au revoir. »

Je la regarde descendre les marches, traverser la place avec prudence et disparaître dans sa rue. Je reste assis quelques instants en contemplant la foule en délire. Il se passe dix, peut-être quinze minutes, puis un homme m'aperçoit, lève les bras et s'approche de moi. Je n'ai pas envie de me faire de nouveaux amis, surtout quelqu'un rendu sociable par la teriaca. Je me fonds dans la mêlée avant qu'il ne puisse m'atteindre. Je tourne au même coin de rue qu'elle. Puis dans la suivante. Je reviens chez elle. Vais-je rester devant sa porte pour y frapper ? Je n'en ai aucune idée. Je suis trop occupé à marcher.

Les choses ne se passent pas ainsi. Parce que, lorsque j'entre dans sa rue, j'aperçois une silhouette de dos à l'autre extrémité. C'est elle. Même robe, même châle, mais maintenant, elle a un sac sur l'épaule. Je regarde sa canne qui balaie le sol et qui frappe devant elle. Elle arrive au coin et disparaît. Je la suis. Quand j'arrive au même endroit, elle traverse un pont à gauche, et je m'arrête parce qu'il n'y a que nous dans la rue et je sais trop bien qu'elle voit grâce à ses oreilles. Je repère l'endroit où elle tourne et, quand je ne la vois plus, je la suis. Pourquoi ? Parce que... Parce que aujourd'hui est un jour de fête et que je peux faire ce que je veux de mon temps. Parce qu'elle m'a sauvé la vie. Parce que je n'ai jamais emprunté ces rues auparavant. Parce que je suis curieux de savoir où elle va. Parce que... Je la suis, parce que...

Après quelques rues, le temps commence à changer et une brume de mer s'élève, fine et persistante. Elle, bien sûr, n'en a pas conscience, mais je sais qu'elle est assez perspicace pour remarquer la nouvelle humidité de l'air. J'essaie d'imaginer à quoi cela doit ressembler d'être dans sa tête, de se déplacer dans des ténèbres perpétuelles avec seulement l'écho des murs, de la pierre et de l'eau pour définir son chemin. Elle a une telle confiance. Mais nous sommes chez elle et une ville recèle moins de terreur pour ceux qui y sont nés. Un jour, j'ai demandé au vieil homme du puits comment il avait appris à s'y retrouver dans un endroit si insensé. Il m'a dit qu'il ne s'en souvenait plus, car cela remontait à son enfance. J'ai écouté des gens parler parfois, ce fleuve magnifique qu'est le langage avec toutes ses intrications souterraines de grammaire et de nuances, et je me suis demandé comment nous pouvions l'apprendre si vite, vu que nous tenons à peine debout quand nous commençons à nous exprimer. Je ne me souviens pas d'avoir trouvé cet exercice difficile. En fait, je n'en ai gardé aucun souvenir. Les choses se sont peut-être passées de la même façon pour elle. Tout comme j'ai négocié avec le monde des grands le fait d'être petit, elle a appris à naviguer dans un monde doué de vision grâce à d'autres sens, à « voir » par l'ouïe, l'odorat ou le toucher. Je pense à ma surdité temporaire. Quel couple bizarre nous avons dû faire : mes yeux et ses oreilles. Mon dandinement, sa claudication. Si nous en avions le temps et l'envie, nous pourrions découvrir que nos univers ont beaucoup en commun. Pendant tout ce temps, je me suis montré trop dur et trop fier pour m'en préoccuper.

Elle se dirige vers le nord, en laissant le rio di Santa

Giustina sur notre gauche. Plus nous nous approchons du rivage, plus le brouillard est dense. Venise est une maîtresse capricieuse en ce qui concerne les changements de temps, et je me demande ce que font les bateaux au milieu de la lagune. Devant nous, la muraille sombre des maisons s'ouvre pour laisser apparaître l'étendue grise et épaisse de la mer. Celle que je suis s'arrête enfin. Elle tourne dans un sens, puis revient. D'instinct, je me cache sous un porche comme si elle avait des yeux pour me voir – je suis stupide. Ce n'est pas moi qu'elle entend, plutôt le changement de l'écho de ses pas avec l'absence de maisons. Des voix s'approchent dans la brume, et elle s'éloigne, sans doute se dirige-t-elle vers elles, car elle a l'oreille plus fine que moi. Je presse le pas pour ne pas la perdre de vue. Le rivage est long, la mer basse et les pavés humides comme si la marée venait de les recouvrir. L'horizon est tout à fait bouché. En général, du bord, on peut voir les îles de San Michele et de Murano, mais aujourd'hui tout est gris.

Devant, on distingue des silhouettes : des enfants, des gens avec des bébés et des paquets, qui semblent attendre un bateau. Bien sûr. En ce jour de fête, on doit aller et venir d'île en île. Un bruit de rames s'élève et presque au même moment une grande barge apparaît, à moitié pleine, avec encore de la place pour dix ou quinze personnes. À terre, ceux du groupe ramassent leurs paquets et leurs enfants et se dirigent vers le petit appontement de bois, alors que l'embarcation y accoste après qu'on a jeté de grandes cordes autour des poteaux. La Draga est avec eux maintenant. Mon Dieu. Elle aussi doit rentrer chez elle. Que disait le vieil homme à son sujet ? Qu'elle était née sur une des îles et qu'elle était venue à Venise tout enfant. Elle a sans aucun doute de la famille à voir. Je reste immobile sur le rivage. Cet immense canal n'a pas de bords, nulle part où se réfugier et, dans les ténèbres, il y a des oiseaux avec des ailes comme le vent et un grand appétit pour de petites proies. Je ne reviendrai pas ici. Pas de sitôt.

Le bateau est amarré et un grand nombre d'hommes et de femmes en descendent. Une cohue envahit le rivage au milieu des cris, avec des caisses, des sacs. J'entends le gloussement indigné des poulets et quelqu'un tient quelque chose qui ressemble à un petit cochon coincé sous le bras, car il crie plus fort qu'un bébé ; ayant quitté les champs, il doit pressentir qu'il est destiné à la broche. Je me perds dans la foule. À gauche, l'eau s'écrase contre les pierres et je sais ce que ressent le cochon. Le choix est simple. Pour lui parler à nouveau, je dois la suivre sur le bateau.

Toute ma vie, j'ai refusé d'être aussi petit que les autres le voulaient. Cependant, la peur est restée enracinée en moi. On monte sur la barge, les gens se bousculent et rient en se poussant. Je suis au bout de la rangée, les pieds solidement ancrés sur la terre ferme. La silhouette courbée de La Draga est la sixième ou la septième devant moi.

Laissons le destin décider. S'il reste de la place, je l'accompagne sur l'eau ; s'il n'y en a pas, je fais demi-tour et je rentre à la maison.

Il y a de la place.

29

J E M'ASSIEDS SUR UN BANC entre une grosse femme et un type
costaud. Ils sentent mauvais mais leur solidité me rassure
un peu. Le bateau s'en va et nous filons dans la brume. La
Draga est assise plus loin vers l'avant, elle est tournée de
l'autre côté, la tête dressée malgré son dos voûté. Le fait que
nous ne puissions voir où nous allons ne peut l'inquiéter,
mais je sais aussi que les bruits voyagent différemment dans
le brouillard, et elle est trop en alerte pour ne pas savoir
ce qui se passe autour d'elle. Son châle a glissé de sa tête
et j'aperçois une longue natte de ses cheveux à moitié
défaite, presque aussi blanche que sa peau. Nous avons déjà
perdu l'appontement de vue et je serre tellement mes
poings posés sur mes genoux que mes articulations blan-
chissent. Je m'oblige à ouvrir les doigts et à respirer. Les
choses ne vont pas si mal. Je n'ai pas de serres d'oiseau
dans les oreilles et les poulets qui s'agitent dans leurs cages
à mes pieds sont plus inquiets que moi.

Je me demande ce que fait ma dame, sur une autre
embarcation, entourée de la richesse et de la majesté de
Venise, et j'espère qu'au Lido la haute mer a chassé la
brume, afin que, lorsque le doge jettera l'anneau nuptial
dans les profondeurs grises, il y ait assez de soleil pour en
apercevoir l'éclat avant qu'il ne touche l'eau.

Au moment où j'imagine cela, le ciel semble s'éclairer

devant nous et, sur notre gauche, un clocher commence à apparaître dans l'obscurité. Je l'ai vu assez souvent depuis la côte pour savoir qu'il s'agit du clocher de l'église de San Michele, une construction pour laquelle l'Arétin et son ami l'architecte Sansovino n'ont pas de mots assez durs, car ils y voient le triste exemple du vieux style classique, alors que je suis impressionné par le miracle de son architecture : il a fallu transporter des cargaisons entières de briques, de pierres et de matériaux. Quinze à vingt minutes suffisent pour y arriver, mais nous ne nous y arrêtons pas. Seuls y vivent des moines franciscains et ils possèdent leurs propres barques, afin que la vie extérieure ne les contamine pas.

Bien sûr. Pour une femme qui ne peut voir, il est poétique que l'île de sa naissance soit celle qui produit les plus beaux miroirs du monde. Nous nous dirigeons vers Murano.

Déjà, sa masse de terre longue et fine apparaît devant nous. Le nom de Murano m'était familier bien avant d'arriver à Venise. Toute personne qui a vécu dans une maison un peu riche le connaît. Il s'est répandu dans la moitié du monde. C'est une des raisons pour lesquelles mon Turc est venu avec une bourse pleine – il paraît que les plus grandes mosquées de Constantinople sont éclairées par des lampes suspendues, et quand nous avons emballé les richesses de ma dame à Rome, ce que nous avons enveloppé avec le plus grand soin, ce n'était pas simplement du verre mais du cristal de Murano, que nous avons ensuite bien rangé au fond des coffres pour que les barbares ne mettent pas la main dessus. Notre marchand, Alberini, dit que nulle part ailleurs on n'a les ingrédients, le savoir-faire et l'expérience pour fabriquer une telle qualité en si grande quantité, bien qu'à mon avis il s'agisse autant de politique que d'artisanat. Car chacun sait que si un maître verrier quitte l'île, la loi lui interdit de continuer d'exercer ailleurs son industrie.

Une fois, Alberini y a conduit ma dame, avec un

aristocrate espagnol qu'il voulait impressionner par la beauté de Venise, chair et verre réunis. Elle en est revenue rayonnante d'histoires de fournaises brûlantes comme l'enfer, d'où des hommes prélevaient des boules chauffées à blanc sur l'extrémité de tuyaux dans lesquels ils soufflaient pour faire naître de magnifiques bulles de cristal transparent. Le plus étonnant, avait-elle dit, c'était la façon dont ils jouaient avec le verre en fusion, épais comme un fromage coulant, ils le tournaient et le coupaient pour lui donner la forme d'une douzaine d'animaux, de fleurs exotiques ou de feuilles recourbées pour un chandelier. De tels miracles, une jeune fille à la vue insuffisante peut difficilement les avoir remarqués. Cependant, comme toute femme, elle a dû savoir très tôt que le feu brûle et que de la chaleur – en particulier celle de l'homme – naît la création.

Au fur et à mesure que nous approchons, l'île croît en taille et en profondeur. Je distingue des étendues broussailleuses où se dressent des bâtiments et des cheminées, mais presque pas d'arbres parce que les incendies les ont dévorés depuis longtemps, si bien qu'aujourd'hui, avec le gravier et la potasse, Murano importe des cargaisons entières de bois pour nourrir des bouches de flammes qui ne s'éteignent jamais. La barge suit la côte puis entre dans un canal, comme dans la cité mère, bordé d'entrepôts avec des barges amarrées à tous les endroits disponibles. Aujourd'hui, l'activité est réduite, car même le meilleur de Venise se repose le jour où le doge épouse la mer.

Le premier canal débouche dans un autre et quelques magnifiques palais se dressent de chaque côté. Des nobles vénitiens possèdent ici des demeures, avec de grands jardins ornementaux, mais nous sommes bien loin du Grand Canal, et quelle que soit la richesse que ma profession me permet d'amasser, je me sentirais en exil si je devais vivre ici. L'embarcation ralentit, et les gens commencent à bouger. Le ciel est clair et il fait chaud. La vieille dame qui me sert de coussin s'agite et je saisis le bastingage pour me redresser. La Draga est immobile comme une statue, et regarde droit devant elle. Nous accostons et elle se déplace enfin, son pied semble plus assuré que le mien sur cette surface mouvante. Le batelier grisonnant lui prend la main en lui souriant quand elle s'engage sur la passerelle. Peut-être sait-il qui elle est parce qu'il l'a connue jeune ou parce qu'elle vient souvent ici. Peut-être sait-elle qu'il s'agit d'un homme au contact de sa main. Je me souviens qu'elle s'était retournée vers moi le jour où j'avais couru derrière elle dans la rue, sachant, à la façon dont mes pieds heurtaient le sol, de qui il s'agissait et que j'étais troublé. C'était la première fois qu'elle m'avait touché et elle avait lu la forme de ma grosse tête avec ses doigts. Ils étaient frais ce jour-là, fins et délicats malgré les poudres qu'ils avaient broyées et les pâtes qu'ils avaient pétries. Y repenser aujourd'hui me donne le frisson, comme si je m'étais trop exposé ce jour-là. À l'arrière du bateau, je tire ma capuche sur ma tête et mes épaules, pour passer, si nécessaire, pour un vieil homme ratatiné plutôt que pour un jeune nain difforme.

Je suis curieux de savoir où elle va. Peut-être dans une maison, autrefois atelier, aujourd'hui demeure d'un aïeul âgé. J'imagine un vieillard dont les étagères sont remplies de petites bouteilles de verre, car une femme de sa profession a un besoin constant de fioles pour ses potions. Je pense que ce grand-père est intelligent, car elle l'est aussi malgré ses silences ; un verrier qui s'intéresse à l'alchimie, car la fabrique du verre possède sa propre magie.

Je me trompe, elle ne va pas chez elle mais, à ma grande surprise, à l'église. La bâtisse se dresse dans une courbe du canal et tourne le dos à l'eau, une abeille arrondie et élégante avec de légères arches de pierre et de brique comme d'astucieuses coutures ; la Venise ancienne, celle que je préfère. Quand je m'approche, je vois qu'elle se trouve déjà près de l'entrée.

L'intérieur est rempli de fidèles qui veulent se faire entendre de Dieu. Elle s'assied au milieu, à l'extrémité d'un banc, la tête penchée. Je me place une douzaine de rangées derrière elle. Que fait-elle ici ? Elle prie pour ses disparus ou pour elle-même ? Quel langage de sorcière utilise-t-elle pour s'adresser à Dieu ? Je pense à ma dame qui se confesse : « Pardonnez-moi, mon père, car j'ai péché. Ce dernier mois j'ai gagné ma vie en donnant du plaisir à une vingtaine d'hommes, dont aucun n'est mon mari. » Un péché assez habituel, même s'il prend des proportions inhabituelles avec ma dame. Avec La Draga tout doit être différent. Comment expliquer qu'on a trempé une hostie consacrée dans du sang menstruel pour retenir le désir d'un homme, ou qu'on a arraché tous ces petits corps à demi liquides au ventre de femmes désespérées ? Dans l'esprit de tout prêtre, il s'agit du travail de Dieu accompli par le démon. Avec de telles taches sur la page débit d'une âme, guérir des prostituées ou sauver la vie d'un nain signifie-t-il encore quelque chose ?

Je baisse les yeux vers le sol : un lac de pierre et une mosaïque de marbre, composée de triangles, de losanges et de carrés qui forment des cercles en se fondant les uns dans les autres, comme les petites îles de Venise qui se réunissent pour constituer un tout. Quand on regarde plus loin, on aperçoit des images uniques : la silhouette d'un paon qui fait la roue et, à côté, ce qui représente peut-être des plantes ou d'autres oiseaux. Combien faut-il de morceaux pour composer un tel sol ? Combien de gens meurent chaque année ? Que serait cette mosaïque si elle était faite d'âmes : un million d'êtres jetés dans les flammes pour transformer la matière en fusion, de la même façon que les fours changent les pierres en liquide et, si les ingrédients sont les bons, les purifient en quelque chose de propre et de clair ? Est-ce cela le paradis ? Une alchimie spirituelle dans laquelle le corps perd son poids terrestre pour être transmué dans la matière parfaite de l'âme ?

Quelles étaient ses paroles cette nuit-là ? Que nos corps sont comme le verre, clairs, purs, capables de filer plus vite que la flèche, mais tendres et suffisamment flexibles pour se fondre dans et à travers un autre. Et que, lorsque nous ouvrirons la bouche, le son sera comme celui de milliers de luths et nous en chanterons constamment la beauté. J'entends de nouveau sa voix, douce, agréable à mon oreille. Elle doit avoir reçu ses visions ici, dans un univers de force transparente.

Je l'imagine sous le pinceau de Titien, le corps penché, les yeux ouverts à Dieu. Mystique ou sorcière. Guérisseuse ou empoisonneuse. J'ai la poitrine oppressée comme si mes poumons refusaient d'inspirer. Que sais-je de ces choses ? Je suis le nain d'une courtisane et mon travail consiste à fournir aux hommes de quoi satisfaire leur désir. Si je suis honnête, je ne vaux pas mieux qu'elle. Et cependant, elle m'a aidé. Elle a pardonné ma colère, elle m'a réchauffé, elle m'a fait passer à travers les flammes. Et je me sens vraiment différent. Différent de ce que j'ai été pendant des années. Sans elle, je serais mort, et aujourd'hui la vie m'enflamme. Au point que je veux la toucher, l'entendre et la goûter encore.

Oh, écoute-toi, Bucino ! Tu es comme un âne malade d'amour qui brait dans une arrière-cour, qui n'en peut plus de peur. Tu es passé du mépris et du soupçon à l'adoration écœurante. La seule alchimie que tu as connue est celle qui épaissit le sang et qui encourage la mauvaise poésie.

La voix intérieure est ardente et sarcastique à la fois. C'est une des nombreuses voix avec lesquelles j'ai grandi. Quand on est aussi laid que moi, si l'on ne peut trouver des amis au-dehors alors on doit en trouver en soi, sinon l'on meurt de solitude. Mais ils doivent se montrer aussi durs qu'ils peuvent être tendres, car chacun a besoin de l'autre pour survivre. C'est pour cela que ma dame et moi sommes de si bons compagnons. À notre façon, nous avons été élevés pour rester seuls, pour résister aux sentiments plutôt que de nous y soumettre. C'est pour cela que lorsqu'elle s'est mise à aimer le freluquet, je ne lui ai pas fait de quartier. Cependant, ici, je soupire pour une infirme.

Je regarde sa nuque. Puis, en imagination, je la retourne pour la voir de face : ses membres qui ne se joignent pas correctement quand elle marche, son visage lisse avec ses yeux laiteux et une peau si pâle qu'on croirait que le sang s'en est retiré, mais également serein et inquiétant. Quel est son véritable nom. Elena Crus… quelque chose. Crusichi ? Oui, c'est cela. Elena Crusichi. Même la sonorité en est intéressante.

Je n'ai pas besoin que des voix me disent ce qui s'est passé. Je le sais. Bien sûr, que je le sais. J'ai appris à l'apprécier. Beaucoup. Peut-être est-il plus vrai de dire que j'efface de mon esprit ce qui m'a empêché de le faire jusque-là. Quand on a toujours su quelque chose, il est étrange de voir qu'en même temps on l'ignorait. Comme lorsqu'on voit quelqu'un tous les jours et qu'on choisit de ne pas le voir.

Quand j'y pense, je trouve cette histoire stupide. Une cruauté indifférente à laquelle je m'étais habitué, pourrait-on croire. Mais j'étais jeune. Enfin, jeune en esprit. Mon corps avait grandi, au moins autant qu'il pourrait grandir, et il se mettait en fureur contre sa propre chaleur. Mon père venait de mourir, et son frère m'avait pris en charge à Florence, un notaire, bien connu dans sa profession, pas assez généreux cependant pour être grand, ni assez grand pour être humble. Il m'avait recueilli parce que le christianisme le lui ordonnait et parce que j'avais une plus belle écriture et un esprit plus vif qu'aucun de ses enfants, et il put me mettre aussitôt au travail comme copiste. Mais il haïssait ma difformité qu'il considérait comme une tache sur la famille, et je le lui rendais bien.

J'avais quinze ans quand il la fit venir à la maison. Elle venait de chez un ami dalmate pour travailler à la cuisine. Elle était très petite, presque aussi petite que moi, et si maigre que je soupçonnais que sa taille venait d'un manque de nourriture et non de sa naissance. Mais elle était aussi d'une laideur incroyable. Elle avait eu la bouche blessée au moment de l'accouchement, et il lui en restait un bec-de-lièvre si prononcé qu'on aurait cru qu'elle ricanait en permanence, et elle respirait en faisant le bruit d'un cochon. Elle devait m'apporter mon déjeuner à l'étude. Et nous avons fini par nous « connaître ». Elle était en colère, je l'ai vu dès le début, au plus profond de ses yeux, et je pense qu'on avait dû chasser toute idée de révolte de son esprit en la battant. Aujourd'hui, je pense qu'elle devait être intelligente. Mais je n'avais pas envie de le savoir. Deux semaines plus tard, mon oncle me l'offrit comme fiancée, en me disant : « Avec ton corps, tu auras du mal à te trouver une femme, Bucino, et tu commences à grandir, il me semble injuste que tu ne goûtes pas aux fruits de l'amour, comme tout le monde. »

La semaine suivante, je quittai définitivement sa maison de Florence. C'est ainsi que je me suis formé. Cela fut dur au début, mais je trouvai des moyens de survivre sur la route. Au cours des années suivantes, je perdis ma sensibilité et ma virginité. J'aiguisai mon esprit, j'appris à voler des bourses et à jongler, et quand j'arrivai à Rome, où la cruauté est plus raffinée et plus dissimulée, j'étais prêt à utiliser mon corps comme une chance plutôt que comme une malédiction. Mais l'expérience me laissa avec le sentiment de la difformité des autres. Parce que j'avais appris quelque chose ce soir-là, alors qu'elle et moi nous étions assis à la table de mon oncle comme des animaux de cirque jouant à nos « fiançailles » informelles : pour les gens il est plus facile de rire de deux personnes que d'une seule. Quand on est deux, personne n'est obligé de vous affronter directement, de vous regarder dans les yeux pour y lire soit l'humiliation, soit le défi.

Ce soir-là, j'ai conclu un pacte avec moi-même : je ne m'associerais jamais avec des gens comme moi. À la place, je vivrais avec – ou sans – ce que ma difformité avait de spécifique. Ainsi, on pourrait m'ignorer. Et, bien sûr, quand ma dame me découvrit, elle représentait la réponse à toutes mes prières. Non pas parce que sa beauté me rendait encore plus laid, ce qui, bien sûr, était le cas, mais parce que, d'une manière étrange, nous nous trouvions exhaussés mutuellement. Le monde est plein de gens que les autres oublient. Personne n'oublie ma dame. Et si j'étais avec elle, on ne m'oublierait pas non plus. Si je ne pouvais être parfait, je serais le plus parfaitement imparfait. Pour mériter ce titre, je choisis de ne pas entrer en compétition.

Pourtant, au cours des années, je me suis senti bien seul. C'est pour cela que je suis assis dans cette église et que je regarde une femme dans la compagnie de qui j'aurais pu trouver esprit, intelligence et soutien et que j'ai choisi de condamner parce qu'elle me ressemble trop.

Nous restons longtemps ainsi, tête baissée, chacun plongé dans ses pensées. Les miennes m'absorbent tellement que je ne la vois pas se lever en silence et quitter son banc, et je panique quelques instants en croyant l'avoir perdue. J'atteins le grand portail après elle et je sors dans la lumière du soleil, si violente qu'il me faut quelques secondes pour que mes yeux s'adaptent et que je l'aperçoive descendant une petite rue latérale.

Elle avance avec un but précis maintenant. Sa marche est plus fluide, comme si elle connaissait chaque centimètre de son trajet. Et c'est le cas, car sa destination est proche. À une centaine de toises de l'église, je découvre un atelier. Quelques bâtisses avec des cheminées et de petites maisons à l'arrière. Quand je tourne au coin où elle vient de disparaître, elle entre dans l'une d'elles.

Je suis perdu maintenant. Que dois-je faire ? Aller frapper à la porte et m'annoncer. « Bonjour. Elena Crusichi est-elle ici ? Oui. Très bien. Vous voyez, je vous ai suivie depuis Venise pour vous dire que je vous ai mal jugée pendant toutes ces années. Je pense que nous devons avoir des choses en commun et je veux vous connaître mieux. »

Elle pensera que la fièvre m'a rendu fou. Je serai peut-être d'accord. Il fait très chaud à l'extérieur et la fatigue me fait tourner la tête. Il y a à peine une semaine j'étais à l'agonie. J'ai l'impression que cela recommence. J'ai des crampes d'estomac et je repense au cochon embroché sur le campo, j'en ai l'eau à la bouche. Bien sûr. Depuis ce matin, je n'ai avalé que deux bols de tripes. Et si ma faiblesse ne venait que de la faim et non du béguin que j'ai pour elle ? Je ne prendrai aucune décision avant d'avoir mangé.

Je rebrousse chemin. La grand-rue – si on peut nommer cette artère ainsi – semble parallèle au quai et il y règne une certaine activité : je vois des étals et des boutiques devant lesquels des gens sont attroupés. Quelque part on fait cuire quelque chose, et le fumet m'attire. J'entre sur une petite place et l'effet devient palpable. On dirait que les nains ne visitent pas Murano. Un gamin avec un visage aplati et des yeux comme des billes vient se planter devant moi, en ouvrant la bouche jusqu'à ce que je lui sourie et, brusquement, il éclate en sanglots. Aucun doute : je ne dois parler à personne avant d'avoir mangé. J'aperçois une boutique où l'on vend de la viande rôtie et du pain frais, le patron est trop vieux et a les yeux trop chassieux pour voir le phénomène de foire qu'il sert. Dès que les premières bouchées tombent dans mon estomac, je me demande si je ne devrais pas abandonner la proximité des femmes au profit d'un bon repas. Je dois me gaver parce que les gens me regardent toujours. Quand ma faim commence à s'apaiser, j'exploite l'attention. Je prends une poignée de petits pains et j'en lance deux en l'air que je rattrape adroitement. Puis j'en saisis d'autres et je me mets à jongler. Le gamin lui-même s'arrête de pleurer et reste bouche bée. J'accompagne mon numéro avec des grimaces et, au bout d'un moment, je fais semblant d'en laisser tomber un, et je le rattrape au dernier moment. Trois ou quatre personnes retiennent leur souffle. Je repense à Alberini et à son tour avec le verre à pied. Maintenant que j'ai le ventre plein, je suis d'humeur à m'amuser. Je ferai une meilleure impression sur La Draga si j'arrive avec le sentiment d'avoir été apprécié plutôt qu'ignoré par ces gens.

Quelques boutiques plus loin, un homme vend des verres

et des pots. Ils sont assez frustes comparés à ceux que j'ai vus à Venise, pleins d'impuretés et de bulles d'air. On exporte sans aucun doute le meilleur de la production et les ouvriers doivent garder ce qui reste. Mais ils ne sont pas chers pour un homme qui a de l'argent et dispose d'un peu de liberté après tant d'années de travail, et j'en achète cinq.

Je m'installe sur le côté de la rue, je mange les deux saucisses qui me restent, et je m'essuie les mains sur l'herbe pour en enlever la graisse. Puis j'ôte mon chapeau, je ramasse les verres et je recommence à jongler. Ce n'est pas aussi facile qu'avec les petits pains car, s'ils sont plus fermes, leur forme et leur poids varient et ils sont par conséquent instables, aussi je dois vraiment me concentrer pour ne pas les laisser tomber.

Un petit groupe se rassemble et les gens applaudissent. Je m'amuse beaucoup. Il y a longtemps que je n'ai pas ressenti quelque chose de semblable, le corps et l'esprit travaillent ensemble. Quand ai-je fait cela pour la dernière fois devant un public ? Quelques numéros lors de nos premiers succès à Venise ? Et avant, cette nuit-là à Rome. Mon Dieu, je me sentais bien vivant à cette époque, l'excitation qui naît de la peur se répandait dans mon corps comme un alcool. Aujourd'hui, il n'y a plus de danger, et pourtant, je ressens la même chose ; la chaleur, l'étrangeté du lieu, la pensée de La Draga et cette nouvelle sensation de vie.

Je n'ai qu'à garder les yeux sur les verres qui volent.

Pour ma défense, je pense que si elle était arrivée comme d'habitude, je l'aurais vue plus tôt car, d'une certaine façon, je l'attendais.

Voilà comment les choses se passent. Je commence à être trop sûr de moi. Et, à mon avis, un peu fatigué. Il y a maintenant cinq ou six rangs de spectateurs. Quelqu'un jette une pièce dans mon chapeau et je fais un clin d'œil pour remercier. C'est un truc que j'utilisais avec les jolies filles. Je lance mal et je rate le verre d'une fraction de seconde. Dans ma panique pour me reprendre, je fais un mouvement brusque pour le rattraper et j'y parviens de justesse. On applaudit, je fais une grimace, les gens rient en croyant que tout était prévu. Et je rate de nouveau en lançant les verres un peu sur le côté, ce qui m'oblige à tituber pour les saisir. Les spectateurs aiment. Les quelques pas que j'ai faits m'ont rapproché du premier rang. Les gens s'écartent et, dès que je marche, je jongle. L'air au-dessus de moi est plein de verres qui tournent et brillent dans la lumière du soleil, les rires et les applaudissements.

Puis, brusquement, il y a une petite fille devant moi, figée sur place, les yeux exorbités, le verre que je lance va trop loin de moi et trop près d'elle, cette fois je ne le rattrape pas et il s'écrase par terre à côté de son pied droit. Je saisis les autres rapidement au fur et à mesure qu'ils retombent et je m'agenouille devant elle pour constater les dégâts. Elle n'est pas blessée. En réalité, elle ne semble même pas bouleversée. Elle est toute petite, elle a l'âge où se tenir debout est déjà un exploit, et elle a des jambes presque aussi arquées que les miennes. Mais c'est moins son âge que son apparence qui la distingue. Elle a la peau très pâle et une couronne de boucles en désordre, si claires qu'elles semblent presque blanches alors que ses yeux ressemblent à de grosses amandes brunes, et ils me regardent avec une concentration intense mais sans peur. Je lui souris avec les yeux plus qu'avec la bouche et, lentement, je lui offre un des verres. Après l'avoir regardé quelques instants, elle tend la main pour le toucher. Au même moment, une femme fend violemment la foule en criant son prénom. Elle ressemble elle-même à une enfant et sa voix à du verre brisé. Elle pénètre dans le cercle où nous sommes penchés tous deux, l'enfant se tourne et lève les yeux sur elle.

Moi aussi.

En un seul instant, on enregistre des choses étranges. En fait, si tout s'était passé différemment, je ne l'aurais peut-être même pas reconnue. Ses cheveux ne sont plus nattés mais retenus par des épingles, avec quelques boucles qui s'en échappent et retombent sur ses joues, et la façon dont elle se tient est remarquable, car son corps libéré n'est plus douloureusement voûté, il se redresse bien droit, élancé et svelte. Je la trouve adorable. Je m'en souviendrai jusqu'au jour de ma mort. Mais je n'ai guère le temps de le lui dire car elle se précipite sur l'enfant qu'elle saisit dans ses bras en la serrant sur sa poitrine, joue contre joue, visage caché ; puis elle fend la foule de nouveau. La petite fille n'a rien compris. On a interrompu son jeu et elle se tortille, crie et s'écarte de sa mère, à tel point que cette dernière ne peut que relever la tête, mais si rapidement que je ne suis pas sûr de ce que j'ai vu. Sa peau est lisse et blanche comme toujours. Mais les yeux, les yeux sont différents. Alors qu'auparavant on ne voyait que des flaques laiteuses et grises, ils semblent maintenant furieux et animés. Elle se penche aussitôt pour s'occuper de l'enfant. Mais il est trop tard.

« Elena ! »

Je crie son prénom haut et fort, et bien que je ne l'aie encore jamais utilisé en sa présence, mon cri la traverse comme un long frisson ; involontairement, son regard rencontre le mien pendant une seconde. Je jure qu'elle a éprouvé la même panique que moi, mais quand j'y repense, je sais que cela a dû être pire pour elle, car c'est sa vie tout entière et non la mienne qui s'effondre en cet instant. Si elle a de mauvais yeux, s'ils sont bordés de cernes rouges et coléreux, s'ils souffrent d'une irritation ou d'une infection, il y a au centre les pupilles tout à fait reconnaissables, aiguës et sombres.

Apparemment, La Draga n'est pas seulement une jeune femme solide, qui n'a ni le dos voûté ni la colonne vertébrale tordue : en plus elle voit.

30

Pendant quelques instants le monde s'arrête, paralysé, et nous restons immobiles à l'intérieur. Même l'enfant reste calme. Puis, soudain, tout redevient mouvement, elle traverse la foule et se sauve, en serrant l'enfant contre sa poitrine, avant que j'aie pu reprendre mon souffle. Mon souffle et mes esprits.

Elle n'est pas aveugle. La Draga n'est pas aveugle.

Le public s'agite ; l'interlude est terminé et les gens veulent encore des tours d'adresse. Comme rien ne se passe, ils s'éloignent. La place se vide et je me retrouve seul, à part quelques retardataires qui me regardent de loin.

La Draga n'est pas aveugle et elle se tient bien droite en marchant.

Une simulation, une imposture, une feinte. Les mots résonnent dans ma colonne vertébrale comme des coups de marteau et la douleur me brûle. Que m'a-t-elle dit autrefois ? Que j'avais mal au dos parce que mon corps était trop lourd pour mes jambes. Mon Dieu. Je l'avais trouvée très perspicace. Étant donné qu'elle ne pouvait me voir. Autour de moi, le sol est jonché des morceaux du verre brisé. Le soleil se reflète sur certains qui brillent comme des diamants dans la poussière. J'en ramasse un que je serre dans mon poing. Je sens les arêtes aiguës entamer ma paume. J'aime la façon dont elles m'entaillent la chair. La Draga est une imposture, qu'elle aille au diable. Elle voit aussi bien que tout le monde. C'est un charlatan. Nous avons été dupes. J'ouvre le poing et vois l'éclat de verre taché de sang. Je le lève devant mes yeux et regarde le soleil jouer sur lui. Ce n'est plus un diamant mais un rubis. Du verre coloré. Mes pensées se suivent très vite, comme des pierres plates dans l'eau, et chacune crée des ondes plus larges.

Du verre coloré. Bien sûr. Il y a une boutique près du Rialto qui ne vend que les plus beaux objets en verre de Murano. Un voilier est exposé dans la vitrine, la reproduction d'une galère ronde de Venise, si parfaite dans chaque détail qu'on voit même la ligne des gréements entre les mâts, tendus à partir de petits globes de verre. Tout dans la boutique feint d'être autre chose. Beaucoup d'articles coûtent plus cher que les objets véritables, comme les grappes de raisin rouge, si vraies qu'on croirait voir l'éclat du soleil sur chaque grain. Des colifichets pour riches. Mais on y propose aussi une chose moins coûteuse pour attirer les foules : un panier rempli de fausses pierres précieuses, étincelantes et trompeuses, sommaires si on les compare aux vraies, bien sûr, car il est impossible d'imiter l'éclat intérieur du diamant, mais les pierres de couleur imitant les rubis et les émeraudes sont plus convaincantes. En fait, une rumeur dit que si l'on sait où aller et si l'on est décidé à payer plus…

Inutile de dire que je n'avais jamais vu ce genre de faux quand j'ai emmené notre bourse gonflée chez le prêteur.

La Draga est une enfant de Murano. Elle, plus que quiconque, a compris le pouvoir du verre. Cette jeune femme, qui n'est pas aveugle et qui ne boite pas. Comme la jeune femme au visage doux et pâle qui a proposé le rubis à notre prêteur juif, elle est entrée dans la boutique et l'a regardé droit dans les yeux en lui racontant une histoire larmoyante sur la situation misérable de sa maîtresse avec notre précieux trésor volé.

Mon dos me fait toujours souffrir, mais mon esprit s'est remis à fonctionner. Je suis dans notre ancienne maison, la vieille bique bigleuse est de l'autre côté du canal, et La Draga est assise sur le lit de ma dame. Cela semblait habituel à l'époque où nous avions très peu de meubles, et elle mélangeait des onguents et des crèmes qu'elle prenait dans des pots posés autour d'elle, les mains actives. Y compris sans aucun doute, quand personne ne la regarde, entre les lames du sommier afin d'y trouver une bourse qui contient un rubis riche et sombre, dont on évaluera immédiatement la qualité si l'on en a déjà vu et si l'on connaît la bonne personne dans la bonne boutique qui peut l'imiter suffisamment bien pour tromper ses propriétaires.

Maintenant, je marche. Aussi vite que me le permettent mes petites jambes tremblantes, dans la rue puis le long du quai vers le port d'embarquement où je vois un bateau qui prend des passagers pour retourner vers la ville. La Draga doit se trouver parmi eux. Quelle que soit sa décision, il faut qu'elle quitte l'enfant pour pouvoir s'en aller, aussi j'arriverai avant elle. Que vais-je faire, je ne le sais pas encore, je le saurai sur place.

Quand j'atteins le quai, le bateau s'apprête à partir et mon cœur bat si fort et mes jambes me font si mal que je ne peux trouver l'énergie d'avoir peur de l'eau. Alors que nous fendons les vagues en direction de la ville, je reste assis, cloué sur place, rédigeant intérieurement une sorte de traité sur la vie et les œuvres d'une faussaire.

La Draga. Je la vois marcher dans la rue, la tête penchée sur le côté, une jambe qui se traîne derrière l'autre parce qu'elle a le dos tordu. Comme c'est facile ! Je ne me dandinerais pas si je n'y étais pas obligé, je vois assez de personnes me singer, et si elles prenaient le temps de bien observer, elles pourraient convaincre, car il ne s'agit que d'une question de pratique. Et Dieu sait que la ville compte assez d'estropiés pour apprendre.

Pourquoi un dos tordu ? Cela ne peut pas aider à soigner

les maladies ni même donner une seconde vue. Mais jouer à l'aveugle alors qu'on peut voir... C'est vraiment très malin. La première fois qu'elle a vu ma dame, ses mains ont volé comme des oiseaux sur son crâne, et sans qu'on le lui ait dit, elle a pu suivre l'entaille depuis le cuir chevelu jusqu'à son front. Tout comme elle savait quel genre de nain j'étais, sans le demander. Ou que l'Arétin avait la main droite estropiée et une cicatrice dans le cou. Je l'ai vu ouvrir grand les yeux d'étonnement devant elle. Elle savait des choses qu'aucun aveugle ne pouvait connaître.

Si un apothicaire voit une blessure ou une entaille et la soigne, c'est un bon médecin. Si une aveugle sent la même chose et la guérit, c'est une faiseuse de miracles. Et quand on est une faiseuse de miracles, tout devient facile. Ce qu'on ne peut soigner avec ses remèdes, on le guérit par la foi. Il m'aime, il ne m'aime pas. Personne ne peut en être sûr. Mais s'il se montre plus gentil après avoir pris une potion, qui doit-on remercier sinon celle qui a concocté cette potion ? Que Dieu garde La Draga. Elle tient les hommes par les couilles et les attache avec les cordes sensibles du cœur des femmes. Où serait Venise sans elle ? Peut-être est-ce ce qu'elle m'a fait ? Peut-être a-t-elle mélangé une potion aux remèdes que j'ai pris ?

Quant au reste, le gros poisson... Eh bien, il lui a suffi d'attendre, de regarder et de tenter sa chance. Comme dans notre maison. S'il y a des objets de valeur, la dernière personne qu'on soupçonne, c'est celle qui ne peut les voir. A-t-elle eu un complice dans la place ? Probablement. Cela était facile avec Meragosa. Cette vieille putain nous détestait de toute façon. Qui sait ? Elles avaient sans doute déjà volé à la mère de Fiammetta ce qui lui restait de ses richesses alors qu'elle pourrissait dans son lit. La Draga avait dit à ma dame qu'elle n'avait jamais rencontré sa mère, mais un mensonge de plus parmi tant d'autres, quelle importance ? Quand La Draga est venue nous voir, Meragosa tenait absolument à sortir. De cette façon, chacune avait ce qu'elle voulait. Le revenu de la vente d'un gros rubis ; pendant que l'une prenait l'aiguillon, l'autre continuait à traire la vache. Que ces choses-là se passent dans une ville où la plupart des gens ont une domestique qu'ils n'aiment pas et à qui ils ne font pas confiance, laquelle partage les mêmes sentiments à leur encontre, et vous avez autant de petites affaires qui rapportent bien. Ma seule question maintenant est pratique. Comment ? Comment quelqu'un qui voit peut-il se faire des yeux d'aveugle ?

Le bateau se met à quai sur la côte nord et je descends immédiatement. La galère dorée ne reviendra qu'en fin d'après-midi, il y aura alors une soirée de processions et de banquets. Il est bien sûr interdit à une personne comme ma dame d'y assister, mais elle y sera pourtant. Sans elle, vers qui puis-je me tourner, à qui puis-je parler ? Je refais le chemin depuis le quai. La brume s'est levée et je ne mets pas longtemps à retrouver sa rue. Je m'arrête devant la maison de La Draga. Ce qu'elle y conserve est assez important pour qu'une énorme serrure ferme la porte. J'ai peut-être mené une vie peu recommandable, mais l'effraction de domicile ne fait pas partie de mes talents. Cependant j'en ai d'autres.

L'arrière des maisons donne sur le canal où il doit y avoir des fenêtres trop petites pour un homme normal mais assez grandes pour un nain agile. Si je trouvais le moyen de franchir l'eau. J'atteins le *sotto portego* et j'y descends. Mon nez réagit à l'odeur qui s'élève, et quand j'arrive au bout, je comprends pourquoi. Le canal est là, d'accord, mais il n'y a rien dedans. Il a été vidé, comme celui près de l'Arsenal où autrefois je me suis enivré après qu'on nous eut volé notre avenir : deux ponts plus loin, on l'a barré avec d'épais madriers de bois et on a pompé l'eau. À la place, il y a une masse infecte de vase qui monte presque jusqu'au passage pour piétons. Il doit être relié directement au rio di Santa

Giustina et de là à la mer, car les marées du nord y entrent et envasent souvent les petits canaux, rendant impossible le passage des bateaux lourdement chargés, aussi doit-on les curer souvent. C'est la voie des barges pour Murano, et bien qu'il s'agisse d'un quartier pauvre, que sans cela on laisserait pourrir, Venise ne permet pas que le commerce soit entravé.

Mais aujourd'hui, cette obsession de la ville me sauve, parce que sur les bords, là où la vase touche les murs, on a installé des passerelles temporaires afin que les hommes puissent se hisser et pousser leurs brouettes. Il me suffit de grimper dessus pour atteindre le niveau des fenêtres du premier étage. Les autres maisons sont vides ; même les vieilles harpies doivent faire la fête au-dehors, ce qui veut dire qu'il n'y a personne pour m'espionner, personne pour voir comment j'avance pouce après pouce, les mains posées sur le mur, le dos tourné vers le vide. Quelle est l'épaisseur de la boue ? Plus profonde que la hauteur d'un nain ? Se noyer dans la vase de Venise. Ce que je dois faire c'est ne pas y penser. Mon Dieu, a-t-elle eu vraiment peur ? Je me le demande. Une femme qui passe sa vie entière dans l'imposture et le vol. Ou cela devient-il plus facile avec l'expérience qu'on acquiert ?

La fenêtre que j'atteins est faite de verre, mais grossier, comme des culs de bouteille dans un cadre bancal avec un loqueteau rouillé, et le vantail cède sous une simple poussée. Je l'ouvre, je me hisse et passe par l'ouverture. La hauteur que j'ai gravie à l'extérieur pour atteindre la fenêtre est inférieure à celle qui sépare cette ouverture du plancher à l'intérieur. J'évalue mal la distance et je m'étale par terre. Mais si je suis trop maladroit pour passer le deuxième étage de la pyramide humaine, j'ai appris à retomber et je me relève vite.

Je me repère. Il n'y a pas grand-chose à voir. L'endroit est petit et très simple : un lit et un coffre fermé à clef. Je passe dans une autre pièce tout aussi petite. Mais elle est différente : on dirait une boutique d'apothicaire. Partout où je regarde je vois des étagères de fortune encombrées de fioles et de pots en verre comme ceux de Murano, des herbes et des poudres – je vois la sauge, le fenouil, la crème de tartre, le poivre moulu et ce qui ressemble à de la farine. Elle doit avoir plus d'épices que Mauro dans sa cuisine, même si certains ingrédients qui se trouvent là sont plutôt sinistres. Impossible de ne pas reconnaître la teinte dorée et sale de l'urine et le rouge noirci du sang. Il y a une boîte avec des œufs, de toutes formes et de toutes tailles, un bocal qui contient un organe animal conservé dans de l'eau salée et un pot rempli de ce qui ressemble à de la graisse congelée. Sous les étagères je découvre des aimants, avec quelques pattes de chien séchées et des morceaux de parchemin décorés avec des mots : OMEGA ALPHA. Apparemment, La Draga n'est pas seulement la sorcière des ventres. Elle donne aussi dans l'astrologie. L'an dernier, le Saint-Office de Venise a fait fouetter et exiler un ancien prêtre qui vendait la bonne fortune avec l'absolution et qui affirmait pouvoir prédire l'issue des élections pour le gouvernement. Il vivait dans un taudis où on a cependant trouvé un sac plein de ducats sous le plancher, car prétendre manipuler l'avenir est un commerce qui rapporte.

Je prends un tisonnier dans la cheminée et je reviens dans la chambre. Le coffre est ancien et facile à forcer. Pourquoi pas ? Je veux qu'elle sache qu'elle a été percée à jour, qu'elle éprouve cette sensation de viol qu'ont ressentie ceux qu'elle a trompés. Le couvercle se soulève et laisse voir plusieurs épaisseurs de vêtements – de vieilles robes, des chemises, des châles, des jupons – et dès que mes doigts les touchent leur odeur m'envahit, le parfum de sa chair et quelque chose de plus doux, les restes de quelque parfum de sa fabrication peut-être, qui me transperce l'estomac. J'avale ma salive et je continue à fouiller. Que suis-je en train de chercher ? Une cachette de faux diamants, un sac de pièces, les trésors volés dans d'autres maisons ?

S'il y a un butin, il ne se trouve pas ici. En tout cas, pas celui que je recherche. Au fond du coffre, enveloppé dans un châle, je découvre un petit carnet, à la reliure brisée et aux pages détachées. Quand je l'ouvre, je n'en crois pas mes yeux. Chaque page est remplie, ligne après ligne, d'une petite écriture ponctuée par des diagrammes et des chiffres, et de rudimentaires dessins de parties du corps annotés. La savoir si instruite est assez inattendu. Le plus remarquable c'est qu'elle écrit dans une sorte de code, les lettres sont embrouillées et mêlées de chiffres et de signes. Ils sont secrets, d'accord, et je n'y comprends rien. La seule chose dont je suis sûr, c'est qu'il s'agit d'une sorte de registre : des dates et des gens, des maladies et des remèdes.

Mon Dieu, c'est peut-être une simulatrice dans certains domaines mais pas dans tous.

En reposant le carnet, mes doigts touchent quelque chose, dans le coin. C'est une petite boîte en bois que je sors, et dès que je l'ouvre je sais que j'ai trouvé, mais je ne sais pas encore de quoi il s'agit. À l'intérieur du couvercle, il y a un miroir de la meilleure qualité : beau, clair, et en dessous, enveloppé dans un tissu noir, deux coupelles de verre dépoli, assez petites pour ne contenir qu'une goutte d'eau ou de rosée.

Elles semblent si fragiles que j'ai peur d'y toucher. Je pose le bout de mon index sur ma langue et je l'applique doucement sur la lentille incurvée. Elle colle à mon doigt, et je la soulève avec prudence, en maintenant la boîte en dessous au cas où elle tomberait. Elle est si fine que j'ai du mal à imaginer la façon dont on a pu la fabriquer. Tout comme il est difficile d'imaginer le moyen de faire briller un morceau de verre autant qu'un rubis. Je vois mon visage dans le miroir et le disque minuscule devant moi et je sais que ce que je tiens collé sur le bout de mon doigt, c'est sa cécité. Mais comment ? Comment installe-t-on cela ? Directement sur l'œil ? C'est de la folie pure.

Non, ce n'est que demi-folie. Tout le monde sait que le verre aide à voir. Les ateliers de Murano ont épargné une vieillesse misérable à des armées d'érudits et d'illustrateurs en fabriquant des lentilles incurvées qui grossissent la page. Notre vieux client qui fabrique des bateaux en porte une paire, munie d'une monture de cuir et de métal qu'il fixe derrière ses oreilles afin d'avoir les verres devant les yeux. Plus ils sont près et mieux c'est. Mais ceci est tout à fait différent. Elle doit pouvoir se les glisser sous les paupières. Et si elle le fait que se passe-t-il ? Le monde lui apparaît-il plus grand et brumeux, pour que ses yeux semblent blancs ? Et comment le supporte-t-elle ? Ce doit être une torture d'avoir quelque chose posé directement sur l'œil. Et c'était bien le cas. On s'en rendait compte à cause de l'irritation qu'elles lui procuraient, cette rougeur que j'ai aperçue au premier regard. Je repense à toutes les fois que je l'ai rencontrée. Il est vrai que ses yeux n'apparaissaient pas toujours aveugles et laiteux. Certaines fois, aujourd'hui par exemple, elle fermait simplement les paupières, ou elle les tenait à demi ouvertes sans qu'on puisse apercevoir ses prunelles. Cette blancheur incroyable suffisait pour convaincre. Peut-être utilisait-elle parfois ces lentilles, précisément parce qu'elles lui faisaient si mal. Bien sûr, il m'arrive de souffrir, et j'ai appris à le supporter. Les gens supportent toutes sortes de souffrances. Traversez le marché n'importe quel jour, et vous verrez les vieillards qui se déplacent comme des crabes, en gémissant à cause de leurs articulations. Il existe toujours une douleur supérieure à la sienne.

Mais s'y soumettre délibérément doit exiger une volonté extraordinaire. Peut-être, si la récompense attendue est assez élevée… Je remets la lentille de verre dans la boîte, que je referme, puis je m'assieds quelques instants sur le lit, essayant d'imaginer ce que cela doit être pour elle. Mais cette pensée me taraude et son odeur m'enveloppe de nouveau, il m'est difficile de résister, car le souvenir de la douleur est accompagné du plaisir de la consolation, la sensation de ses bras qui m'entourent, sa voix apaisante qui murmure et chante à mon oreille.

Mais pourquoi ? Pourquoi me regarderait-elle aussi tendrement si elle n'est que vol et imposture ? Pour quelle raison reviendrait-elle nous voir ? Cette histoire de rubis date de plusieurs années et elle ne nous a rien pris depuis. Pourtant nous ne sommes pas ses seuls clients, nous n'avons pas fait sa fortune : des pots de pâte décolorante, des remèdes pour quelques démangeaisons et quelques fièvres, peut-être un ou deux philtres d'amour, pour lesquels elle sait que je n'ai pas payé. Cependant, elle s'est montrée loyale envers nous, et malgré mon mauvais caractère, elle a passé des jours et des nuits à mon chevet, pour sauver mon esprit ainsi que ma vie.

Et pour quelle raison ? Elle n'a même pas demandé qu'on la paie et elle est partie avant même que ma dame ait pu lui offrir quelque chose. Quand elle me tenait dans ses bras, a-t-elle glissé les doigts sous mon matelas, simplement pour vérifier ? Elle a dû être déçue. Je suis plus malin maintenant, et j'ai trouvé un endroit plus sûr. Car cette fois le trésor est caché sans être caché. Les sonnets d'amour de Pétrarque sont dans ma bibliothèque avec trois ou quatre douzaines de livres tout à fait semblables. De toute façon personne ne sait lire dans la maison, et si un domestique allait jusqu'à prendre ce volume – ce qui en soi est impossible car ma porte est toujours fermée à clef quand je ne me trouve pas dans la pièce et seule ma dame a une clef –, il ne pourrait jamais en déchiffrer le code.

Quant à notre guérisseuse aveugle et infirme, bien sûr, il ne m'est jamais venu à l'esprit…

Mais j'y pense maintenant, et la panique me tord les entrailles. Oh, mon Dieu. Non… sûrement pas. J'essaie de me calmer. Petit à petit. Ainsi, il y avait quelqu'un chez nous qui savait lire. Une voleuse qui a eu effectivement accès à ma chambre quand je n'étais pas là. Je me revois dans mon lit, assommé par la fièvre, inconscient, et elle, me veillant pendant de longues nuits, tournant le dos à la bibliothèque. Et si cette voleuse trouvait un livre muni d'une serrure, elle est assez intelligente non seulement pour savoir qu'il renferme quelque chose de valeur, mais aussi pour être capable d'en déchiffrer le code.

En réalité, je ne sais même pas si le livre se trouve toujours sur l'étagère. Pourtant je fais très attention avec chaque objet de l'inventaire, la dernière fois que j'ai regardé c'était il y a – combien ? – dix jours, peut-être deux semaines avant ma maladie. Depuis que je suis guéri, eh bien, j'ai eu trop à faire et j'ai même été – oh, quelle délicatesse ! – trop heureux et trop préoccupé avec cette nouvelle sensation de vie pour prendre le temps de vérifier. Mais sans aucun doute, sans aucun doute, j'aurais remarqué si…

Non, ce n'est pas possible, elle n'a pas pu faire cela.

C'est possible, bien sûr. Toute personne aussi déterminée qu'elle peut tout faire. Nom de Dieu, je n'ai retrouvé la santé que pour contracter un autre mal. Être dorloté et caressé afin d'être détroussé. Qui est l'aveugle ? Cela explique tout. Pourquoi semblait-elle s'inquiéter sur le campo ? Pourquoi est-elle partie si tôt le dernier matin sans demander qu'on la paie ? Pourquoi n'est-elle pas revenue depuis ? Bien sûr, pourquoi prendre ce risque alors qu'elle avait déjà entre les mains quelque chose d'une valeur bien supérieure ? Sans le livre, nous ne sommes plus rien. Si ce que nous possédons peut sembler riche de l'extérieur, cela permet à peine de vivre selon le style que nous devons adopter devant le monde afin de continuer à gagner ce qu'il faut pour le maintenir, et si la beauté de ma dame se fane, notre revenu se fanera aussi. Quand les murs seront dépouillés et les cadeaux mis en gage, nous ne pourrons plus payer le loyer et nous nous retrouverons une nouvelle fois dans les bas-fonds ; car Dieu sait que la charité n'existe pas pour les vieilles putains, quelle qu'ait été la puissance des hommes qu'elles ont séduits. Nous n'avons pas travaillé si dur et si longtemps pour envisager de telles horreurs.

Un coffre fermé à clef. Cela ressemble à l'endroit où l'on cache ses secrets. Mais les choses ne sont jamais ce qu'elles paraissent. Je reviens dans l'autre pièce, et cette fois je me sers du tisonnier de façon plus efficace. Mais il n'y a rien ici. Rien derrière les bouteilles ou les bocaux, rien sous les boîtes, rien dans la cheminée, dans le poêle, sur la cheminée ni dans sa paillasse.

Mon travail de destruction m'épuise. Je m'assieds sur le lit, les yeux fixés au sol, et pendant quelques secondes je repense à l'église avec les morceaux minuscules de la mosaïque, comme des âmes réunies pour représenter Dieu. Des pierres parfaites pour se faire enterrer dessous. Je regarde de nouveau le plancher. Je déplace le lit puis le coffre pour vérifier l'endroit où les lames du parquet se rejoignent. On n'a pas de mal à trouver quand on sait ce qu'on cherche. À l'aide du tisonnier, je soulève les planches que, manifestement, on a déjà soulevées, et je découvre un trou sombre et profond. Je plonge la main mais je n'ai pas le bras assez long pour atteindre le fond. Je m'allonge sur le sol et je réessaie.

L'extrémité de mes doigts touche quelque chose. Le tissu grossier d'une sorte de sac. Je l'attrape et je commence à le soulever. Ah ! C'est très lourd. Je procède doucement jusqu'à ce que le sac sorte du trou, puis je me remets debout, je dénoue la corde qui le ferme avant d'en vider le contenu sur le lit.

Ce n'est pas un livre qui en tombe, mais une pluie de petits os, des restes d'animaux sans aucun doute, destinés à être écrasés en poudre. Encore des trucs de sorcière. Je m'apprête à m'en aller quand quelque chose attire mon attention. Je ramasse ce qui est à l'évidence une jambe minuscule. Je m'y connais en jambes. Et en bras. À Rome, mon premier patron était un homme fasciné par les nains et il possédait beaucoup d'os chez lui. Je crois qu'il attendait que je meure afin d'ajouter les miens à sa collection. Il me l'a montrée une fois, pour m'expliquer ma difformité ; comment, alors que les os de mon tronc s'étaient développés normalement, ceux de mes bras et de mes jambes avaient gardé la taille de ceux d'un enfant. Ceux que je tiens en ce moment sont beaucoup trop petits et fragiles pour avoir appartenu à un nain ou même à un petit enfant, mais une chose est claire, ils ne proviennent pas non plus d'un animal. Cela signifie qu'ils ne peuvent provenir que d'êtres humains. Je tiens des os de nouveau-nés, peut-être même d'individus plus petits.

Que disait la rumeur ? Qu'elle pouvait aider une femme enceinte si l'enfant était encore à l'état liquide. À mon avis, ils ne l'étaient pas tous. Peut-être se faisait-elle payer ainsi. Après les avoir libérés, elle les emportait. Je repense à une autre histoire : celle de la jeune fille qui venait d'arriver à Venise et qui avait disparu. On l'avait retrouvée sous les Piliers de Justice en train de ramasser les cendres de criminels qu'on y avait brûlés. J'avais refusé de croire à cette histoire en la prenant pour un de ces ragots qui en général s'enrichissent en passant de bouche à oreille. Mais soudain, je vois les choses différemment.

Nous ne sommes pas les seuls à posséder quelque chose de précieux qu'on peut voler.

Je ressors par la fenêtre, le sac à la main. La lumière du jour disparaît rapidement et l'obscurité gagne déjà la passerelle et le canal. Mes pieds touchent les planches en faisant un bruit sourd. Près de ma cheville, un miaulement coléreux brise le silence, et un chat maigre et effrayé jaillit en crachant, le dos arqué. Dans ma panique, je perds l'équilibre et je glisse.

Je saisis un anneau d'amarre pour bateau scellé dans le mur, mais je suis trop lourd pour me tenir correctement et je dois lâcher le sac. Le chat passe sous moi et le sac glisse sous ses pattes. Je retrouve l'équilibre et je me baisse pour le rattraper, mais trop tard, et je l'entends qui tombe dans la boue. Je me précipite sur le bord pour voir la vase noire l'avaler.

Je ne peux rien faire. Je n'ai plus les os. Mais je sais qu'ils se trouvaient chez elle. Cela devrait suffire. Je m'en vais lentement sur les planches mais toute cette agitation a alerté quelqu'un et j'entends un volet qui claque de l'autre côté du canal, et une femme se met à crier. Ce qu'elle croit voir dans les ombres qui se rassemblent, je ne cherche pas à le savoir. J'arrive au bout de la passerelle, je descends sur le pont et je pars vers la maison en courant.

31

CELA ME PREND BEAUCOUP DE TEMPS. Si la foule est moins dense dans la nuit, des gens errent dans les rues, trop ivres pour savoir où ils vont et pour faire attention à ceux qu'ils bousculent. Certains sont passés de la gaieté aux larmes, et quelques-uns me voient comme un confident désespéré, une âme malade qui confesse son incapacité à son semblable. Parce que je ne veux pas être poignardé ou piétiné, je fais très attention à l'endroit où je me trouve et aux rues que je dois emprunter parce qu'ils sont trop saouls pour me suivre. Et pendant tout ce temps, je pense à ce qui va se passer.

Ma dame est sortie quand j'arrive à la maison, et le reste de la casa est fermé et plongé dans l'obscurité. On a donné leur journée aux domestiques et, même s'ils n'assistent pas à la fête, ils n'attendent pas mon retour. J'ai les cuisses si faibles que mes jambes tremblent quand je monte l'escalier. Mes doigts arrivent à peine à tourner la clef dans la serrure de ma chambre. Une fois entré, je me précipite, et la chandelle vacille et crachote. Je dois ralentir pour atteindre la bibliothèque. Le livre se trouvait sur l'étagère du milieu, avec huit autres, des volumes avec une reliure de cuir de la même couleur. Un livre comme les autres. Sans intérêt pour ceux qui ne savent pas lire, ordinaire pour ceux qui savent. Mon Dieu, que vais-je faire si je le trouve maintenant, intact, à sa place ? Deviendra-t-elle moins scélérate si elle n'est qu'une simple voleuse de bijoux ? Peut-être même amendée...

Le livre n'est plus là.

Notre fortune a disparu.

Mais où ? Où ? Elle ne l'a certainement pas déjà vendu. Elle est peut-être experte en pierres précieuses, mais il lui faut sans doute un spécialiste pour négocier quelque chose de cette nature, et même si elle veut le céder à vil prix, Venise est en fête et les imprimeurs et les libraires ont fermé depuis plusieurs jours. Ce qui signifie qu'elle l'a emporté avec elle à Murano. Dans ce sac qu'elle portait après notre rencontre. Bien sûr ! Maintenant tout s'explique. Sa nervosité sur la place. Quoi ? Ai-je été assez stupide pour penser qu'il s'agissait d'affection ? En réalité, elle craignait que je ne soupçonne ses doigts apaisants d'être ceux d'une voleuse. À la minute même où elle en a eu fini avec moi, elle ressortait de chez elle avec le sac sur le dos. Elle a dû avoir peur que je ne la suive parce que j'étais au courant à propos du livre.

Quand elle va revenir chez elle, elle comprendra tout de suite. Tant pis pour mon sentiment récent envers la vie et la camaraderie.

Finalement j'ai dû m'endormir car Gabriella me secoue.

« Signor Bucino ? Vous allez bien ? »

C'est le matin et je vois un plateau avec de la nourriture et de la boisson posé sur la table. Mauro se préoccupe toujours de ma santé, et je dois avoir une mine épouvantable à cause de ma journée d'hier.

« Bucino ? »

Je me lève, le reste de ma vie pèse sur moi comme un ciel d'orage. « Quelle heure est-il ? Où est-elle ? La maîtresse ? Est-elle revenue ?

— Il est très tôt. Mauro veut savoir si vous irez au marché avec lui. La maîtresse est rentrée. Elle est arrivée il y a quelques heures, dans la gondole du seigneur Loredan.

Elle semblait aller très bien mais elle avait sali sa robe au cours des festivités.» Gabriella pouffe de rire car elle trouve nos péchés divertissants.

«Et maintenant?

— Oh, elle dort.»

Pas pour longtemps.

Quand je la réveille, elle venait juste de s'endormir, et pendant un instant, avant de ressentir mon angoisse, elle a encore l'esprit rempli des merveilles auxquelles elle a participé : une mer qu'embrasent l'or et la richesse, une journée ponctuée de compliments qu'accompagne la confiance de se sentir protégée par un pouvoir inattaquable. Un autre jour, nous resterions assis côte à côte pour nous en délecter, car nous avons travaillé toute notre vie pour connaître un tel moment et la perte de cette grâce sera insupportable. Aussi je lui raconte ce que j'ai appris détail après détail, sans parler du livre, gardant le pire pour la fin. Je commence avec la première trahison : le gros rubis et ses yeux aveugles. Mais elle a du mal à le croire.

«Non, non. Pas La Draga. Ce n'est pas possible...

— Je sais ce qu'on peut penser. Mais si vous l'aviez vue avec l'enfant, si vous aviez vu ses yeux et ces immondes lentilles de verre... Je n'ai jamais compris comment Meragosa avait eu l'habileté ou les relations ou l'argent nécessaires pour acheter seule une si belle fausse pierre – car elle a dû lui coûter très cher –, ni la possibilité de faire l'échange. Mais si elles ont agi ensemble... La Draga avait tout cela. Et la description que notre prêteur juif m'a donnée de la femme correspond parfaitement.

— Depuis combien de temps le savais-tu, Bucino? Je veux dire, à propos du prêteur juif?

— Quelques semaines seulement.

— Pourquoi ne m'en as-tu rien dit?

— Je... J'allais vous en parler, mais vous étiez occupée...

377

avec Foscari et nous nous sommes disputés... et... cela ne signifiait rien pour moi à ce moment-là.

— Tu aurais quand même dû m'en parler. » Elle secoue la tête. « Mais... même s'il s'agissait d'elle, pourquoi est-elle restée avec nous tout ce temps ? Pourquoi ? Elle n'a rien pris d'autre... Et Dieu sait que les choses de valeur ne manquent pas aujourd'hui dans cette maison.

— Je sais... mais...

— Elle s'est montrée plus qu'une amie envers nous. Envers nous deux. Mon Dieu, elle t'a sauvé la vie, Bucino. Je l'ai vue avec toi. Tu ne sais même pas ce qu'elle a fait. Comment elle t'a soigné. Quoi ? » Elle se tait. « Qu'y a-t-il ?

— Fiammetta. Écoutez-moi. Il y a autre chose. »

Soudain, elle m'écoute attentivement. Oh, mon Dieu, comme j'aimerais en avoir fini. Parce que, malgré l'horreur que je ressens, l'instant est exceptionnel : moi, assis sur le pied de son lit, elle, à peine sortie du sommeil, appuyée contre ses oreillers. Cela se passait ainsi entre nous autrefois quand je venais la voir pour parler des divertissements de la nuit précédente : le caractère de chaque client, ses ressources, les inconvénients qu'il représentait. Notre colla-boration était si bonne alors, avant que le succès et l'apparat ne prennent le pas. Mais aucun retour n'est possible : le passé lui-même est parsemé de tromperies et de trahisons.

« Autre chose ? Quoi ? » Elle serre les bras autour d'elle. « Dis-moi. »

Et je m'exécute. Au bout de quelques instants, je n'ose plus la regarder, car raconter de nouveau, c'est revivre quelque chose qui fait trop mal. Avant même que je raconte comment j'ai saisi le tisonnier, je l'entends qui gémit.

« Oh, mon Dieu, non.

— Tout va bien, tout va bien. Le fait que je n'ai pas pu retrouver le livre ne signifie pas qu'elle l'a déjà vendu. »

Lequel de nous deux suis-je en train d'essayer de rassurer ?

« Je pense...

— Non.

— Je pense qu'elle l'a emporté à Murano. Il devait se trouver dans le sac qu'elle portait quand je l'ai suivie, et si nous...

— Non, Bucino. Non ! » Maintenant elle est en travers du lit et me serre les mains comme une folle. « Arrête. Écoute-moi.

— Quoi ?

— Elle... Elle ne l'a pas. La Draga n'a pas le livre.

— Quoi ? Que voulez-vous dire ?

— Elle ne l'a pas pris.

— Mais comment... ?

— C'est *moi* qui l'ai. Je l'ai pris. »

Et, bien sûr, j'entends. Elle parle assez fort. Bien sûr, je l'entends. « Quoi ? » Mais cela prend du temps.

« Je l'ai pris, oh mon Dieu, je l'ai pris. Le jour où tu es tombé malade. Le jour où tu es parti en claquant la porte après notre dispute, quand tu n'es revenu qu'à la nuit. J'étais tellement en colère contre toi. Ton... arrogance, ta droiture. J'ai pris la clef et je suis allée dans ta chambre, j'ai cherché dans ta bibliothèque, j'ai trouvé le livre et je l'ai pris.

— Vous ! »

Ses paroles s'étalent comme une tache de sang sur le lit entre nous. Personne n'a volé le livre. On nous a volés et trahis une fois. Mais cette fois, nous nous sommes trahis mutuellement. La Draga nous a pris notre rubis mais ma dame a pris notre fortune. C'est moi qui gémis maintenant.

« Bucino. Ce n'est pas ce que tu penses... Je ne l'ai pas pris pour moi. » Le souffle lui manque. Elle s'arrête, hésite. « Je... Je l'ai pris pour le montrer à Vittorio.

— *Vittorio* ! » Son nom tombe sur moi comme du vomi.

« Vous l'avez pris pour le montrer à Vittorio ! » Et ma voix ressemble à un hurlement, celui d'un animal acculé et blessé dans la nuit. Mon Dieu, la fourberie de ce jeune chiot me submerge, et il fourre son museau de jeune animal dans cette ordure pour se moquer de moi.

« Je sais, je sais… je sais, nous avions décidé de ne jamais le faire. Mais tout va bien. Parce qu'il ne l'a pas vu. Tu m'écoutes, Bucino ? J'ai pris le livre, mais finalement je ne le lui ai jamais montré. Parce que c'était la nuit où tu n'as pas voulu le laisser entrer. Tu te souviens ? »

Oh, oui, je me souviens. Comment ne pas m'en souvenir, car je suis déjà revenu à cette soirée, pris entre le feu de ma douleur folle et de sa fureur.

« Bucino ! » En contraste, aujourd'hui, sa voix est douce. Presque tendre. « Bucino. Regarde-moi. S'il te plaît. Sans ta maladie, je l'aurais remis à sa place et tu n'en aurais jamais rien su. Parce que tout est fini. Ce qui s'est passé entre lui et moi appartient au passé. Ta maladie m'a fait recouvrer mes esprits. Tu le sais, n'est-ce pas ? » Elle se tait un instant. « Je n'ai jamais eu l'intention de te faire du mal. Mais, sur le moment… Oh, mon Dieu… comment dire ? Eh bien, cela ne m'était jamais arrivé. Ah ! Écoute… tu le sais… tu sais ce que cela représentait pour moi. J'ai passé ma vie entière avec des hommes qui voulaient faire l'amour plus que moi. Nous avons vécu du désir des hommes. Depuis l'âge de quatorze ans, j'ai regardé les hommes s'y noyer, cela les rendait fous furieux, ils en perdaient tout contrôle d'eux-mêmes. Et je n'ai jamais rien ressenti d'approchant. Je veux dire… peut-être une fois avec Pietro, quand j'étais jeune, j'ai ressenti quelque chose, mais il s'agissait de mon cœur plus que de mon corps, et ma mère l'a mis à la porte dès qu'elle s'en est rendu compte, et mon sentiment s'est perdu dans une colère contre lui. Ensuite, il y a eu une armée d'autres hommes. »

Elle se tait à nouveau et soupire. Je lève les yeux vers elle et je sens mes yeux s'emplir de larmes.

« Tu avais raison. C'était un enfant, *c'est* un enfant. Il ne sait rien. Oh, mon Dieu, Bucino, mais il y avait quelque chose en lui. Une flamme dans son désir qui allumait quelque chose en moi. Ah… je ne peux expliquer… Même les mots sont… comment dire… sales d'avoir été trop employés. Mais c'est ce que j'ai ressenti. Oh, mon Dieu, avec quelle force ! Cette fièvre dont personne ne veut guérir. Je pense maintenant qu'il a peut-être été ma punition. Ressentir cela une fois. Ainsi, pour le restant de mes jours, je saurai ce qui me manque.»

Elle pleure maintenant, mais elle est aussi en colère contre elle, et elle essuie ses larmes de ses deux mains.

« De toute façon… le plus important c'est qu'il n'a jamais vu le livre et que celui-ci est à l'abri. Bien sûr, j'aurais dû le remettre en place. Cette nuit où tu es tombé malade. Après… eh bien, après je n'y ai plus pensé.»

Le silence est retombé sur la pièce. Elle attend que je parle, et je ne sais que dire. Une part de moi se sent rassurée, une autre est toujours en fureur, mais d'une façon différente. Car, tout en la regardant, je vois aussi La Draga : sa peau couleur de perle, son corps svelte, ses yeux qui voient. La Draga. La femme qui nous a trahis il y a longtemps, et qui, je le sais maintenant, n'a pas volé le livre. La femme qui m'a sauvé la vie. La femme dont j'ai détruit la vie.

Nous sommes assis côte à côte : une courtisane et son souteneur, rongés par notre sympathie envers les autres, qu'ils ne méritent pas. Elle a raison. De tous les maux du monde, c'est sans doute celui qui fait le plus souffrir.

32

ELLE SE REMET PLUS VITE QUE MOI. Ou peut-être pense-t-elle les mêmes choses.

« Tu... tu as dit qu'il y avait un enfant ? Lorsque tu as vu La Draga à Murano, elle avait un enfant ?

— Oui, une petite fille.

— Sa fille ? »

Je fais oui d'un signe de tête.

« Comment le sais-tu ? »

Comment je le sais ? Le choc des boucles blondes ? La peau transparente ? Ou la façon dont elle m'a regardé, déjà obstinée, curieuse comme si elle eût dû avoir peur ? Ou la façon dont La Draga a fendu la foule pour la sauver d'un danger possible, la façon dont leurs corps se sont accordés en cet instant, comme les mères tiennent leurs enfants, aussi étranges et difformes qu'ils puissent paraître...?

Je lui raconte de nouveau, en voyant plus clairement la scène, et ma dame écoute attentivement. Je sais à quoi elle pense. Qu'elle n'éprouvera jamais cette sensation. Et pourtant elle le désire. Oh, avec quelle force... J'ai déjà vu cela, la façon dont les femmes veulent avoir un enfant quand elles sont amoureuses. Cela fait partie de cette maladie, comme les frissons qui accompagnent la fièvre. Peut-être que la queue du véritable amant pénètre assez profondément pour allumer ce désir dans le ventre de sa maîtresse. Peut-être est-ce une promesse d'avenir, quelque chose qui reste quand la passion s'est éteinte. L'avenir. Le sien et le nôtre. Qu'en est-il ?

« Alors, Bucino, que faisons-nous maintenant ? Elle saura que c'est toi, n'est-ce pas, qui es allé chez elle ?

— Oui.

— Tu as fait des dégâts ?

— Beaucoup. »

Il me reste encore une chose à dire. Je revois les petits os blancs tomber du sac et disparaître dans la boue liquide.

« Ha ! Mais elle ne saura pas ce qu'ils sont devenus. Et alors ? Elle va penser que nous les avons.

— Oui. Je le crois.

— Dans ce cas elle aura peur de nous. De ce que nous pouvons en faire maintenant que nous savons que c'est une voleuse. Et nous le savons, n'est-ce pas ? Je veux dire, Dieu sait que je ne veux pas penser cela d'elle, aussi nous devons en être sûrs. »

Je réfléchis. « Oui. J'en suis sûr. Je pense qu'elle nous a pris notre rubis et qu'elle l'a vendu avec la complicité de Meragosa.

— Mais alors pourquoi est-elle revenue nous aider ? »

Je secoue la tête. « Je ne sais pas.

— Et pendant tout ce temps... Quoi ? Elle a feint la cécité pour nous convaincre – nous et d'autres – de ses pouvoirs ?

— Oui.

— Alors, c'est une imposture ?

— Oui... non... » Je revois l'écriture minuscule dans le livre, les pages de notes et de diagrammes et toutes ces rangées de bouteilles et de fioles. « Je... Je pense qu'elle a un don pour soigner. Je pense qu'au cours des années elle a étudié et mis au point des remèdes, et que ce qu'elle ne connaît pas elle l'expérimente.

— Et les os ? Elle les utilise aussi ?

383

— Je ne sais pas. Vous êtes la seule avec qui elle a joué à la sorcière. Quelles potions vous a-t-elle données pour prendre au piège le cœur du freluquet – je veux dire de Foscari ?

— Oh, non, non, tu te trompes. Cela ne s'est pas passé ainsi. Elle m'a aidée, oui. Mais rien que d'ordinaire : des pactes, des incantations, des haricots qu'elle jetait pour lire l'avenir ; il n'y avait pas de sang ni d'hostie consacrée comme tu l'as dit. » Sa voix semble presque triste. « Elle n'a pas besoin de tout ce fatras. Eh bien... Elle voit des choses... Oh, mon Dieu ! C'est évident maintenant parce qu'elle nous regardait tout le temps, elle n'était pas aveugle bien sûr... mais pas seulement des choses physiques. Elle semblait aussi comprendre l'esprit des gens. »

Ma dame a raison. Elle comprenait. Et mon esprit ? Qu'en a-t-elle compris ? Mais je ne poserai pas la question. Il est trop tard.

« Je te le dis, elle avait un don de vision, Bucino. Tu sais ce qu'elle a dit de toi, un jour ? Que tu étais un homme qui devrait oublier ce qui ne va pas en lui et se réjouir de ce qui va bien. Parce que – et ce sont ses propres mots – il y a beaucoup d'éléments appréciables. » Elle rit malgré elle. « J'admirais son courage : dans sa vie elle a triomphé d'épreuves pires que les tiennes et elle montrait malgré tout beaucoup de force. »

Un silence s'installe entre nous. Je sens son regard posé sur moi.

« Et maintenant, tu as pensé à elle, toi aussi, n'est-ce pas ? Tu es allé chez elle. Tu as lu ses carnets et découvert ses secrets. Tu l'as observée, tu l'as vue avec son enfant, assez pour être certain qu'il s'agissait bien de sa fille. Oh, j'ai comme l'impression que tu en sais très long sur elle, Bucino. »

Voit-elle cela dans mes yeux ? Ma voix me trahit-elle quand je parle d'elle ? Comment lit-on les symptômes en soi-même ?

« Est-ce pour cela que tu l'as suivie ? Parce que pendant tout ce temps tu l'avais soupçonnée ? »

Je ne sais que répondre. « Je... non. » Je baisse les yeux. « Je... Je suis allé la remercier... de m'avoir sauvé la vie. Et parce que... parce que je voulais... en savoir plus à son sujet.

— Oh, Bucino. » Elle me regarde tendrement quelques instants, mais quoi qu'elle découvre en moi, elle n'insiste pas. Je me sens honteux, car elle se montre plus généreuse envers moi que je ne l'ai jamais été envers elle.

Nous attendons toute la journée, même si aucun de nous deux, je pense, ne sait ce que nous attendons. Qu'elle vienne nous demander pardon ? nous supplier de lui rendre les os ? Peut-être attend-elle que nous allions la voir, pour lui proposer un marché. Le prix d'un rubis pour un sac d'or. Mais il ne se passe rien. Au-dehors, la ville reprend lentement ses activités. Un marchand génois venu à Venise pour la foire et qui repart demain arrive dans notre casa en espérant que ma dame pourra dîner avec lui ce soir, car il a lu un nouveau poème sur elle dans le registre des courtisanes. Mais quand elle refuse (ou plutôt quand je refuse) en prétextant un engagement préalable, il semble presque soulagé ; il rentre chez lui et va se coucher. La ville est en fête depuis longtemps maintenant et, apparemment, tout le monde est fatigué.

Nous nous couchons de bonne heure et, le lendemain matin, nous savons tous deux que nous devons aller la voir. Ma dame s'enveloppe dans un voile et Marcello nous conduit jusque chez La Draga, il connaît son adresse car, au cours des années, c'est lui qui a porté les messages dans la boutique du boulanger sur le campo chaque fois que nous avions besoin d'elle. Il nous dépose sur le quai, quelques ponts avant le canal asséché, et se met à l'ancre pour nous attendre.

La première cloche d'appel au travail a sonné il y a

longtemps, mais les rues sont encore endormies. Un homme nous bouscule et jure en s'éloignant. On dirait que toute la ville a mal à la tête après la fête. Ce n'est pas le moment d'avoir des problèmes, car les esprits peuvent s'échauffer facilement. Sur le pont qui conduit à l'arrière de sa maison, une mule rétive tire une charrette remplie de tonneaux de boue noire. Ma dame et moi, nous sommes modestement vêtus mais je sens sa nervosité. Il y a très longtemps qu'elle n'est pas venue dans les quartiers les plus pauvres de la ville, et son élégance et ma taille attireront inévitablement l'attention.

On a commencé à draguer le canal. Une demi-douzaine d'hommes, enfoncés dans le limon jusqu'à la poitrine, noirs comme des démons, ramassent la vase à la pelle avec un tissu sur la bouche pour se protéger de la puanteur qu'ils libèrent. Cela durera plusieurs semaines. Quelques-uns lèvent la tête quand nous passons, et l'un d'eux crie quelque chose. Maintenant que Venise manque de volontaires pour ses galères, on emploie des criminels à la place : il y a des travaux que même la faim ne convaincra pas de prendre. Nous passons rapidement et nous nous dirigeons vers la ruelle de La Draga. Je compte les portes pour atteindre la sienne, bien que je sache parfaitement de laquelle il s'agit. Il n'y a pas de serrure à l'extérieur, mais si elle se trouve ici, la maison sera fermée de l'intérieur comme lors de ma précédente visite. Aussi le fait que la porte cède quand je la pousse me déconcerte.

Ma dame me jette un coup d'œil rapide, et nous entrons. À cause de l'obscurité nous ne voyons plus rien, et seul notre odorat peut nous guider. Une forte odeur d'herbes s'ajoute aux remugles aigres dégagés par des matières animales en décomposition. Nous sommes dans la pièce où sont rangés ses remèdes, et sous le coup de la fureur et aidé par mon tisonnier j'en ai fait tomber beaucoup des étagères. Comment faire autrement ? Quand on ne peut atteindre facilement quelque chose, on se débrouille du mieux que l'on peut, et cela aurait pu se passer n'importe où. Mais ici, à chaque pas, nos pieds écrasent des morceaux de verre et glissent dans des flaques, et quand nos yeux s'habituent à la faible lueur, je découvre une pièce dans un état pire que lorsque je suis parti. De la vanille s'est mêlée à des cœurs de coq, du romarin baigne dans de l'urine. Je n'ai pas cassé toutes ces choses. Chaque fiole, chaque bocal tombé de l'étagère est fracassé en mille morceaux sur le sol. Les chaises et une petite table sont brisées, le poêle est renversé, on a même vidé la cheminée et répandu partout les cendres et la suie.

Je remarque l'émotion de ma dame. « Je n'ai pas fait cela, dis-je rapidement. Ce... Ce n'est pas moi. »

On a enfoncé la porte qui conduit dans la chambre, et arraché un des gonds. Sur le seuil, nous voyons que le lit est en morceaux et le sol, recouvert de paille et de bouts de tissu, ressemble à celui d'une grange. Et le coffre... eh bien, même vide je n'aurais pas pu le soulever. Mais quelqu'un l'a fait. On l'a cassé en petits morceaux et on a déchiré les vêtements. Ceux qui m'ont suivi ne recherchaient pas un objet qu'ils avaient perdu. Ils ont cependant emporté quelque chose. Je regarde partout mais je ne peux les trouver : le carnet et la boîte en bois. Et maintenant je comprends la gravité de la situation. Je reviens rapidement dans l'autre pièce.

« Nom de Dieu, tu sors de quel cul du diable ? »

L'homme bouche la porte qui donne sur la rue, un autre se tient à son côté. Tous deux énormes, couverts de boue noire, des démons sortis de la vase.

Ma dame reprend ses esprits avant moi. « Je... nous cherchons Elena Crusichi.

— Pourquoi ?

— Mon nain a mal au ventre et Elena devait passer nous voir ce matin. » Une voix claire comme le cristal. Elle vient peut-être d'un bas quartier de Venise, mais elle a su s'élever et vit dans le piano nobile d'une grande casa.

« Et que te donne-t-elle pour cela, petit péteux ? »

Il me regarde. Était-il sur le campo hier ? Dans ce cas, il m'a peut-être reconnu. Je fais l'idiot, je gémis et me plains en promenant mes mains sur mon ventre.

« Oh, il n'en sait rien, c'est un simple d'esprit, dit ma dame, agacée. Où est-elle ?

— On l'a arrêtée.

— Arrêtée ? Qui l'a arrêtée ?

— Les forces de sécurité.

— Quand ? Pourquoi ?

— Ce matin, de bonne heure. Pour meurtre et sorcellerie.

— Oh, mais c'est absurde. Tout le monde la connaît comme guérisseuse.

— Pas les gens du quartier. Des femmes font la queue pour jurer qu'elle invoquait le diable. »

Oui, et je parie que je connais celles qui parleront les premières. Si Venise était construite comme n'importe quelle autre ville, je jure que ses commerces seraient beaucoup moins toxiques. Ma dame est sensible elle aussi à l'atmosphère et elle se prépare à partir. « Eh, bien, nous allons devoir trouver de l'aide ailleurs.

— Avant que vous vous sauviez... » Il fait un pas vers elle et, malgré l'odeur des remèdes, il pue encore la vase du canal. « Mon travail consiste à me renseigner sur toute personne qui lui rend visite.. »

Je gémis de nouveau et je serre les jambes. « Ma dame ! »

Elle me regarde. « Fais un effort pour tenir, Antonio. Je dois vous dire, monsieur, que pour un agent de l'Église vous avez une odeur étrange.

— Et pour une dame riche vous êtes bien loin de chez vous », répond-il, et son sourire n'est pas un sourire de charité.

« Madame ! » glapis-je.

Elle fouille dans sa bourse et en sort une pièce d'argent. Puis, voyant l'homme qui se trouve derrière, elle en sort une seconde. C'est plus que ce qu'il gagnerait à creuser une dizaine de canaux, et que, dans ses rêves, plus que toute escroquerie lui rapporterait. Je lis cela dans ses yeux. En fait, la somme est si importante qu'elle pourrait le rendre gourmand. Aussi je lâche un énorme pet, au cas où il penserait à quelque traîtrise.

« Ah ! Espèce de singe écœurant. Hors d'ici, tous les deux !»

Il s'écarte et elle passe devant eux comme un grand voilier, avec moi dans son sillage comme un petit canot.

Je descends la rue en clopinant toujours dans les affres de ma colique simulée. Nous nous dirigeons vers notre barque en traversant le campo pour éviter le canal et, en route, je jette un coup d'œil en direction de la boulangerie. Deux jeunes femmes en sortent, dont celle à qui j'ai donné un ducat d'argent. Mon Dieu, cela fait combien de temps ? Elle me fait signe et elle s'approche pour me saluer avant que j'aie pu m'éloigner.

« Bonjour, gentil petit homme. » Elle rit en me regardant puis se tourne vers ma dame, car cela fait de moi un homme important. « Comment allez-vous ?

— Bien, dis-je. Très bien.

— Vous n'êtes pas revenu voir La Draga ?

— Euh... non.

— Heureusement. Parce qu'on l'a arrêtée. Comme sorcière.

— Comme sorcière ? Pourquoi ? Que s'est-il passé ?

— Les hommes qui curent le canal ont trouvé des os dans la boue derrière chez elle.»

Et je le sais, bien sûr, c'est précisément ce que craignais en jouant au malade dans la rue.

« Ils ont dit que les os étaient ceux de plusieurs bébés. Des bébés qu'elle a retirés du ventre de femmes enceintes. Ils ont dit que le diable lui rendait visite. La femme de l'autre côté du canal l'a vu, il y a deux nuits, qui sortait par la fenêtre sous la forme d'un gros chien.»

33

« **V**OUS AVEZ RAISON. CE SERAIT DE LA FOLIE.
— Oh, dites-le-lui. Il ne veut pas m'écouter.

— Quoi ? Tu veux qu'on te coupe les couilles et qu'on les donne à manger aux cochons, Bucino ? Tu ne les as peut-être pas utilisées ces derniers temps, mais il vaut mieux que tu les gardes ; elles peuvent te servir un jour prochain. »

Je prends une grande inspiration car je suis excédé de m'entendre dire toujours la même chose. « Je ne veux pas risquer mes couilles. Je dis simplement que s'ils apprennent que le chien c'était moi, ils ne pourront plus l'accuser de coucher avec le diable.

— Le diable, non, mais tu es quand même un être difforme, qui a couché avec une sorcière.

— Personne n'a couché avec personne, pour l'amour de Dieu. Elle n'était pas là.

— Je le sais. Tu le sais. Pourquoi quelqu'un d'autre le croirait-il alors que l'inverse est tellement plus savoureux ?

— Et les os ? Ta confession ne peut pas expliquer les os. » La voix de ma dame est plus inquiète qu'en colère parce que, comme moi, elle est prise entre la nécessité de sauver notre peau et le désir d'aider La Draga.

« En eux-mêmes, les os ne signifient rien », dis-je fermement, parce que j'ai passé des heures à me mettre dans la pensée des inquisiteurs, pour tenter de la défendre. « Chaque fois qu'on cure un canal, on y trouve des morceaux de cadavres. Tout le monde le sait à Venise. N'importe quelle femme qui a vécu ici au cours de ces cent dernières années aurait pu se débarrasser d'un nouveau-né dans la boue.

— Non, cela ne marchera pas. N'importe quelle femme "aurait pu", oui. Mais une sorcière qui habitait à cet endroit l'a effectivement fait. Fiammetta a raison, Bucino. Si tu continues à penser ainsi, cela va te détruire. Ta conscience – je dois dire que c'est une chose nouvelle et merveilleuse à voir – t'a rendu stupide. Nous ne sommes pas soumis à la vérité mais aux commérages et à la méchanceté, et tu le sais fort bien. »

Nous sommes assis dans la belle loggia de notre portego, qui donne sur le canal. La Sensa est finie depuis une semaine. Venise est fière et affairée, son empire sur les mers est assuré pour une nouvelle année et ses coffres remplis des pièces d'or dépensées par les milliers de visiteurs. Tout va bien. Personne ne veut apprendre de mauvaises nouvelles. En réalité, quand il s'agit de sorcellerie, de vol et de prostitution, il y a peu d'hommes auprès de qui on peut trouver un conseil.

Cependant, malgré tout son appétit de richesses et de gloire, l'Arétin a un faible pour ce qui est caché comme pour ce qui se voit, et bien qu'il affirme une certaine dureté, il n'est pas sans compassion.

« Je pensais qu'à Venise... Vous nous racontez tout le temps que l'Église n'y est pas aussi sévère qu'ailleurs...

— Et c'est vrai. Elle n'est pas aussi malveillante ni aussi corrompue. Parce qu'elle est plus indépendante qu'à Rome – le gouvernement y veille. Écoutez, si cela se passait dans une autre ville, on entasserait sans doute déjà les fagots du bûcher entre les Piliers de Justice : Dieu sait qu'il y a des endroits où l'on brûle les sorcières plus volontiers que les chandelles. Ce sont donc des moments difficiles pour

Venise quand se présente un cas d'hérésie. À la fois pour l'Église et pour l'État. Ou êtes-vous trop occupée à pécher avec de bons catholiques pour l'avoir remarqué ? Je crois me rappeler que vous ne prenez pas d'hérétiques comme clients, alors vous ne savez peut-être pas ce qui se passe en Allemagne ?

— Vous voulez parler de Münster ? » Bien qu'actuellement ma dame passe le plus clair de son temps à s'occuper de son visage, elle remarque encore ce qui se trouve devant ses yeux.

« Münster ! Oui. Et beaucoup d'autres villes embrasées par les flammes de l'hérésie et de la révolution. »

Il a raison. Bien que la ville de Münster soit la seule qui les ait fait trembler. L'horreur la plus récente est toujours la meilleure et l'histoire de Münster est arrivée avec les marchands allemands qui ont franchi les Alpes au printemps. Les hérétiques, hommes *et* femmes, qui ont pris Münster étaient tellement fous de leur nouveau Dieu qu'ils n'ont pas seulement bravé l'Église mais toute loi et toute coutume. Après avoir massacré ceux qui dirigeaient la ville, ils ont proclamé leur propre république de Dieu, dans laquelle n'existait ni richesse, ni propriété privée, ni roi, ni gouvernement, en réalité, absolument aucune règle. Nous étions dans cette même pièce, ma dame et moi, et nous avions plaisanté avec l'idée qu'un monde dans lequel n'existeraient que des Münster nous mettrait vite sur la paille, puisqu'il n'y aurait plus de mariage et par conséquent plus de péché.

Mais le paradis du pauvre est l'enfer du riche, et quand les princes allemands les affamèrent et exigèrent leur soumission, ils utilisèrent la sauvagerie contre la sauvagerie, ils dépecèrent les prêtres et exposèrent leurs carcasses dans des cages autour des clochers de la cathédrale pour qu'elles pourrissent lentement et servent d'exemple aux autres.

« Quoi ? Vous ne croyez quand même pas que les corbeaux aient peur que ce genre de révolution éclate ici ?

— Non ! Ces foutaises anabaptistes conviennent mieux aux érudits enragés et aux pauvres. Venise est bien trop confortable pour craindre l'hérésie, en particulier parce que les luthériens manifestent un grand talent pour le commerce. Mais pour cette raison même, Venise doit avoir une réputation de pureté. D'où ce récent décret contre le blasphème et les jurons qui, comme nous le savons tous, concerne plus leur inquiétude au sujet du vice que la promotion de la vraie foi. C'est un moment malheureux pour ta guérisseuse, car elle risque d'être emportée par la vague. Fiammetta a raison. Même si tu leur disais la vérité – que tu es allé là-bas parce que tu pensais qu'elle vous avait volé un rubis il y a sept ou huit ans –, cela ferait d'elle une voleuse et de toi le nain d'une courtisane qui couche avec une femme accusée de meurtres d'enfants et de sorcellerie, dans une maison pleine d'onguents nauséabonds, avec un livre de sortilèges rédigé en langage codé. Cela ne la sauverait pas mais tu pourrais facilement te retrouver condamné.

— Alors que vont-ils faire ?

— Écoute. Ma spécialité c'est la vie des prostituées, pas celle des sorcières. Je ne sais pas ce qu'ils vont lui faire. Ils vont la juger...

— ... La faire souffrir ?

— Par Dieu, bien sûr. C'est ce qu'ils font avec toute personne qui s'en prend à l'État, tu le sais bien. Quoi – cela te démange le cœur autant que le bas-ventre, Bucino ?

— Ne vous moquez pas de lui, Pietro. » Ma dame a recouvré son calme. « La Draga lui a sauvé la vie. Vous le savez. Et bien qu'apparemment elle nous ait volés, elle s'est aussi montrée bonne avec nous pendant longtemps.

— Hum. Eh bien, je sais ce que signifie passer à côté de la mort. Cependant, vous feriez mieux de l'oublier. Ou d'entreprendre une démarche derrière le tribunal plutôt que devant. Si vous avez dans votre lit quelqu'un qui peut influencer la justice, Fiammetta, donnez-lui du bon temps et ensuite demandez-lui une faveur. Mais si vous avancez la tête, ne venez pas me reprocher ensuite qu'on vous la coupe. »

Il fait sombre. L'Arétin est parti et ma dame travaille dans son lit ; allongée près de notre vieux marin, elle l'aide à atteindre en suant et soufflant un septième ciel bien couvert. Loredan, notre corbeau influent, doit venir dîner avec nous dans quelques jours. La Draga n'est ni condamnée ni morte, et il ne nous reste qu'à attendre. S'il n'y a pas assez de vin dans le monde pour chasser l'horreur de ce qui peut arriver, il y en a assez dans mon estomac en ce moment pour repousser mon angoisse pendant quelque temps.

La nuit est chaude et je suis assis à l'extérieur, regardant les gondoles noires glisser sur l'eau noire, avec leurs lampes pareilles à des lucioles qui les guident. Des bavardages et des rires volent dans l'air. L'Arétin a raison : l'Allemagne peut être en feu, Venise vit dans un trop grand confort pour qu'éclate la révolution.

Cette ville ne manque jamais de me plonger dans la plus grande perplexité, par la façon dont elle croit à sa propre propagande. À Rome, les hommes disaient toutes sortes de choses sur la grandeur civique, mais en privé – et même parfois en public – ils reconnaissaient toujours l'odeur de la pourriture. Pas ici. Ici, nous vivons dans le plus grand État de la chrétienté ; puissant, riche, pacifique, juste et inviolé, la cité vierge qu'aucun ennemi ne peut pénétrer, ce qui est assez étrange si l'on considère que des hommes viennent du monde entier avec l'intention claire de pénétrer tout et tout le temps, vierge ou non.

C'est un mythe, bien sûr. Si le paradis était sur terre, pourquoi les hommes devraient-ils mourir pour y aller ? Et cependant... Et cependant... d'une certaine façon c'est également vrai, et c'est la chose du monde la plus étonnante.

Aujourd'hui, dans les milieux cultivés on parle d'un livre. Écrit par un Florentin du nom de Niccolò Machiavelli, un homme chassé du gouvernement et soumis au *strappado*, qui a employé son exil à écrire un traité sur l'art de gouverner, fondé d'après lui moins sur les idéaux chrétiens que sur le pragmatisme. Pour lui, les gouvernants réussissent mieux en contrôlant par la force et la peur plutôt que par le consentement. La première fois que j'ai lu ce traité, je l'ai trouvé très bon, car pour moi les hommes sont comme il les décrit, plus sensibles au châtiment qu'à la bonté. Pourtant, malgré mon penchant naturel pour le cynisme, je ne pense pas que Venise fonctionne ainsi. Le pouvoir fait peur aux hommes, bien sûr (en ce moment, il nous terrifie – mais je préfère ne pas y penser), cependant ce n'est pas la peur seule qui gouverne cet État. L'Arétin a raison à nouveau. Venise vit trop dans le confort pour qu'une révolution y éclate. Et pas seulement ses dirigeants. Ici, apparemment, même la pauvreté semble plus supportable. Oui, il y a souvent plus de mendiants que l'on ne peut en secourir, mais si l'on exile ceux qui viennent de l'extérieur après les avoir fouettés, quand on est natif de Venise et qu'on tend la main sur les marches d'une église, tant qu'on reste dans sa paroisse, on ne sera pas abandonné et on recevra assez d'aumônes pour subsister, sinon pour mener une vraie vie. Et si l'on peut avoir faim, on attend toujours une fête, afin de s'immiscer dans ses cérémonies et sa splendeur, et avoir ainsi une chance de profiter de sa charité : cela me suffirait, mais je vis grâce à mon intelligence et non grâce à mes jambes et mes bras trop courts.

Pour les autres, ceux qui font du commerce ou qui risquent leur vie dans les affaires, eh bien, chacun d'eux est pris en charge par la confrérie à laquelle il appartient. Payez votre écot et la confrérie vous le rendra : elle vous aidera pour doter votre fille, elle vous soutiendra si vous perdez votre travail, elle organisera votre enterrement et engagera des pleureuses pour grossir les rangs de ceux qui vous accompagneront à votre dernière demeure. Alors quelle importance si vous ne pouvez pas faire partie du gouvernement ? Vous avez au moins assez d'indépendance pour ne pas vous sentir dirigé et assez d'argent pour en profiter. Chaque dent de l'engrenage de l'État est parfaitement huilée et entretenue, et tant que les navires arriveront, tant que l'argent coulera à flots, qui voudra aller vivre ailleurs ?

Qui – à part les criminels ? Et pourtant, même ici où la justice a une réputation de sévérité, où les voleurs et les fraudeurs perdent leurs membres entre les Piliers de Justice, les traîtres et les hérétiques sont jetés à la mer, elle n'est pas dépourvue d'une certaine forme de clémence. L'Arétin a raison. Au cours des années où j'ai habité à Venise, je n'ai jamais senti l'odeur de la chair brûlant sur un bûcher. Cependant, à mon avis, les os de petites créatures passées de vie à trépas avant même leur naissance vous accuseront immédiatement de meurtre à une époque où le monde craint de calomnier Dieu.

La bouteille de vin est vide et j'ai l'esprit trop embrouillé pour aller en chercher une autre. Mais pas assez pour que je ne puisse distinguer le noir du blanc, l'espoir de la désespérance. Nous ne pouvons nous empêcher de nous faire du mal. Pis encore : même en nous faisant souffrir, nous ne pouvons l'aider. J'ai tourné l'affaire dans tous les sens, comme si je jonglais avec des assiettes et si toutes s'écrasaient par terre. Si le diable à sa fenêtre devenait un nain expert en cambriolages, cela ne ferait aucune différence : elle serait condamnée pour les os, le livre, les pattes de chien, les signes astrologiques et les commérages qui vont se répandre comme une traînée de poudre : la jeune fille qui soignait les crises cardiaques avec des cendres de sodomites, celle qui débarrassait le ventre des femmes des enfants non voulus, la sorcière qui liait la queue des hommes avec de l'eau bénite et des incantations. Dieu le sait, j'ai cru moi-même à certaines choses. Et certaines étaient vraies. Après tout, Venise est la maîtresse du marché : si l'on désire suffisamment un objet, quelqu'un gagnera de l'argent en nous le fournissant, qu'il s'agisse de soie, de péché ou de sorcellerie. Une femme achète une robe neuve pour séduire un homme, mais elle se retrouve enceinte et vierge ou avec un mari absent pour affaires. Quelle est la solution ? Certaines s'en débarrassent naturellement avec leur sang, et l'on appelle cela la volonté de Dieu. Pour les autres, qui ne peuvent espérer une telle libération, La Draga en est le substitut. Le résultat est le même. Pas d'enfants. Son intervention est-elle pire que les actes des hommes et des femmes qui pratiquent le péché de sodomie dans le mariage pour éviter la conception ? À mon avis, le pire, c'est moins l'acte que nos paroles.

De la même façon, quand nous sommes affligés et laissés sans consolation, l'Église nous assure que la souffrance est bonne : elle est la volonté de Dieu. Cependant, lequel d'entre nous n'arrêterait pas cette douleur s'il le pouvait ? Bois cette coupe préparée avec des herbes et du sang, et tu te sentiras mieux. Le diable est-il dans les herbes, dans le sang, ou dans la femme qui les prépare ? Quant à l'amour et à l'obsession, eh bien, depuis qu'un homme avec la tête sur les épaules sait qu'il s'agit d'une maladie qui gangrène l'esprit et le corps, un poète habile ou une sorcière peuvent être aussi dangereux quand cette affliction se répand ou attaque. Ainsi La Draga est une sorcière. Je suis un souteneur. Ma dame est une prostituée. Nous sommes tous coupables. La différence c'est qu'on l'en accuse. Et c'est ma faute. Mais mon sacrifice n'y changera rien, je ne peux incriminer que ma dame et moi-même. Quand une courtisane est traduite en justice, même à cause d'un soupçon de sorcellerie, son lit et sa réputation récoltent le même opprobre.

Et si cela ne concernait pas ma maîtresse ? Si j'étais le seul à me sacrifier ? Y consentirais-je ? Accepterais-je d'aider cette voleuse et cette fraudeuse ? Cette menteuse ? Cette femme qui m'a tenu dans ses bras et m'a sauvé la vie ? Même si je ne pouvais sauver la sienne en retour, elle saurait que j'ai essayé, que je n'ai jamais eu l'intention de la faire condamner.

Alors, y consentirais-je ? Je ne peux pas répondre à cette question. Car j'ignore la réponse. Quand je pense à elle, mon estomac s'emplit de bile, voilà ce que je sais, mais je ne saurais dire si c'est parce qu'elle nous a trahis ou parce qu'elle souffre. La colère et la pitié cohabitent en moi.

Et cette confusion, je le jure, n'a rien à voir avec le vin.

34

L ES JOURS PASSENT LENTEMENT. Les hommes vont et viennent, mais notre corbeau envoie des messages pour nous dire qu'il est retenu par les affaires du gouvernement. Plus elle sert dans une maison de péché, plus Gabriella semble devenir innocente, et on l'envoie avec Marcello au bureau de la prison ecclésiastique pour demander des renseignements sur sa cousine, une jeune femme du quartier de Celestia, arrêtée dix jours plus tôt par des officiers appartenant à l'Église. Les nouvelles qu'elle nous rapporte ne nous apprennent rien. Une femme, Elena Crusichi, est accusée de sorcellerie, accusation confirmée par les dépositions de l'Église et de plusieurs témoins, et elle doit passer devant le tribunal quand on aura réuni toutes les preuves. On l'a transférée de la prison du quartier à la prison centrale, sous le palais du doge, où elle est maintenue aux frais de l'État, ce qui signifie qu'elle doit mourir de faim – comme toute ville, Venise est économe quand il s'agit de l'argent et de la justice. Sa famille peut lui apporter à manger à condition de prouver que cette nourriture ne contient rien qui pourrait l'aider dans ses charmes magiques ou son adoration du démon.

Nous ne pouvons la libérer, mais nous pouvons au moins la nourrir. À partir de maintenant, Mauro préparera des repas pour la prison comme pour la maison d'une putain.

Il est déjà sous pression. Ce soir, le signor Loredan nous rend enfin visite, et comme il est bien connu que ses jus coulent aussi librement de son palais que de sa queue, Mauro a comme tâche de s'occuper des premiers. C'est pour cela qu'il glousse dans sa cuisine, aussi fort que le chapon qui, rôti avec des oranges et de la cannelle, composera un des plats. Ensuite, en supposant que Sa Seigneurie pourra retrouver sa queue sous son ventre rempli, ce sera à ma dame de jouer.

Bien que le sort de La Draga nous ait tous affectés – Gabriella elle-même a perdu quelque chose de son éclat –, ma dame a soumis son angoisse à sa volonté, en se jetant dans le travail et dans la tâche de se rendre à nouveau irrésistible. Si elle n'a pu garder son amant, au moins elle sauvera son amie. La charge de la maison lui incombe autant qu'à moi maintenant, et son énergie me redonne presque de l'espoir. Elle a passé toute la journée dans sa propre cuisine, occupée d'onguents et de fragrances, de crèmes et de pinces à épiler. Sa peau a la blancheur du cygne et la douceur de la soie, ses seins se dressent comme des lunes pleines sortant du velours sombre d'un coucher de soleil, et son parfum est celui du jasmin avec un soupçon de rose musquée. La plupart des hommes exauce-raient tous ses vœux pour avoir seulement le plaisir de la regarder délacer son corselet. Mais Loredan est un homme né pour les privilèges, un homme qui espère plutôt qu'il n'aime la perfection, et il est connu pour venir et partir sans avoir prononcé un compliment (mais il n'est pas ladre avec sa bourse).

En réalité, en dehors de sa capacité à toujours payer rubis sur l'ongle, je sais peu de chose sur notre grand corbeau, ni sur son rôle exact lorsqu'il participe au gouvernement de Venise. Je ne connais de lui que les petits cris discordants qu'il pousse dans les affres du plaisir. Des bruits saccadés que j'ai fini par comparer aux croassements de l'oiseau éponyme. Certains de nos clients réguliers apportent avec eux leurs soucis et leurs triomphes (quand les affaires marchent bien, Alberini offre des miracles de réflexion et de transparence, quand elles vont mal, à cause du démâtage d'un navire et des sommes à débourser pour son remplacement, il grogne et se plaint devant ma dame comme s'il s'agissait de son épouse et non de sa maîtresse). Mais Loredan laisse les affaires de l'État dans les chambres du palais du doge : il se montre heureux de parler de Venise comme d'un idéal, et garde les faits pour lui. En tant que membre d'une des familles les plus importantes, celles qui en fait ont la haute main sur les gouvernants, il est, je n'en doute pas, à la fois un serviteur diligent de l'État pour lequel il est élu, et un homme politique qui utilise l'influence de sa famille pour corrompre ou acheter les suffrages dont il a besoin pour arriver exactement là où il a décidé d'aller. S'il n'est plus au cœur même du pouvoir – son mandat dans le Conseil des Dix a expiré il y a quelques mois –, il n'y a personne qu'il ne connaisse, et s'il existe un scandale à révéler ou à dissimuler, il sera sans doute dans le secret. Quant à sa sympathie... eh bien, il se montre généreux avec ce qu'il a le pouvoir de donner, comme une invitation à la Sensa. Mais pour notre problème, Dieu seul sait ce qu'il peut faire ou fera.

Nous l'apprendrons bientôt.

Il vient en général à la tombée du jour et s'en va au petit matin. Mais ce soir, il est en retard, et quand il arrive, ma dame et moi sommes aussi inquiets que des chiens enfermés. Je reste dans ma chambre pendant qu'elle le reçoit, un livre sur les genoux, incapable de lire un seul mot. Un peu après minuit j'entends sa gondole qui s'en va, l'appel de son batelier qui s'engage dans le canal principal. J'attends que ma dame sorte de sa chambre. Finalement, je me décide à aller la voir. Elle est assise et regarde au-dehors, les cheveux en désordre, étalés sur les épaules comme dans mon souvenir de cette nuit catastrophique à Rome, quand elle avait baisé avec l'ennemi pour nous sauver la vie. Les soldats et les bureaucrates. Toujours les clients les plus durs. Elle se retourne et je peux presque lire leur rencontre dans ses yeux.

« Je n'ai rien eu à lui apprendre, Bucino. Il est déjà au courant de tout.

— Comment ? Que voulez-vous dire ?

— Je ne sais pas, sauf qu'on en a parlé. Au gouvernement. Ce n'est pas très clair. Le procès s'ouvre la semaine prochaine, devant les responsables ecclésiastiques et un représentant du tribunal de l'État.

— Qu'a-t-il dit d'autre ?

— Oh... que les lois contre le blasphème existent pour protéger l'État contre la propagation du désordre et de l'hérésie. Et que le meurtre de bébés, dans ou hors du ventre maternel, est un crime très grave. Mon Dieu, après m'être occupée de lui ! Je suis sûre que sa tête était retournée dans la salle du Conseil avant que sa semence ait séché sur les draps. » Elle rit amèrement. « Et j'ai une excellente réputation dans mon métier.

— Oh, ce n'est pas votre faute. Il a toujours été froid comme le marbre. Nous avons honoré son statut, pas son amabilité. Que lui avez-vous dit ?

— Qu'elle avait guéri l'enfant de ma voisine et que j'avais offert d'intercéder en sa faveur. Je ne sais pas s'il m'a crue. Je n'ai pas bien expliqué mon affaire. » Elle rit de nouveau. « Pendant des années, grâce à moi, il a pu se détendre après ses longues journées de labeur gouvernemental. Il ne m'avait jamais vue pleurer et je ne suis pas sûre qu'il sache quoi faire au juste. »

Elle se tait, et nous savons tous deux qu'elle est au bord des larmes. Elle n'a pas l'habitude d'échouer avec les hommes et cela lui est plus souvent arrivé ces dernières semaines qu'au cours des années précédentes. Mais ce n'est pas le moment de flancher.

Elle secoue la tête avec impatience. « Il a dit qu'il ferait ce qui est en son pouvoir. Et je le crois. L'Arétin a raison, Bucino, il y a une nervosité palpable dans l'air. Je l'ai trouvé distrait toute la soirée, même avant que je le conduise au lit. Quand je lui ai demandé pourquoi il semblait aussi préoccupé, il m'a parlé d'affaires avec l'étranger, et quand j'ai essayé d'en savoir plus, il s'est refermé comme une huître. Mais quand Fausto se trouvait ici l'autre soir, il m'a dit que les Turcs ne cessaient de harceler les navires vénitiens et que personne ne voulait reconnaître les pertes. »

La Sérénissime. La tension sous la sérénité.

Ainsi, que savons-nous ? Inutile de poser la question car la réponse est claire pour nous deux. Nous devons attendre.

35

MARCELLO ET MOI, nous portons la nourriture chaque jour, nous amarrons la barque à la limite du quai, à gauche des Piliers de Justice, et nous nous dirigeons vers l'entrée latérale de la prison après avoir traversé la piazzetta. J'ai fini par apprécier la symétrie certaine qui existe entre l'architecture de la justice et celle du châtiment, que je n'avais pas remarquée jusqu'alors : l'échafaud est visible du palais du doge, ainsi, le palais abrite ceux qui font la loi et sert de prison à ceux qui la violent. Mais, en la matière comme en toute chose, il existe une hiérarchie. Si vous avez assez d'argent, vous pouvez acheter le droit d'occuper une cellule dont les grilles donnent sur la piazzetta, ce qui permet de bénéficier de l'air frais et d'une vue sur les Piliers, entre lesquels, toujours avec de l'argent et un bon conseil, on peut éviter de finir. Je jure que des mendiants échangeraient leur place avec celle des locataires de l'endroit, car tout en dégustant la nourriture qu'on leur apporte, ils peuvent recevoir des amis et des parents. En maintes occasions, j'ai vu des aristocrates, accusés de fraude ou d'un délit analogue, jouer aux cartes ou converser avec des petits-maîtres ou même parfois avec une dame bien mise.

Ceux qui ont moins d'influence et pas de ducats sont enterrés dans des cellules humides et froides, et s'ils ne peuvent entendre les cris des hommes et des femmes suppliciés qu'on pend au-dehors, on ne peut pas entendre non plus leurs cris de souffrance. Je me souviens encore que mon vieil historien près du puits m'avait raconté comment, quand on avait brûlé un groupe célèbre de sodomites – le plus grand des crimes, car certains étaient nobles et leur association sentait la rébellion contre le gouvernement –, on avait fait étrangler les corbeaux avant que le feu ne les atteigne, mais on avait laissé brûler vifs les garçons plus pauvres et plus jolis avec lesquels ils s'étaient amusés.

À l'entrée de la prison, nous donnons la nourriture au geôlier et – sur le conseil de l'Arétin (son expérience des bas-fonds se révèle très utile) – je glisse une pièce sous le pot pour m'assurer qu'on va bien le donner à La Draga. J'ai demandé une douzaine de fois si je pouvais la rencontrer pour savoir si elle était bien nourrie, mais mon charme insuffisant ne me conduit nulle part et l'on me fait toujours la même réponse : ceux qu'on accuse d'hérésie sont à l'isolement et ne peuvent voir personne.

Les journées s'assombrissent bien que le soleil d'été monte dans le ciel.

Il y a deux jours, le jeune amant de ma dame est parti au matin dans une galère à destination de Chypre. Il a passé sa dernière nuit avec elle. Je lui ai serré la main à son arrivée et je lui ai demandé pardon pour m'être si mal comporté vis-à-vis de lui. Il a eu l'air presque gêné – malgré toute l'expérience de ma dame, ce n'est encore qu'un jeunot –, mais j'ai trouvé important que nous fassions la paix. Je n'ai aucune idée de ce qui s'est passé entre eux, mais les bruits qui venaient de sa chambre cette nuit-là étaient autant de douleur que de passion, et le lendemain elle n'est pas réapparue avant le coucher du soleil. Moi qui aurais fait n'importe quoi pour apaiser le chagrin de ma dame, j'étais impuissant. La Draga lui manque terriblement. Pour avoir longtemps vécu avec des femmes, je sais qu'à certains moments elles seules sont capables de s'entraider.

La Draga me manque aussi, à cause de toutes ces occasions ratées avant que j'aie accepté de la connaître.

Le procès commence et il a lieu derrière les portes closes d'une des salles du Conseil à l'intérieur du palais. Pendant les premiers jours, je reste devant l'entrée pour essayer de voir arriver les témoins, soutenu par une idée folle : si je peux reconnaître la femme qui a abordé La Draga sur la place, je pourrai lui montrer ce qu'un diable avec des dents de chien peut faire à une menteuse. Mais le palais avale des centaines de personnes chaque jour – gouvernants et gouvernés – et une vieille femme en colère ressemble à tout le monde.

Au bout de quelque temps, les rumeurs commencent à se répandre comme de l'eau qui fuit d'un vieux tuyau : une de ses accusatrices a perdu un bébé au huitième mois et plus tard elle a trouvé sous son oreiller des clous rouillés et une dent arrachée, autant de signes de sorcellerie. Mais La Draga n'avoue rien et sa défense – une logique calme et claire – a parfois offensé ses juges. On dit aussi que, pour éprouver la véracité de ses dires, on l'a soumise à l'estrapade, mais apparemment cela n'a pas modifié son témoignage.

Moi qui suis peu enclin à prier – je ne comprends jamais si je me parle à moi-même ou à Dieu –, j'ai pris l'habitude de m'adresser à Loredan. Ses cris de plaisir étranglés résonnent dans la nuit avec une régularité monotone, alors que ma dame conserve sa plus grande ingénuité pour l'homme d'influence. Je pense qu'elle donne maintenant à Loredan le désir qu'elle a de reste pour le jeunot. Il doit le sentir parce que la beauté et la tendresse l'illuminent, et malgré son aspect implacable ce n'est pas un homme cruel. Je sais qu'il a remarqué l'angoisse qui règne dans la maison ; les comédiens eux-mêmes ne peuvent simuler la joie au milieu de tant de tristesse. Quand les rumeurs sur le procès avaient commencé à circuler, c'est lui qui, sortant de sa réserve, avait tenu à rassurer ma dame : étant donné l'époque, le tribunal traiterait La Draga avec mesure, et on avait utilisé l'estrapade avec modération.

Il y a quelques jours, pendant le dîner, j'ai aidé au service, et je l'ai lancé dans une conversation sur la réforme de l'Église et l'histoire de l'État par Contarini, et nous avons parlé de l'accent mis sur la charité plutôt que sur la dévotion et du rôle de la pureté morale dans le gouvernement. Il n'a pas été dupe de ma passion quand nous avons abordé le pouvoir de la clémence dans la justice, mais je pense que notre débat lui a plu, car la justesse de ses arguments transparaissait clairement.

Ce serait plus facile si nous étions dirigés par des idiots ; au moins, nous n'aurions rien à attendre. Je ne crois pas avoir jamais éprouvé une telle peur.

L'après-midi du sixième jour, au moment où je reviens à la maison après avoir porté la nourriture à la prison, j'aperçois une barque très joliment décorée devant notre porte. Nous n'attendons aucun client avant ce soir et ma dame n'en recevra pas de nouveaux avant que je les aie accueillis. Je longe le quai en direction de la porte qui donne sur le canal, et j'entends des pas dans l'escalier. La silhouette du Turc apparaît devant moi, vêtu d'un turban et d'une robe riche et large.

Nous ne nous sommes pas revus depuis le jour où il m'a sauvé de la noyade et où les serres de l'oiseau s'enfonçaient dans mes oreilles. Mon Dieu – cela fait combien d'éternités ?

« Ah, Bucino Teodoldi. J'espérais vous voir avant de m'en aller. » Il arbore un grand sourire. « Je suis allé... rendre visite à votre dame.

— Vous êtes allé ? »

Il rit. « Ne vous inquiétez pas. Vous n'avez pas à m'inscrire dans votre précieux livre de comptes. Nous avions des affaires à discuter. J'ai eu maintes fois l'intention de venir prendre des nouvelles de votre santé après votre accident, mais... j'en ai été empêché par toutes sortes d'obligations qui ont retenu mon attention. Dites-moi, comment allez-vous ?

— Je suis vivant.

— Votre corps, oui, pourtant, je le crains, pas votre esprit.

— Je... un certain souci m'accable, c'est tout.

— Ainsi va le monde. Je suis venu en partie pour vous dire au revoir. On me rappelle à la cour. Les relations entre nos deux grands États sont redevenues extrêmement tendues et, bien que nous ne soyons pas en guerre, il semble évident qu'on ne me considérera plus très long-temps comme le bienvenu à Venise. » Il se tait un instant. « Cela me manquera de ne pas vous apprendre notre langue. » Il se tait à nouveau, sans aucun doute pour me laisser le temps de lui annoncer que j'ai décidé de partir avec lui. « Vous avez peut-être fait le bon choix. Il se peut que Venise ne vous apprécie pas, mais certains vous aiment. » Il me tend la main. « Prenez soin de vous, mon petit ami. J'ai beaucoup aimé votre compagnie.

— Et moi la vôtre. » Je lui serre la main et je vois une ville pleine d'éléphants et de fontaines, de paons, de mosaïques et de funambules, et, l'espace d'une seconde, je me demande ce que la grande Constantinople m'aurait offert. Cela ne dure qu'un bref instant et il passe.

Là-haut, dans le portego, ma dame est en grande conver-sation avec Gabriella. Dès qu'elle me voit, elle se tait et renvoie la servante.

En sortant, Gabriella évite mon regard. L'angoisse me serre le ventre.

« Que se passe-t-il ? Qu'est-il arrivé ?

— Viens, Bucino. » Ma dame me tend la main en souriant. Elle a les yeux brillants mais elle sait se montrer experte dans l'art de feindre l'enthousiasme alors qu'elle n'en éprouve aucun, et la nervosité me bouleverse trop pour que je sois encore capable de faire la différence entre le fol espoir et la désespérance. « Tu as l'air fatigué. Tes jambes te font souffrir ? Assieds-toi près de moi.

— Mes jambes vont très bien. » Sur la table, je remarque la riche reliure de cuir rouge du Pétrarque, la serrure d'argent toujours en place. « Pourquoi le livre est-il ici ? Que s'est-il passé ? Dites-moi.

— Je... J'ai reçu un message de Loredan. Il semble qu'on va pouvoir rendre visite à La Draga. Mais il faudra payer une sorte de pot-de-vin. »

Un pot-de-vin. Bien sûr. Un lubrifiant qui huile chaque position et chaque principe dans cet État de pureté. Tu hurles à la lune, Gasparo Contarini – car cette ville est déjà vendue au diable.

« Combien ? »

Elle ouvre un petit tiroir du bureau, elle en sort une bourse qu'elle glisse vers moi. Je la prends, moi qui peux dire la forme et le poids d'un ducat mieux que la plupart des hommes. Ce n'est pas une petite somme.

« D'où vient cette bourse ?

— Cela n'a pas d'importance. »

Mes yeux reviennent sur le livre.

« Ce n'est pas ce que tu penses, dit-elle rapidement. Je n'ai pas compromis notre avenir. Je n'ai pas vendu le livre. » Un temps. « J'en ai seulement extrait quelques pages.

— Quoi ?

— Je... J'ai pris deux gravures et les sonnets qui les accompagnent.

— Pour qui ? »

Je le sais déjà.

« Mon Dieu, vous les avez vendus au Turc. Comment...

— Écoute-moi, Bucino. Je sais que nous vivons au jour le jour et il s'agit d'une somme trop importante pour que nous puissions la gagner. Si j'avais essayé de vendre tout le livre, je n'aurais pas eu le temps de trouver le bon acheteur pour le bon prix, et on en aurait parlé dans toute la ville. J'ai appris que le Turc quittait Venise et je suis allée le voir.

L'appétit du sultan pour la nouveauté est connu, et comme il a plus de femmes que je n'ai d'hommes, je pense qu'il appréciera la compagnie de quelques Romaines lascives. Ainsi nous gardons intact l'ensemble du livre et nous empochons l'argent dont nous avons besoin. Le Turc s'est montré généreux.

— Pourquoi ne pas m'en avoir parlé ?

— Parce que... » Elle cherche ses mots. « Parce que tu aurais considéré que ça mettait notre avenir en péril et tu aurais refusé. »

A-t-elle raison ? L'ancien Bucino aurait refusé, à coup sûr. Quant à ce qu'aurait fait le nouveau, je n'en ai aucune idée, car elle a décidé pour moi.

« L'Arétin ? Il sait ?

— C'est lui qui a eu l'idée d'Abdullah Pashna. Il dit que sans nous les gravures n'existeraient plus. »

Ah, mon Turc a raison, il y a ici des gens qui m'aiment.

« Je ne pense pas que votre mère aurait approuvé », dis-je d'une voix calme.

Elle hausse les épaules. « Ma mère est morte de la vérole. Voilà ce que lui a rapporté le fait de placer les affaires d'argent avant celles du cœur. Tu as de la chance. Abdullah aurait donné beaucoup plus pour toi, tu sais. Comme nous sommes associés, je lui ai dit que tu n'étais pas à vendre.

— Oh, merci infiniment, Fiammetta Bianchini. » Et je ris.

« Bucino. » Elle pose sa main sur la mienne. « Je suis désolée... mais il y a quelque chose d'autre que tu dois savoir. »

Quoi ? Avais-je espéré qu'ils la libéreraient ? Sans tenir compte des os, en oubliant le livre, en pardonnant pour les amulettes et les potions, les signes et les incantations, en fermant les oreilles au poison des commérages du diable ? En réalité, La Draga était coupable aux yeux de la loi bien avant d'être amenée devant ses juges. Je ne suis ni stupide ni aveuglé par l'amour au point de l'ignorer. Mais il y en a des milliers d'autres, tout aussi coupables, et combien mourront dans leur lit de leur belle mort ? Il n'y a pas d'État dans toute la chrétienté où la justice ne soit négociable, où elle ne se vende comme une cargaison de soie ou la virginité d'une femme. Il suffit d'en connaître le prix et les gens le paient. Pas un seul État dans toute la chrétienté. Sauf, apparemment, Venise.

Notre grand corbeau assure avoir fait ce qu'il a pu. Il l'a dit à ma dame, et elle l'a cru. Elle affirme qu'il n'était pas obligé de lui rapporter le jugement avant qu'on le prononce, mais il a voulu nous prévenir. Apparemment, il y a eu des « discussions » à propos de cette affaire ; si les potions et les divinations auraient pu n'être considérées que comme les marques d'une foi égarée, les ossements l'ont condamnée. Cela et la fréquentation connue de prostituées et de courtisanes. Il ne s'agit que de rumeurs car elle n'a voulu fournir aucun fait ni aucun nom. Comme l'a dit l'Arétin, c'est autant une question d'époque que de culpabilité. Avec l'instabilité politique qui règne à l'extérieur, l'État doit se montrer inflexible à l'intérieur. Toutes ces choses ont conspiré pour rendre le verdict sévère mais inévitable. Le verdict et la sentence.

« Mais il peut intercéder et il le fera, Bucino. Il me l'a promis formellement. Elle ne sera pas brûlée, tu m'entends ? Elle ne sera pas brûlée, et elle ne souffrira pas de façon excessive. »

Elle ne souffrira pas de façon excessive ! Et nous devrions nous montrer reconnaissants ! Qu'ai-je à faire de sa compassion si elle est impuissante à attendrir l'immonde rigueur de sa justice ? C'est aussi bien que La Draga ne soit pas libre sinon je lui demanderais une potion pour engourdir la queue de notre corbeau la prochaine fois qu'il essaierait de s'en servir. Je ne contiens plus ma colère et j'en ai mal à la tête. Mais pour l'instant, quand il vient, je dois lui faire des sourires de circonstance et le remercier de son immense générosité car, sans son intervention, on nous aurait nous aussi jetés en prison.

Pourtant, au bout du compte, nous sommes libres.

Le lendemain soir, juste avant le coucher du soleil, je monte dans notre barque avant ma dame, la bourse bien dissimulée dans mon pourpoint, et je tends la main pour l'aider selon mon habitude, le monde doit voir que je suis bien son serviteur. Mais elle me sourit et secoue la tête.

« Je ne peux pas t'accompagner, Bucino. Loredan n'a pu obtenir la visite que d'une seule personne. Quelle que soit la somme que nous leur donnons, on va jaser. Pour cette raison ce ne peut être moi. Non... » Elle arrête ma protestation au moment où elle allait franchir mes lèvres. « Cela ne se discute pas. Tout est déjà décidé. On t'attend à la porte. Je reste ici. Va maintenant. »

36

CE N'EST PAS L'HOMME À QUI J'AI DONNÉ la nourriture chaque jour. Celui-ci me regarde avec un petit sourire satisfait – il y a sans doute un million de plaisanteries à faire sur un nain rendant visite à une sorcière – mais apparemment tous les hommes exerçant un métier ignoble ne sont pas ignobles pour autant et, quelles que soient ses pensées, il les garde pour lui. Il me fait entrer dans une petite cour où un autre homme me conduit devant une porte et un escalier. Nous descendons un, puis deux, puis trois étages. La faible lumière de l'extérieur a disparu. Dans ces sous-sols, c'est la nuit perpétuelle. Un troisième geôlier m'attend, bâti comme un tonneau, puant comme ses prisonniers, à cause de la bière rance qu'il boit et de son corps nauséabond. Il me regarde comme si j'étais un cancrelat jusqu'à ce que je dispose la bourse sur la table. Il la vide et entasse les pièces en plusieurs piles. Trois geôliers, trois piles. Il compte à nouveau, puis il me regarde, en ricanant. « Et le reste ? »

Il fut une époque où les hommes de sa corpulence m'effrayaient, j'avais peur de leur esprit obtus et de la force de leurs poings. Mais maintenant cela m'est égal. Je ne les vois plus que comme des morceaux de viande munis de bouches. Dieu ait leur âme, s'il peut la trouver.

« Remue-toi le cul », dis-je avec un sourire menaçant.

Il grogne un instant en se demandant s'il va m'écraser la tête contre le mur, puis il éclate de rire et s'avance pour me donner une claque sur l'épaule, comme si j'étais son frère disparu depuis longtemps ; brusquement, il devient aussi doux qu'une dent pourrie, il m'offre du vin et insiste pour prendre des bougies supplémentaires et un tabouret, afin que je ne sois pas obligé de m'asseoir par terre, puis il me conduit vers la cellule.

Je descends le couloir obscur derrière lui. Nous passons peut-être devant une douzaine de cachots, de la taille d'une soue à cochons, et la lumière fumeuse de ses deux chandelles éclaire un instant une silhouette roulée sur le sol ou dans un coin, mais pas de visages, et brusquement le bruit de mes pas m'effraie plus que de l'avoir un jour comme ennemi. Les ténèbres, la puanteur, l'humidité. Mon Dieu, pourquoi aurait-on peur de mourir si on doit passer le reste de sa vie dans ces conditions ? Il doit compter le nombre de portes pour ne pas rater la bonne, et il pose ses bougies avant d'ouvrir.

J'entre. Tout d'abord, je crois qu'il n'y a personne. Puis, dans les ténèbres, je distingue une petite silhouette assise sur un grabat au fond, le corps tourné vers le mur. Elle (comment l'appeler maintenant, car dans mon esprit ce n'est plus La Draga), Elena, ne lève pas le regard et ne bouge pas quand je m'avance. Je jette un coup d'œil au geôlier, il hausse les épaules, il pose le tabouret et une chandelle près de moi et claque la porte derrière lui. Les clefs claquent dans la serrure.

Je me place devant elle et je dirige la lumière de façon à voir son visage. Ses yeux sont dans un état terrible, je m'en rends compte aussitôt. Gonflés, l'un d'eux est presque fermé et l'autre tressaute, plein de pus, et elle cligne constamment la paupière.

« Elena ? »

Pas de réponse.

« Elena ? Vous me voyez ? Je suis ici. Juste devant vous. »

Elle fronce légèrement les sourcils. « Ah ! Est-ce le diable ou un chien ? »

Et, parce que nous n'avons jamais été assez familiers pour rire ensemble, j'ai peur pendant un instant qu'il ne s'agisse de folie plutôt que d'humour.

« Ni l'un ni l'autre. C'est moi, Bucino. » Je reprends mon souffle. « Vous vous souvenez ? »

Elle pousse un petit cri. « Alors vous avez intérêt à vous vêtir de blanc à partir de maintenant, et à vous assurer de marcher bien droit, ou on risque de vous prendre pour les deux. »

Je ne peux m'empêcher de rire, car la nervosité agit différemment sur les hommes. De tout près, venant de la cellule voisine, j'entends le gémissement sourd d'une femme.

« Vous êtes... Je... Comment allez-vous ? »

Son visage est partagé entre le mépris et l'amusement. J'ai déjà vu chacun de ses gestes un millier de fois, et cependant j'ai la gorge serrée en les revoyant. « Je suis une sorcière, vous savez. Pourtant je ne peux me libérer en m'envolant par la fenêtre.

— Je... Il n'y a pas de fenêtre », dis-je doucement.

Elle fait un petit bruit impatient avec la langue. « Je le sais, Bucino. Comment êtes-vous entré ?

— L'argent. Fiammetta a intercédé auprès de son grand corbeau, et nous avons payé les gardiens.

— Ah.

— Nous aurions aussi payé le tribunal pour arrêter tout cela, mais...

— Mais ils ne veulent rien entendre. C'est très bien. Je le sais. Leur sévérité les rendait très fiers.

— On a dit que vous étiez aussi intelligente qu'eux. »

Elle hausse les épaules. « Elle a juré avoir vu le chien du diable sortir par ma fenêtre, mais chacun sait qu'elle peut à peine voir au-delà du bout de ses doigts. Au tribunal, quand je le lui ai demandé, elle a été incapable de distinguer le juge de la statue qui se trouvait à côté de lui. »

Elle a un petit sourire en coin en s'en souvenant. La lumière est meilleure maintenant, ou alors mes yeux se sont habitués à cette semi-obscurité. Elle a le visage sinistre et sale. À part la trace des larmes qui coulent sur ses joues. J'ai très envie de lever la main pour les essuyer. Je vois qu'elle se crispe pour chasser la douleur.

« On vous a donné la nourriture que nous vous avons envoyée ? »

Elle fait oui de la tête bien qu'elle ne semble pas en avoir beaucoup profité.

« Vous ont-ils dit que ces repas venaient de chez nous ? Nous avons fait tout ce que nous avons pu.

— Ils m'ont dit que j'avais un bienfaiteur. » Elle prononce le mot comme s'il s'agissait d'une libération. « Un bienfaiteur pour un malfaiteur. Puis ils ont ajouté : un bien pour un mal, comme si je ne comprenais pas. Ils pensaient que mon cahier était l'œuvre du diable, et j'ai dû leur expliquer le code. Ils en ont lu un passage devant le tribunal – c'était un remède contre la constipation, j'aurais peut-être pu leur en préparer.

— Je ne pense pas que cela vous aurait aidée. La merde se reconstitue vite chez certains. »

Ma grossièreté la fait sourire. « Comment va-t-elle ? Foscari est parti ?

— Oui. Elle est… Elle est perdue sans vous.

— Je ne le pense pas. » Elle cligne rapidement des paupières plusieurs fois de suite. « Vous êtes encore là. »

La souffrance lui déforme de nouveau le visage. Je prends une grande inspiration. « Et vos yeux, Elena ? Que leur est-il arrivé ?

— C'est une infection, à cause des lentilles. Je les avais depuis des années. J'utilise un remède, un liquide qui calme. Sans cela… Eh bien, vous allez être satisfait d'apprendre que je ne vois presque plus rien.

— Oh, non, dis-je. Non. Cela ne me procure aucun plaisir. »

Les bruits sourds recommencent dans la cellule d'à côté, puis des gémissements, plus forts cette fois. Et, venant d'ailleurs, des injures, un chœur de folie.

Elle soulève la tête. « Faustina ? N'aie pas peur. Tu ne cours aucun danger. Allonge-toi. Essaie de dormir. » Sa voix est douce, comme celle qui parlait à un nain plongé dans la douleur. Elle se retourne vers moi. « Elle se cogne la tête contre le mur. Elle dit que cela la libère de ses pensées. »

Les gémissements se transforment en plainte avant de s'arrêter. Nous restons sans bouger pendant quelques instants, nous écoutons en silence.

« Je... Je vous ai apporté quelque chose.

— Quoi ?

— Tendez la main. »

Je vois les marques sanglantes laissées par la corde sur ses poignets et ses avant-bras.

« Ce sont les gâteaux sucrés de Mauro. Dans chacun il y a un sirop spécial, pour vous aider.

— Qui a calculé les doses ? » Et elle penche la tête sur le côté, dans une attitude que je connais bien.

« Vous. C'est votre recette. Celle où l'on ajoute de la grappa. Mauro en a fait une pâte. Il les a goûtés. Un seul étouffera votre douleur et vous fera dormir, deux vous drogueront assez pour... tout dominer. »

Elle tient le paquet sur la paume de la main. « Je... Je crois que je vais en goûter un maintenant. Seulement la moitié d'un. Les sauces de Mauro m'ont toujours fait du bien. »

J'en prends un et j'en casse un morceau – plus qu'une moitié – et je le lui fais manger lentement, bouchée après bouchée. Elle mâche avec soin, la douceur la fait sourire légèrement.

« Ils vous ont fait mal ? » Je pose un doigt sur la marque de son poignet.

Elle baisse les yeux, comme si son bras appartenait à

quelqu'un d'autre. « J'ai vu pire, grogne-t-elle. Cela m'a fait oublier mes yeux pendant quelque temps.

— Oh, mon Dieu, je suis désolé, dis-je, et maintenant tout sort comme un fleuve d'angoisse. Vraiment désolé... Je ne vous ai pas dit. Il faut que vous sachiez... Ce n'est pas... Je veux dire, j'ai cambriolé votre maison, oui. Après vous avoir vue, ce jour-là, à Murano... Je... J'ai ouvert votre coffre et j'ai trouvé le livre et les lentilles de verre. Mais j'ai tout remis en place, et je n'en ai parlé à personne. Pour les os, eh bien, je n'ai pas, je veux dire... je les avais dans la main, et le sac est tombé quand j'ai sauté sur le quai... je n'ai jamais voulu que tout cela arrive... »

Elle reste tout à fait immobile, comme elle seule sait le faire, et son calme absolu arrête mon bredouillement.

« Elena ?

— N'en parlez plus, Bucino. Il n'y a rien à en dire. Le verre est brisé et le liquide répandu. Cela n'a plus d'importance. » Elle parle d'une voix sereine, sans angoisse ni émotion, pourtant la drogue n'a pas encore eu le temps d'agir. « La femme de l'autre côté du canal m'en voulait depuis longtemps. J'avais essayé de l'aider avec un bébé qui est mort dans son ventre. Comme je n'ai pas pu le sauver, elle en a conclu que je l'avais tué. Elle l'a crié si fort partout où elle allait... ce n'était qu'une question de temps pour que quelqu'un l'entende.

— Et les os ? D'où provenaient-ils ? »

Elle ne répond pas. Dans la façon dont elle serre les lèvres, pour la première fois je retrouve La Draga, celle dont j'avais peur, celle dont les silences parlaient de secrets et de pouvoirs cachés. Si elle a résisté à la corde, elle me résistera assurément. Ces secrets viennent sans doute d'elle. Peut-être, comme un prêtre, garde-t-elle enfouies les confessions des autres ? Dieu sait qu'il y a dans cette ville assez de femmes qui dissimulent leur ventre rond sous leurs robes pour préserver leur réputation. Et des bébés meurent chaque jour quand on les écrase et qu'on les expulse des ventres.

« Vous deviez savoir qu'ils vous condamneraient pour cela ? »

Elle sourit légèrement et son visage s'adoucit. « Je n'ai jamais su prédire l'avenir. J'ai simplement jeté les haricots et dit aux gens ce qu'ils voulaient entendre. De l'argent gagné facilement. Quant au passé, eh bien, personne n'est capable de le changer. On pourrait en condamner beaucoup sinon... » Elle hésite. « J'aurais pu vous rendre votre rubis. Mon grand-père m'a dit que c'était la plus belle copie qu'il avait jamais faite. »

Nous restons un moment sans parler. Nous pensons tous deux au passé.

« Mais j'avais peur que vous ne le remarquiez avant de le porter chez le prêteur juif.

— Ha... Eh bien, je n'ai rien vu. Votre grand-père avait raison. C'était un faux de qualité supérieure.

— Mais vous avez su que c'était moi ? Après, quand vous avez découvert la vérité ? »

Je nous revois, elle assise sur le lit, immobile comme un animal, moi les lèvres fermées près de son oreille. Je me souviens du grain de sa peau, des cernes noirs autour de ses yeux, de la façon dont ses lèvres tremblaient légèrement. « Oui, j'ai su que c'était vous. » Mais le fait que j'avais raison ne me procure aucune satisfaction aujourd'hui. « C'était votre idée ? »

Elle hésite. « Si vous voulez dire que j'ai toujours été une voleuse, non.

— Pourquoi alors ?

— Meragosa et moi, nous avons décidé de faire le coup ensemble.

— Ce n'est pas ce que je voulais dire.

— Pourquoi ? Je pourrais dire qu'elle avait tout découvert à mon sujet. À propos de mes yeux, de ce que je faisais et, sachant cela, elle m'a obligée à voler la pierre. » Elle se tait un instant. « Mais ça ne s'est pas passé comme ça. Nous avons fait le coup ensemble parce que nous pouvions le faire et parce qu'à l'époque j'avais besoin d'argent.

— Alors vous avez aussi volé la mère de Fiammetta ?

— Non, non ! Je n'ai jamais fait cela ! » Et elle s'agite brusquement. « Je ne savais rien sur sa mère. Meragosa n'est jamais venue me demander de l'aide... et j'aurais pu lui donner des remèdes pour calmer sa douleur. Je l'ai dit à Fiammetta. Vous devez me croire. Je n'ai rien su de sa maladie et de sa mort.

— D'accord, d'accord. Je vous crois. » Je pose la main sur la sienne pour la rassurer et, pendant quelques instants, elle reste silencieuse. « Je sais que vous n'êtes pas cruelle.

— Oh, mais je l'aurais été envers vous si je l'avais pu, Bucino. » Et sa voix a les accents de La Draga d'avant. « Au début, j'étais en colère contre vous. Je dois le reconnaître. Pendant les premiers mois, j'ai travaillé dur pour votre maîtresse. Pour vous deux. Mais vous ne m'avez jamais fait confiance, jamais. Vous auriez bien voulu que je disparaisse dès que ses cheveux ont repoussé. Meragosa l'a remarqué, elle aussi. Nous n'étions jamais assez bien. C'est ce qu'elle disait. »

Trop tard pour les mensonges. En particulier à moi-même. Malgré toute sa méchanceté, Meragosa avait raison. Nous étions associés, ma dame et moi. Et j'étais bien déterminé à ce que personne ne vienne s'interposer entre nous. Même ceux dont nous avions le plus besoin.

« Si vous avez ressenti cela, pourquoi êtes-vous revenue ? Vous connaissiez mes soupçons, pourtant vous nous avez aidés une nouvelle fois. Mon Dieu, vous m'avez vraiment beaucoup impressionné à ce moment-là. »

Elle ne répond pas. Les gémissements s'élèvent de nouveau dans le silence. J'en connais la cause maintenant, et la force des coups sourds contre la pierre me semble pire que les cris qui les suivent. Une fois, deux fois, encore et encore.

« Faustina ? » Elle tâtonne pour prendre le reste du gâteau, puis se lève et marche d'un pas traînant jusqu'aux barreaux. Je la suis pour l'aider. « Faustina. C'est moi. Tends la main. Tu es là ? »

Après quelques instants, un long bras maigre apparaît dans la pénombre, comme le bras démembré d'un suppliant. Elena pose le gâteau dans la main et referme les doigts dessus. « Mange-le. Cela t'aidera à dormir. »

Quand elle revient vers le lit, elle s'appuie sur mon épaule. Je ne sais si c'est à cause de sa faiblesse ou parce que la potion a commencé à agir.

« Ta taille fait de toi une bonne canne, Bucino. J'ai souvent eu envie de m'appuyer sur ton épaule quand j'avais mal au dos à force de me tenir voûtée. Mais même quand je n'ai plus été en colère contre toi, j'avais trop peur de ton mauvais caractère. »

Un sourire s'épanouit sur son visage. Elle m'a toujours taquiné, depuis le début. Mais il y avait aussi quelque chose d'autre, en elle aussi bien qu'en moi, pas seulement de la colère ; on aurait cru qu'elle éprouvait une sorte de crainte. J'ai toujours su ce qu'elle ressentait : colère, méchanceté, peur, culpabilité, triomphe. J'ai vu et lu chaque émotion qui passait sur son visage. Tout comme elle a dû le faire avec moi. Mon Dieu, comment avons-nous pu nous tromper à ce point ?

Nous nous asseyons sur son grabat, bien qu'il contienne à peine assez de paille pour le distinguer du sol, et elle s'adosse au mur.

« Je ne comprends toujours pas. Vous êtes restée avec nous et vous nous avez aidés. Et vous ne nous avez jamais rien pris d'autre, dis-je après quelques instants.

— Non… Pourtant, vous aviez une sacrée fortune sous votre serrure d'argent.

— Quoi ?

— Un, cinq, deux, six.

— Mon Dieu, quand l'avez-vous découvert ?

— À votre avis ? Quand m'a-t-on autorisée à pénétrer dans votre chambre ?

— Quand avez-vous trouvé la combinaison ?

— J'ai toujours été bonne pour ce genre d'exercice. L'utilise-t-elle pour ses hommes ?

— Non. C'est un investissement. Nous le vendrons pour assurer nos vieux jours.

— Alors j'espère que vous en obtiendrez une somme rondelette. Quand vous serez vieux, vous devrez prendre soin de vos articulations, Bucino. Elles vont se raidir plus vite que celles de la plupart des hommes. »

Sa compassion me fait frémir à nouveau. « Vous en avez toujours su autant sur les nains ?

— Un peu. J'en ai appris plus après vous avoir rencontré.

— J'aurais aimé passer plus de temps avec vous pour apprendre tout cela. »

Elle secoue la tête. « Il est trop tard maintenant. » Elle tend la main et me touche le sommet du crâne. « Ceci n'est pas vraiment une aubergine, vous savez ? dit-elle. Je n'ai dit cela que pour vous mettre en colère quand vous m'avez demandé si j'étais vraiment aveugle. Vous vous souvenez ? Oh, vous aviez aussi très envie de m'affronter... » Brusquement, je ressens une faiblesse en elle. « Je ne...

— Chut. » Je prends délicatement sa main avant de la serrer entre les miennes. Je caresse son poignet, là où la corde a laissé une marque. « Vous avez raison. Inutile de parler du passé. » Ces doigts-là m'ont tellement aidé. Ils ont fait refluer l'océan de la douleur. Je donnerais n'importe quoi afin de faire la même chose pour elle.

« Je crois... Je crois que je suis lasse. Je vais me reposer un moment. »

Je l'aide à s'étendre et son odeur, douce et aigre, m'environne comme un parfum entêtant. Un long frisson la parcourt. « Vous avez froid ?

— Un peu. Vous voulez bien vous allonger à côté de moi ? Vous devez être fatigué vous aussi.

— Je... Oui, oui. »

J'essaie de faire attention, je m'installe de façon à ne pas la déranger mais dès que mon corps entre en contact avec le sien, je me sens durcir. Mon Dieu, on dit que les hommes ont une érection quand s'ouvre la trappe du gibet. Adam se contrôlait-il mieux avant la pomme ? Je pense que si Dieu avait voulu qu'on se conduise mieux, il aurait dû nous apporter une plus grande aide. Je me recule brusquement pour qu'elle ne s'aperçoive de rien.

Nous restons ainsi pendant un moment, puis, doucement, je l'entoure de mon bras. Elle prend ma main qu'elle garde entre les siennes.

Elle commence à parler d'une voix endormie à cause des effets de la drogue. « J'ai bien peur de n'avoir jamais été experte pour ce genre de chose, Bucino. Je n'ai fait cela que quelques fois, et cela ne m'a jamais beaucoup plu. » Elle pousse un long soupir. « Pourtant, je ne le renie pas. Pour l'amour d'elle. »

Ainsi je comprends tout, enfin. Maintenant qu'il est trop tard. « Oh, je pense que vous n'avez rien à regretter, dis-je, et je lui serre tendrement la main. Croyez-moi, j'en ai assez vu pour savoir que cela concerne le corps et pas l'âme. Au cours de votre vie vous avez fait plus pour les gens en apaisant leur douleur que si vous leur aviez donné du plaisir.

— C'est vraiment ce que vous pensez ? » À mon avis, si elle n'était pas aussi épuisée, elle pourrait m'en dire plus, mais nous aurions dû avoir cette conversation il y a longtemps. Maintenant elle glisse dans le sommeil. Je la serre contre moi, et je sens le rythme de nos respirations qui s'accordent jusqu'à ce que son corps se relâche contre le mien. Elle dort. Comme la triste Faustina dans la cellule voisine. Et, malgré moi, car je veux garder le souvenir de chaque seconde de cette nuit, je crois que je m'endors aussi.

L'aube ne traverse pas les murailles de pierre, et la chandelle a rendu l'âme depuis longtemps. Un bruit m'éveille :

des pas lourds et les clefs furieuses dans la serrure. Je m'assieds parce que je ne veux pas qu'on me trouve allongé contre Elena, mais elle serre ma main dans son sommeil, et je ne peux me dégager entièrement.

Il se tient à la porte et la faible lumière perce notre intimité. « C'est l'heure. Si vous ne sortez pas tout de suite, vous resterez enfermé jusqu'à la fin de vos jours.

— Elena ? Elena ? »

Elle bouge à côté de moi.

« Vous avez passé un bon moment, hein ? » Il soulève sa lampe pour nous éclairer tous les deux.

Elle s'assied mais ses yeux sont fermés et collés, à tel point que je ne sais pas si elle me voit.

Je murmure : « Elena. Je dois partir. Je suis désolé. Écoutez-moi. N'oubliez pas les gâteaux. Un pour la douleur et deux pour... deux ou trois avant qu'ils vous emmènent... Cela vous aidera. Vous vous en souviendrez ?

— Allez ! Dehors, et vite ! » Ils ont dépensé mon argent et je suis redevenu un cancrelat.

Mais maintenant, c'est moi qui ne peux lâcher sa main.

« Tout va bien, Bucino. Tout va bien. » Elle se dégage de mon étreinte. « Nous ne sommes plus des ennemis. Vous pouvez partir. »

Je me lève et je franchis la porte d'un pas rapide. Je vois le sourire narquois du geôlier. J'ai envie de le tuer, de me jeter sur lui, de lui enfoncer mes crocs dans le cou et de regarder son sang jaillir.

« Bucino ? »

Sa voix.

« Je... J'ai quelque chose à vous dire. Elle s'appelle... Fiammetta. » Elle se tait comme si parler lui demandait trop d'effort. « Et je suis revenue parce que vous me manquiez. Fiammetta et vous. Et parce que je voulais être avec vous. »

La porte claque derrière moi et elle tourne à nouveau son visage vers le mur.

37

JE PASSE LA NUIT DE SON EXÉCUTION recroquevillé dans mon fauteuil sur la loggia, assez haut pour voir l'eau et les toits, assez bas pour apercevoir la première lumière grise avant le lever du soleil.

Le temps s'écoule lentement. Je ne dors pas, je ne pense pas. Ou, si cela m'arrive, je ne peux savoir ni à quoi ni à qui. Je me lève bien avant l'instant décisif. L'heure qui précède l'aube a toujours quelque chose de particulier. L'heure du dernier pari, de l'intimité ultime de la nuit, l'heure de la prière qui précède la cloche du matin.

La maison est silencieuse quand je descends l'escalier, et je sors. L'eau clapote paresseusement contre les flancs de notre gondole, je m'avance jusqu'à la limite extrême du quai de bois et je me retrouve au-dessus du canal. L'aube est déjà dans l'air avant d'apparaître dans le ciel. Je la sens, comme si un treuil immense hissait lentement le soleil jusqu'à ce qu'il pointe sur l'horizon. Je regarde l'eau. J'en ai toujours aussi peur. Même si je sais pertinemment que le canal n'a pas plus de profondeur que la hauteur d'une chambre, j'ai l'impression qu'il est sans fond. Et j'ai raison d'avoir peur. Je suis tombé dedans. La noyade serait pour moi la mort la plus horrible du monde.

Mais Elena Crusichi ne mourra pas noyée. Elle entendra le claquement sourd de la vague contre la coque de bois quand ils la conduiront au milieu du canal Orfano. Et malgré les fruits de Mauro qui l'auront endormie, elle sentira la panique monter en elle. Pourtant, jamais l'eau obscure ne l'aspirera. Parce que, alors qu'elle sera assise là, à côté du prêtre, les mains liées, l'homme qui se tiendra derrière elle lui passera une corde autour du cou sans prévenir et serrera rapidement deux ou trois fois très fort, il l'étranglera et lui ôtera la vie. Bien sûr, le garrot n'est pas rien. Comme pour toute forme de mise à mort, il y a des degrés de compétence : cela peut durer plus ou moins longtemps, une semi-décapitation sanglante ou un étranglement brusque et intense. Cela dépend de l'habileté et de l'expérience du bourreau. Et on nous a promis le meilleur. Elle halètera et aura un haut-le-cœur pour retrouver de l'air, la lutte sera aiguë et se terminera vite.

Quand son corps sombrera dans les profondeurs, Elena Crusichi ne sera déjà plus.

Voilà ce à quoi auront servi les préparations de Mauro, les supplications de ma dame et ses jambes ouvertes. Il n'y a pas eu de pardon de dernière minute. Loredan ne nous a pas menti. Il a fait ce qu'il a pu, il l'a dit lui-même : à une autre époque peut-être... Un crime violent dans un moment violent appelle une réponse rigoureuse. Il n'y aura ni réjouissance ni spectacle. Le problème n'est pas la cruauté mais la stabilité : Venise la paisible exige Venise la juste.

Quant à la suite, eh bien, je me tiens ici et un souvenir me console – mon Dieu, il est si précis après tant d'années –, celui d'un poème que l'Arétin m'a lu autrefois à Rome, quand lui et moi étions nouveaux dans la maison de ma dame et qu'il venait à la cuisine pour parler la langue populaire avec les domestiques. Oh, il était terrible à l'époque ; joli comme une fille, intelligent, fier, voulant voler jusqu'à la face du soleil ; j'étais jeune et en colère à cause de ma difformité au point de penser à m'enrôler auprès de lui, de trouver enivrante l'idée de la révolte contre l'Église et même contre Dieu. Je me souviens de sa voix, caustique et forte.

De l'été à l'hiver les riches
Sont au paradis, et les pauvres en enfer.
Les imbéciles aveugles qui attendent la colombe,
Avec jeûnes et absolutions, et nos Pères,
Ne servent qu'à enrichir les vergers
Pour les moines et leurs cloîtres.

« Alors, Bucino ! Si cela est vrai, lesquels d'entre nous devraient avoir peur de la mort ? Ceux qui l'éprouvent déjà ou ceux qui ne la connaissent pas ? Imagine un peu. Comment serait l'existence si, au bout du compte, il n'y avait ni paradis ni enfer, mais seulement une absence de vie ? Mon Dieu, je jure que ce serait un paradis bien suffisant pour la plupart d'entre nous. »

Je suis sûr qu'il a professé ce genre de notions hérétiques il y a longtemps, car aujourd'hui il écrit sur Dieu avec une certaine beauté, et je pense que ce n'est pas seulement pour rester dans les petits papiers de l'État. La révolution est un rêve de jeune homme, la vie qui l'attend est si longue, il a le temps de changer d'idée. Cependant, je ne suis plus jeune et je pense encore à ce poème, je m'interroge toujours sur celui qui l'a écrit, et si son *absence de vie* signifie aussi absence de souffrance.

L'air est chaud et vaporeux. Devant moi, le ciel se teinte de rose et de mauve, des couleurs insensées, trop violentes pour l'instant que nous vivons – exactement comme ce matin à Rome, quand je suis sorti de chez ma dame pour aller à la recherche du cardinal. Il y a eu tant de morts alors. Des dizaines de milliers... Comme les fragments brisés de la mosaïque du sol.

La lutte a dû s'achever. L'acte est accompli Elle les a rejoints.

Et nous ? Qu'en est-il de nous maintenant ?

« Bucino ! »

Je n'ai pas entendu la porte s'ouvrir et sa voix, pourtant très calme, me transperce comme un poignard.

Elle est encore habillée, ses longs cheveux dénoués tombent sur sa robe. Bien sûr, elle n'a pas dormi, elle non plus, elle a veillé seule. Elle tient une tasse à la main. « Mauro a préparé ceci pour toi : du vin chaud de malvoisie.

— Il est levé ?

— Tout le monde est levé. Je pense que personne n'a dormi. »

Je bois une gorgée – le vin est chaud et sucré. Rien à voir avec l'eau en fin de compte. Elle pose une main sur mon épaule. J'entends quelqu'un qui pleure à l'intérieur. Gabriella. Elle a beaucoup de raisons de le faire. Personne n'apaisera plus ses terribles douleurs pendant son cycle menstruel.

« C'est fini, dis-je.

— Oui, c'est fini. Rentrons, nous allons dormir un peu. »

Mais apparemment ce n'est pas encore fini. Pas tout à fait.

Je dors. Mais je ne sais absolument pas pendant combien de temps parce que lorsqu'on frappe des coups affolés contre la porte, j'ai l'impression que c'est toujours l'aube. Je réussis à ouvrir et je découvre le visage stupéfait et en émoi de Gabriella. Oh, mon Dieu, et s'ils lui avaient pardonné ? Si elle était sauvée ?

« Il faut que vous veniez, Bucino. Elle est en bas, sur le quai. Nous ne savons pas quoi faire. Ma dame est descendue, mais il faut que vous veniez. »

J'ai les jambes moulues de fatigue et elles me font presque défaut lorsque je me précipite, tellement elles sont tordues. Je vais d'abord sur la loggia du portego pour essayer de voir. Ma dame est juste en dessous de moi sur le quai, immobile, presque paralysée. Devant elle, il y a une petite fille. Elle a un nuage de cheveux blancs sur la tête et le soleil aveuglant se lève derrière elle. Elle a posé à ses pieds un petit sac plein à craquer.

Je descends l'escalier quatre à quatre et je sors. Ma dame lève la main pour m'arrêter. Je me fige sur place. L'enfant lève les yeux puis les baisse à nouveau.

La voix de ma dame a la richesse de la soie.

« Tu es fatiguée d'être venue de si loin, si tôt. Qui t'a amenée ici ? Tu as vu le soleil se lever sur la mer ? »

Mais l'enfant ne répond pas. Elle se tient là et cligne des paupières dans la lumière.

« Tu dois avoir faim. Nous avons du pain frais avec de la confiture. »

Toujours rien. Sa mère faisait semblant d'être aveugle ; sa fille fait semblant d'être sourde. C'est astucieux de tout garder pour soi. Et un être doué ne commence jamais trop tôt à apprendre. Je contourne les jupes de ma dame et je m'arrête devant la petite fille.

Elle est plus petite que moi et au cours des dernières semaines ses jambes sont devenues plus robustes. Elle doit se servir de sa nouvelle assurance pour soutenir sa volonté. Mon Dieu, elle ressemble suffisamment à sa mère pour me poursuivre jusqu'à la tombe. Oh, quelle douleur de la revoir. Mais aussi quelle joie absolue. Son regard se pose sur moi un instant, sans ciller, une seconde solennelle, puis se détourne. Au moins, elle a vu que j'étais ici.

Ma dame pose une main sur mon épaule.

« Je vais chercher de quoi manger. »

J'approuve d'un signe de tête. « Et prenez la coupe gravée, dis-je calmement. Celle qu'Alberini vous a offerte. »

Je l'entends entrer dans la maison.

J'observe le petit diable qui se tient devant moi. Elle a la bouche sale comme si elle venait de manger quelque chose, et une tache sur le front. Elle a peut-être dormi contre le bois sale de la barge et vient de se réveiller. Sous le halo de ses boucles claires, elle a des joues rondes, comme gonflées par de grosses bulles, et elle fait la moue Elle est très belle, mon Dieu. Je la vois peinte sur le plafond d'un palais, avec des ailes trop petites pour son corps potelé, son agressivité transformée en malice tandis qu'elle tient la traîne de ma dame et qu'elles s'élèvent toutes deux vers le ciel. Titien pourrait l'utiliser pour faire tomber un flot de ducats de la main fermée de ses mères supérieures. Mais pourrait-il capter son innocence ? J'en doute. Il y a de la force en elle, assurément. Et du soupçon. Et, j'en suis sûr, un peu de l'intelligence de sa mère.

Bien sûr, elle doit savoir mieux que personne qu'il n'y a pas d'enfant dans cette maison, sauf si quelqu'un nous en donnait un, et comme il serait aimé et choyé si cela arrivait. Un vieil arrière-grand-père et une maman au fond de la mer. Les dernières volontés et le testament d'Elena Crusichi. Et je comprends qu'il en sera ainsi pour moi : chaque fois que je la regarderai, je retrouverai sa mère. Pendant le reste de ma vie. Telle est la nature de mon châtiment.

Mon châtiment mais aussi notre salut.

Ma dame est si nerveuse qu'elle manque laisser tomber le verre. Elle a mis une demi-douzaine de petits pains chauds dans un panier. J'en prends un que je lui tends. Son odeur tenterait saint Jean-Baptiste dans le désert. Elle le veut, je le vois. Mais elle ne renonce pas. Je remarque cependant un léger mouvement de la tête.

Je pose le panier et je prends d'autres petits pains. Ils sont presque trop mous mais j'essaie quand même : je jongle avec jusqu'à ce que l'arôme du pain frais nous environne. Elle a les yeux fixés sur moi maintenant, et je vois une émotion sur son visage.

J'en laisse tomber un. Il atterrit près de son pied. Je rattrape les autres, puis je ramasse celui qui est tombé et je le lui tends. Elle lève la main et le prend. Pendant une seconde, je crois qu'elle veut seulement le tenir, mais d'un geste rapide elle le met tout entier dans sa bouche.

« J'ai quelque chose d'autre pour toi », dis-je tandis qu'elle mâche. Je prends le verre des mains de ma dame. « Tu vois ? Ici, sur le côté, ce qui est écrit ? Ton grand-père ne faisait-il pas des choses comme celle-ci ? »

Elle fait un petit signe de tête.

« C'est pour toi. Il nous l'a donné. Tu vois ? Regarde les lettres. C'est ton nom. FIAMMETTA. »

Derrière moi j'entends ma dame pousser un brusque soupir.

L'enfant regarde attentivement ce que je lui montre. Elle est trop jeune pour lire son prénom, mais elle le connaît très bien.

« C'est pour toi. Tu boiras dedans tout le temps où tu seras ici. Tu peux le prendre si tu veux. Mais il faut faire attention, car il peut se casser facilement. Je crois que tu le sais. »

Elle fait oui de la tête et prend le verre entre ses deux mains, avec précaution, comme s'il s'agissait d'un être vivant, puis elle regarde les lettres. Et je vois déjà un éclair dans ses yeux qui me dit qu'elle les lira bientôt. Elle les contemple longtemps, puis elle me rend le verre.

« Nous entrons ? »

Je prends son sac et elle me suit dans la maison.

Note de l'auteur

La Venise de ce roman est le fruit d'une profonde recherche. Si les principaux personnages, Fiammetta Bianchini et Bucino Teodoldi, proviennent de mon imagination, Venise (comme Rome avant sa mise à sac) était célèbre pour ses courtisanes, et l'on sait que certaines étaient connues pour avoir des nains au même titre que des perroquets, des chiens et autres animaux exotiques.

D'autres personnages sont réels. Le peintre Tiziano Vecellio (connu en français sous le nom de Titien) et l'écrivain Pietro Aretino (l'Arétin) vivaient tous deux à Venise à cette époque, ainsi que l'architecte Jacopo Sansovino, responsable de beaucoup des plus beaux immeubles Renaissance de la ville, même si ses plus célèbres commandes ne faisaient que commencer quand se situe ce roman.

Au cours de sa longue et magnifique carrière, Titien a peint un grand nombre de nus, en particulier le portrait d'une femme couchée avec un petit chien endormi et deux servantes à l'arrière-plan. Le décor en est une pièce de sa propre maison et la toile semble avoir été peinte dans son atelier au milieu des années 1530. Elle a fini à Urbino en 1558, achetée par l'héritier présomptif à l'époque de la duchesse d'Urbino. D'où son titre actuel, *La Vénus d'Urbino*. Les historiens de l'art ne sont pas d'accord sur la signification de cette œuvre, mais il semble vraisemblable que le modèle de Titien fut une courtisane de Venise. L'œuvre se trouve maintenant au musée des Offices à Florence.

L'Arétin est moins connu en dehors de son pays natal. Surnommé le « Fléau des princes », ses lettres et ses satires lui valurent autant d'ennemis que d'amis. Ses relations avec les courtisanes étaient connues et il reste remarquable parce qu'il écrivit à la fois des œuvres religieuses et pornographiques, en particulier *Les Sonnets luxurieux*, composés pour soutenir ses amis Giulio Romano et Marcantonio Raimondi, et accompagner leur série de seize gravures, intitulées *Les Positions* ou *Les Modes*, qui déclenchèrent un énorme scandale dans la société romaine au milieu des années 1520. Il n'existe aucun exemplaire des gravures originales, mais on en trouve quelques fragments au British Museum. Les vers de l'Arétin furent republiés avec des gravures sur bois un peu rudimentaires réalisées d'après les gravures originales, et sont (encore) très recherchées par les collectionneurs d'objets érotiques[1]. Deux des seize dessins et les sonnets qui les accompagnaient ont cependant complètement disparu. Plus tard, l'Arétin écrivit les *Ragionamenti*, un autre texte tout à fait pornographique, comprenant une partie sur la formation d'une courtisane, publié dans les années 1530. Quelques années après sa mort, en 1556, la Contre-Réforme rendit publique la liste des livres mis à l'Index. Les œuvres de l'Arétin y figuraient en bonne place.

En ce qui concerne le quartier juif de Venise, le Ghetto, on sait qu'un certain Asher Meshullam, le fils du responsable de la communauté juive, se convertit au christianisme

---

1. Le 27 avril 2006, à Paris, Christie's a proposé à la vente un exemplaire des *Sonnets luxurieux* de l'Arétin. Il s'agissait d'un exemplaire de la première édition du XVIᵉ siècle, enrichi des gravures de Giulio Romano, d'après les dessins de Marcantonio Raimondi. Il a été estimé entre 250 000 et 300 000 euros. *(N.d.T.)*

au milieu des années 1530. Mais j'ai découvert très peu de chose sur lui, aussi j'ai choisi de donner à mon personnage un autre nom et sans aucun doute des aventures tout à fait différentes.

Ce qui m'amène au personnage de La Draga... Une femme nommée Elena Crusichi, plus connue sous le nom de La Draga, est mentionnée dans les registres judiciaires de l'époque. Elle avait une réputation de guérisseuse et était partiellement infirme, avec une mauvaise vue. Les éléments disponibles sur son histoire ainsi que son surnom m'ont passionnée, mais j'ai pris de grandes libertés avec son personnage et son destin, car la vraie Draga semble avoir vécu jusqu'à un âge avancé malgré quelques ennuis avec les autorités. En fait, Venise se comportait mieux que beaucoup d'autres États quand elle avait à juger des affaires de sorcellerie, et il n'existe aucun registre de personnes condamnées à périr sur le bûcher. Cependant, les criminels qui posaient des problèmes, soit à cause de leurs crimes, soit à cause du climat de l'époque où ils avaient eu lieu, étaient noyés secrètement la nuit dans le canal Orfano.

Je dois aussi avouer que s'il y avait bien un registre des courtisanes (un texte quelque peu satirique avec des commentaires sur les prouesses et les prix de ces dames), j'ai avancé son apparition de quelques années.

Telle est l'étendue de mes manipulations conscientes de l'histoire. D'autres erreurs, dont je m'excuse par avance, sont dues au fait qu'une recherche approfondie et une passion pour ce siècle ne peuvent hélas transformer une romancière en historienne.

Bibliographie

Philippe Sollers, *Dictionnaire amoureux de Venise* (Plon, 2004).
Dominique Fernandez, *Le Promeneur amoureux : de Venise à Syracuse* (Plon, 1980).
Élisabeth Crouzet-Pavan, *Venise, une invention de la ville* (Champ Vallon, 1997).
Frederic C. Lane, *Venise, une république maritime* (Flammarion, 1997).
André Zysberg et René Burlet, *Venise la Sérénissime et la mer* (Gallimard, « Découvertes », 2000).

Sur l'art et Venise

Isabelle Backouche, *Venise au siècle de Titien* (Réunion des Musées nationaux, 1993).
André Chastel, *L'Art italien* (PUF, 1981).
Histoire de Venise (PUF, « Que sais-je ? », 2002).
La Basilique Saint-Marc à Venise (Citadelles et Mazenod, 2001).
Bertrand Jestaz, *L'Art de la Renaissance* (Éditons Mazenod, 1984).
André Chastel et Filippo Pedrocco, *Titien* (Liana Levi, 2000).

Sylvie Béguin (introduction), *Titien* (Flammarion, 2006).
David Rosand, *Titien* (Gallimard, « Découvertes », 1993).

Œuvres de l'Arétin

Sonnets luxurieux. Introduction de Guillaume Apollinaire. Postface de Guy de Maupassant (Éditinter, 2002).

Ragionamenti (Les Belles Lettres, 1998, traduction de G. Aquilecchia et P. Larivaille, 2 vol.).

La Vie des nonnes, La Vie des femmes mariées, La Vie des courtisanes, L'Éducation de la Pippa, Les Roueries des hommes, La Ruffianerie (traduction d'Alcide Bonneau, Allia).

La Courtisane, comédie (traduction de Paul Larivaille, Les Belles Lettres, 2005).

Bertrand Levergeois, *L'Arétin ou l'Insolence du plaisir* (Fayard, 1999).

On peut voir le portrait de l'Arétin et *La Vénus d'Urbino*, œuvres de Titien, au musée des Offices à Florence.

Remerciements

Je n'aurais pas pu écrire ce livre sans le soutien de nombreuses personnes. Je suis reconnaissante à Mauro Martines, historien de la Renaissance, pour les conversations que nous avons eues et qui m'ont beaucoup inspirée. Ainsi qu'à mon ancien professeur d'art, Beatrice Goodwin, et à Sheila Hale, la dernière et meilleure biographe de Titien : leur œil exigeant et leur amour de Venise m'ont permis d'éviter de nombreuses erreurs. Tom Shakespeare m'a aidée à créer Bucino comme un personnage vivant. Gillian Slovo, Eileen Quinn, Michael Cristofer et Janessa Laskin se sont tous révélés des compagnons fidèles lors de mon voyage. À Venise, Estella Welldon m'a offert le meilleur endroit pour écrire, et à Londres, le personnel de la British Library et du Warburg Institute ont rendu mes recherches les moins pénibles possible.

Je voudrais aussi remercier tous et chacun chez Time Warner Grande-Bretagne, Random House États-Unis, pour leurs encouragements et leur soutien, en particulier mon agent, Clare Alexander, et mon éditrice et amie depuis longtemps, Lennie Goodings.

Une mention spéciale pour mes filles adolescentes, Zoe et Georgia, qui ont enduré des conférences interminables et spontanées sur l'histoire de Venise, le catholicisme de la

Renaissance et la politique sexuelle de l'époque avec une remarquable bonne humeur, et une pointe exceptionnelle d'exaspération. Et qui, quand les choses devinrent plus difficiles, ont nourri leur mère avec dévouement – parce qu'à cause de la passion que lui inspirait cette histoire elle oubliait de les nourrir.

Mais avant tout, mon amour et ma gratitude vont à Tez Bentley, qui m'a accompagnée intellectuellement au cours de ce voyage dans le passé, riche et parfois intimidant, et dont l'acuité, la sensibilité et la vision m'ont aidée à faire preuve de plus d'ambition que je n'aurais osé en avoir.

Collection « Littérature étrangère »